Memo

Elizabeth Gilbert (n. 1969 în Waterbury, Connecticut; studii de științe politice la New York University) a devenit celebră odată cu apariția volumului autobiografic *Mănâncă, roagă-te, iubește* (2006), megabestseller internațional (10 milioane de exemplare publicate în lume, traduceri în 30 de limbi) apărut în românește la Humanitas în 2008 (60 000 de exemplare publicate până la începutul lui 2011), ecranizat în 2010, cu Julia Roberts și Javier Bardem în rolurile principale. Volumul de povestiri *Pelerinii* (1997; Premiul Pushcart și nominalizare pentru Pen/Hemingway Award în 1998), apărut și el în românește (Humanitas, 2010), reprezintă debutul ei literar. Au urmat romanul *Stern Men* (2000; în curs de apariție la Humanitas sub titlul *Bărbații de pe punte*), volumul non-fiction *Ultimul bărbat american* (2002; Humanitas, 2009), finalist în competiția pentru două premii importante – National Book Award și National Book Critics Award –, volumul autobiografic deja menționat și continuarea lui, cartea de față, cu titlul original *Committed. A Skeptic Makes Peace with Marriage*, devenită curând bestseller în Statele Unite.
A fost colaboratoare la diverse publicații, printre care ediția americană a revistei *GQ*, articolele ei primind două nominalizări pentru National Magazine Award. Un articol din 1997, „The Muse of the Coyote Ugly Saloon", bazat pe experiența autoarei ca angajată într-un bar newyorkez, a stat la baza filmului *Coyote Ugly*. În 2008, revista *Time* a inclus-o în topul celor mai influenți 100 de oameni din lume.

Elizabeth Gilbert locuiește împreună cu soțul ei, José Nunes, într-un orășel din New Jersey; lucrează în prezent la un nou roman.

ELIZABETH GILBERT

și am spus da

o poveste de iubire

Traducere din engleză de
ALEXANDRA BACIU

HUMANITAS
BUCUREȘTI

Colecţie coordonată de Oana Bârna

Redactor: Oana Bârna
Coperta: Angela Rotaru
Tehnoredactor: Manuela Măxineanu
Corector: Cristina Jelescu
DTP: Emilia Ionaşcu, Dan Dulgheru

Tipărit la R.A. Monitorul Oficial

Elizabeth Gilbert
Committed

ISBN 978-973-50-2901-2
Descrierea CIP este disponibilă
la Biblioteca Naţională a României

EDITURA HUMANITAS
Piaţa Presei Libere 1, 013701 Bucureşti, România
tel. 021/408 83 50, fax 021/408 83 51
www.humanitas.ro

Comenzi Carte prin poştă: tel./fax 021/311 23 30
C.P.C.E. – CP 14, Bucureşti
e-mail: cpp@humanitas.ro
www.libhumanitas.ro

Para J.L.N. – o meu coroa

Nu există ceva mai riscant decât căsătoria.
Dar nu există nimic mai fericit decât o căsnicie fericită.

Benjamin Disraeli, 1870,
într-o scrisoare de felicitare către fiica Reginei Victoria, Louise,
cu ocazia logodnei acesteia

Cuvânt către cititor

Acum câțiva ani am scris o carte intitulată *Mănâncă, roagă-te, iubește*[1], în care povesteam călătoria făcută de mine în jurul lumii, de una singură, în urma unui divorț dificil. Când am scris acea carte aveam treizeci și ceva de ani, și tot ce s-a întâmplat în jurul ei a reprezentat pentru mine un pas uriaș într-o direcție cu totul nouă. Înainte de *Mănâncă, roagă-te, iubește*, eram cunoscută în cercurile literare (dacă eram cunoscută în vreun fel) drept o femeie care scria cu precădere pentru și despre bărbați. Lucrasem ani întregi ca ziaristă la reviste adresate bărbaților, precum *GQ* și *Spin*, folosind paginile lor pentru a explora masculinitatea din toate unghiurile posibile. La fel și în cazul personajelor din primele mele trei cărți (atât de ficțiune, cât și de nonficțiune)[2], care erau toate personalități super-macho: cowboy, pescuitori de homari, vânători, camionagii, șoferi de tir, pădurari…

Pe vremea aceea mi se spunea adesea că scriu ca un bărbat. Ce-i drept, nu știu prea bine ce înseamnă să scrii „ca un bărbat", dar cred că, de obicei, remarca voia să fie un compliment. Cu siguranță eu așa am luat-o pe atunci. Pentru unul dintre articolele din *GQ* am

1. *Eat, Pray, Love* a apărut la Viking Press, parte a grupului Penguin SUA, în 2006. Traducerea românească, aparținând Alexandrei Ghiță – care semnează acum Alexandra Baciu –, a fost publicată la Humanitas în 2008. (*N.ed.*)

2. Volumele de ficțiune sunt *Pilgrims* / trad. rom. *Pelerinii*, Houghton Mifflin, 1997 / Humanitas, 2010 și *Stern Men* / trad. rom. *Bărbații de pe punte*, Houghton Mifflin, 2000 / în pregătire la Humanitas; cartea de nonficțiune este biografia *The Last American Man* / trad. rom. *Ultimul bărbat american*, Viking, 2002 / Humanitas, 2009. (*N.ed.*)

mers atât de departe, încât m-am dat drept bărbat timp de o săptămână. M-am tuns scurt, mi-am turtit sânii, mi-am băgat în pantaloni un prezervativ umplut cu semințe pentru păsări și mi-am lipit un smoc de păr sub buza de jos – încercând astfel să personific și să înțeleg cumva ademenitoarele mistere ale masculinității.

Ar fi cazul să adaug aici și altceva: fixația față de bărbați se extindea și în viața mea privată. Lucru care a generat adesea o mulțime de complicații.

Ba nu – a generat *mereu* o mulțime de complicații.

Prinsă între complicațiile amoroase proprii și obsesiile profesionale, eram atât de absorbită de subiectul masculinității, încât n-am dedicat nici o fărâmă de timp examinării feminității. Sigur este că n-am petrecut nici măcar o clipă examinându-mi *propria* feminitate. Din acest motiv, dar și din cauza unei indiferențe generale față de propria mea stare de bine, nu m-am familiarizat niciodată cu mine însămi. Așa că, pe la treizeci de ani, când am fost doborâtă de un uriaș val de depresie, nu aveam nici un mijloc de a înțelege sau exprima lucrurile care mi se întâmplau. Primul care a cedat a fost corpul meu, urmat de căsnicie, după care – de-a lungul unei perioade teribile și înspăimântătoare – mi-a cedat și psihicul. Asprimea masculină nu-mi oferea nici o consolare într-o astfel de situație; singura scăpare din labirintul acela emoțional a fost să-mi descopăr eu însămi un drum înăuntrul lui. Divorțată, îndurerată și singură, am lăsat în urmă totul și am pornit într-o călătorie de introspecție care a durat un an, hotărâtă să mă examinez pe mine însămi la fel de amănunțit pe cât o făcusem cândva cu evazivul cowboy american.

După care, pentru că sunt scriitoare, am scris o carte despre toate astea.

După care, pentru că viața este uneori de-a dreptul stranie, acea carte a devenit un super-mega-bestseller internațional, iar eu m-am pomenit deodată – după un deceniu în care scrisesem exclusiv despre bărbați și masculinitate – etichetată drept autoare de *chick-lit*. Nu sunt complet lămurită nici măcar ce anume înseamnă *chick-lit*. Dar sunt destul de sigură că o astfel de caracterizare nu e deloc un compliment.

În orice caz, acum oamenii mă întreabă tot timpul dacă am prevăzut vreodată că avea să se întâmple astfel. Vor să știe dacă, în perioada în care am scris *Mănâncă, roagă-te, iubește*, am anticipat cumva cât de mare avea să devină într-o bună zi cartea asta. Nu. Mi-ar fi fost absolut imposibil să anticipez ori să plănuiesc o reacție atât de copleșitoare. În perioada în care am scris-o am îndrăznit doar să sper că o să fiu iertată că scriu o carte de memorii. Nu aveam decât o mână de cititori, e adevărat, dar erau cititori fideli, cărora le plăcuse mereu tânăra hotărâtă care scria povestiri tranșante despre bărbați supermasculini care făceau lucruri supermasculine. Nu anticipasem faptul că acei cititori aveau să aprecieze o cronică destul de emoțională, scrisă la persoana întâi, despre o femeie divorțată aflată în căutarea vindecării psiho-spirituale. Dar sperasem că vor avea generozitatea de a înțelege că avusesem nevoie să scriu această carte din motive care mă priveau personal, iar apoi toată lumea va trece peste asta și ne vom vedea de treburile noastre.

Dar lucrurile nu s-au petrecut așa.

(Și, ca să fie clar: nici cartea pe care o țineți acum în mână nu este o povestire tranșantă despre bărbați supermasculini care fac lucruri supermasculine. Să nu se spună că nu ați fost preveniți!)

O altă întrebare pe care oamenii mi-o adresează mereu în ultima vreme este cum anume mi-a schimbat viața *Mănâncă, roagă-te, iubește*. Îmi este greu să răspund, tocmai pentru că impactul a fost de-a dreptul uriaș. O analogie utilă, din copilăria mea: când eram mică, părinții m-au dus la Muzeul American de Istorie Naturală din New York. Ne aflam în Sala Oceanelor. Tata a arătat către tavan, la mulajul în mărime naturală al unei balene albastre, suspendat deasupra capetelor vizitatorilor. Încerca să-mi explice cât de mari erau dimensiunile acelei creaturi gargantuești, însă eu nu reușeam să văd balena. Stăteam chiar sub ea și mă uitam exact la ea, dar nu puteam înțelege balena. Mintea mea nu avea nici un mecanism cu ajutorul căruia să înțeleagă ceva atât de mare. Nu reușeam să văd decât tavanul albastru și uimirea de pe chipurile tuturor celorlalți (era clar că acolo se petrecea ceva deosebit!), dar nu reușeam să percep balena propriu-zisă.

La fel mă simt uneori și când vine vorba despre *Mănâncă, roagă-te, iubește*. Pe traiectoria acelei cărți a existat un punct începând de la care nu am mai reușit să-i asimilez în mod rațional dimensiunile, așa că am renunțat să mai încerc și mi-am concentrat atenția asupra altor proiecte. Grădinăritul m-a ajutat mult; când ai nevoie să vezi lucrurile în perspectivă, nimic nu se compară cu înlăturarea melcilor de pe tulpinile de pătlăgele roșii.

Așa stând lucrurile, trebuie spus că mi-a fost destul de greu să-mi închipui cum aș mai putea vreodată să scriu din nou cu dezinvoltură după acel fenomen. Nu vreau să mă prefac nostalgică după obscuritatea literară, dar înainte îmi scrisesem toate cărțile cu convingerea că aveau să fie citite de foarte puțini oameni. Sigur că, în mare parte, această convingere a fost mereu deprimantă. Însă, dintr-un punct de vedere decisiv, îmi oferea o consolare: dacă m-aș fi făcut de rușine într-un mod atroce, măcar n-aș fi avut prea mulți martori. În orice caz, chestiunea nu mai era academică: aveam dintr-odată milioane de cititori care așteptau următorul meu proiect. Oare cum se poate scrie o carte care să satisfacă milioane de oameni? Nu voiam să devin chiar o codoașă, dar nici nu voiam să-i trec complet cu vederea pe toți acei cititori inteligenți, pătimași, în majoritate femei – mai ales după toate lucrurile prin care trecuserăm împreună.

Nepreaștiind cum să continui, m-am apucat totuși de lucru. Într-un an, am scris o primă variantă completă a cărții pe care o țineți în mână chiar acum – lungă de cinci sute de pagini –, dar, după ce am terminat, mi-am dat seama că ceva nu era în regulă. Vocea nu părea să fie a mea. Vocea nu părea să fie a nimănui. Vocea părea că iese dintr-un megafon, că este prost redată. Am pus deoparte acel manuscris, la care nu aveam să mă mai uit vreodată, și m-am întors în grădină ca să mai sap, să plivesc și să chibzuiesc.

Vreau să clarific aici un lucru: în perioada aceea în care nu reușeam să-mi dau seama cum trebuie să scriu – sau cel puțin nu reușeam să-mi dau seama cum să scriu în mod natural –, nu a fost vorba de o *criză* propriu-zisă. În celelalte privințe, viața era cu adevărat frumoasă, iar eu eram îndeajuns de recunoscătoare pentru satisfacția și succesul câștigate din greu ca să nu fabric cine știe ce calamitate din acel puzzle pe care-l aveam în față. Pentru că era vorba, într-adevăr, de un puzzle. Începusem chiar să mă întreb dacă nu cumva eram terminată ca scriitoare. A înceta să mai fiu scriitoare nu părea să fie cea mai rea soartă posibilă, dacă asta mi-ar fi fost într-adevăr soarta, dar deocamdată nu puteam spune dacă era așa sau nu. A trebuit să petrec multe ceasuri în grădina cu roșii ca să pot desluși ceva din toate astea.

În final, am descoperit o anume consolare în recunoașterea faptului că nu aș fi putut – nu *pot* – să scriu o carte care să satisfacă milioane de cititori. În orice caz, nu în mod deliberat. Adevărul este că nu știu cum se scrie la cerere un bestseller iubit de public. Dacă aș fi știut cum să scriu la cerere bestselleruri iubite, vă asigur că le-aș fi scris de la bun început, fiindcă asta mi-ar fi făcut viața mai comodă și mai ușoară cu mult timp în urmă. Dar lucrurile nu funcționează așa – sau cel puțin nu pentru scriitori ca mine. Noi nu putem scrie decât cărțile pe care simțim nevoia să le scriem, sau cele pe care suntem în stare să le scriem, cărți cărora trebuie apoi să le dăm drumul în lume, recunoscând că orice urmează să se întâmple cu ele nu mai e treaba noastră.

Așa că, dintr-o mulțime de motive personale, cartea pe care am simțit nevoia s-o scriu în acest moment al vieții mele a fost exact *această* carte – încă un volum autobiografic (cu inserții socio-istorice drept bonus!) despre eforturile mele de a mă împăca în cele din urmă cu complicata instituție a căsătoriei. Subiectul cărții nu s-a aflat niciodată sub semnul întrebării; doar că, multă vreme, mi-a fost greu să-mi găsesc vocea. În final, am descoperit că singura modalitate în care puteam scrie din nou era să limitez drastic – cel puțin în imaginația mea – numărul persoanelor *pentru care* scriu. Așa că am reînceput de la zero. Nu am scris *Și am spus da*, în această versiune, pentru milioane de cititori. În realitate, am scris-o pentru exact douăzeci și șapte de cititoare. Ca să fiu cât mai exactă, numele celor douăzeci și șapte sunt: Maude, Carole, Catherine, Ann, Darcey, Deborah, Susan, Sofie, Cree, Cat, Abby, Linda, Bernadette, Jen, Jana, Sheryl, Rayya, Iva, Erica, Nichelle, Sandy, Anne, Patricia, Tara, Laura, Sarah și Margaret.

Aceste douăzeci și șapte de femei formează micul, dar extrem de importantul meu cerc de prietene, rude și vecine. Vârstele lor variază de la douăzeci și un pic până la nouăzeci și ceva de ani. Una dintre ele se întâmplă să-mi fie bunică; alta este fiica mea vitregă. Una este cea mai veche prietenă a mea; alta este cea mai nouă prietenă a mea. Una este căsătorită de curând; alta își dorește enorm de mult să se căsătorească; câteva s-au recăsătorit de curând; una este nespus de recunoscătoare că nu s-a căsătorit niciodată; alta tocmai a încheiat o relație de aproape un deceniu cu o femeie. Șapte dintre ele sunt mame; două (în momentul scrierii acestor rânduri) sunt însărcinate; restul – dintr-o varietate de motive și cu o mare paletă de sentimente însoțitoare – nu au copii. Unele sunt gospodine; altele sunt femei de carieră. Vreo două, spre lauda lor, sunt gospodine *și* femei de carieră. Cele mai multe sunt albe; câteva sunt negrese; două s-au născut în Orientul Apropiat; una e scandinavă; două sunt australience; una este din America de Sud; alta este *cajun*. Trei sunt credincioase practicante; cinci sunt complet neinteresate de orice chestiune legată de divinitate; cele mai multe nu au idei clare privind spiritualitatea; celelalte au reușit cumva, în timp, să-și negocieze propriile înțelegeri cu Dumnezeu. Toate aceste femei au un simț al umorului peste medie. Toate, în anumite momente ale vieții lor, au suferit pierderi sfâșietoare.

De-a lungul anilor, am stat de vorbă cu una sau alta dintre aceste persoane dragi în fața unei cești de ceai sau a unui pahar cu băutură, întrebându-ne despre tot felul de lucruri privind căsnicia, intimitatea, sexualitatea, divorțul, fidelitatea, familia, responsabilitatea și autonomia. Cartea de față a fost construită pe scheletul acestor conversații. În timp ce puneam cap la cap diversele pagini ale istorisirii, mă pomeneam vorbindu-le de una singură prietenelor, rudelor și vecinelor mele – uneori răspunzând la niște întrebări vechi de zeci de ani sau punând chiar eu întrebări noi. *Și am spus da* n-ar fi putut niciodată să existe fără influența și inteligența acestor douăzeci și șapte de femei extraordinare, și le sunt infinit recunoscătoare pentru prezența lor colectivă. Simplul fapt de a mă afla în aceeași încăpere cu ele a însemnat, ca de fiecare dată, o experiență educativă și reconfortantă.

Elizabeth Gilbert
New Jersey, 2009

CAPITOLUL UNU
Căsătoria și surprizele

Căsătoria este o prietenie recunoscută de poliție.
Robert Louis Stevenson

Într-o după-amiază târzie din vara lui 2006, mă aflam într-un mic sat din nordul Vietnamului. Ședeam lângă o vatră afumată în compania câtorva localnice a căror limbă nu o vorbeam, încercând să le pun întrebări legate de căsătorie.

Călătoream de câteva luni deja de-a lungul Asiei de sud-est alături de bărbatul care urma să-mi devină soț. Presupun că termenul corect pentru un astfel de om ar fi „logodnic", dar nici unul din noi nu se simțea prea în largul lui cu acest cuvânt, așa că nu-l foloseam. De fapt, nici unul din noi nu era prea în largul lui cu noțiunea de căsătorie. Căsătoria nu intrase niciodată în planurile noastre și nici nu era ceva dorit de vreunul din noi. Și totuși, în planurile noastre intervenise providența – și de aceea ne preumblam acum la întâmplare prin Vietnam, Thailanda, Laos, Cambodgia și Indonezia, făcând în același timp eforturi repetate – chiar disperate – de a ne întoarce în America și a ne căsători.

Bărbatul în cauză era pe atunci de doi ani iubitul meu, dragostea mea: îl voi numi în paginile acestea Felipe. Felipe e un domn brazilian blând și tandru, cu șaptesprezece ani mai în vârstă ca mine, pe care l-am cunoscut într-o altă călătorie (o călătorie pe care chiar o programasem), făcută de mine în jurul lumii acum câțiva ani, în încercarea de a-mi obloji sufletul rănit. Spre sfârșitul acelei călătorii îl întâlnisem pe Felipe, care locuia de ani buni liniștit și singur în Bali, îngrijindu-și și el inima rănită. Ce a urmat a fost atracție, apoi o perioadă de curtare lentă, apoi – spre marea uimire a amândurora – dragoste.

Așadar, reticența noastră față de căsătorie nu avea nici o legătură cu absența dragostei. Din contră, Felipe și cu mine ne iubeam cu pasiune. Ne făceam, fericiți, tot felul de promisiuni, convinși că vom rămâne împreună pentru totdeauna. Ne juraserăm până și fidelitate eternă, deși doar între noi. Problema era că amândoi supraviețuiserăm unor divorțuri dificile și fuseserăm sfârtecați lăuntric atât de rău de experiențele noastre dinainte, încât simpla idee a căsătoriei legale – cu *oricine*, chiar și cu niște persoane drăguțe ca noi înșine – ne umplea de groază.

Evident, de regulă, cele mai multe divorțuri sunt destul de dificile (Rebecca West observa că „să divorțezi este aproape întotdeauna o ocupație la fel de veselă și de folositoare ca spartul unor porțelanuri de valoare“), iar divorțurile noastre nu făcuseră excepție. Pe o scară cosmică a nocivității divorțurilor de la unu la zece (în care unu echivalează cu o separare amiabilă și zece echivalează cu... o execuție în toată regula), probabil că mi-aș nota propriul divorț cu vreo 7,5. Nu s-a lăsat cu sinucideri sau crime, dar, pe de altă parte, ruptura a fost cel mai urât act posibil dintre doi oameni care, altminteri, erau cât se poate de bine-crescuți. Și s-a prelungit mai mult de doi ani.

Cât despre Felipe, prima lui căsnicie (cu o australiancă inteligentă, o intelectuală) se încheiase cu aproape un deceniu înainte de întâlnirea noastră din Bali. La vremea respectivă, divorțul lui se desfășurase destul de civilizat, dar pierderea soției (și a accesului la casă, la copii și la aproape douăzeci de ani de viață care se duceau odată cu ea) lăsase în sufletul acestui om bun o umbră persistentă de tristețe, dominată de regrete, senzația de izolare și de nesiguranță financiară.

Așa că experiențele noastre ne-au lăsat pe amândoi secătuiți de puteri, răvășiți lăuntric și complet suspicioși în legătură cu bucuriile oferite de sfânta taină a căsătoriei. La fel ca oricine care a trecut vreodată prin valea de umbră a divorțului, Felipe și cu mine învățaserăm pe propria piele un adevăr tulburător: că orice intimitate poartă cu ea, ascunse undeva, dedesubtul minunatelor suprafețe ale începuturilor, premisele catastrofei absolute. Mai învățaserăm și că în instituția căsătoriei este mult mai ușor să intri decât să ieși. Neîngrădit de lege, partenerul necăsătorit poate ieși oricând dintr-o relație nesatisfăcătoare. Dar tu – persoana căsătorită legal care dorește să scape de dragostea damnată – vei descoperi repede că o parte semnificativă a contractului tău marital aparține statului și că, uneori, statului îi ia foarte mult timp până să-ți acorde permisiunea de a pleca. Astfel, te poți pomeni foarte ușor prins luni și chiar ani întregi într-o legătură legală lipsită de iubire, în care ajungi să te simți cam ca într-o clădire incendiată. Clădire incendiată în care tu, prietene, ești încătușat de un calorifer din pivniță, incapabil să te eliberezi, în timp ce fumul te năpădește din toate părțile și grinzile se prăbușesc...

Îmi pare rău dacă vi se pare că sunt lipsită de căldură.

Vă împărtășesc toate aceste gânduri neplăcute doar ca să explic de ce Felipe și cu mine am făcut, încă de la începutul poveștii noastre de dragoste, un pact puțin obișnuit. Ne-am jurat din toată inima să nu ne căsătorim niciodată, în nici o circumstanță. Ne-am promis chiar și să nu ne amestecăm niciodată banii sau bunurile, pentru a evita astfel potențialul coșmar de a trebui să împărțim din nou un depozit de explozibili personali, cu ipoteci comune, acțiuni, proprietăți, conturi bancare, electrocasnice și cărți preferate. Odată făcute aceste promisiuni în modul cel mai solemn, am purces amândoi în parteneriatul nostru compartimentat cu mare grijă, cuprinși de un mare sentiment de liniște. Pentru că, așa cum promisiunea reprezentată de logodnă reușește să înfășoare alte cupluri într-un sentiment de protecție, jurământul nostru de a nu ne căsători *niciodată* ne învăluise pe amândoi în siguranța emoțională de care aveam nevoie pentru a ne mai încerca o dată norocul în dragoste. Și acest angajament al nostru – golit în mod conștient de angajamentul oficial – era miraculos de eliberator. Ne făcea să ne simțim de parcă am fi descoperit Pasajul prin Nord-Vest către Intimitatea Perfectă, acel lucru care, după cum scria García Márquez, „seamănă cu dragostea, dar este lipsit de problemele dragostei“.

Așa că asta am și făcut până în primăvara lui 2006 – ne-am văzut de treabă, construindu-ne împreună o viață fin divizată, plină de satisfacții și lipsită de constrângeri. Și am fi continuat să trăim fericiți până la adânci bătrâneți în același fel dacă n-ar fi apărut un obstacol extrem de supărător.

Pe fir a intrat Departamentul de Securitate Internă al Statelor Unite.

Problema era că Felipe și cu mine – deși aveam o mulțime de asemănări și de bucurii în comun – nu aveam în comun și naționalitatea. El era cetățean australian de origine braziliană și, pe vremea când ne cunoscuserăm, locuia în Indonezia. Eu eram americancă și, cu excepția călătoriilor făcute, îmi trăisem cea mai mare parte a vieții pe Coasta de Est a Statelor Unite. Nu prevăzuserăm la început nici o posibilă problemă legată de iubirea noastră fără patrie, deși, privind în urmă, probabil că ar fi trebuit să anticipăm unele complicații. Așa cum spune un vechi proverb: un pește și o pasăre se pot îndrăgosti, dar unde să locuiască? Salvarea noastră, credeam noi, era faptul că amândoi eram călători agili (eu eram o pasăre care se putea scufunda, iar Felipe, un pește care putea să zboare), astfel că, în primul an al poveștii noastre de iubire cel puțin, am trăit practic în aer – scufundându-ne și zburând peste oceane și continente ca să fim împreună.

Din fericire, viețile noastre profesionale ne erau de ajutor în acest aranjament atât de iute de picior. Ca scriitoare, eu îmi puteam lua serviciul cu mine oriunde. Ca importator de bijuterii și pietre prețioase care își vindea mărfurile în Statele Unite, Felipe trebuia oricum să călătorească mereu. Tot ce trebuia să facem era să ne coordonăm deplasările. Așa că eu zburam în Bali; el venea în America; amândoi mergeam în Brazilia; ne întâlneam din nou în Sydney. Am acceptat o slujbă temporară la Universitatea Tennessee, unde am predat tehnici literare, și timp de câteva luni stranii am locuit împreună într-o cameră neîngrijită dintr-un vechi hotel din Knoxville. (Apropo, recomand *acel* mod de a locui oricui vrea să testeze adevăratele niveluri de compatibilitate dintr-o relație nouă.)

Trăiam sacadat, mereu pe picior de plecare, de cele mai multe ori împreună, dar în continuă mișcare, ca niște martori într-un ciudat program internațional de protecție. Relația noastră – deși tinzând spre echilibru și calmă la nivel personal – reprezenta o continuă provocare logistică și, dacă mai puneam la socoteală și multele zboruri internaționale, devenise a naibii de costisitoare. În plus, era traumatizantă din punct de vedere psihologic. La fiecare reîntâlnire, Felipe și cu mine trebuia să ne reînvățăm unul pe celălalt. La aeroport trăiam de fiecare dată momentul acela plin de nervozitate în care-l așteptam să apară, întrebându-mă: *Oare o să-l mai cunosc? Oare el o să mă mai cunoască?* După primul an, am început amândoi să tânjim după ceva mai stabil, Felipe fiind cel care a făcut marea mutare. A renunțat la căsuța lui modestă, dar încântătoare din Bali și s-a mutat cu mine într-o casă minusculă pe care o închiriasem de curând la periferia Philadelphiei.

Deși să dai Bali pe suburbiile din Philly poate părea o alegere ciudată, Felipe a jurat că i se urâse de mult cu viața de la tropice. E prea ușor să trăiești în Bali, unde fiecare zi este o copie plăcută și plicticoasă a celei dinainte, se plângea el. Își dorea deja de ceva timp să plece, a insistat, chiar înainte de a mă cunoaște pe mine. Bun, să te plictisești de paradis ar putea să pară ceva imposibil de înțeles cuiva care n-a trăit niciodată cu adevărat în paradis (mie una ideea mi s-a părut un pic extravagantă), însă, cu trecerea anilor, decorul de vis din Bali ajunsese într-adevăr să-i pară lui Felipe cumplit de monoton. N-am să uit niciodată una dintre ultimele seri fermecătoare pe care le-am petrecut împreună în căsuța lui din Bali – așezați afară, în picioarele goale și cu pielea înrourată de aerul cald de noiembrie, bând vin și privind marea de constelații care sclipea deasupra câmpurilor de orez. În timp ce boarea parfumată făcea palmierii să foșnească și aducea de departe muzica abia sesizabilă a unei ceremonii dintr-un templu, Felipe s-a uitat la mine, a oftat și mi-a spus pe un ton decis:

— Tare mi s-a urât de tot rahatul ăsta. Abia aștept să mă întorc în Philly.

Așa că iată-ne stabiliți în toată regula în Philadelphia (orașul gropilor înfrățite[1])! Adevărul este că regiunea ne plăcea mult amândurora. Căsuța noastră închiriată era aproape de sora mea și de familia ei, a căror apropiere fizică devenise de-a lungul anilor vitală pentru fericirea

1. Numele de origine grecească „Philadelphia" se poate traduce prin „dragoste frățească", dar orașul Philadelphia e bine-cunoscut și pentru gropile din asfalt, o mare problemă locală. (*N.t.*)

mea. În plus, după toți anii de călătorii în locuri îndepărtate pe care îi adunaserăm amândoi, ne simțeam bine și chiar energizați de faptul că locuim în America, o țară care, în ciuda tuturor minusurilor sale, continua să fie *interesantă* pentru amândoi: genul de loc alert, multicultural, aflat în continuă evoluție, înnebunitor de paradoxal, provocator din perspectivă creativă și plin de viață prin definiție.

Așa că Felipe și cu mine ne-am stabilit cartierul general acolo, în Philadelphia, și am exersat cu un succes care ne-a dat curaj primele noastre adevărate momente de viață casnică. El își vindea bijuteriile; eu lucram la proiecte literare care presupuneau să stau într-un singur loc și să strâng informații. El gătea; eu aveam grijă de peluză; din când în când, unul din noi pornea aspiratorul. Lucram bine împreună în aceeași casă, împărțindu-ne sarcinile zilnice fără ciondăneli. Ne simțeam ambițioși și productivi și optimiști. Viața era frumoasă.

Dar aceste episoade de stabilitate nu puteau dura niciodată prea mult. Din cauza restricțiilor lui de viză, intervalul maxim de timp pe care-l putea petrece Felipe legal în America, înainte de a trebui să se retragă, pentru o vreme, în altă țară, era de trei luni. Așa că el lua din nou avionul, iar eu, în răstimpul în care lipsea, rămâneam singură cu cărțile și cu vecinii mei. După câteva săptămâni, se întorcea în SUA cu o altă viză de nouăzeci de zile și ne reluam viața casnică împreună. Faptul că aceste perioade de câte nouăzeci de zile împreună ni se păreau aproape perfecte pentru noi este dovada gradului de neliniște cu care priveam amândoi relațiile pe termen lung; până aici se puteau extinde planurile de viitor pe care le puteau face doi supraviețuitori de divorțuri tumultuoase fără să se simtă prea amenințați. Iar uneori, când programul meu o permitea, plecam și eu la el în perioadele dintre două vize.

Așa se explică de ce ne întorceam într-o bună zi împreună în Statele Unite dintr-o călătorie de afaceri în străinătate, ca să aterizăm – din cauza ciudățeniei biletelor noastre ieftine și a unui zbor de legătură – pe Aeroportul Internațional Dallas/Fort Worth. Am trecut prima de Imigrări, mișcându-mă cu ușurință în coada conaționalilor mei, cetățeni americani reîntorși în țară. Ajunsă în siguranță de cealaltă parte, l-am așteptat pe Felipe, care se afla într-o lungă coadă de străini. L-am văzut apropiindu-se de funcționarul de la Imigrări, care a început să studieze cu atenție pașaportul australian, gros cât o Biblie, al lui Felipe, scrutând fiecare pagină, fiecare ștampilă, fiecare hologramă. În mod normal nu erau atât de vigilenți, și începusem să mă îngrijorez, căci totul dura prea mult. Priveam și așteptam, ciulind urechea după sunetul acela atotputernic din cursul oricărei traversări de frontieră reușite: acel *bum* dens, solid, pe care-l face ștampila vizei de intrare în țară. Dar sunetul n-a mai venit.

În schimb, funcționarul de la Imigrări a ridicat receptorul și a dat un telefon discret. Câteva momente mai târziu a apărut un tip îmbrăcat în uniforma Departamentului de Securitate Internă al Statelor Unite, care mi-a luat iubitul cu el.

Oamenii în uniformă de la aeroportul din Dallas l-au interogat pe Felipe timp de șase ore. Timp de șase ore, cu interdicția de a-l vedea sau de a pune întrebări, am stat într-o sală de așteptare a Departamentului de Securitate Internă – un spațiu șters, cu lumină de neon, plin de oameni îngrijorați proveniți din toată lumea, cu toții încremeniți de frică la fel ca mine. Habar n-aveam ce-i făceau acolo lui Felipe sau ce îl întrebau. Știam că nu încălcase nici o lege, dar acest gând nu era atât de liniștitor pe cât v-ați putea închipui. Erau ultimii ani din mandatul prezidențial al lui George W. Bush: nu prea era un moment istoric în care să stai relaxat știindu-ți iubitul de origine străină ținut în custodia statului. Încercam să mă calmez cu ajutorul cunoscutei rugăciuni a misticei Juliana de Norwich, din secolul al XIV-lea („Totul va fi bine, și totul va fi bine, și toate lucrurile vor fi bine“), dar nu credeam nici un cuvânt din rugăciune. Nimic nu era bine. Nici măcar un singur lucru.

Din când în când, mă ridicam de pe scaunul meu de plastic și încercam să storc vreo informație de la funcționarul de Imigrări din spatele geamului antiglonț. Dar acesta îmi ignora rugămințile, recitându-mi de fiecare dată același răspuns:

— Domnișoară, când vom avea ceva să vă spunem despre prietenul dumneavoastră (*your boyfriend*), vă vom anunța.

Într-o astfel de situație, dați-mi voie să spun, probabil că nu există nici un alt cuvânt în limba engleză care să sune mai șubred decât *boyfriend*. Până și felul expeditiv în care funcționarul rostise acel cuvânt arăta cât de puțin impresionat era de relația mea. De ce Dumnezeu ar oferi vreodată un angajat al statului informații despre un biet *prieten*? Îmi doream să-i pot explica mai bine lucrurile funcționarului de la Imigrări, să-i spun: „Ascultă, bărbatul pe care l-ai reținut aici este mult mai important pentru mine decât ai putea măcar încerca să-ți imaginezi." Dar, chiar și în starea mea de tulburare, mă îndoiam că asta ar putea ajuta cumva. Mai mult, mă temeam că, dacă împing lucrurile prea departe, aș putea declanșa niște repercusiuni neplăcute la capătul unde se afla Felipe, așa că, neajutorată, m-am retras. Abia acum îmi dau seama că ar fi trebuit să fac efortul de a suna un avocat. Dar nu aveam un telefon la mine și nu voiam să-mi abandonez postul din sala de așteptare, și nici nu cunosc vreun avocat în Dallas, și oricum era sâmbătă după-amiază, așa că la cine aș fi putut apela?

Într-un final, după șase ore, a apărut un polițist care m-a condus prin niște holuri, printr-un labirint subteran de mistere birocratice, într-o cameră mică și slab luminată în care se găsea Felipe împreună cu funcționarul de Securitate Internă care-l interogase. Amândoi arătau la fel de obosiți, dar numai unul din cei doi bărbați era *al meu* – iubitul meu, cel mai familiar chip din lume pentru mine. Vederea lui m-a făcut să mă doară în piept de atâta dor. Voiam să-l ating, dar am simțit că nu era voie, așa că am rămas în picioare.

Felipe mi-a zâmbit obosit și mi-a spus:

— Draga mea, viețile noastre sunt pe cale să devină mult mai interesante.

Înainte să apuc să răspund, funcționarul care-l interogase s-a grăbit să preia controlul situației și al tuturor explicațiilor.

— Domnișoară, mi-a spus, v-am adus aici, în spate, ca să vă explicăm că de-acum înainte n-o să-i mai permitem prietenului dumneavoastră să intre în Statele Unite. Îl vom ține în închisoare până când vom putea să-l trimitem cu avionul în Australia, fiindcă are pașaport australian. După care n-o să se mai poată întoarce în America.

Prima mea reacție a fost una fizică. M-am simțit de parcă tot sângele din corp mi se evaporase instantaneu și, pentru o clipă, ochii mei au refuzat să mai focalizeze. În secunda următoare, mintea a început să-mi funcționeze. Am trecut rapid în revistă criza gravă și neașteptată. Cu mult înainte de a ne fi cunoscut, Felipe își câștiga deja pâinea în Statele Unite, unde făcea vizite scurte de câteva ori pe an, importând legal pietre prețioase și bijuterii din Brazilia și Indonezia, pe care le vindea pe piețele americane. America a primit mereu cu brațele deschise oameni de afaceri străini, ca el, care aduc în țară mărfuri și bani și care fac comerț. Iar lui Felipe îi mersese bine în America. Cu veniturile obținute aici de-a lungul a câteva decenii, își dăduse copiii (acum adulți) la cele mai bune școli private din Australia. America era centrul vieții lui profesionale, chiar dacă nu trăise niciodată aici până de foarte curând. Dar tot stocul lui de marfă era aici, ca și toate contactele lui. Dacă nu s-ar mai putea întoarce niciodată în America, mijloacele lui de trai ar dispărea complet. Nemaivorbind că și eu trăiam aici, în Statele Unite, și că Felipe dorea să fie cu mine, și că – datorită familiei și muncii mele – eu voiam să mă întorc tot timpul în America. Iar Felipe devenise parte din familia mea. Fusese îndrăgit de părinții mei, de sora mea, de prietenii mei, de lumea mea. Deci cum ne-am putea continua viața împreună dacă el va avea interdicție permanentă? Ce-o să facem? (*Unde vom dormi eu și cu tine?* spune un vers al unui trist cântec de dragoste wintu[1]. *La marginea zdrențuită și căzută a cerului? Unde vom dormi eu și cu tine?*)

— Pe ce bază îl deportați? l-am întrebat pe funcționarul de Securitate Internă, încercând să par autoritară.

— Domnișoară, nu e vorba de o deportare propriu-zisă. (Spre deosebire de mine, funcționarul nu trebuia să încerce să pară autoritar, pentru el era ceva natural.) Doar că îi refuzăm intrarea în Statele Unite pe baza faptului că în ultimul an a vizitat prea des America. Nu și-a depășit niciodată perioada de viză, dar din toate plecările și venirile astea reiese că locuiește cu dumneavoastră în Philadelphia

1. Trib de amerindieni din nordul statului California. (*N.t.*)

pe perioade de câte trei luni, după care pleacă din țară doar ca să se întoarcă în Statele Unite imediat după.

Era greu să-l contrazici, din moment ce Felipe exact așa făcea.

— Și ăsta-i vreun delict? am întrebat.

— Nu chiar.

— Nu chiar sau nu?

— Nu, domnișoară, nu-i un delict. Tocmai de-aia nu-l arestăm. Dar viza de trei luni pe care guvernul Statelor Unite o oferă cetățenilor din țările prietene nu este destinată vizitelor consecutive pe termen nelimitat.

— N-am știut asta, am spus eu.

Atunci a intervenit și Felipe.

— Domnule, de fapt, un funcționar de la Imigrări din New York ne-a spus cândva că pot intra în Statele Unite de câte ori vreau atâta timp cât nu depășesc niciodată perioada de nouăzeci de zile a vizei.

— Nu știu cine v-a zis, dar nu e adevărat.

Auzindu-l pe funcționar spunând toate astea, mi-am amintit de avertismentul pe care Felipe mi-l dăduse cândva în legătură cu trecerile de frontieră: „Draga mea, nu le lua niciodată în glumă. Ține minte mereu că în orice zi, din orice motiv, oricare paznic de frontieră din lume poate să decidă că nu vrea să te lase să intri."

— Ce-ați face dumneavoastră dacă ați fi acum în situația noastră? l-am întrebat.

E o tehnică pe care am învățat, cu timpul, s-o folosesc ori de câte ori mă pomenesc în impas în fața unui asistent nepăsător de la vreun serviciu Clienți sau a unui birocrat apatic. Când îți construiești fraza în felul acesta, inviți persoana care deține întreaga putere să se oprească o clipă și să se pună în locul tău, persoana complet lipsită de putere. E un mod subtil de a solicita empatie. Sinceră să fiu, de cele mai multe ori nu ajută deloc. Dar de data asta eram dispusă să încerc orice.

— Păi, dacă prietenul dumneavoastră mai vrea să se întoarcă vreodată în Statele Unite, va trebui să-și asigure un tip de viză mai bun, mai sigur. În locul dumneavoastră, eu l-aș ajuta să-l obțină.

— Bine, și atunci, am întrebat, care e cea mai rapidă cale prin care putem să-i obținem un tip de viză mai bun și mai sigur?

Funcționarul de Securitate Internă s-a uitat la Felipe, apoi la mine, apoi din nou la Felipe.

— Sincer? Voi doi ar trebui să vă căsătoriți.

Mi-a stat inima, aproape că i-am auzit bătăile oprindu-se. De cealaltă parte a micii încăperi, am auzit inima lui Felipe stând odată cu a mea, într-un perfect tandem al disperării.

Retrospectiv, pare incredibil că am fost luată prin surprindere de fraza aceea. Pentru numele lui Dumnezeu, nu mai auzisem până atunci de căsătorii făcute pentru cartea verde? Poate că la fel de incredibil pare și faptul că – dat fiind caracterul urgent al circumstanțelor – sugestia de a ne căsători mi-a provocat neliniște, nu ușurare. La urma urmei, ni se oferise o variantă, nu-i așa? Și totuși, propunerea mă luase prin surprindere. Și mă duruse. Îmi scosesem atât de complet noțiunea de căsătorie din minte, încât fusesem șocată să aud această idee rostită cu voce tare. Mă simțeam tristă și lovită pe neașteptate, și împovărată, și izgonită dintr-un colț de importanță fundamentală pentru ființa mea, dar, mai presus de orice, mă simțeam *captivă*. Simțeam că eram amândoi captivi. Peștele care sare și pasărea care se scufundă fuseseră prinși în plasă. Iar naivitatea mea, nu pentru prima dată în viață, din păcate, mă lovise peste față ca o palmă udă: *Cum de fusesem atât de ridicolă încât să-mi închipui că aveam să reușim să ne trăim la nesfârșit viețile după bunul nostru plac?*

Un timp, nimeni n-a mai spus nimic; până când responsabilul cu interogatoriile de la Securitatea Internă, privindu-ne fețele tăcute și mohorâte, ne-a întrebat:

— Iertați-mă, oameni buni, dar care-i problema?

Felipe își scoase ochelarii și se frecă la ochi – semn, știam eu dintr-o lungă experiență, de epuizare totală. Oftă, apoi spuse:

— Of, Tom, Tom, Tom...

Nu-mi dădusem seama până atunci că cei doi ajunseseră să-și spună pe nume. Deși mă gândesc că se ajunge și la asta după un interogatoriu de șase ore. Mai ales când cel interogat este Felipe.

— Nu, serios, acum – care-i problema voastră? întrebă funcționarul Tom. E evident că voi locuiți deja împreună. E evident că țineți mult unul la celălalt, nu sunteți nici unul căsătorit cu altcineva...

— Ce trebuie să înțelegi, Tom – explică Felipe aplecându-se spre el și vorbind într-un mod familiar care nu se potrivea deloc cu decorul instituțional în care ne aflam –, este că eu și Liz am trecut amândoi prin niște divorțuri tare, tare rele.

Funcționarul Tom scoase un sunet slab – un soi de „o..." ușor și plin de compasiune. Apoi își scoase și el ochelarii și se frecă și el la ochi. M-am uitat instinctiv la al treilea deget al mâinii lui stângi. Nici o verighetă. Acel deget gol de la mâna lui stângă și reacția reflexă de compasiune obosită m-au făcut să pun un diagnostic rapid: divorțat.

Din acest moment, discuția noastră a luat o turnură suprarealistă.

— Păi, ați putea totuși să semnați un contract prenupțial, sugeră funcționarul Tom. Adică, dacă vă faceți griji că ați putea trece din nou prin toate mizeriile financiare dintr-un divorț. Iar dacă e vorba de probleme legate de relație, poate ar fi o idee bună să vă duceți la un consilier marital.

Ascultam uluită. *Oare chiar primeam sfaturi maritale de la un reprezentant al Departamentului de Securitate Internă al Statelor Unite? Într-o cameră de interogatoriu? În pântecele Aeroportului Internațional Dallas/Fort Worth?*

Mi-am recăpătat vocea, apoi am propus următoarea soluție sclipitoare:

— Domnule funcționar Tom, ce-ar fi dacă aș găsi o modalitate prin care să-l *angajez* pe Felipe, în loc să mă mărit cu el? N-aș putea să-l aduc în America în calitate de angajat, în loc de soț?

Felipe se ridică în picioare și exclamă:

— Iubito! Ce idee grozavă!

Funcționarul Tom ne aruncă fiecăruia câte o privire nedumerită. Îl întrebă pe Felipe:

— Chiar ai prefera ca femeia asta să-ți fie șefă, nu soție?

— Sfinte Doamne, da!

Simțeam cum funcționarul Tom se abține aproape fizic să întrebe: „Ce soi de oameni mai sunteți și voi?" Dar era un profesionist desăvârșit, așa că n-a spus nimic de genul ăsta. Doar și-a dres glasul și a continuat:

— Din păcate, propunerea pe care tocmai ați făcut-o nu e legală în această țară.

Felipe și cu mine ne-am pleoștit din nou, încă o dată în tandem perfect și într-o tăcere deprimantă.

După un lung răstimp petrecut în felul acesta, am vorbit din nou.

— Bine, am spus, învinsă. Hai să terminăm cu chestia asta. Dacă mă căsătoresc cu Felipe chiar acum, chiar aici, la dumneavoastră în birou, îl lăsați să intre astăzi în țară? N-aveți prin aeroport vreun preot care ar putea să ne căsătorească?

În viață există momente în care chipul unui om obișnuit poate căpăta o aură de cvasidivinitate, și exact asta s-a petrecut în acele clipe. Tom – funcționar texan de la Securitatea Internă, un tip hârșit, cu insignă și burtă – mi-a zâmbit cu o tristețe, o bunătate, o compasiune luminoasă complet nelalocul lor în camera aceea stătută și dezumanizantă. Începuse deodată să arate el însuși ca un preot.

— A, nuuu... spuse el cu blândețe. Mă tem că lucrurile nu pot merge așa.

Amintindu-mi acum de toate astea, evident că-mi dau seama că funcționarul Tom știa deja ce ne așteaptă pe mine și pe Felipe mult mai bine decât am fi putut ști noi înșine. Știa foarte bine că obținerea unei vize de logodnă din partea Statelor Unite, mai ales în urma unui „incident de graniță" asemenea celui în cauză, nu avea să fie deloc simplă. Funcționarul Tom putea să prevadă toate problemele ce aveau să ne năpădească: de la avocații din trei țări care urmau să întocmească toate documentele legale necesare, până la rapoartele poliției federale ce trebuiau obținute din fiecare țară în care locuise vreodată Felipe; până la vrafurile de scrisori personale, fotografii și alte obiecte intime pe care eram acum obligați să le predăm pentru a dovedi că relația noastră este reală (inclusiv, înnebunitoare ironie, dovezi precum conturi bancare comune – lucruri pe care ne chinuiserăm din răsputeri să le păstrăm *separate*); până la amprentele noastre digitale; până la vaccinuri; până la radiografiile pulmonare pentru screeningul de tuberculoză; până la interviurile de la ambasadele americane din străinătate; până la dosarul din armata braziliană al lui Felipe, pe care trebuia să-l recuperăm cumva, la treizeci și cinci de ani după îndeplinirea stagiului militar; până la însuși răstimpul nesfârșit pe care Felipe era acum obligat să-l petreacă afară din țară cât timp se derula acest proces; până la – mai rău decât orice – oribila nesiguranță de a nu ști dacă toate aceste eforturi aveau să fie sau nu de ajuns, cu alte cuvinte, de a nu ști dacă Guvernul Statelor Unite (asumându-și în această privință rolul unui tată sever și de modă veche) urma să-l accepte vreodată pe acest bărbat drept soț al meu, fiica naturală păzită cu posesivitate.

Așadar, funcționarul Tom știa deja toate astea, iar faptul că își exprimase compasiunea pentru lucrurile prin care urma să trecem era un gest de bunătate neașteptat, într-o situație altminteri dezastruoasă. Iar faptul că, înainte de acest moment, nu-mi închipuisem niciodată că aș putea să laud în scris sensibilitatea vreunui membru al Departamentului de Securitate Internă nu face decât să arate cât de stranie devenise întreaga situație. Aici ar mai trebui să adaug că funcționarul Tom a făcut pentru noi încă un gest plin de bunătate (asta înainte de a-i pune lui Felipe cătușele și de a-l duce la închisoarea din Dallas, unde l-a lăsat peste noapte în compania unor delincvenți adevărați). Gestul pe care l-a făcut funcționarul Tom a fost următorul: ne-a lăsat pe mine și pe Felipe singuri în camera de interogatoriu timp de două minute întregi, astfel că ne-am putut spune la revedere în intimitate.

Când nu ai decât două minute pentru a spune la revedere persoanei pe care o iubești și când nu știi când vă veți mai revedea, efortul de a spune și a face și a stabili totul dintr-odată te poate paraliza. În cele două minute petrecute singuri în camera de interogatoriu, am făcut un plan grăbit, pe nerăsuflate. Eu urma să mă duc acasă la Philadelphia, să mă mut din casa închiriată, să pun totul la păstrare, să găsesc un avocat de imigrări și să pun în mișcare întregul demers legal. Felipe, evident, urma să meargă la închisoare. Apoi avea să fie deportat în Australia – chiar dacă nu era vorba despre o „deportare" legală propriu-zisă. (Vă rog să mă iertați că folosesc cuvântul „deportare" în paginile acestei cărți, dar încă nu știu sigur cum trebuie să denumesc situația în care o persoană este aruncată afară dintr-o țară.) Cum Felipe nu mai avea nimic în Australia, nici locuință, nici perspective pecuniare, urma să facă pregătiri pentru a merge cât mai repede într-un loc mai ieftin – probabil Asia de sud-est –, iar eu aveam să plec după el în acel colț de lume, după ce puneam lucrurile în mișcare pe partea mea. Iar acolo aveam să petrecem împreună această perioadă de așteptare nesigură.

În timp ce Felipe scria numerele de telefon ale avocatului, ale copiilor lui majori și ale partenerilor lui de afaceri, ca să-i pot înștiința pe toți despre situație, eu mi-am golit geanta, căutând disperată lucruri pe care să i le dau pentru a-i face mai ușoară șederea în închisoare: gumă de mestecat, toți banii mei lichizi, o sticlă cu apă, o fotografie cu noi doi și un roman pe care-l citisem în avion, cu un titlu destul de potrivit: *Un gest de iubire*[1].

Apoi ochii lui Felipe s-au umplut de lacrimi și mi-a zis:

— Îți mulțumesc că ai apărut în viața mea. Indiferent ce se mai întâmplă de-acum înainte, indiferent ce hotărăști să faci pe viitor, să știi că mi-ai dăruit cei mai fericiți doi ani pe care i-am trăit și n-o să te uit niciodată.

Mi-am dat seama dintr-o străfulgerare: *Doamne, Dumnezeule, omul ăsta crede că aș putea să-l părăsesc acum.* Reacția lui m-a surprins și m-a înduioșat, dar, mai presus de orice, m-a făcut să mă rușinez. Nu-mi trecuse prin minte să *nu* mă căsătoresc cu Felipe și să nu-l salvez de la exil – dar se părea că lui îi trecuse prin minte că acum urma să fie părăsit. Îi era cu adevărat teamă că aș putea să-l abandonez, lăsându-l cu ochii în soare, falit și deportat. Oare îmi câștigasem o asemenea reputație? Oare eram într-adevăr percepută, chiar și între granițele

1. Carte a lui James Meek, trad. rom. Humanitas Fiction, 2007. (*N.t.*)

micii noastre povești de dragoste, drept o persoană care abandonează corabia la primul obstacol? Dar nu cumva temerile lui Felipe nu erau cu totul nejustificate, ținând cont de antecedentele mele? Dacă am fi fost în situația inversă, nu m-aș fi îndoit nici o clipă de soliditatea loialității lui și nici de dorința lui de a sacrifica orice pentru mine. Oare el putea fi sigur de aceeași statornicie din partea mea?

Trebuia să recunosc că – dacă povestea asta ar fi avut loc cu zece sau cu cincisprezece ani mai devreme – aproape sigur mi-aș fi lăsat baltă partenerul aflat într-o situație critică. Recunosc cu regret că, în tinerețe, dețineam doar o cantitate neglijabilă de onoare, dacă o aveam și pe aia, și una dintre specialitățile mele era comportamentul flușturatic și nepăsător. Dar acum transformarea într-o persoană cu caracter contează mult pentru mine și, cu cât înaintez în vârstă, cu atât contează mai mult. Așa că, în acel moment, și nu mai aveam decât un moment de petrecut singură cu Felipe, am făcut unicul lucru corect față de bărbatul pe care-l adoram. I-am jurat – incrustându-i cuvintele în ureche, ca să-mi înțeleagă sinceritatea – că nu aveam să-l părăsesc, că aveam să fac ce era nevoie pentru a drege lucrurile și, chiar dacă lucrurile nu se mai puteau drege în America, vom rămâne oricum împreună undeva, în orice colț de lume o fi să fie.

Funcționarul Tom s-a întors în încăpere.

În ultimul moment, Felipe îmi șopti:

— Te iubesc atât de mult, că sunt în stare să mă și căsătoresc cu tine.

— Și eu te iubesc *pe tine* atât de mult, i-am declarat, că sunt în stare să mă și căsătoresc cu tine.

Apoi, oamenii amabili de la Securitatea Internă ne-au separat, l-au încătușat pe Felipe și l-au dus; mai întâi la închisoare, apoi în exil.

În acea noapte, în timp ce zburam singură către mica noastră lume, acum caducă, din Philadelphia, m-am gândit mai serios la ceea ce tocmai promisesem. Am fost surprinsă să descopăr că nu-mi venea să plâng și nici nu intrasem în panică; cumva, situația părea prea gravă pentru oricare din aceste reacții. În schimb, aveam un feroce sentiment de concentrare – simțeam că situația trebuie abordată cu cea mai mare seriozitate. În decursul a doar câteva ore, viața mea alături de Felipe fusese complet răsturnată cu susul în jos ca de o enormă spatulă cosmică. Iar acum, așa se părea, eram logodiți și urma să ne căsătorim. Fusese cu siguranță o ceremonie de logodnă stranie și pripită. Părea mai degrabă ceva din Kafka decât din Austen. Și totuși, logodna era cât se poate de oficială, pentru că așa trebuia să fie.

Bine atunci. Fie. Cu siguranță nu eram prima femeie din istoria familiei mele nevoită să se căsătorească din cauza unei situații grave – deși situația mea, cel puțin, nu implica o sarcină întâmplătoare. Chiar și așa, rețeta era aceeași: mărită-te și fă-o cât mai repede. Așa că asta aveam de gând să facem. Dar adevărata problemă era alta. Am descoperit-o de una singură în acea noapte, în avionul care mă ducea înapoi acasă la Philadelphia: habar nu aveam ce anume *este* o căsnicie.

Făcusem deja această greșeală înainte – intrând într-o căsnicie fără să înțeleg absolut nimic despre această instituție. De fapt, mă aruncasem în prima mea căsnicie, la vârsta complet insuficientă de douăzeci și cinci de ani, cam la fel cum se aruncă un labrador într-o piscină – cu exact la fel de multă pregătire și prevedere. Când aveam douăzeci și cinci de ani eram atât de iresponsabilă, încât probabil că n-ar fi trebuit să mi se dea voie să-mi aleg singură nici măcar pasta de dinți, necum propriul viitor, așa că această nepăsare, după cum vă puteți imagina, m-a costat scump. I-am cules consecințele cu vârf și îndesat șase ani mai târziu, în decorul sumbru al sălii de judecată în care am divorțat.

Privind în urmă la ziua primei mele nunți, îmi amintesc de romanul lui Richard Adlington *Moartea unui erou*, în care autorul meditează la cei doi tineri îndrăgostiți din cartea sa, la nefasta zi a nunții lor: „Poate cineva să înșire ignoranțele, grăitoarele ignoranțe ale lui George Augustus și ale Isabelei din momentul în care s-au promis unul altuia până când moartea îi va despărți?“ Fusesem și eu cândva o mireasă aiurită, semănând foarte mult cu Isabel, personajul lui Adlington, despre care acesta scria: „Ceea ce *nu* știa ea includea aproape întreaga sferă de cunoștințe ale omenirii. Problema era să descoperi ce anume știa.“

Iar acum – la mai coapta și considerabil mai puțin aiurita vârstă de treizeci și șapte de ani – nu eram convinsă că știu mult mai multe decât altădată despre realitățile parteneriatelor consfințite legal. Eșuasem în căsnicie și eram îngrozită de căsătorie, dar nu sunt sigură că asta mă transformase într-o expertă în căsnicii; nu mă făcuse decât expertă în eșecuri și groază, iar aceste două domenii sunt deja suprasaturate de experți. Însă destinul intervenise și-mi cerea să mă căsătoresc, iar eu învățasem destule din experiențele mele de viață pentru a înțelege că intervențiile destinului pot fi uneori descifrate ca niște invitații de a ne înfrunta și chiar depăși cele mai mari temeri ale noastre. Nu e nevoie să fii vreun geniu pentru a recunoaște că, dacă ești împins de soartă să faci exact lucrul de care te-ai temut și de care ți-a fost cel mai scârbă, lucrul acesta poate fi cel puțin *o ocazie de dezvoltare interioară cât se poate de interesantă*.

Așa că, încetul cu încetul, în avionul care plecase din Dallas, mi-am dat seama – cu viața dată peste cap și cu iubitul izgonit, amândoi efectiv condamnați la căsătorie – că poate ar trebui să folosesc acest timp ca să mă împac cumva cu ideea de căsătorie înainte de a sări din nou direct în ea. Poate că era înțelept să fac un mic efort pentru a descoperi misterul a ceea ce este de fapt, în numele lui Dumnezeu și în întreaga istorie a umanității, această instituție a căsătoriei: stupefiantă, vexantă și contradictorie, dar care rezistă cu încăpățânare.

Și exact asta am făcut. În cele zece luni care au urmat – în timp ce călătoream alături de Felipe într-o stare de dezrădăcinare și exil și în timp ce mă chinuiam din răsputeri să-l aduc înapoi în America pentru a ne căsători în siguranță (funcționarul Tom ne avertizase că o căsătorie în Australia sau în orice altă țară din lume i-ar fi enervat și mai mult pe cei de la Departamentul de Securitate Internă și ar fi încetinit încă mai mult procesul de imigrare) – singurul lucru la care m-am gândit, singurul lucru despre care am citit și cam singurul lucru despre care am vorbit cu aproape oricine a fost paradoxalul subiect al căsătoriei.

Am pus-o pe sora mea, aflată acasă, în Philadelphia (și care se nimerește să fie chiar istoric de meserie), să-mi trimită colete cu cărți despre căsătorie. Mi le-a expediat în tot felul de locuri din întreaga lume. Oriunde ne-am fi aflat Felipe și cu mine, eu mă încuiam în camera de hotel ca să studiez cărțile, petrecând nenumărate ore în compania unor eminenți savanți într-ale căsătoriei, precum Stephanie Coontz[1] și Nancy Cott[2] – scriitoare ale căror nume nu le mai auzisem niciodată până atunci, dar care deveneau acum eroinele și maestrele mele. Sinceră să fiu, tot studiul ăsta m-a transformat într-o turistă execrabilă. În acele luni de călătorie, Felipe și cu mine am ajuns într-o mulțime de locuri frumoase și fascinante, dar mă tem că eu n-am dat mereu atenția cuvenită împrejurimilor. Oricum, n-am resimțit această perioadă ca pe o aventură lipsită de griji. O resimțeam mai degrabă ca pe o fugă, ca pe o hegiră. Când călătorești pentru că nu te poți întoarce acasă, pentru că unul din voi nu are permisiunea legală de a se întoarce, nu poate fi vorba de ceva vesel.

În plus, situația noastră financiară era cam proastă. *Mănâncă, roagă-te, iubește* mai avea aproape un an până să devină un bestseller profitabil, dar pe atunci acest eveniment fericit nu se petrecuse încă și nici nu ne așteptam să se întâmple vreodată. Felipe era acum complet rupt de sursa lui de venit, așa că trăiam amândoi din resturile ultimului meu contract de carte, și nu știam cât timp aveau să ne mai ajungă banii. Încă o vreme, sigur, dar nu la nesfârșit. Începusem de curând să lucrez la un nou roman, dar documentarea și scrisul îmi fuseseră întrerupte de deportarea lui Felipe. Iată de ce ajunsesem în Asia de sud-est, unde doi oameni nepretențioși pot trăi convenabil cu treizeci de dolari pe zi. Deși n-aș spune că am suferit cu adevărat în cursul acestei perioade de exil (nici vorbă să fim niște refugiați politici înfometați), voi spune totuși că a fost o modalitate foarte stranie

1. Stephanie Coontz (n. 1944), scriitoare și autoare americană de studii istorice ale căror teme predilecte sunt cele legate de familie. (*N.t.*)

2. Nancy Cott, scriitoare și profesoară universitară americană cu importante lucrări despre gen, feminism și căsătorie. (*N.t.*)

și tensionată de a trăi, stranietatea și tensiunea fiind intensificate de nesiguranța zilei de mâine.

Am hoinărit aproape un an, așteptând momentul în care Felipe avea să fie chemat la interviul de la consulatul american din Sydney, în Australia. Rătăcind din țară în țară, ajunseserăm pur și simplu să semănăm cu un cuplu de insomniaci care încearcă să găsească o poziție confortabilă de dormit, într-un pat ciudat și incomod. De-a lungul multor nopți angoasate, în multe paturi cu adevărat ciudate și incomode, zăceam pe întuneric încercând să-mi rezolv conflictele și prejudecățile referitoare la căsătorie, filtrând toate informațiile pe care le citeam, săpând în subteranele istoriei în căutarea unor concluzii liniștitoare.

Probabil că ar trebui să spun clar, din capul locului, că mi-am limitat studiul aproape exclusiv la căsătoria în istoria occidentală și că această carte va reflecta limitarea culturală pe care mi-am propus-o. Orice istoric al căsătoriei sau antropolog care se respectă va găsi lacune uriașe în demersul meu scriitoricesc, deoarece am lăsat neexplorate continente și secole întregi de istorie omenească și am omis unele concepte matrimoniale de importanță vitală (poligamia este doar un exemplu). Mi-ar fi plăcut, și ar fi fost cu siguranță educativ, să cercetez mai adânc toate cutumele maritale posibile de pe glob, dar n-am avut timpul necesar pentru asta. Doar ca să înțeleg cât de cât natura complexă a mariajului în lumea islamică, de exemplu, aș fi avut nevoie de ani întregi de studiu, iar eu aveam un termen-limită care nu mi-a permis o cercetare atât de amplă. În viața mea ticăia un ceas cât se poate de real: în decursul unui an – cine nu e gata îl iau cu lopata! – trebuia să mă căsătoresc. Așa stând lucrurile, părea obligatoriu să-mi canalizez întreaga atenție asupra istoriei căsătoriei occidentale monogame, astfel încât să-mi înțeleg mai bine ideile preconcepute moștenite, familia și lista mea de temeri specifice de ordin cultural.

Am sperat că tot acest studiu ar putea să-mi atenueze cumva aversiunea adâncă față de căsătorie. Nu știam cum anume avea să se întâmple asta, dar experiența mea din trecut mă învățase ceva: cu cât aflam mai multe despre un lucru, cu atât mă temeam mai puțin de el. (La fel ca în povestea cu spiridușul și prințesa, unele temeri pot dispărea doar atunci când le descoperi denumirile ascunse și neștiute.) Ceea ce voiam cu adevărat, mai presus de orice, era să accept cumva din toată inima căsătoria cu Felipe atunci când va sosi ziua cea mare, și nu doar să înghit pilula cea rea pe care mi-o rezervase soarta. Numiți-mă demodată, dar mă gândeam că ar fi drăguț să fiu fericită în ziua nunții mele. Fericită *și* conștientă, vreau să zic.

Cartea aceasta e povestea drumului meu până acolo.

Și totul începe – pentru că orice poveste trebuie să înceapă undeva – în munții din nordul Vietnamului.

CAPITOLUL DOI
Căsătoria și așteptările

Un bărbat poate fi fericit alături de orice femeie atâta timp cât nu o iubește.
Oscar Wilde

În ziua aceea m-a găsit o fetiță.

Felipe și cu mine ajunseserăm în satul acela după o călătorie făcută noaptea într-un tren zgomotos și murdar din epoca sovietică, venind din Hanoi. Nu-mi mai amintesc exact de ce am mers acolo și nu în altă parte, dar cred că la recomandarea unor tineri excursioniști danezi. În orice caz, după călătoria lungă și mizerabilă cu trenul, a urmat o călătorie lungă și mizerabilă cu autobuzul. Într-un final, mașina ne-a lăsat într-un loc uluitor de frumos, urmând conturul zimțat al graniței cu China – îndepărtat, înverzit și sălbatic. Am găsit un hotel și, când am ieșit să explorez împrejurimile și să încerc să-mi scutur din picioare amorțeala drumului, fetița s-a apropiat de mine.

Avea doisprezece ani, urma să aflu mai târziu, dar era mai mică decât orice fetiță americancă de doisprezece ani pe care o cunoscusem eu vreodată. Era extraordinar de frumoasă. Pielea îi era întunecată și sănătoasă, părul – lucios și prins în codițe, trupul compact era robust și părea sigur de el sub tunica scurtă de lână. Deși era o vară cu zile dogoritoare, gambele îi erau înfășurate în jambiere de lână multicoloră. Bătea nerăbdătoare din picioarele încălțate în sandale chinezești de plastic. Se învârtea deja de ceva vreme în jurul hotelului (o văzusem încă de când ne cazaserăm) și acum, când ieșisem singură din clădire, m-a abordat direct.

— Cum te cheamă? m-a întrebat.

— Pe mine Liz, dar pe tine cum te cheamă?

— Mă cheamă Mai, spuse ea, și pot să-ți scriu numele meu, ca să înveți să-l spui corect.

— E clar că vorbești foarte bine engleza, am complimentat-o eu.

A ridicat din umeri.

— Sigur că da. Exersez des cu turiștii. Mai vorbesc vietnameză, chineză și ceva japoneză.

— Cum? am glumit eu. Franceză nu?

— *Un peu*, îmi răspunse cu o uitătură șmecherească. Apoi mă întrebă: De unde ești, Liz?

— Din America. După care, încercând să fiu amuzantă, pentru că era evident că ea era localnică, am întrebat-o: Dar *tu* de unde ești, Mai?

S-a prins imediat că fac o glumă și a intrat în joc:

— Sunt din burtă de la mama, mi-a răspuns, făcându-mă să mă îndrăgostesc de ea instantaneu.

Într-adevăr, Mai era din Vietnam, dar mi-am dat seama mai târziu că niciodată n-ar fi declarat că e vietnameză. Era hmong – aparținea unei etnii mici, mândre și izolate (ceea ce antropologii numesc „popor originar") care trăiește pe cele mai înalte culmi muntoase din Vietnam, Thailanda, Laos și China. Asemeni kurzilor, cei din etnia hmong nu au aparținut niciodată cu adevărat vreuneia din țările în care locuiesc. Continuă să fie unul dintre cele mai spectaculos de independente popoare ale lumii – sunt nomazi, povestitori, războinici, nonconformiști din născare și s-au dovedit o teribilă urgie pentru orice națiune care a încercat vreodată să-i stăpânească.

Pentru a înțelege cât de mică este probabilitatea ca populația hmong să continue să existe pe această planetă, încercați să vă imaginați cum ar fi dacă indienii mohawk ar locui în continuare în nordul statului New York exact la fel cum au făcut-o timp de secole, îmbrăcați în haine tradiționale, vorbind o limbă proprie și refuzând în mod categoric asimilarea. Așa că simplul fapt de a descoperi în primii ani ai secolului XXI un sat hmong ca acela în care eram e un miracol anacronic. Cultura acestor oameni oferă o excepțională și efemeră deschidere către o versiune mai veche a experienței omenești. Ceea ce înseamnă:

dacă vrei să știi cum era familia ta acum patru mii de ani, poți presupune că semăna cu cele din etnia hmong.

— Știi ceva, Mai? am spus. N-ai vrea să fii traducătoarea mea pe ziua de azi?

— De ce? întrebă ea.

Etnicii hmong sunt cunoscuți drept oameni extrem de direcți, așa că i-am spus și eu la fel de direct:

— Vreau să vorbesc cu câteva dintre femeile din satul tău despre căsniciile lor.

— De ce? mă întrebă ea din nou.

— Pentru că în curând mă căsătoresc și mi-ar plăcea să primesc niște sfaturi.

— Ești prea bătrână să te căsătorești, remarcă Mai cu amabilitate.

— Păi și prietenul meu e tot bătrân, am replicat. Are cincizeci și cinci de ani.

S-a uitat la mine mai de aproape, a scos un fluierat slab, apoi a spus:

— Norocul lui.

Nu prea știu de ce s-a hotărât Mai să mă ajute în ziua aceea. Curiozitate? Plictiseală? Speranța că aveam să-i dau niște bani? (Lucru pe care, evident, l-am și făcut.) Dar, indiferent de motiv, a acceptat. Nu peste mult timp, după un urcuș pe un deal abrupt din apropiere, am ajuns la casa de piatră a lui Mai, care era micuță, înnegrită de funingine, luminată doar de câteva ferestre minuscule și cuibărită într-una din cele mai frumoase văi pe care v-ați putea-o imagina. Mai m-a condus înăuntru și m-a prezentat unui grup de femei: unele țeseau, altele găteau sau făceau curat. Dintre toate, cea mai uimitoare mi s-a părut, încă de când am intrat, bunica lui Mai. Era cea mai răzăreață și cea mai fericită bunicuță știrbă de un metru treizeci pe care o văzusem vreodată. În plus, mă găsea extrem de amuzantă. Toate lucrurile legate de mine păreau s-o distreze peste măsură. Mi-a pus pe cap o pălărie hmong foarte înaltă, m-a arătat cu degetul, apoi a râs. Mi-a trântit în brațe un minuscul bebeluș hmong, m-a arătat cu degetul, apoi a râs. M-a înfășurat într-o fabuloasă țesătură hmong, m-a arătat cu degetul, apoi a râs.

Trebuie spus că nu mă deranja nimic din toate astea. Învățasem cu mult timp în urmă că, atunci când ești un vizitator uriaș și străin într-o cultură străină și îndepărtată, să devii obiect de amuzament este aproape o îndatorire. E cel mai mic lucru, și vorbesc serios, pe care-l poți face în calitate de musafir bine-crescut. Nu mult după aceea, în casă au început să apară și alte femei – vecine și rude. Mi-au arătat și ele ce țeseau, și-au trântit pălăriile pe capul meu, mi-au umplut brațele cu bebelușii lor, m-au arătat cu degetul și au râs.

După cum mi-a explicat Mai, toată familia ei – aproape douăsprezece suflete – locuia în acea casă cu o singură cameră. Toată lumea dormea laolaltă pe jos. De-o parte se afla bucătăria, iar de cealaltă, soba cu lemne folosită iarna. Orezul și porumbul erau depozitate într-un pod de deasupra bucătăriei, iar porcii, găinile și bivolul erau ținuți tot timpul în apropiere. În toată casa nu exista decât un singur spațiu mai ferit, care nu depășea mărimea unei debarale. După cum am aflat mai târziu din lecturile mele, acela era locul în care tinerii căsătoriți din fiecare familie aveau permisiunea să doarmă împreună în primele luni de după căsătorie, pentru a-și putea explora sexualitatea într-un cadru intim. Însă, după acea primă experiență a intimității, tânărul cuplu se reîntorcea alături de familie și continua să doarmă pe jos, alături de toți ceilalți, de-a lungul întregii vieți.

— Ți-am spus că tata a murit? m-a întrebat Mai în timp ce-mi arăta împrejurimile.

— Îmi pare rău, am spus. Când s-a întâmplat?

— Acum patru ani.

— Cum a murit, Mai?

— A murit, mi-a spus ea sec, și cu asta a încheiat. Tatăl ei murise de moarte. La fel cum mureau oamenii pe vremuri, presupun, înainte să știm atât de multe despre *cum* sau *de ce*. Când a murit, am mâncat bivolul la înmormântare, adăugă Mai. Odată cu acea amintire, pe chipul ei se aprinse o întreagă paletă de emoții complicate: tristețea pierderii tatălui, plăcerea amintirii gustului atât de bun al bivolului.

— Mama ta e singură?

Mai dădu din umeri.

Aici, singurătatea este ceva greu de imaginat. La fel de greu cum e să-ți imaginezi unde anume ai putea-o găsi, în această aglomerată organizare casnică, pe sora geamănă mai veselă a singurătății: *intimitatea*. Mai și mama ei trăiau în permanenta apropiere a o mulțime de oameni. Eram uimită – și nu se întâmpla pentru prima dată în decursul anilor mei de călătorii – de cât de izolată pare, prin comparație, societatea americană contemporană. În locul de unde vin eu, definiția a ceea ce constituie o „unitate familială" a fost ciuntită până la dimensiuni atât de mici, încât probabil că a ajuns de nerecunoscut drept *familie* în ochii oricărui membru al acestor ample, neîngrădite și atotînvăluitoare clanuri hmong. În ziua de azi, aproape că ai nevoie de un microscop electronic ca să studiezi familia occidentală modernă. De obicei descoperi două, poate trei, uneori chiar patru persoane care zumzăie toate într-un spațiu uriaș, fiecare cu propriile sale domenii fizice și psihice, fiecare petrecându-și separat de celelalte lungi perioade din zi.

Nu vreau să insinuez că tot ce ține de familia modernă intrată la apă este în mod necesar un lucru rău. E evident că viața și sănătatea femeilor se îmbunătățesc odată cu limitarea numărului de copii pe care-i au, ceea ce constituie o lovitură răsunătoare dată mirajului culturii active a clanurilor. În plus, sociologii au descoperit de mult că riscul de incest și de molestare a copiilor crește de fiecare dată când rude atât de numeroase și cu vârste atât de variate locuiesc într-o proximitate atât de strânsă. Când aglomerația devine așa de mare, e greu să mai supraveghezi indivizii și să-i protejezi – iar individualitatea, cu atât mai puțin.

Dar sigur că în casele noastre moderne și extrem de intime și de închise s-a pierdut ceva. Privindu-le pe femeile hmong interacționând unele cu celelalte, am ajuns să mă întreb dacă nu cumva evoluția familiei occidentale, din ce în ce mai mică și mai dispersată, nu a pus o presiune în plus asupra căsniciilor moderne. În societatea hmong, bărbații și femeile nu petrec prea mult timp împreună. Da, ai un soț sau o soție. Da, faci sex cu persoana respectivă. Da, destinele vă sunt legate. Da, s-ar putea să fie vorba chiar de dragoste. Dar, în afara acestor lucruri, viețile bărbaților și ale femeilor sunt separate destul de drastic de tărâmurile distincte ale îndatoririlor specifice fiecărui gen în parte. Bărbații muncesc și socializează cu alți bărbați; femeile muncesc și socializează cu alte femei. Exemplificare: în ziua aceea nu puteai găsi nici un bărbat pe nicăieri în apropierea casei lui Mai. Orice făceau bărbații (munceau pe câmp, beau, stăteau de vorbă, jucau cărți), făceau acele lucruri în altă parte, doar între ei, separați de universul femeilor.

Așa că, dacă ești femeie hmong, nu te aștepți ca soțul să-ți fie neapărat și cel mai bun prieten, confidentul cel mai apropiat, sfătuitorul în probleme afective, egalul tău intelectual, alinarea în perioadele de tristețe. În schimb, femeile hmong primesc în mare parte această hrană și acest sprijin emoțional din partea altor femei – de la surori, mătuși, mame, bunici. În viața unei femei hmong există o mulțime de voci, de opinii și de ajutoare emoționale care o înconjoară în permanență. Rudele îți sunt la îndemână, în sens propriu, în orice direcție, și o mulțime de mâini femeiești transformă marile greutăți ale vieții într-o treabă ușoară, sau măcar mai ușoară.

Într-un sfârșit, după ce s-au rostit toate saluturile, după ce-au fost legănați toți copiii și după ce toate râsetele s-au stins, instalându-se o atmosferă politicoasă, ne-am așezat toate. Având-o alături ca traducătoare pe Mai, am început prin a o întreba pe bunică dacă n-ar vrea să-mi povestească ceva despre ceremoniile de la nunțile hmong.

E foarte simplu, mi-a explicat bunica răbdătoare. Înaintea unei nunți hmong tradiționale, trebuie ca familia mirelui să vină în vizită în casa miresei, astfel ca cele două familii să cadă de acord privind zestrea, data, planul. Cu această ocazie se sacrifică întotdeauna o găină, pentru ca morții familiei să fie mulțumiți. Când sosește ziua nunții, se sacrifică și un mare număr de porci. Se pregătește o masă mare, iar rudele vin din toate satele pentru a sărbători evenimentul. Ambele familii contribuie la acoperirea cheltuielilor. Se organizează o procesiune până la masa de nuntă, iar una dintre rudele mirelui trebuie să ducă tot timpul o umbrelă.

În acel moment am întrerupt-o ca să întreb ce semnificație are umbrela, dar întrebarea mea a generat confuzie. Confuzie legată, probabil, de semnificația cuvântului „semnificație". Umbrela este umbrelă, mi s-a spus, și este dusă de cineva pentru că la nunți trebuie mereu să se ducă o umbrelă. De aia se duce, și cu asta, basta, așa a fost întotdeauna.

Astfel rezolvată chestiunea întrebărilor despre umbrele, bunica a continuat cu descrierea răpirii, obicei nupțial hmong tradițional. E un obicei străvechi, mi-a spus, deși în zilele noastre se practică mult mai rar decât în trecut. Dar încă există. Miresele – care uneori sunt consultate dinainte în legătură cu propriile răpiri, alteori nu – sunt răpite de potențialii lor soți, care le duc pe cal până la casa familiilor lor. Totul este organizat foarte strict, fiind permis doar în anumite nopți ale anului, la sărbătorile de după anumite zile de târg. (Nu poți să răpești pur și simplu o mireasă oricând ai chef. Există *reguli*.) Fetei răpite i se oferă trei zile în care trăiește în casa răpitorului, alături de familia lui, pentru a se hotărî dacă vrea sau nu să se mărite cu el. De cele mai multe ori, mi-a mai spus bunica, căsătoria are loc, cu încuviințarea fetei. În rarele situații în care potențiala mireasă răpită nu se înțelege cu răpitorul, acesteia i se permite la sfârșitul celor trei zile să se întoarcă acasă la propria familie, și întreaga afacere este uitată. Ceea ce mie mi s-a părut chiar rezonabil, în limitele unei răpiri.

Conversația a devenit stranie pentru mine – și pentru toate celelalte femei din încăpere – în momentul în care am încercat s-o fac pe bunică să-mi spună povestea propriei căsnicii, în speranța că aveam să storc de la ea vreo anecdotă personală sau emoțională legată de experiența ei maritală. Confuzia a început imediat, de cum am întrebat-o pe bătrână:

— Ce ai crezut despre soțul tău prima dată când l-ai întâlnit?

Toată fața ei plină de riduri a căpătat o expresie de nedumerire. Imaginându-mi că bunica – sau poate Mai – nu mi-a înțeles bine întrebarea, am încercat din nou:

— Când ți-ai dat seama că soțul tău poate fi cel cu care dorești să te căsătorești?

Am fost din nou întâmpinată de o buimăceală politicoasă.

— Ai știut de la început că e deosebit? am mai încercat o dată. Sau ai învățat cu timpul să-ți placă de el?

Câteva dintre femeile din încăpere începuseră deja să chicotească nervos, așa cum ai râde pe înfundate în prezența unei persoane cam nebune – ceea ce se pare că tocmai devenisem în ochii lor.

Am bătut în retragere și am încercat o altă abordare:

— De fapt când ai făcut cunoștință cu soțul tău?

Bunica și-a scormonit un pic printre amintiri de data asta, dar n-a reușit să-mi dea un răspuns mai precis decât „demult de tot". Părea că această chestiune nu e deloc importantă pentru ea.

— OK, *unde* ți-ai cunoscut soțul? am întrebat, încercând să simplific cât mai mult problema.

Din nou, însăși forma curiozității mele părea un mister pentru bunică. Dar, politicoasă, a făcut o încercare. Nu se *cunoscuse* cu soțul ei niciodată înainte de a se căsători cu el, încercă ea să-mi explice. Sigur că-l văzuse prin împrejurimi. Doar există mereu o mulțime de oameni prin împrejurimi, nu? Nu-și mai aducea prea bine aminte. Oricum, a mai spus, dacă îl cunoștea sau nu când era tânără nici nu e o întrebare prea importantă. La urma urmei, încheie ea spre deliciul celorlalte femei din cameră, acum cu siguranță îl cunoaște!

— Dar când te-ai îndrăgostit de el? am întrebat într-un final, drept la țintă.

În secunda în care Mai le-a tradus întrebarea, toate femeile hmong aflate în încăpere, cu excepția bunicii, care era prea politicoasă, au izbucnit în râs – o explozie spontană de veselie pe care încercau toate s-o înăbușe cuviincios acoperindu-și gura cu mâinile.

Ați putea crede că asta m-a descurajat. Poate că ar fi trebuit. Dar am insistat și, după hohotele acelea de râs, am pus o întrebare care li s-a părut încă și mai ridicolă:

— Ce crezi, care e secretul unei căsnicii fericite? am întrebat cu toată sinceritatea.

De data asta n-a mai rezistat nimeni. Până și bunica a izbucnit în hohote dezlănțuite. Ceea ce era în regulă, nu-i așa? După cum am stabilit deja, sunt de fiecare dată cât se poate de mulțumită când se râde pe socoteala mea într-o țară străină, pentru amuzamentul altora. Dar acum, trebuie să mărturisesc, veselia aceea avea darul să mă neliniștească un pic, căci pur și simplu nu înțelesesem deloc gluma. Tot ce înțelesesem era că aceste doamne hmong și cu mine vorbeam în mod evident limbi complet diferite. (Asta dincolo și indiferent de faptul că vorbeam limbi diferite la modul literal.) Dar ce anume li se părea atât de absurd la întrebările mele?

În săptămânile următoare, în care am derulat de multe ori în minte acea conversație, am fost obligată să-mi compun o teorie proprie privind motivele pentru care eu și gazdele mele fuseserăm atât de străine unele de celelalte și de reciproc incomprehensibile pe tema căsniciei. Și iată ce am ajuns să cred: nici bunica hmong, nici vreo altă femeie din acea încăpere nu făcea din propria căsnicie epicentrul biografiei sale emoționale în vreun fel care să-mi fie cât de cât familiar. În lumea occidentală modernă și industrializată de unde vin eu, persoana cu care alegi să te căsătorești este probabil cea mai grăitoare reprezentare a propriei tale personalități. Perechea ta devine cea mai strălucitoare oglindă posibilă prin care individualitatea ta emoțională se reflectă către lume. Până la urmă, nu există o alegere mai profund personală ca aceea a omului cu care decizi să te căsătorești; în mare măsură, această alegere spune lumii *cine ești tu*. Așa că, dacă întrebi orice femeie modernă tipică *cum* și-a cunoscut soțul, *când* și-a cunoscut soțul sau *de ce* s-a îndrăgostit de soțul ei, poți fi absolut sigur că vei auzi o povestire completă, complexă și profund personală pe care respectiva femeie nu numai că a țesut-o cu grijă în jurul întregii întâmplări, ci a și memorat-o, a internalizat-o, a căutat cu grijă în ea indicii privitoare la propriul ei sine. Mai mult, foarte probabil îți va împărtăși foarte deschis această poveste – chiar dacă ești cineva complet necunoscut. De fapt, de-a lungul anilor, am descoperit că întrebarea „Cum ți-ai cunoscut soțul?" are calitatea de-a sparge mai bine decât orice altceva gheața unei conversații. Din experiența mea, nu contează nici măcar dacă acea căsnicie a fost una fericită sau un dezastru: interlocutoarea îți va relata oricum povestea ca pe una de importanță vitală, eventual de *maximă* importanță vitală, despre ființa ei emoțională.

Oricine ar fi acea femeie occidentală modernă, vă garantez că povestea ei va avea două personaje principale – ea și soțul ei – care, asemeni personajelor dintr-o carte sau dintr-un film, se presupune că se aflau înainte într-un soi de voiaj personal prin viață și care apoi s-au intersectat într-un moment-cheie predestinat. (De exemplu: „Locuiam la San Francisco în vara aia și nu aveam de gând să rămân prea mult pe-acolo – până când l-am cunoscut pe Jim la o petrecere.") Probabil că povestea va fi dramatică și va avea suspans. („Credea că sunt cuplată cu tipul cu care venisem acolo, dar Larry era prietenul meu gay!") Va conține și dubii. („Nu era deloc genul meu, mie de obicei îmi plac tipii mai intelectuali.") Invariabil, povestea se va termina fie printr-o izbăvire („Acum nu-mi mai pot închipui viața fără el!"), fie – dacă lucrurile s-au deteriorat – cu îndoieli auto-incriminatoare („De ce n-am putut să admit imediat că era un bețiv și un mincinos?"). Oricare ar fi amănuntele, poți fi sigur că povestea de dragoste a femeii moderne a fost examinată chiar de ea din toate unghiurile posibile și că, de-a lungul anilor, narațiunea a fost fie ipostaziată într-un superb mit epic, fie mumificată într-o fabulă amară plină de învățăminte.

Am să risc aici o presupunere și am să spun: femeile hmong nu par să procedeze așa. Sau cel puțin nu *acele* femei hmong.

Vă rog să mă înțelegeți, nu sunt antropolog și recunosc că îmi depășesc cu mult pregătirea atunci când fac orice fel de speculație despre cultura hmong. Experiența mea personală cu acele femei s-a limitat la o singură discuție de după-amiază, la care am avut o fetiță de doisprezece ani pe post de translator, deci cred că nu exagerez spunând că pesemne am ratat ceva din nuanțele acelei societăți străvechi și complexe. Recunosc și că este posibil ca femeile cu pricina să fi considerat întrebările mele indiscrete, dacă nu de-a dreptul ofensatoare. De ce să-mi fi povestit mie, o intrusă băgăreață, cele mai intime povești ale lor? Și chiar dacă ar fi încercat cumva să-mi împărtășească lucruri despre relațiile lor, este foarte posibil ca anumite mesaje subtile să se fi pierdut pe drum din cauza vreunei greşeli de traducere sau a unei simple neînţelegeri interculturale.

Acestea fiind spuse, sunt totuşi o persoană care şi-a petrecut o parte neobişnuit de mare a vieţii profesionale luând interviuri şi mă încred în capacitatea mea de a observa şi de a asculta cu atenţie. În plus, la fel ca toată lumea, de câte ori intru în casele unor străini, observ imediat dacă respectiva familie ar putea vedea sau face lucrurile în alte moduri decât le vede şi le face familia mea. Prin urmare, putem spune că rolul meu din ziua aceea petrecută în gospodăria hmong a fost unul de vizitator cu un simţ de observaţie peste medie, care a dat o atenţie peste medie gazdelor sale, înzestrate cu o expresivitate peste medie. Dintr-un asemenea rol, şi numai din acesta, sunt sigură că nu mă înşel când declar ce *nu* am văzut petrecându-se în acea zi în casa bunicii lui Mai. *Nu* am văzut un grup de femei care să ţeasă mituri ultraprelucrate sau fabule pline de învăţăminte despre căsniciile lor. Motivul pentru care acest lucru mi s-a părut demn de atenţie este faptul că am văzut în toată lumea femei care ţes mituri ultraprelucrate sau fabule pline de învăţăminte despre căsniciile lor, şi o fac dinaintea a tot felul de oameni şi fără să se lase rugate prea mult. Dar doamnele hmong nu păreau absolut deloc interesate de treaba asta. Şi nici nu le-am văzut pe aceste femei hmong modelând personajul „soţului" în eroul pozitiv sau negativ al vreunei vaste, complexe şi epice Poveşti despre Sinele Emoţional.

Nu spun că aceste femei nu-şi iubesc soţii sau că nu şi i-au iubit niciodată, sau că n-ar fi *putut* s-o facă. Ar fi ridicol să presupun aşa ceva, deoarece oamenii se iubesc peste tot şi au făcut-o dintotdeauna. Iubirea romantică este o experienţă umană universală. Dovezi de pasiune există în toate colţurile lumii. Toate culturile omenirii au cântece de dragoste şi farmece de dragoste şi rugăciuni de dragoste. Inimile oamenilor se frâng de-a lungul oricăror granițe sociale, religioase, culturale, de gen sau de vârstă posibile. (În India – aşa, ca să ştiţi – 3 mai este Ziua Naţională a Inimilor Frânte. Iar în Papua Noua Guinee există un trib ai cărui bărbaţi scriu cântece de dragoste pline de tristeţe denumite *namai*, în care sunt istorisite poveştile tragice ale unor căsătorii care nu s-au petrecut niciodată, dar ar fi trebuit să se petreacă.) Kate, o prietenă de-a mea, a fost cândva la concertul unor interpreți vocali mongoli, aflați la New York cu ocazia unuia dintre rarele lor turnee mondiale. Deși n-a înțeles nici un cuvânt din cântecele lor, i s-a părut că muzica aceea era aproape insuportabil de tristă. După concert, Kate s-a dus la solistul grupului mongol și l-a întrebat: „Despre ce e vorba în cântecele dumneavoastră?“ Acesta i-a răspuns: „În cântecele noastre e vorba despre aceleași lucruri ca în cântecele tuturor: e vorba de dragostea pierdută și de faptul că cineva ți-a furat cel mai sprinten cal.“

Așadar, evident că cei din etnia hmong se îndrăgostesc. Evident că au preferințe pentru o persoană în detrimentul alteia sau că le este dor de cineva drag care a murit, sau că se pomenesc că adoră în mod inexplicabil mirosul ori râsul cuiva. Dar poate că ei nu cred că vreunul din lucrurile astea care țin de iubirea romantică are prea mult de-a face cu *adevăratele motive pentru a te căsători*. Poate că ei nu presupun că aceste entități distincte (dragostea și căsătoria) trebuie în mod necesar să se intersecteze – nici la începutul unei relații, nici, poate, altă dată. Poate că pentru ei căsătoria ține de cu totul altceva.

Dacă asta vi se pare o noțiune străină și nebunească, amintiți-vă că, nu cu foarte mult timp în urmă, oamenii din propria noastră cultură aveau exact aceleași vederi lipsite de romantism asupra căsătoriei. Evident, căsătoriile aranjate n-au reprezentat niciodată o trăsătură relevantă pentru societatea americană, și cu atât mai puțin răpirile de mirese, dar, până destul de curând, *căsătoriile pragmatice* au fost extrem de răspândite în anumite pături ale societății. Prin „căsătorie pragmatică“ înțeleg orice uniune în care interesele unui grup mai extins primau în fața intereselor celor două persoane implicate. Astfel de căsătorii au fost caracteristice pentru societatea rurală americană timp de multe, foarte multe generații.

Se întâmplă să am chiar eu cunoștință de o asemenea căsătorie pragmatică. Pe vremea când eram copil în orășelul meu din Connecticut, vecinii mei preferați erau doi soți cu părul alb pe care-i chema Arthur și Lillian Webster. Websterii erau fermieri producători de lapte și trăiau după un cod inviolabil de reguli clasice, tipice yankeilor. Erau modești, cumpătați, generoși, muncitori, credincioși fără să fie habotnici și membri activi, dar discreți ai comunității; își crescuseră cei trei copii învățându-i să fie buni cetățeni. Erau și niște oameni de o mare bunătate. Domnul Webster îmi spunea „Creața" și mă lăsa să mă plimb ore întregi cu bicicleta prin parcarea lor frumos pavată. Doamna Webster mă lăsa uneori – dacă eram foarte cuminte – să mă joc cu colecția ei de sticle vechi de medicamente.

Doamna Webster a murit cu doar câțiva ani în urmă. La câteva luni după moartea ei, am ieșit la cină cu domnul Webster și am ajuns să vorbim despre soția lui. Voiam să știu cum se cunoscuseră, cum se îndrăgostiseră – întregul început romantic al vieții lor împreună. I-am pus și lui toate întrebările, doar cu alte cuvinte, pe care aveam să le pun într-o bună zi doamnelor hmong din Vietnam, și am primit aceleași răspunsuri – sau lipsă de răspunsuri. N-am putut scoate de la domnul Webster nici măcar o amintire romantică legată de începuturile căsniciei lui. Mi-a mărturisit că nu-și mai amintea nici momentul în care o întâlnise prima dată pe Lillian. Din câte ținea minte, o văzuse mai tot timpul prin oraș. Cu siguranță nu fusese vorba despre dragoste la prima vedere. Nu a existat nici un moment electrizant, nici o sclipire de atracție instantanee. Nu se îndrăgostise de ea în nici un fel.

— Și atunci de ce v-ați căsătorit cu ea? l-am întrebat.

După cum mi-a explicat domnul Webster în stilul lui tipic, deschis și la obiect, se căsătorise fiindcă fratele lui îl sfătuise să se însoare. Arthur urma să preia în scurt timp ferma familiei, așa că avea nevoie de o soție. Nu poți administra cum trebuie o fermă fără să ai nevastă, la fel cum n-o poți administra cum trebuie fără să ai tractor. Era un mesaj lipsit de sentimentalism, dar producția de lapte din New England era și ea o afacere lipsită de sentimentalism, iar Arthur a știut că sfatul fratelui lui e extrem de nimerit. Așa că harnicul și ascultătorul tânăr domn Webster a ieșit în lume și, supus, și-a ales o soție. Ascultând această povestire, ai sentimentul că s-ar fi putut ca slujba de „doamnă Webster" să-i revină oricărei fete, și nu neapărat lui Lillian, ceea ce la vremea respectivă n-ar fi însemnat pentru nimeni cine știe ce mare diferență. Pur și simplu se întâmplase ca Arthur să se hotărască s-o ia pe cea blondă, cea care lucra la Oficiul pentru Agricultură din oraș. Avea vârsta potrivită. Era drăguță. Era sănătoasă. Era fată bună. Era suficient.

Astfel că, evident, mariajul Websterilor n-a izvorât dintr-un loc plin de-o dragoste uriașă, personală și pasională – la fel cum a fost și cu căsnicia bunicii hmong. În cazul acesta, am putea face greșeala de a presupune că o astfel de uniune este o „căsătorie fără dragoste". Dar trebuie să ne ferim să tragem astfel de concluzii. Eu știu că n-a fost așa, cel puțin în cazul familiei Webster.

În anii ei din urmă, doamna Webster a fost diagnosticată cu maladia Alzheimer. Timp de aproape un deceniu, această femeie, care fusese cândva puternică, a pierit treptat, într-un mod cumplit de dureros pentru toți membrii comunității care îi vedeau degradarea. Soțul ei – bătrânul și pragmaticul fermier yankeu – a avut grijă de ea acasă tot timpul. A îmbăiat-o, a hrănit-o, a renunțat la toate libertățile pentru a o păzi pe ea și a învățat să suporte îngozitoarele consecințe ale decrepitudinii ei. A îngrijit-o pe acea femeie mult timp după ce ea încetase să mai știe cine era el, ba chiar mult timp după ce încetase să mai știe și cine era ea. În fiecare duminică, domnul Webster își îmbrăca soția în haine frumoase, o așeza în scaunul cu rotile, apoi o ducea la slujbă în aceeași biserică în care se căsătoriseră cu aproape șaizeci de ani înainte. Făcea asta pentru că lui Lillian îi plăcuse întotdeauna să meargă la biserică și pentru că știa că, dacă ar fi fost conștientă de el, i-ar fi apreciat gestul. Arthur stătea în bancă alături de soția lui duminică după duminică, ținând-o de mână în timp ce ea aluneca încet, depărtându-se de el, în străfundurile uitării.

Și dacă asta nu e dragoste, atunci va trebui ca cineva să-mi explice pe îndelete și cu foarte mare grijă ce e de fapt dragostea.

Acestea fiind spuse, trebuie să ne mai ferim de ceva: anume să presupunem că toate căsătoriile aranjate din lume și din istorie, sau că toate căsătoriile pragmatice, sau că toate căsătoriile care au început printr-o răpire au sfârșit în mod obligatoriu cu ani plini de satisfacții. Până la un punct, Websterii au fost norocoși. (Deși putem bănui că au și investit multă muncă în propria căsnicie.) Dar poate că ceea ce au în comun Websterii și etnicii hmong este ideea că punctul emoțional din care începe o căsnicie nu este nici pe departe la fel de important ca punctul emoțional în care *se sfârșește* o căsnicie, după ani întregi de parteneriat. Ba mai mult, probabil că și unii, și ceilalți ar fi de acord că nu există o singură persoană specială care te așteaptă undeva, în lume, și care, ca prin farmec, va face ca viața ta să devină una împlinită; ci că există o mulțime de oameni (probabil chiar în comunitatea ta) cu care ai putea să pecetluiești o legătură respectabilă. După care poți trăi și lucra cot la cot cu acea persoană ani întregi, cu speranța că tandrețea și afecțiunea vor fi rezultatele treptate ale uniunii voastre.

La finalul interviului meu din casa familiei lui Mai, mi-a fost oferită cea mai clară exemplificare posibilă a acestei idei atunci când i-am pus micuței bunici hmong o ultimă întrebare pe care, din nou, ea a găsit-o bizară și străină.

— Bărbatul dumneavoastră este un soț bun? am întrebat.

Bătrâna a trebuit să-și roage nepoata să repete întrebarea de câteva ori, doar pentru a se asigura că o auzise corect: Este un soț *bun?* Apoi m-a privit cu un aer amuzat, de parcă aș fi întrebat: „Pietrele astea care alcătuiesc muntele pe care locuiți sunt pietre *bune*?"

Cel mai bun răspuns pe care l-a putut găsi a fost acesta: bărbatul ei nu a fost nici soț bun, nici soț rău. A fost doar soț. A fost la fel cum *sunt* toți soții. În timp ce vorbea despre el, cuvântul „soț" părea să denumească o îndeletnicire, poate chiar o specie, într-o măsură mult mai mare decât să reprezinte un anume individ, fie el prețuit sau enervant. Rolul de „soț" era destul de simplu, implicând o serie de atribuții pe care, în mod evident, bărbatul ei le îndeplinise într-o măsură satisfăcătoare de-a lungul vieții lor împreună. La fel cum făceau și soții celorlalte femei, adăugase ea, asta dacă nu aveai ghinionul să dai peste vreun târâie-brâu. Bătrâna bunică a mers până într-acolo încât mi-a spus că, până la urmă, nu este atât de important cu ce bărbat se căsătorește o femeie. Cu rare excepții, orice bărbat e cam la fel ca oricare altul.

— Ce vreți să spuneți cu asta? am întrebat.

— Toți bărbații și toate femeile sunt cam la fel, cam tot timpul, m-a lămurit ea. Toată lumea știe că ăsta e adevărul.

Celelalte femei hmong au dat toate aprobator din cap.

Îngăduiți-mi să mă opresc o clipă aici pentru a face o remarcă sinceră și probabil extrem de evidentă.

Pentru mine e prea târziu să fiu hmong.

Pentru numele lui Dumnezeu, probabil că pentru mine e prea târziu să fiu și o Webster.

M-am născut într-o familie americană din clasa de mijloc, în a doua jumătate a secolului XX. La fel ca nenumărate milioane de alte persoane din lumea contemporană născute în circumstanțe asemănătoare, am fost educată să cred că sunt specială. Părinții mei (care nu erau nici hipioți, nici radicali; și care de fapt au votat de două ori cu Ronald Reagan) pur și simplu credeau că fiicele lor aveau daruri și visuri deosebite, care le făceau să difere de copiii altor oameni. „Eu-tatea" mea a fost tot timpul lăudată, fiind în plus recunoscută ca diferită de „ea-tatea" surorii mele, de „ei-tatea" prietenilor mei și de „ceilalți-tatea" restului lumii. Deși n-am fost în nici un caz o răsfățată, părinții mei considerau că fericirea mea personală are o oarecare importanță și că ar trebui să învăț să-mi croiesc drumul în viață într-un mod care să susțină și să reflecte propria mea căutare a fericirii.

Aici trebuie să adaug că toate rudele și toți prietenii mei au fost educați să aibă aceeași convingere, desigur în diferite grade. Cu posibila excepție a celor mai conservatoare familii din societatea noastră, sau a celor mai nou-imigrate familii din societatea noastră, toți cei pe care-i cunoșteam aveau în comun acest respect cultural asumat pentru individ. Indiferent de religia noastră, indiferent de nivelul veniturilor noastre, cumva acceptaserăm cu toții aceeași dogmă, pe care aș putea s-o caracterizez ca foarte recentă din punct de vedere istoric și în mod categoric occidentală, și care poate fi foarte bine redată prin cuvântul: „contezi".

Nu vreau să insinuez că etnicii hmong nu consideră importantă fericirea personală a copiilor lor; dimpotrivă, în cercurile antropologice sunt cunoscuți pentru faptul că alcătuiesc unele dintre cele mai incredibil de iubitoare familii din lume. Dar este evident că societatea lor nu slujește la Altarul Alegerii Individuale. La fel ca în cele mai multe dintre societățile tradiționale, dogma familiilor hmong ar putea fi redată foarte bine nu prin cuvântul „contezi“, ci prin cuvintele „*rolul* tău contează“. Pentru că, după cum părea să știe toată lumea din satul acela, în viață există lucruri care trebuie îndeplinite – unele lucruri pe care trebuie să le îndeplinească bărbații și unele lucruri pe care trebuie să le îndeplinească femeile – și fiecare trebuie să contribuie cât de bine poate. Dacă îți îndeplinești sarcinile în mod rezonabil, noaptea te poți culca liniștit, știind că ești un bărbat bun sau o femeie bună, și mai mult de atât nu trebuie să aștepți de la viața sau de la relațiile tale.

Întâlnirea din acea zi cu femeile hmong din Vietnam mi-a amintit de o veche zicală: „Cine seamănă așteptare culege dezamăgire.“ Prietena mea, bunica hmong, nu fusese niciodată învățată să creadă că treaba soțului ei este s-o facă pe ea extraordinar de fericită la nivel personal. Din capul locului, nu fusese niciodată învățată să creadă că menirea ei pe lume era să devină extraordinar de fericită la nivel personal. Negustând încă de la început din astfel de așteptări, nu culesese nici vreo deziluzie în urma căsniciei. Căsnicia ei își îndeplinise rolul, înfăptuise sarcinile sociale de care fusese nevoie, nu devenise altceva decât era nevoie să devină – și fusese foarte bine așa.

Dimpotrivă, eu am fost învățată mereu că goana după fericire e un drept al meu natural (chiar *național*), din naștere. Căutarea fericirii este însăși marca emoțională a culturii din care provin. Și nici măcar orice fel de fericire, ci o fericire profund personală, ba chiar o fericire deplină. Și oare ce altceva ar putea procura mai multă fericire deplină, dacă nu dragostea romantică? Pe mine una, cultura din care provin m-a învățat mereu că mariajul ar trebui să fie o seră fertilă în care dragostea romantică să poată înflori din abundență. Așa că, în interiorul serei cam șubrede care fusese prima mea căsnicie, plantasem strat după strat de mari speranțe. Fusesem un veritabil Johnny Appleseed[1]

1. Johnny Appleseed (1774–1845), pe numele său adevărat John Chapman, pionier american și pomicultor celebru, care a introdus cultura mărului în mai multe state americane. (*N.t.*)

a marilor speranțe, și tot ce reușisem să culeg după toată truda mea se dovedise o recoltă de fructe amare.

Am senzația că, dacă aș fi încercat să explic situația asta bunicii hmong, ea n-ar fi reușit să înțeleagă absolut nimic din aiurelile pe care le-aș fi spus. Probabil că ar fi reacționat exact la fel cum a reacționat o bătrână pe care am cunoscut-o cândva în sudul Italiei, după ce îi mărturisisem că-mi părăsisem soțul fiindcă eram nefericită în căsnicie.

— Cine-i *fericit*? întrebase văduva italiancă într-o doară, apoi încheiase definitiv acea conversație printr-un ridicat din umeri.

Bun, nu vreau să risc să romanțez aici viața atât de simplă a țăranului celui pitoresc. Sper să fie clar, nu aveam nici o dorință să fac schimb de vieți cu nici una dintre femeile pe care le-am cunoscut în acel sat hmong din Vietnam. Fie și din perspectivă strict stomatologică, nu-mi doresc o viață ca a lor. În plus, ar fi absurd și insultător din partea mea să încerc să adopt viziunea lor despre lume. De fapt, marșul inexorabil al progresului industrial sugerează mai degrabă că, în următorii ani, neamul hmong va fi cel care va adopta viziunea *mea* despre lume.

De fapt, acest lucru se întâmplă deja. Acum, prin intermediul numeroșilor turiști, fetele precum Mai, prietena mea în vârstă de doisprezece ani, sunt expuse contactelor cu femei moderne din Occident asemeni mie și trăiesc acel prim moment critic de ezitare culturală. Este ceea ce eu numesc „Momentul Stai Puțin" – clipa periculoasă în care fetele din culturi tradiționale încep să se întrebe ce câștigă oare dacă se căsătoresc la vârsta de treisprezece ani și încep să facă copii imediat după. Încep să se întrebe dacă n-ar fi de preferat să facă singure alte alegeri, sau *orice fel* de alegeri, până la urmă. Odată ce fetele din societățile închise încep să aibă astfel de gânduri, se dezlănțuie infernul. Mai – care vorbește trei limbi, e inteligentă și are spirit de observație – a apucat deja să arunce o privire către alt set de opțiuni de viață. N-o să treacă multă vreme până când va avea pretenții proprii. Cu alte cuvinte: s-ar putea să fie prea târziu chiar și pentru neamul hmong să fie hmong.

Așa că nu, nu vreau, și probabil nici nu sunt în stare, să-mi anulez viața plină de dorințe individualiste, dorințe ce reprezintă dreptul din naștere al modernității mele. Asemeni celor mai mulți dintre oameni, odată ce mi s-au arătat opțiunile, voi dori mereu să am și mai multe opțiuni în viață: alegeri de exprimare, alegeri individuale, alegeri cu neputință de pătruns sau de justificat, uneori poate chiar alegeri riscante... dar toate vor fi ale mele. De fapt, simplul număr de alegeri personale care mi-au fost deja oferite în decursul vieții – o cavalcadă de opțiuni aproape jenantă – ar fi uluit-o pe prietena mea, bunica hmong. Rezultatul acestor libertăți personale este că viața mea îmi aparține mie și-mi seamănă într-o măsură care ar fi imposibil de conceput pe dealurile din Vietnamul de nord, chiar și în zilele noastre. Aproape că aparțin unei rase de femei complet noi (ne-am putea numi *Homo nelimitatus*). Și în timp ce noi, cele din această neașteptată specie nouă, avem posibilități vaste și magnifice și aproape infinite ca sferă de acțiune, este important să ne amintim că viețile noastre atât de bogate în alegeri au potențialul de-a da naștere unui soi propriu de probleme. Suntem predispuse la incertitudini emoționale și nevroze care probabil nu sunt prea răspândite în rândul femeilor hmong, dar care, în zilele noastre, sunt în creștere printre contemporanele mele din Baltimore, de exemplu.

Simplu spus, problema este că *nu putem alege simultan tot*. Așa că trăim paralizate de indecizie, terorizate că fiecare alegere ar putea fi una proastă. (Am o prietenă care se îndoiește în mod compulsiv de propriile decizii în asemenea măsură, încât soțul ei glumește că viitoarea ei autobiografie se va numi *Mai bine comandam creveți*.) La fel de neliniștitoare este și situația în care reușești să faci o alegere, iar după aceea te simți de parcă, luând o unică decizie concretă, ai fi asasinat vreo altă fațetă a ființei tale. Alegând Ușa Numărul Trei, ne temem să nu fi ucis o parte diferită – dar de o importanță la fel de mare – a sufletului nostru, care nu s-ar fi putut manifesta decât dacă am fi trecut pragul Ușii Numărul Unu sau al Ușii Numărul Doi.

Filozoful Odo Marquard a remarcat că în limba germană există o corelație între cuvântul *zwei*, „doi“, și cuvântul *zweifel*, „îndoială“[1] – sugerând că două lucruri din *orice* categorie generează automat posibilitatea incertitudinii în viețile noastre. Închipuiți-vă viața în care o persoană este confruntată în fiecare zi nu cu două, nici măcar cu trei, ci cu zeci de alegeri, și puteți începe să înțelegeți de ce lumea modernă a devenit, în ciuda tuturor avantajelor sale, o mașinărie generatoare de nevroze de cea mai mare gravitate. Într-o lume cu o asemenea abundență de posibilități, mulți dintre noi ajung să fie vlăguiți de indecizie. Sau deraiem de nenumărate ori de pe drumul vieților noastre, dând înapoi pentru a încerca ușile pe care le-am neglijat în prima rundă, disperați ca de această dată să alegem corect. Sau ajungem să comparăm compulsiv – să ne măsurăm mereu viața raportând-o la viața altei persoane, întrebându-ne în secret dacă n-ar fi trebuit să urmăm calea aceleia.

În mod evident, comparațiile compulsive nu duc decât la cazuri debilitante, de tipul celor pe care Nietzsche le numea *Lebensneid*, „invidie de viață“: certitudinea că altcineva are mult mai mult noroc decât tine și că, dacă ai avea și tu corpul *ei*, soțul *ei*, copiii *ei*, postul *ei*, totul ar fi ușor și minunat și ai fi fericită. (O prietenă de-a mea care este psihoterapeut definește simplu această problemă drept „situația în care toate pacientele mele singure tânjesc în secret să fie căsătorite, iar toate pacientele mele căsătorite tânjesc în secret să fie singure“.) Certitudinea fiind un lucru atât de greu de atins, deciziile fiecăruia devin adevărate puneri sub acuzație ale deciziilor tuturor celorlalți și, pentru că nu mai există nici un model universal a ceea ce înseamnă „un bărbat bun“ sau „o femeie bună“, astăzi fiecare, ca să-și găsească drumul în viață, aproape că trebuie să-și câștige propria medalie de merit în domeniul orientării și navigării emoționale.

Toate aceste alegeri și toate aceste dorințe neîmplinite pot ajunge să bântuie într-un mod ciudat viețile noastre moderne – de parcă fan-

1. Aceeași corelație există, desigur, și în limba română, dar nu e evidentă în engleză (*two*, *doubt*). (*N.t.*)

tomele tuturor celorlalte posibilități pentru care nu am optat ar rămâne pentru totdeauna într-o lume a umbrelor aflată în jurul nostru, întrebându-ne în permanență: „Ești sigur că asta ți-ai dorit *cu adevărat*?" Iar nicăieri riscul de a fi bântuiți de această întrebare nu e mai mare ca în domeniul căsniciei noastre, tocmai pentru că miza acestei alegeri profund personale a devenit uriașă.

Credeți-mă, căsătoria occidentală modernă are multe calități care o recomandă în defavoarea căsătoriei hmong tradiționale (fie și numai pentru că nu are de-a face cu răpirea), și spun iarăși: nu mi-aș schimba viața cu a acelor femei. Ele nu vor cunoaște niciodată gradul meu de libertate; nu vor avea niciodată educația mea; nu vor avea niciodată sănătatea și prosperitatea mea; nu vor putea niciodată să-și exploreze numeroasele aspecte ale propriei firi. Însă există un dar de o importanță extremă pe care mireasa hmong tradițională îl primește aproape invariabil în ziua nunții ei, un dar ce o ocolește mult prea des pe mireasa occidentală modernă: darul certitudinii. Când în fața ta nu se așterne decât o singură cale, de regulă te poți simți sigură că este calea corectă pe care s-o apuci. Iar o mireasă ale cărei așteptări în privința fericirii rămân încă de la început la cote foarte joase este, poate, mai protejată de riscul unor dezamăgiri devastatoare pe parcursul călătoriei.

Recunosc, nu știu prea bine nici până astăzi cum să folosesc această informație. Nu mă pot hotărî să fac din „Cere mai puțin!" un motto oficial. Nu pot nici să mă închipui sfătuind o tânără aflată în pragul căsătoriei să-și coboare nivelul așteptărilor de la viață pentru a fi fericită. O astfel de gândire contrazice toate învățăturile moderne pe care le-am asimilat vreodată. În plus, am văzut cum această tactică îți poate exploda în față. În facultate am avut o prietenă care și-a limitat în mod deliberat opțiunile de viață, de parcă dorea să se vaccineze împotriva unor așteptări periculos de ambițioase. A fugit de o posibilă carieră și a ignorat tentația de a călători pentru a se întoarce acasă și a se mărita cu iubitul ei din liceu. Cu o siguranță de nezdruncinat, a anunțat că nu avea să devină „decât" soție și mamă. Simplitatea acestei hotărâri o făcea să se simtă absolut în siguranță – desigur, în comparație cu convulsiile indeciziei de care sufereau atâtea dintre colegele ei mai combative (printre care mă număram). Dar, doisprezece ani mai târziu, când soțul ei a părăsit-o pentru o femeie mai tânără, furia și sentimentul de trădare pe care le-a trăit prietena mea au fost de o ferocitate fără egal. Practic, resentimentele ei au făcut implozie – resentimente nu atât împotriva soțului ei, cât împotriva universului care, avea impresia, încălcase un pact sacru încheiat cu ea. Repeta încontinuu „Am cerut *atât de puțin*!“, de parcă modestia pretențiilor ar fi trebuit s-o protejeze de orice dezamăgiri. Dar cred că se înșela; de fapt, ceruse foarte mult. Îndrăznise să ceară fericire și îndrăznise să spere că fericirea avea să-i vină din căsnicie. Mai mult de atât nu e cu putință să ceri.

Dar poate că mi-ar folosi să recunosc măcar față de mine însămi, acum, în pragul celei de-a doua căsătorii, că și eu cer enorm de mult. Evident că o fac. Este emblema timpurilor noastre. Am avut voie să aștept de la viață lucruri mari. Mi s-a permis să aștept mult mai multe de la experiența dragostei și a vieții decât li s-a permis majorității femeilor din istorie să pretindă. Când vine vorba de intimitate, vreau o mulțime de lucruri de la bărbatul meu, și le vreau pe toate simultan. Asta îmi amintește de o anecdotă spusă cândva de sora mea despre o englezoaică aflată în vizită în Statele Unite în iarna anului 1919: într-o scrisoare indignată, ea povestea acasă că în ciudata Americă există oameni care au pretenția să aibă toate părțile corpului calde în același timp! După-amiaza petrecută discutând despre căsnicie cu femeile hmong m-a făcut să mă întreb dacă nu cumva, în privința chestiunilor afective, devenisem și eu o astfel de persoană – o femeie care crede că iubitul ei ar trebui, ca prin farmec, să poată păstra calde în același timp toate părțile ființei ei afective.

În America, spunem adesea despre căsnicie că este „muncă grea“. Nu sunt sigură că etnicii hmong ar înțelege cu adevărat această idee. Viața e muncă grea, sigur că da, iar munca e muncă foarte grea – sunt destul de sigură că ar fi de acord cu aceste afirmații –, dar cum se transformă căsnicia în muncă grea? Iată cum: căsnicia devine muncă grea odată ce ai depus toate așteptările tale de fericire în viață în mâinile unei singure persoane. Să faci așa ceva să funcționeze e muncă tare grea. Un studiu recent printre tinerele americance susține că, în zilele noastre, lucrul pe care-l caută femeile la un soț – mai presus de orice – este să fie un bărbat care „să le inspire“, ceea ce, indiferent de standarde, e o cerință foarte exigentă. Doar ca termen de comparație, tinerele de aceeași vârstă, dar chestionate în anii 1920, erau mai dispuse să-și aleagă partenerul pe baza unor calități precum „decență“ sau „onestitate“, sau după capacitatea de-a asigura traiul unei familii. Dar lucrurile astea nu mai sunt suficiente. Acum vrem să fim *inspirate* de partenerii noștri! Zilnic! Treci la treabă, iubitule!

Păi asta e exact ceea ce-am așteptat chiar eu în trecut de la dragoste (inspirație, extaz perpetuu), și acum mă pregăteam să iau totul de la capăt cu Felipe – adică să fim răspunzători cumva pentru toate aspectele bucuriei și fericirii celuilalt. Căci descrierea jobului de soț/soție spune să fim *totul* unul pentru celălalt.

Așa am crezut întotdeauna, de fapt.

Și poate că aș fi continuat, ferice, să cred aceleași lucruri, dacă întâlnirea cu femeile hmong nu mi-ar fi zdruncinat convingerea într-o privință de maximă importanță: pentru prima dată în viață, îmi trecuse prin cap că poate ceream totuși prea mult de la dragoste. Sau, cel puțin, că ceream prea mult de la căsnicie. Poate că trânteam în barca veche și scârțâitoare a căsătoriei o încărcătură de așteptări mult mai grea decât cea pentru care fusese construită din capul locului.

CAPITOLUL TREI
Căsătoria și istoria

Cea dintâi legătură socială rezidă
în căsătoria însăși.
Cicero

Dacă nu e un mecanism care produce beatitudine maximă, ce ar trebui să fie atunci căsătoria?

Pentru mine era infinit de greu să răspund la întrebarea asta, deoarece căsătoria – ca entitate istorică, în orice caz – tinde să reziste eforturilor noastre de a o defini în termeni simpli. Căsătoria, se pare, nu stă locului îndeajuns ca cineva să reușească să-i schițeze un portret clar. Căsătoria se modifică. Se schimbă de-a lungul secolelor la fel cum se schimbă vremea în Irlanda în cursul unei după-amiezi: permanent, surprinzător, rapid. Nici măcar definiția căsătoriei în cei mai simpli și reductibili termeni, drept uniunea sacră dintre un bărbat și o femeie, nu este o variantă sigură. Mai întâi, căsătoria nu a fost considerată întotdeauna „sacră", nici măcar în cadrul tradiției creștine. Apoi, de-a lungul unei mari părți din istoria omenirii, sinceri să fim, căsătoria a fost în general văzută ca o uniune între un bărbat și *mai multe* femei.

Și totuși, uneori, căsătoria a fost văzută și ca o uniune între o femeie și mai mulți bărbați (ca în sudul Indiei, unde o femeie poate fi mireasa mai multor frați). Câteodată, căsătoria a fost socotită și o uniune între doi bărbați (cum s-a întâmplat în Roma antică, unde căsătoriile între bărbații aristocrați au fost cândva recunoscute prin lege); sau o uniune între două rude (ca în Europa medievală, când erau în joc proprietăți importante); sau o uniune între doi copii (tot în Europa, pusă la cale de părinți interesați să-și protejeze moștenirile sau de papi atotputernici) sau chiar o uniune a unor copii nenăscuți (*idem*); sau o uniune a doi oameni în limitele aceleiași clase sociale (iarăși în Europa, unde, în Evul Mediu, țăranilor li s-a interzis adesea să încheie căsătorii cu persoane din clasele superioare, pentru ca diviziunile sociale să rămână astfel clare și în bună ordine).

Căsătoria a fost uneori văzută și ca o uniune în mod deliberat temporară. În Iranul revoluționar modern, de exemplu, tinerele cupluri îi pot cere *mullah*-ului un permis de căsătorie special, denumit *sigheh* – un permis valabil douăzeci și patru de ore, care dă voie respectivului cuplu să se căsătorească temporar, doar pentru o zi. Acest act îngăduie unui bărbat și unei femei să apară împreună în public în siguranță și chiar să facă sex în mod legal – generând, în esență, o formă protejată de exprimare romantică pe termen scurt, recunoscută de Coran.

În China, definiția căsătoriei includea cândva și uniunea sacră dintre o femeie vie și un bărbat decedat. O astfel de alianță era numită căsătorie-fantomă. O fată de rang înalt putea fi căsătorită cu un bărbat decedat dintr-o familie bună, pentru ca astfel să se stabilească legături strânse între două clanuri. Din fericire, acest lucru nu implica nici un contact real între vreun schelet și o femeie (putem spune că era vorba mai mult despre o căsătorie teoretică), dar ideea sună și astăzi morbid pentru urechile moderne. Acestea fiind spuse, trebuie adăugat că unele chinezoaice ajunseseră să considere acest obicei drept un aranjament social ideal. În secolul al XIX-lea, surprinzător de multe femei din regiunea Shanghai lucrau în negoțul cu mătase, și unele deveniseră femei de afaceri prospere. Încercând să obțină o independență economică și mai mare, ele preferau să solicite încheierea de căsătorii-fantomă în loc să-și caute soți în viață. Pentru o tânără femeie de afaceri ambițioasă nu exista drum mai potrivit către independență decât căsătoria cu un cadavru respectabil. Primea astfel statutul social de femeie măritată fără nici una dintre constrângerile sau neplăcerile pe care le-ar fi avut ca nevastă.

Chiar și atunci când căsătoria a fost definită ca uniune între un bărbat și o singură femeie, scopurile uniunii n-au fost întotdeauna cele pe care le-am putea presupune astăzi. În epoca timpurie a civilizației occidentale, bărbații și femeile se căsătoreau din rațiuni ce țineau în general de siguranța lor fizică. În vremurile dinaintea statelor organizate, în Cornul Abundenței din sălbatica eră precreștină, unitatea funcțională de bază a societății era familia. Familia îți satisfăcea toate nevoile primare de siguranță socială – nu doar conviețuirea și procrearea, dar și hrana, adăpostul, educația, îndrumarea religioasă, îngrijirea medicală și, poate cel mai important lucru, apărarea. În leagănul civilizației, lumea era un loc foarte periculos. Să fii singur însemna să-ți aștepți rândul la moarte. Cu cât aveai mai multe rude, cu atât erai mai ocrotit. Oamenii se căsătoreau pentru a-și spori numărul rudelor. În vremurile acelea, principalul tău ajutor nu era persoana cu care erai căsătorit, ci întreaga, uriașa ta familie extinsă, care funcționa (în stil hmong, am putea spune) ca o unică entitate de ajutorare în lupta permanentă pentru supraviețuire.

Acele familii extinse au crescut și au devenit triburi, iar triburile au devenit regate, apoi regatele au dat naștere la dinastii, care s-au luptat între ele în războaie sălbatice, de cucerire și genocid. Primii evrei au apărut într-un astfel de sistem, și de aceea Vechiul Testament este o asemenea extravaganță genealogică, centrată pe familie și crunt xenofobă – doldora de povești cu patriarhi, soții, frați, surori, moștenitori și alte rude de toate soiurile. Evident, familiile din Vechiul Testament nu erau întotdeauna sănătoase sau funcționale (apar acolo frați care își ucideau frații sau îi vindeau ca sclavi, fiice care își seduceau tații, soți și soții care se înșelau), dar firul narativ privește neîncetat evoluția și tribulațiile descendenților neamului, iar căsătoria este esențială pentru perpetuarea poveștii.

Iată însă că Noul Testament – mai bine zis apariția lui Isus Cristos – a invalidat toate vechile devotamente familiale într-o măsură cu adevărat revoluționară din perspectivă socială. În loc să perpetueze noțiunea tribală de „popor ales, împotriva lumii“, Isus (care era un bărbat necăsătorit, în contrast evident cu marii patriarhi eroi ai Vechiului Testament) spunea că suntem *cu toții* oameni aleși, că suntem *cu toții* frați și surori uniți într-o unică familie omenească. Ei bine, asta era o idee absolut radicală, care n-ar fi prins niciodată într-un sistem tribal tradițional. Nu poți accepta un străin ca pe un frate dacă nu ești dispus să renunți la propriul tău frate biologic, răsturnând astfel un cod străvechi care te leagă de rudele de sânge prin datorii sacre, plasându-te într-o poziție ostilă față de străinul impur. Loialitatea aceasta teribilă față de clanuri era exact ceea ce creștinismul a căutat să răstoarne. După cum predica Isus: „Dacă vine cineva la Mine și nu urăște pe tatăl său și pe mamă și pe femeie și pe copii și pe frați și pe surori, chiar și sufletul său însuși, nu poate să fie ucenicul Meu" (Luca 14, 26).

Dar, evident, a apărut o problemă. Dacă ai de gând să dezmembrezi întreaga structură socială a familiei omenești, cu *ce anume* vei înlocui acea structură? Planul primilor creștini era uluitor de idealist, de-a dreptul utopic: crearea aici, pe pământ, a unei copii exacte a cerurilor. „Renunțați la căsătorie și imitați-i pe îngeri", îndemna Ioan Damaschinul pe la 730 d. Cr., explicând noul ideal creștin în termeni neechivoci. Și cum anume să-i imiți pe îngeri? Evident, reprimându-ți pornirile omenești. Tăindu-ți din rădăcină toate legăturile omenești naturale. Ținându-ți sub control toate dorințele și orice devotament, cu excepția dorinței de a te contopi cu Dumnezeu. De altfel, printre cetele de îngeri cerești nu există nici soți sau soții, nici mame sau tați, nici cultul strămoșilor, nici legături de sânge, nici răzbunări sângeroase, nici patimă, nici invidie, nici trupuri – și, mai ales, nici sex.

Aceasta urma să fie noua paradigmă omenească, modelată după însuși exemplul lui Cristos: celibat, frăție și puritate absolută.

Respingerea sexualității și a căsătoriei a reprezentat o drastică ruptură față de modul de gândire din Vechiul Testament. Dimpotrivă, vechea societate evreiască considerase dintotdeauna căsătoria drept cea mai morală și cea mai demnă dintre toate aranjamentele sociale (de fapt, preoților evrei li se *impunea* să fie căsătoriți), iar în interiorul acelei legături a căsătoriei existase mereu prezumția lipsită de ipocrizie a sexului. Evident, adulterul și păcatul trupesc făcute la întâmplare erau activități incriminate în vechea societate evreiască, dar nimeni nu le interzicea unui soț și soției sale să facă dragoste unul cu celălalt sau să se bucure de acest lucru. Sexul în interiorul căsniciei nu era un păcat; sexul în interiorul căsniciei era... căsnicie. La urma urmei, sexul era modul de apariție a bebelușilor evrei – și cum altfel să clădești tribul dacă nu făcând și mai mulți bebeluși evrei?

Însă cei dintâi vizionari creștini nu erau interesați de *făcutul* creștinilor în sens biologic (de copii veniți din pântec): erau interesați de *convertirea* creștinilor în sens intelectual (ca adulți care se îndreptau către mântuire în urma unei opțiuni personale). Creștinismul nu era ceva cu care te nășteai; creștinismul era ceva ce alegeai ca adult, prin harul și taina botezului. Pentru că aveau să existe mereu potențiali creștini de convertit, nu era nevoie să se mânjească nimeni producând alți și alți bebeluși prin intermediul dezgustătoarei împreunări sexuale. Iar dacă nu mai era nevoie de bebeluși, dispărea în mod natural și nevoia de căsătorie.

Trebuie reținut și faptul că religia creștină era una apocaliptică – încă mai mult la începuturile sale decât astăzi. Primii creștini așteptau ca din clipă în clipă să vină Sfârșitul Timpului, poate chiar a doua zi după-amiaza, astfel că nu erau prea interesați să clădească dinastii viitoare. Pentru oamenii aceia, viitorul pur și simplu nu exista. Armaghedonul fiind deopotrivă inevitabil și iminent, creștinul proaspăt convertit și botezat avea un singur scop în viață: să se pregătească pentru venirea apocalipsei, devenind pe cât de pur era omenește posibil.

Căsătorie = soție = sex = păcat = lipsă de puritate.

Concluzia: nu vă căsătoriți.

Așa că astăzi, când vorbim despre „sfânta taină a căsătoriei“ sau despre „caracterul sacru al căsătoriei“, am face bine să ne amintim că, timp de aproximativ zece secole, creștinismul însuși nu a socotit căsătoria nici sfântă, nici demnă de sfințenie. Căsnicia nu a fost în nici un caz imaginată ca stare ideală a ființei morale. Dimpotrivă, primii părinți ai creștinismului considerau obiceiul căsătoriei o afacere lumească destul de respingătoare, ce avea de-a face cu sexul și femeile și dările și proprietățile și absolut nimic de-a face cu preocupările înalte legate de divinitate.

Așadar, când conservatorii religioși din zilele noastre perorează plini de nostalgie despre căsătoria ca tradiție sacră, care poate fi regăsită de-a lungul a mii de ani de istorie neîntreruptă, ei au absolută dreptate, dar într-o singură privință – dacă se întâmplă să vorbească despre iudaism. Pur și simplu, creștinismul nu împărtășește același respect istoric constant și profund pentru căsătorie. Într-adevăr, mai târziu a făcut-o, dar la începuturi nu. În primul mileniu al istoriei creștine, Biserica a privit căsătoria monogamă ca fiind un pic mai puțin nocivă decât preacurvia fără opreliști – dar numai un pic. Sfântul Ieronim a mers până acolo încât a ierarhizat sfințenia omenească pe o scară de la 1 la 100, conform căreia persoanele virgine se plasau la 100, celibatarii rămași de curând văduvi sau văduve erau cam la 60, iar cuplurilor căsătorite li se acorda scorul surprinzător de impur de doar 30. Era o scară utilă, dar Ieronim însuși a recunoscut că soiul acesta de comparații avea unele limite. La drept vorbind, scria el, nu suntem nici măcar îndreptățiți să comparăm virginitatea cu căsnicia – deoarece nu se pot „compara două lucruri dacă unul este bun, iar celălalt rău".

De câte ori citesc o frază ca aceasta (și astfel de afirmații se găsesc pretutindeni în istoria timpurie a creștinismului), mă gândesc la prietenii și la rudele mele care se declară creștini și care – în ciuda faptului că s-au străduit din toate puterile să ducă niște vieți fără pată – se pomenesc adesea în situația de a divorța. Am asistat de-a lungul timpului la multe situații în care niște oameni buni și morali, copleșiți de culpabilitate, au început să se autoflageleze în moduri incredibile, convinși că prin nerespectarea jurămintelor nupțiale au violat cel mai sfânt și mai vechi dintre toate preceptele creștine. Eu însămi am căzut în această capcană când am divorțat, chiar fără să fi crescut într-o casă de habotnici. (Părinții mei erau cel mult creștini moderați și nici una dintre rudele mele nu mi-a insuflat vreun sentiment de culpabilitate în perioada divorțului.) Chiar și așa, în timp ce căsnicia mea se dezintegra, am avut nenumărate nopți de nesomn în care mă torturam întrebându-mă dacă Dumnezeu avea să mă ierte vreodată pentru că-mi părăsisem soțul. Și o bună bucată de vreme după divorț am rămas bântuită de senzația chinuitoare că nu eșuasem pur și simplu, ci și păcătuisem într-un fel.

Curenții aceștia ai rușinii sunt adânci și nu pot fi stăviliți peste noapte, dar admit că, în lunile acelea de febrile chinuri morale, mi-ar fi fost util să știu câte ceva despre ostilitatea cu care creștinismul a privit de fapt căsătoria timp de mai multe secole. „Lepădați-vă de josnicele voastre îndatoriri casnice!" îndemna un pastor englez chiar și în secolul al XVI-lea, într-o tiradă necruțătoare îndreptată împotriva a ceea ce am putea numi astăzi valorile familiei. „Căci sub toate acestea pândesc oțărâte, mârâitoare, mușcătoare oribila ipocrizie, pofta, răutatea și nefasta îndoială!"

Sau gândiți-vă chiar la Sfântul Pavel, care scria în cunoscuta lui Epistolă către Corinteni: „bine este pentru om să nu se atingă de femeie". Niciodată, niciodată, în nici o circumstanță, credea Sfântul Pavel, nu era bine pentru bărbat să se atingă de femeie – nici măcar de propria soție. Așa cum Sfântul Pavel a mărturisit deschis, dacă ar fi fost după el, toți creștinii ar fi fost celibatari, asemeni lui. („Eu voiesc ca toți oamenii să fie cum sunt eu însumi.") Dar a fost destul de rațional ca să realizeze că pretenția asta era extremă. A cerut, în schimb, ca toți creștinii să aibă cât mai puțin posibil de-a face cu căsnicia. I-a îndemnat pe cei necăsătoriți să nu se căsătorească niciodată, iar pe cei văduvi sau divorțați să se abțină de la a se mai însoți pe viitor. („Te-ai dezlegat de femeie? Nu căuta femeie.") În orice situație posibilă, Pavel îi implora pe creștini să se abțină, să-și suprime dorințele carnale, să trăiască vieți solitare, asexuate, precum în ceruri, așa și pe pământ.

„Dacă însă nu pot să se înfrâneze, să se căsătorească. Fiindcă mai bine este să se căsătorească decât să ardă."

Iată, probabil, cea mai ranchiunoasă încuviințare a căsătoriei din întreaga istorie omenească. Cu toate că îmi amintește de înțelegerea la care ajunseserăm Felipe și cu mine cu puțină vreme în urmă – anume că e mai bine să te căsătorești decât să fii deportat.

Bineînțeles că nimic din toate astea nu a însemnat că oamenii au încetat să se mai căsătorească. Cu excepția celor mai pioși dintre ei, primii creștini, într-un număr considerabil, au respins chemarea la celibat, continuând să facă sex și să se căsătorească (adesea în această ordine) fără nici un fel de supraveghere din partea preoților. În secolele de după răstignirea lui Cristos, pe cuprinsul întregului Occident, oamenii își consfințeau uniunile în fel de fel de moduri improvizate (amestecând influențe nupțiale evreiești, grecești, romane și franco-germanice), apoi se înscriau în registrele satului sau ale orașului drept „căsătoriți". Uneori, aceste cupluri eșuau în căsnicie și cereau divorțul în surprinzător de permisivele curți de judecată europene din acele vremuri. (De exemplu, femeile din Țara Galilor dețineau în secolul al X-lea mai multe drepturi legate de divorț și bunurile familiale decât aveau să dețină șapte secole mai târziu femeile din America puritană.) Adesea, membrii acestor cupluri se recăsătoreau cu alte persoane și mai târziu izbucneau dispute privind drepturile fiecăruia asupra mobilierului, pământurilor sau copiilor.

În zorii istoriei europene, căsătoria era o simplă convenție civilă, deoarece, în acest stadiu, ea căpătase o formă complet nouă. Acum, când oamenii locuiau în sate și orașe și nu mai luptau pentru supraviețuire în plin deșert, căsătoria nu mai era necesară ca strategie fundamentală pentru siguranța personală și nici ca unealtă de construcție a clanurilor și triburilor. În schimb, era privită drept o formă extrem de eficientă de gestionare a averilor și a ordinii sociale, reclamând din partea comunității lărgite o anume structură ordonatoare.

Într-o perioadă în care băncile, legile și stăpânirile nu căpătaseră stabilitate, căsătoria a devenit cel mai important acord de afaceri pe care majoritatea oamenilor urmau să-l facă de-a lungul întregii vieți. (Unii ar putea spune că mai este și azi. Chiar și azi, extrem de puțini oameni au puterea să-ți influențeze – în bine sau în rău – situația materială la fel de profund ca persoana cu care ești căsătorit.) În Evul Mediu însă, căsătoria a reprezentat cu certitudine cea mai sigură și mai simplă modalitate de a-ți transmite averea, animalele, moștenirile sau proprietățile din generație în generație. Marile familii bogate își consolidau averile prin căsătorie la fel cum marile companii multinaționale de astăzi își consolidează capitalul prin investiții și fuziuni bine gândite. (Practic, în vremurile acelea, marile familii bogate *chiar erau* niște mari companii multinaționale.) Copiii bogați ai Europei posesori de titluri sau moșteniri deveneau robi, fiind negociați și manipulați asemeni unor fonduri de investiții. Nu doar fetele, ci și băieții! Un băiețel de neam mare se putea pomeni logodit și dezlogodit cu câte șapte sau opt potențiale soții înainte să ajungă la vârsta pubertății și ca toate familiile și toți avocații să ajungă la o decizie finală.

Argumentele economice cântăreau greu în cazul ambelor sexe chiar și în clasele sociale inferioare. În acele timpuri, găsirea unei perechi bune echivala cu un soi de admitere într-o școală de prestigiu sau cu obținerea unei funcții ori a unei slujbe călduțe la stat; asigura o anumită stabilitate viitoare. Evident că oamenii aveau anumite simpatii personale și evident că părinții cu suflete sensibile încercau să aranjeze pentru copiii lor alianțe satisfăcătoare din punct de vedere emoțional, dar în timpul Evului Mediu căsătoriile erau cel mai adesea fățiș oportuniste. Un singur exemplu: imediat după ce ciuma neagră a ucis în Europa medievală șaptezeci și cinci de milioane de oameni, continentul a fost măturat de un uriaș val de febră matrimonială. Supraviețuitorilor li se deschideau dintr-odată nesperate căi de ascensiune socială prin intermediul căsătoriei. În Europa apăruseră deodată mii de văduvi și văduve – poate chiar lipsiți de moștenitori –, deținând numeroase proprietăți valoroase care abia așteptau să fie redistribuite. Ce a urmat a fost un soi de goană după aur în varianta matrimonială, o cotropire în toată regula. Documentele judecătorești din acea perioadă sunt suspect de pline de cazuri în care tineri de douăzeci de ani se căsătoreau cu femei în vârstă. Respectivii nu erau niște idioți. Identificaseră ocazia perfectă – o ocazie fără pereche! – de a prospera, așa că au trecut la acțiune.

Reflectând lipsa generalizată de sentimentalism în privința căsătoriei, nu este deloc surprinzător faptul că europenii creștini se căsătoreau în cadru privat, în propriile case, îmbrăcați în hainele de zi cu zi. Nunțile fastuoase, romantice, cu mireasa în alb, pe care astăzi le considerăm „tradiționale", au apărut abia în secolul al XIX-lea, când Regina Victoria, aflată la vârsta adolescenței, a pășit în biserică îmbrăcată într-o rochie albă și înfoiată, instaurând astfel un trend care nu s-a mai demodat niciodată de atunci. Însă înaintea acelui moment, ziua unei nunți europene tipice nu se deosebea prea mult de restul zilelor săptămânii. Cuplurile schimbau jurăminte în cadrul unor ceremonii improvizate care durau de obicei doar câteva minute. În ziua nunții, martorii erau importanți doar pentru ca ulterior să nu existe nici o controversă la judecătorie asupra faptului că cei doi au consimțit cu adevărat la căsătorie – chestiune de importanță vitală atunci când în joc sunt bani, pământuri sau copii. Singurul motiv pentru care judecătoriile erau implicate, fie și minimal, era ca să se mențină un grad oarecare de ordine socială. Așa cum a explicat în scrierile sale istorice Nancy Cott, „căsătoria implica obligații și oferea privilegii", împărțind cetățenilor roluri și responsabilități clare.

Din cele mai multe puncte de vedere, lucrul acesta e încă valabil în societatea occidentală modernă. Chiar și astăzi, singurele chestiuni de care se sinchisește legea când vine vorba despre căsnicia ta sunt banii, proprietățile și progeniturile. Sigur că preotul, rabinul, vecinii sau părinții ar putea să aibă cu totul alte idei despre căsnicie, dar, în ochii legilor laice moderne, singurul motiv pentru care contează căsătoria este faptul că doi oameni s-au unit și au produs ceva (copii, bunuri, afaceri, datorii) și toate aceste lucruri trebuie gestionate astfel încât societatea civilă să poată acționa în mod metodic, iar guvernanților să nu le cadă pe cap complicata treabă a creșterii copiilor abandonați sau a susținerii financiare a unor foști soți ruinați.

De exemplu, în 2002, când am început eu acțiunea de divorț, judecătoarea nu avea nici urmă de interes față de mine sau de fostul meu soț din perspectiva noastră de ființe emoționale sau morale. Nu-i păsa de suferințele noastre sentimentale sau de vreun jurământ sacru care să fi fost sau nu încălcat. Era clar că nu-i păsa de sufletele noastre. Pe ea o interesa dreptul de proprietate asupra casei noastre și cine urma să-l păstreze. O interesau taxele noastre. O interesau cele șase luni rămase din leasingul mașinii noastre și cine urma să preia plățile lunare. O interesa cine avea să obțină drepturile de autor de pe viitoarele mele cărți. Dacă am fi avut copii împreună (slavă Domnului, nu am avut), pe judecătoare ar fi interesat-o în cel mai înalt grad cine ar fi avut obligația să le asigure școlarizarea și serviciile medicale și adăpostul și îngrijirea. Astfel – prin intermediul autorității cu care o învestise statul New York – ea a păstrat curat și ordonat micul nostru colț de societate civilă. Procedând astfel, judecătoarea din 2002 se raporta tot la accepțiunea medievală a căsătoriei, și anume la faptul că e vorba de o chestiune civilă/laică, și nu de una religioasă/morală. Hotărârile ei n-ar fi fost nelalocul lor într-un tribunal din Europa secolului al X-lea.

Însă, pentru mine, cea mai izbitoare caracteristică a acestor căsătorii (dar și divorțuri) europene timpurii a fost *laxitatea* lor. Oamenii se căsătoreau din motive economice și personale, dar se și despărțeau din motive economice și personale – și asta destul de ușor comparativ cu ce avea să urmeze în curând. Societatea civilă din acele vremuri părea să înțeleagă că, deși inimile omenești fac multe promisiuni, mințile omenești se pot răzgândi. Și că înțelegerile de afaceri se pot schimba și ele. În Germania medievală, tribunalele au mers atât de departe, încât au creat două feluri de căsătorie legală: *Muntehe*, un contract permanent pe viață care implica obligații serioase, și *Friedelehe*, care s-ar putea traduce prin „căsătorie-lejeră" – un pact de conviețuire consimțit între doi adulți, un aranjament care nu ținea deloc seama de vreo obligație de dotă sau vreo lege de moștenire și care putea fi desfăcut oricând de oricare din cele două părți.

Totuși, această laxitate a fost pe cale să dispară în secolul al XIII-lea, pentru că Biserica s-a amestecat încă o dată – sau mai bine zis pentru prima dată – în chestiunea căsătoriei. Visele utopice de la începuturile creștinismului luaseră demult sfârșit. Părinții Bisericii nu mai erau cărturari cu aure de sihaștri și intenția de a recrea cerurile pe pământ; acum erau puternice figuri politice, foarte implicate în controlul imperiului lor, aflat în plină expansiune. Una dintre cele mai mari provocări administrative pe care o avea de înfruntat Biserica era gestionarea caselor regale europene, ale căror dese căsătorii și divorțuri clădeau și distrugeau alianțe politice în feluri care nu erau mereu pe placul diferiților papi.

Așa că, în 1215, Biserica a preluat definitiv controlul asupra căsătoriei, emițând noi edicte rigide despre ce anume avea să constituie de atunci înainte o căsătorie legitimă. Înainte de 1215, jurământul rostit de doi adulți care consimțeau în mod liber fusese dintotdeauna considerat în ochii legii unul contractual, dar acum Biserica insista că așa ceva era inacceptabil. Noua dogmă declara: „Interzicem în mod absolut căsătoriile clandestine." (Traducere: *Interzicem în mod absolut orice căsătorie ce are loc fără acordul nostru.*) Orice prinț sau aristocrat care ar mai fi îndrăznit să se căsătorească împotriva dorinței Bisericii se putea pomeni dintr-odată excomunicat; iar aceste restricții și-au croit drum până în clasele de jos. Pentru a controla și mai bine totul, Papa Inocențiu III a ajuns să interzică divorțul indiferent de circumstanțe – cu excepția cazurilor de anulări aprobate de Biserică, folosite adesea ca instrumente cu care se construiau sau se distrugeau imperiile.

Căsătoria, cândva o instituție laică monitorizată de familii și de tribunalele civile, devenise acum o afacere stringent religioasă, monitorizată de preoți celibatari. În plus, noile interdicții atât de stricte ale Bisericii privind divorțul au transformat căsătoria într-o sentință pe viață –așa cum nu mai fusese niciodată până atunci, nici măcar în societatea evreiască antică. Iar divorțul a rămas ilegal în Europa până în secolul al XVI-lea, când Henric VIII a reintrodus acest obicei, în stil mare. Dar timp de aproximativ două secole – și pentru mult mai mult timp în țările rămase catolice și după Reforma protestantă – cuplurile nefericite nu mai aveau nici o scăpare legală din propriile căsnicii, în caz că lucrurile luau o turnură neplăcută.

În încheiere, trebuie spus că aceste limitări le-au făcut viața dificilă în mai mare măsură femeilor decât bărbaților. Bărbații măcar aveau voie să caute iubire sau sex și în afara căsniciei, dar doamnele nu aveau nici un astfel de debușeu încuviințat de societate. Femeile de rang înalt erau încă și mai puternic legate prin jurămintele nupțiale, așteptându-se de la ele să se descurce în orice situație și cu orice persoană le-ar fi fost impusă. (Țăranii își puteau alege și părăsi perechile cu o libertate ceva mai mare, dar în clasele superioare – unde miza era averea – pur și simplu nu exista loc de întors.) Abia ajunse la pubertate, fetele din familiile bune se puteau pomeni trimise în țări a căror limbă nici măcar n-o vorbeau și lăsate acolo definitiv să se ofilească pe domeniul vreunui soț oarecare. O astfel de adolescentă englezoaică, evocând planurile pentru iminenta ei căsătorie aranjată, scria cu tristețe despre „pregătirile zilnice pentru călătoria mea în Iad".

Pentru a întări și mai mult controlul asupra averilor, curțile judecătorești de pe întregul continent au început să susțină cu înverșunare noțiunea juridică de *coverture*[1] – adică ideea conform căreia existența civilă individuală a unei femei se șterge complet în momentul în care aceasta se căsătorește. Conform acestui sistem, soția devine efectiv „acoperită" de soț: nu mai are vreun drept legal propriu și nici nu mai poate deține proprietăți pe numele ei. *Coverture* a fost inițial o noțiune juridică franceză, dar s-a răspândit în mod convenabil de-a lungul Europei și în scurt timp s-a înrădăcinat foarte adânc și în sistemul juridic englez. Chiar și în secolul al XIX-lea, judecătorul britanic Lord William Blackstone încă apăra principiul *coverture* în tribunalul pe care-l prezida, insistând că o femeie măritată nu există cu adevărat ca entitate legală. „Ființa însăși a femeii, scria Blackstone, se suspendă în timpul căsniciei." Din acest motiv, Blackstone a decis că un soț nu poate să-și împartă bunurile cu soția lui nici dacă dorește acest lucru – nici măcar dacă acele bunuri au fost cândva în proprietatea de drept a soției. Bărbatul nu-i poate acorda *nimic* soției sale, deoarece asta ar presupune „existența ei separată" de el – lucru, în mod evident, imposibil.

Astfel, *coverture* nu însemna atât contopirea a două individualități, cât o înfricoșătoare și aproape vrăjitorească „dedublare" a bărbatului, în urma căreia puterile lui creșteau de două ori, iar soția i se evapora complet. Combinată cu noile și severele politici antidivorț ale Bisericii, în preajma secolului al XIII-lea căsătoria a devenit o instituție care își înmormânta victimele femeiești, pe care apoi le elimina cu totul – mai ales pe cele din rândul nobilimii. Nu putem decât să ne imaginăm cât de singuratice vor fi fost viețile acelor femei odată ce erau complet desființate ca ființe omenești. Oare cum își umpleau zilele? De-a lungul căsniciilor lor paralizante, așa cum scria Balzac despre astfel de doamne nefericite, „plictiseala pune stăpânire pe ele, iar ele se abandonează religiei sau pisicilor, sau câinilor minusculi, sau altor manii care nu-l supără decât pe Dumnezeu".

Apropo, dacă există un cuvânt care îmi declanșează toate spaimele pe care le-am simțit vreodată în fața instituției căsătoriei, acesta

1. De la *covert*, din franceza veche; literal, „acoperit(ă)". (*N.t.*)

e *coverture*. Exact despre asta vorbea dansatoarea Isadora Duncan atunci când scria că „orice femeie inteligentă care citește contractul de căsătorie și apoi se bagă în așa ceva merită să îndure toate consecințele".

Nici aversiunea mea nu este total irațională. *Coverture* a continuat să persiste în civilizația occidentală mult mai multe secole decât ar fi trebuit, agățându-se de existență de pe marginile unor vechi și prăfuite cărți de drept, legată mereu de părerile conservatoare despre rolul cel mai adecvat al unei soții. De exemplu, femeilor căsătorite din statul Connecticut – inclusiv mamei mele – li s-a permis legal să ia împrumuturi sau să-și deschidă conturi bancare fără permisiunea scrisă a soților abia în 1975. Iar statul New York a invalidat abia în 1985 o hidoasă noțiune juridică denumită „excepția violului marital", care până atunci îngăduise bărbatului să impună propriei soții orice formă de act sexual, indiferent cât de violent sau de coercitiv ar fi fost, din moment ce corpul ei îi aparținea lui – căci, în fapt, ea *era* el.

Există un anumit exemplu al moștenirii lăsate de *coverture* care – date fiind circumstanțele – mă mișcă cel mai mult. Am fost norocoasă, ăsta-i adevărul, că guvernul Statelor Unite a luat în considerare posibilitatea de a-mi permite să mă căsătoresc cu Felipe fără să mă forțeze să renunț la propria mea cetățenie. Căci în 1907 Congresul Statelor Unite a adoptat o lege conform căreia orice femeie americană prin naștere care se căsătorea cu un bărbat străin era obligată să renunțe la propria cetățenie în momentul căsătoriei și să devină automat cetățeană a țării soțului ei – indiferent dacă dorea sau nu acest lucru. Deși recunoșteau că e vorba despre un lucru extrem de neplăcut, tribunalele au continuat să susțină ani întregi necesitatea acestei legi. După cum suna verdictul Curții Supreme de Justiție, dacă i-ai fi permis unei americance să-și păstreze propria naționalitate în momentul căsătoriei cu un străin, în principiu ai fi permis ca cetățenia soției să primeze în fața cetățeniei soțului. Procedând astfel, s-ar fi sugerat că femeia se află în posesia unui lucru care o face să-i fie superioară soțului – *chiar și într-o privință minoră* –, iar asta era în mod evident de neconceput, după cum a explicat un judecător american, deoarece submina „străvechiul principiu“ al contractului matrimonial, care exista pentru a „le contopi identitățile (a bărbatului și a soției) și a conferi soțului dominația“. (Sigur că, la drept vorbind, nu e o contopire, ci o cotropire. Dar înțelegeți voi.)

Inutil să mai spun, legea nu considera că situația inversă ar fi la fel de legitimă. Dacă un bărbat american prin naștere se căsătorea cu o femeie străină prin naștere, evident că soțului i se permitea să-și păstreze cetățenia, iar soției lui („acoperită“ de el, până la urmă) i se permitea să devină la rândul ei cetățean american – evident, cu condiția să întrunească condițiile oficiale de naturalizare care se cereau soțiilor de origine străină (cu alte cuvinte, cu condiția să nu fi fost negresă, mulatră, membră a „rasei malaeziene“ sau orice alt soi de creatură pe care Statele Unite ale Americii îl denumeau în mod expres indezirabil).

Ceea ce ne aduce la alt subiect despre cutumele căsătoriei pe care-l găsesc jenant: rasismul ce se regăsește peste tot în legile matrimoniale – chiar și în istoria americană foarte recentă. Unul dintre cele mai sinistre personaje din saga matrimonială americană a fost un tip care se numea Paul Popenoe, un cultivator de avocado din California, care în anii 1930 și-a deschis în Los Angeles o clinică de eugenie denumită „Fundația de Îmbunătățire Umană“. Inspirat de propriile încercări de ameliorare a culturilor de avocado, și-a dedicat clinica efortului de cultivare a unor americani mai buni (a se citi: mai albi). Popenoe era îngrijorat că femeile albe – care în acea perioadă începuseră să studieze în universități și să amâne căsătoria – nu se reproduceau nici destul de repede și nici destul de mult, în timp ce oamenii de toate culorile nepotrivite se reproduceau în număr îngrijorător de mare. Mai nutrea și profunde îngrijorări cu privire la căsătoriile și reproducerea oamenilor „inadecvați“, astfel că prioritatea absolută a clinicii lui era sterilizarea tuturor celor pe care-i considera nevrednici de reproducere. Dacă vreunul din aceste lucruri vă sună dureros de cunoscut, asta-i din cauză că naziștii au fost impresionați de activitatea lui Popenoe, pe care o pomeneau adesea în scrierile lor. Da, naziștii i-au îmbrățișat cu mare entuziasm ideile. În timp ce Germania a ajuns să sterilizeze peste 400 000 de oameni, statele americane – urmând programele lui Popenoe – au reușit să sterilizeze doar vreo 60 000 de persoane.

Alt lucru înfiorător este faptul că Popenoe și-a folosit clinica drept bază de lansare a primului centru de consiliere maritală din America. Intenția acestui centru de consiliere era să încurajeze căsătoria și nașterile în rândul cuplurilor „adecvate" (cupluri de albi protestanți, de origine nord-europeană). Încă și mai îngrozitor este faptul că Popenoe, părintele eugeniei americane, este cel care a lansat faimoasa rubrică din *Ladies' Home Journal*[1] „Se mai poate salva această căsnicie?". Rubrica lui de sfaturi avea aceeași intenție ca centrul de consiliere: să păstreze unite toate cuplurile americane albe, astfel încât acestea să dea naștere la cât mai mulți bebeluși americani albi.

Însă discriminarea rasială a modelat dintotdeauna căsătoria în America. Deloc surprinzător, sclavii din sudul antebelic n-au avut niciodată permisiunea de a se căsători. Argumentul împotriva căsătoriei sclavilor era cât se poate de simplu: *e imposibil.* În societatea occidentală, căsătoria se presupune a fi un contract bazat pe consimțământ reciproc, iar un sclav – prin însăși definiția termenului – nu posedă consimțământ propriu. Fiecare mișcare a lui este controlată de stăpân, așa că sclavul nu se poate angaja în nici un contract cu o altă ființă omenească. În această situație, să-i permiți unui sclav să intre într-o căsătorie consensuală ar echivala cu prezumția că sclavul poate face în nume propriu o promisiune oricât de mică, lucru în mod evident imposibil. Prin urmare, sclavii nu se puteau căsători. Fiind un raționament din care logica nu lipsește, acest argument (laolaltă cu politicile brutale prin care a fost impus) a distrus cu totul instituția căsătoriei din interiorul comunității afro-americane timp de generații întregi – o moștenire rușinoasă care bântuie societatea chiar și în ziua de azi.

Apoi mai există și chestiunea căsătoriei interrasiale, care a fost ilegală în Statele Unite până destul de curând. De-a lungul celei mai

1. Revistă lunară pentru femei publicată în SUA începând din 1883, care se numără printre cele mai populare periodice de acest gen până în ziua de azi. (*N.t.*)

mari părți a istoriei americane, dacă te îndrăgosteai de o persoană de culoare greșită puteai ajunge la închisoare, sau chiar mai rău. Toate astea s-au schimbat în 1967, odată cu cazul unui cuplu din Virginia rurală, având numele – destul de poetic – de Loving. Richard Loving era alb; Mildred, soția lui – pe care o adorase încă de la vârsta de șaptesprezece ani –, era negresă. În 1958, când s-au hotărât să se căsătorească, uniunile interrasiale erau încă ilegale în statul Virginia, ca și în alte cincisprezece state americane. Astfel că tânărul cuplu și-a jurat credință în Washington, D.C. Dar, când cei doi s-au întors acasă după luna de miere, au fost imediat înșfăcați de poliția locală, care în toiul nopții a dat buzna în dormitorul familiei Loving și i-a arestat. (Polițiștii speraseră să surprindă cuplul făcând sex, pentru ca ulterior să poată aduce acuzația de act sexual interrasial, dar n-au avut noroc; familia Loving pur și simplu dormea.) Și totuși, simplul fapt că se căsătoriseră îi făcea pe cei doi îndeajuns de vinovați ca să poată fi săltați și duși la închisoare. Richard și Mildred au făcut apel la justiție pentru dreptul lor la căsătoria legală încheiată în districtul Columbia, dar un judecător din statul Virginia a respins validitatea căsătoriei, explicând îndatoritor în textul sentinței că „Dumnezeu cel atotputernic a creat rasele – albă, neagră, galbenă, malaeziană și roșie – și tot El le-a așezat pe continente separate. Faptul că El a separat rasele arată că nu a dorit ca acestea să se amestece".

E bine de știut.

Familia Loving s-a mutat în Washington, D.C., știind că dacă s-ar mai fi întors vreodată în Virginia ar fi riscat condamnarea la închisoare. Poate că povestea lor s-ar fi încheiat aici dacă n-ar fi existat scrisoarea trimisă de Mildred către NAACP[1] în 1963, în care întreba dacă organizația nu i-ar putea ajuta să găsească o cale prin care ea și soțul ei să se întoarcă acasă, în Virginia, măcar într-o vizită scurtă. „Știm că nu putem locui acolo, scria doamna Loving cu o umilință

1. National Association for the Advancement of Colored People – asociație americană pentru protejarea drepturilor cetățenești ale oamenilor de culoare înființată în 1909, una dintre cele mai importante din sfera luptei împotriva discriminărilor rasiale. (*N.t.*)

devastatoare, dar ne-ar plăcea să ne întoarcem din când în când, să ne vizităm familiile și prietenii."

Cazul a fost preluat de doi avocați de la ACRU[1] și, în final, în 1967, și-a croit drum până la Curtea Supremă a Statelor Unite, unde judecătorii – după ce au aflat întreaga poveste – au ales în unanimitate să nu fie de acord cu ideea că dreptul civil modern ar trebui să se bazeze pe interpretări ale Bibliei. (Spre marea ei onoare, însăși Biserica Romano-Catolică făcuse cu câteva luni înainte o declarație publică prin care își exprima susținerea fără rezerve a căsătoriilor interrasiale.) Curtea Supremă a consfințit legalitatea căsătoriei dintre Richard și Mildred printr-o hotărâre de nouă voturi pentru și zero contra și a făcut următoarea declarație răsunătoare: „Libertatea căsătoriei este de mult timp recunoscută ca unul dintre drepturile personale esențiale prin intermediul cărora oamenii liberi își pot căuta în mod sistematic fericirea."

Trebuie să mai spun și că, la acea vreme, un sondaj arătase că 70 la sută dintre americani se opuneau vehement acestei sentințe. Repet: în istoria americană recentă, *șapte din zece* americani continuau să creadă că mariajul dintre persoane de rase diferite ar trebui să fie considerat infracțiune. Dar, în această privință, tribunalele erau din punct de vedere moral înaintea majorității cetățenilor. Din textul legii matrimoniale americane dispăruseră ultimele bariere rasiale și viața a continuat, iar lumea a ajuns să se obișnuiască cu noua realitate și instituția căsătoriei nu s-a prăbușit din cauză că limitele îi fuseseră puțin, atât de puțin, lărgite. Și, cu toate că e posibil să mai existe încă persoane care cred că amestecul raselor este ceva respingător, în zilele noastre ar trebui să fii un nebun extremist și un rasist absolut ca să poți sugera că unor adulți de origini diferite ar trebui să li se interzică să se căsătorească legal. În plus, în această țară nu există nici un politician să mai poată câștiga vreodată alegerile pentru o funcție

1. American Civil Rights Union, organizație de lobby legislativ înființată în 1920 cu scopul de a proteja pe căi juridice libertățile cetățenești garantate de Constituția americană. (*N.t.*)

importantă în stat pe baza unei platforme electorale atât de demne de dispreț.

Cu alte cuvinte, am evoluat.

Ați înțeles încotro bat cu toate astea, nu-i așa?

Sau mai bine spus, ați înțeles încotro bate *istoria* cu toate astea?

Iată ce vreau să spun: nu-i așa că nu veți fi deloc surprinși dacă mă opresc câteva momente, ca să aduc în discuție subiectul căsătoriilor între persoane de același sex? Vă rog să înțelegeți, îmi dau seama că oamenii au sentimente puternice pe tema asta. În 1996, pe când era membru al Congresului, mai mult ca sigur că James M. Talent din Missouri vorbea în numele multora când spunea: „E un act de aroganță să credem despre căsătorie că este infinit de maleabilă, că poate fi trasă și întinsă la nesfârșit ca o plastilină magică, fără ca astfel să se distrugă stabilitatea sa esențială și ceea ce reprezintă ea pentru societatea noastră."

Însă problema cu acest argument este că singurul lucru pe care l-a făcut dintotdeauna căsătoria, din punct de vedere istoric și semantic, a fost să se schimbe. Căsătoria din lumea occidentală se schimbă la fiecare secol, ajustându-se permanent la noile standarde sociale și la noile idei despre dreptate. Maleabilitatea ca de plastilină magică pe care o are această instituție este de fapt singurul motiv pentru care încă mai există. Sunt foarte puțini – aș paria că printre ei se află și domnul Talent – cei care ar putea accepta căsătoria sub forma ei din secolul al XIII-lea. Cu alte cuvinte, căsătoria supraviețuiește tocmai pentru că evoluează. (Deși presupun că acesta n-ar fi un argument prea convingător în fața celor care, probabil, nu cred nici în evoluție.)

În spiritul transparenței complete, trebuie să clarific aici un lucru: sunt o susținătoare a căsătoriilor între persoane de același sex. E absolut evident de ce; sunt exact *acel gen* de persoană. Motivul pentru care aduc însă în discuție subiectul este faptul că mă irită cumplit să știu că, prin actul căsătoriei, eu am acces la anumite privilegii sociale de maximă importanță, la care mare parte din prietenii sau din confrații mei plătitori de impozite nu au acces. Mă irită încă și mai mult să știu că, dacă s-ar fi întâmplat ca Felipe și cu mine să fim un cuplu de același sex, atunci chiar că am fi fost într-o *mare* încurcătură în urma incidentului din Aeroportul Dallas/Fort Worth. Departamentul de Securitate Internă n-ar fi aruncat decât o singură privire către relația noastră și apoi mi-ar fi azvârlit partenerul afară din țară pentru totdeauna, fără nici o speranță de revenire ulterioară prin intermediul căsătoriei. Ceea ce înseamnă că mie mi se permite să-i fac rost lui Felipe de un pașaport american doar pentru că sunt heterosexuală. În astfel de termeni, viitoarea mea căsătorie începe să semene cu statutul de membru într-un soi de country-club exclusivist – o modalitate prin care mi se oferă acces la servicii valoroase refuzate vecinilor mei la fel de merituoși. Nu voi putea să accept niciodată acest gen de discriminare, și asta nu va face decât să-mi sporească suspiciunea firească pe care o nutresc deja față de instituția căsătoriei.

Chiar și așa, ezit să discut în detaliu aspectele specifice ale acestei dezbateri sociale, fie și pentru că e vorba de un subiect atât de fierbinte, încât aproape că este prea devreme ca să se publice cărți despre el. Cu două săptămâni înainte să scriu acest paragraf, căsătoria între persoane de același sex a fost legalizată în statul Connecticut. O săptămână mai târziu, a fost declarată ilegală în statul California. Când editam, peste câteva luni, acest paragraf, în Iowa și Vermont s-a dezlănțuit iadul. Nu mult după aceea, New Hampshire a devenit al șaselea stat care legalizează căsătoria persoanelor de același sex, și încep să cred că, indiferent ce aș declara astăzi despre căsătoria gay din America, până marțea viitoare va fi deja ceva perimat.

Totuși, ceva pot spune: legalizarea căsătoriei între persoane de același sex sosește și în America. În mare parte, lucrul acesta se întâmplă deoarece căsătoriile gay *non*-legale sunt deja o realitate. În prezent, cuplurile de același sex trăiesc împreună în mod deschis, indiferent dacă relațiile lor au fost sau nu recunoscute oficial de statele unde locuiesc. Cuplurile de același sex cresc copii, plătesc taxe, construiesc case, conduc afaceri, fac averi, ba chiar divorțează. Toate aceste relații și responsabilități sociale deja existente trebuie să fie gestionate și organizate prin intermediul legii, pentru ca societatea să continue să funcționeze așa cum trebuie. (Acesta e motivul pentru care recensământul american din 2010 va considera pentru prima dată și cuplurile de același sex drept „căsătorite“: ca să cartografieze cu exactitate realitățile demografice ale națiunii.) Curțile federale de justiție se vor sătura la un moment dat, la fel cum s-a întâmplat și în cazul căsătoriilor interrasiale, și vor hotărî că este mult mai ușor să ofere acces la căsătorie tuturor adulților cu discernământ decât să lase fiecare stat să decidă separat asupra subiectului, amendament cu amendament, șerif cu șerif, prejudecată personală cu prejudecată personală.

Bineînțeles, conservatorii pot să creadă în continuare că mariajul homosexual este în neregulă de vreme ce scopul căsătoriei este să genereze copii, numai că perechile heterosexuale infertile sau aflate la menopauză ori andropauză, sau care aleg să nu facă copii se căsătoresc tot timpul, și nimeni nu protestează. (De exemplu, comentatorul politic arhiconservator Pat Buchanan și soția lui nu au copii, și nimeni nu sugerează că privilegiile lor matrimoniale ar trebui revocate din cauza eșecului de a produce urmași biologici.) Cât despre ideea conform căreia căsătoria persoanelor homosexuale va corupe cumva întreaga comunitate, nimeni n-a reușit vreodată s-o dovedească într-o sală de judecată. Dimpotrivă, sute de organizații științifice și sociale – de la Academia Americană a Doctorilor de Familie la Asociația Psihologilor Americani și Liga pentru Bunăstarea Copiilor din America[1] – au susținut public atât căsătoria, cât și adopțiile gay.

Dar căsătoria gay sosește în America în primul rând și mai ales pentru că aici căsătoria este o chestiune laică, nu religioasă. Obiecția adusă căsătoriei gay este aproape inevitabil una biblică, dar în această țară nu există nimeni ale cărui jurăminte nupțiale să se definească prin interpretări de versete biblice – cel puțin, nu din momentul în

1. American Academy of Family Physicians, una dintre cele mai mari asociații medicale din SUA, fondată în 1947; American Psychological Association, cea mai mare asociație profesională pentru psihologi din întreaga lume, fondată în 1982; Child Welfare League of America, coaliție de numeroase agenții aflate în slujba copiilor și familiilor din întreaga Americă de Nord, cea mai veche și mai importantă de acest tip din SUA, fondată în 1920. (*N.t.*)

care Curtea Supremă s-a pronunțat în favoarea soților Richard și Mildred Loving. Ceremonia de nuntă de la biserică este ceva frumos, dar nu e o condiție *obligatorie* a căsătoriei legale în America, de fapt nici nu *constituie* o căsătorie legală în America. Ceea ce constituie o căsătorie legală în această țară este bucata aceea de hârtie extrem de importantă pe care tu și perechea ta trebuie s-o semnați și apoi s-o înregistrați la starea civilă. Moralitatea căsătoriei tale poate rămâne, într-adevăr, o chestiune dintre tine și Dumnezeu, dar ceea ce face ca jurămintele tale să fie oficiale aici, pe pământ, este actul acela civil și laic. Astfel că, în final, este treaba tribunalelor americane, și nu a bisericilor americane să decidă normele din dreptul familiei, și în tribunale se va hotărî în final soarta dezbaterii privind căsătoria persoanelor de același sex.

În orice caz, ca să fiu complet sinceră, mi se pare cam nefirească lupta atât de îndârjită a conservatorilor împotriva acestei căsătorii, având în vedere că în general, pentru societate, este benefic ca din ce în ce mai multe familii să trăiască sub semnul căsniciei. Și spun acest lucru ca o persoană care – cred că deja putem fi cu toții de acord – își admite scepticismul privind căsătoria. Dar acesta-i adevărul. Pentru că reduce promiscuitatea sexuală și îi înjugă pe oameni la anumite obligații sociale, căsătoria legală este o cărămidă esențială a oricărei comunități bine oganizate. Nu sunt convinsă că mariajul este de fiecare dată un lucru grozav pentru fiecare individ aflat *în interiorul* relației, dar asta-i cu totul altă chestiune. Nu există nici un dubiu – nici măcar în mintea mea rebelă – că, în general, căsătoria stabilizează ordinea socială la scară mare și este adesea deosebit de benefică pentru copii*.

---

* Scuzați-mă un moment. Acesta e un aspect atât de important și de complicat, încât merită să aibă parte de singura notă de autor din întreaga carte. Când sociologii spun: „căsătoria este extrem de benefică pentru copii", ei vor de fapt să spună că *stabilitatea* este extrem de benefică pentu copii. A fost dovedit în mod categoric că toți copiii se dezvoltă cel mai bine în medii în care nu sunt supuși în permanență unor schimbări emoționale generatoare de neliniște – cum ar fi, să zicem, șirul nesfârșit de parteneri amoroși ai lui mami sau ai lui tati, care se perindă prin casă. Căsătoria tinde să stabilizeze familiile și să prevină asemenea tulburări, dar nu o face *neapărat*. De exemplu, în zilele noastre, un

Dacă aș avea idei conservatoare – adică dacă aș fi o persoană căreia i-ar păsa enorm de stabilitatea socială, prosperitatea economică și monogamia sexuală –, aș vrea să știu căsătorite cât mai multe cupluri gay. Aș vrea să știu căsătorite cât mai multe cupluri *de toate* felurile. Recunosc, conservatorii sunt îngrijorați că homosexualii vor distruge și vor corupe instituția căsătoriei, dar poate că ar trebui să se gândească și la posibilitatea ca, în acest moment al istoriei, cuplurile gay să fie de fapt cele menite *să salveze* căsătoria. Gândiți-vă! Căsătoria se află în declin peste tot, în toată lumea occidentală. Oamenii se căsătoresc mai târziu în decursul vieții, asta dacă se mai căsătoresc, sau fac tam-nisam copii în afara căsătoriei, sau (ca mine) se raportează la întreaga instituție cu ambivalență sau chiar cu ostilitate. Suntem mulți heterosexuali care nu mai avem încredere în căsătorie. N-o înțelegem. Nu suntem deloc convinși că avem nevoie de ea. Ni se pare ba de luat în seamă, ba de lăsat de izbeliște – definitiv. Biata căsătorie de modă veche tremură din toate încheieturile sub vânturile reci ale modernității.

Dar, chiar atunci când totul pare pierdut pentru căsătorie, chiar atunci când ea pare să fi devenit inutilă din perspectiva evoluției, la fel ca degetele mici de la picioare sau apendicele, exact atunci când instituția pare înghițită încet-încet de obscuritate din cauza unei lipse generale de interes social, apar cuplurile gay, care cer să fie incluse și ele! Ba chiar imploră să fie incluse! Luptă din toate puterile să fie incluse într-o cutumă extrem de benefică, poate, pentru societate ca întreg, dar pe care mulți – asemeni mie – o găsesc doar sufocantă și demodată și lipsită de relevanță.

---

copil născut într-un cuplu necăsătorit din Suedia (unde căsătoria legală este considerată din ce în ce mai perimată, dar legăturile de familie sunt destul de solide) are mai multe șanse să trăiască toată viața alături de aceiași părinți decât un copil născut într-un cuplu căsătorit din America (unde căsătoria continuă să fie respectată, dar divorțurile cunosc o creștere accelerată). Copiii au nevoie de un mediu constant și familiar lor. Căsătoria încurajează soliditatea familială, dar nu o poate garanta. Cuplurile necăsătorite, părinții singuri și chiar bunicii pot crea medii calme și stabile în care copiii să se dezvolte armonios, în afara obligațiilor unei căsătorii legale. Am vrut să fiu foarte clară în această privință. Mulțumesc și scuzați-mă pentru întrerupere.

Poate părea ironic faptul că homosexualii – care de-a lungul secolelor au făcut din traiul în stil boem, la marginea societății, o formă de artă – doresc acum cu disperare să fie parte dintr-o tradiție atât de conformistă. Cu siguranță că nu toată lumea înțelege această nevoie imperioasă de asimilare, nici măcar în interiorul comunității gay. Cineastul John Waters[1], de exemplu, a considerat întotdeauna că singurele avantaje ale faptului că este gay sunt că nu a trebuit să facă armata și să se căsătorească. Și totuși, adevărul este că multe dintre cuplurile de același sex nu-și doresc decât să pătrundă în societate ca cetățeni complet integrați, cu responsabilități sociale, familiști, plătitori de taxe; ca părinți implicați, ca slujitori ai națiunii, ca oameni căsătoriți în mod respectabil. Așa că de ce să nu-i primim cu brațele deschise? De ce să nu-i recrutăm în număr cât mai mare, ca să-și facă intrarea în zbor eroic și să salveze degradata, rănita și bătrâna instituție a căsătoriei de adunătura de heterosexuali apatici, buni de nimic și ratați – asemeni mie?

În orice caz, indiferent ce s-ar întâmpla cu căsătoria gay și oricând s-ar întâmpla, vă asigur că generațiilor viitoare li se va părea ridicolă, rizibilă chiar, ideea că noi am dezbătut atâta acest subiect, la fel cum ni se pare nouă astăzi absurd faptul că unui țăran englez îi era cândva strict interzis să se căsătorească în afara clasei sale sociale, sau unui cetățean american alb, să se căsătorească cu cineva „de rasă malaeziană". Ceea ce ne conduce la ultimul motiv pentru care căsătoria gay urmează să sosească: deoarece căsătoria din lumea occidentală s-a deplasat în cursul ultimelor câteva secole – încet, dar inexorabil – în direcția unei intimități personale, a unei echități, a unui respect pentru cei doi indivizi implicați și a unei libertăți de alegere mai mari ca niciodată.

Începutul „mișcării de libertate matrimonială" – cum am putea-o numi – poate fi identificat pe la jumătatea secolului al XVIII-lea.

1. John Samuel Waters (n. 1946), producător de filme, actor, scriitor și figură importantă a curentului estetic *camp*, asociat cu comunitatea gay americană. (*N.t.*)

Lumea se schimba, democrațiile liberale erau în plină afirmare, iar în Europa Occidentală și în cele două Americi apăruse o uriașă presiune socială pentru mai multă libertate, mai multă intimitate, mai multe oportunități pentru indivizi de a-și căuta fericirea proprie, indiferent de dorințele altora. Atât bărbații, cât și femeile începuseră să-și exprime din ce în ce mai sonor dorința de *a putea alege*. Voiau să-și aleagă singuri conducătorii, să-și aleagă singuri religia, să-și aleagă singuri destinul și, da, să-și aleagă singuri chiar și perechea.

În plus, odată cu progresele revoluției industriale și cu creșterea câștigurilor individuale, cuplurile își puteau permite să achiziționeze case proprii, în loc să locuiască la nesfârșit alături de familia extinsă – și măsura în care această transformare socială a afectat căsnicia e inestimabilă. Deoarece, împreună cu casele acelea noi și intime a apărut... ei, bine, a apărut *intimitatea*. Gândurile intime și timpul personal, care au dus la apariția dorințelor personale și a ideilor personale. Odată ce ușile casei tale se închideau, viața ta îți aparținea. Puteai fi stăpânul propriului destin, căpitanul propriei corăbii emoționale. Îți puteai căuta propriul paradis și găsi propria fericire – nu în ceruri, ci chiar aici, în centrul Pittsburghului, de exemplu, cu propria ta soție minunată (aleasă de tine personal, și nu pentru că fusese o alegere avantajoasă economic sau pentru că familia ta aranjase căsătoria, ci pentru că *îți plăcea râsul ei*.)

Unul dintre cuplurile-erou, cred eu, ale mișcării de libertate matrimonială a fost o pereche pe nume Lillian Harman și Edwin Walker, din mărețul stat Kansas, de pe la 1887. Lillian era sufragetă și fiica unui cunoscut anarhist; Edwin era un ziarist progresist și un simpatizant al feminismului. Erau făcuți unul pentru celălalt. Când s-au îndrăgostit și au hotărât să-și pecetluiască relația, nu s-au dus nici la preot, nici la judecător, ci au pășit în ceea ce au denumit ei o „căsătorie autonomă". Și-au creat propriile jurăminte pentru nuntă, iar în timpul ceremoniei au vorbit despre caracterul total privat al uniunii lor, jurând că Edwin nu avea să-și domine soția în nici un fel și nici ea nu avea să-i poarte numele. Mai mult, Lillian a refuzat să-i jure lui Edwin credință eternă, afirmând în schimb cu fermitate: „N-o să fac promisiuni care ar putea să devină pentru mine imposibil sau imoral de ținut, ci îmi voi rezerva dreptul să mă comport mereu după cum îmi vor dicta conștiința și rațiunea."

Evident, Lillian și Edwin au fost arestați pentru această batjocură – și asta chiar în noaptea nunții. (Oare ce anume face ca arestatul oamenilor din patul lor să anunțe de fiecare dată o nouă eră în istoria căsătoriei?) Cei doi au fost acuzați de nerespectarea bunei-cuviințe și a procedurii legale, un judecător declarând chiar că „uniunea dintre E.C. Walker și Lillian Harman nu este căsătorie, și amândoi merită din plin pedeapsa aplicată".

Dar calea fusese deschisă. Fiindcă ceea ce își doreau Lillian și Edwin nu era foarte diferit de ceea ce își doreau contemporanii lor: libertatea de a intra într-o uniune sau de a și-o dizolva în propriii lor termeni, din motive personale, complet liberi față de interferențele și amestecul Bisericii, legii sau familiei. Egalitate între ei și echitate în cadrul căsniciei. Dar cel mai mult își doreau libertatea de a-și defini relația bazându-se pe propria interpretare asupra dragostei.

Bineînțeles, a existat și rezistență la aceste idei radicale. De foarte devreme, de la jumătatea secolului al XIX-lea, încep să apară conservatori plini de ifose și puritani care susțin că acest curent de individualism exprimat din interiorul căsniciilor avea să aducă după sine disoluția societății. Mai exact, predicția acestor conservatori era că, dacă aveai să oferi cuplurilor posibilitatea de a se forma doar pe criterii de iubire și după toanele simpatiilor personale, acest lucru avea să ducă fără întârziere la o rată astronomică a divorțurilor și la o pleiadă de cămine destrămate și îndurerate.

Ceea ce acum pare ridicol, nu-i așa?

Ei bine, adevărul e că au cam avut dreptate.

Divorțul, care fusese cândva extrem de rar în societatea occidentală, a început efectiv să-și mărească frecvența pe la jumătatea secolului al XIX-lea – aproape imediat ce oamenii au început să-și aleagă partenerii din motive care țineau doar de iubire. Și, începând de atunci, rata divorțurilor nu a făcut decât să crească, în timp ce căsătoria devine din ce în ce mai puțin „instituțională“ (bazată pe nevoile societății în ansamblu) și din ce în ce mai „semnificativ individualistă“ (bazată pe nevoile... *tale*).

Situație destul de riscantă, după cum s-a și văzut. Pentru că acum urmează cel mai interesant lucru pe care l-am aflat despre întreaga istorie a căsătoriei: peste tot, în absolut toate societățile, în întreaga lume, de-a lungul timpului, de fiecare dată când o cultură conservatoare în care căsătoriile sunt aranjate este înlocuită de o cultură caracterizată prin alegeri făcute după criterii de iubire, rata divorțului începe imediat să crească vertiginos. Îți poți potrivi ceasul după chestia asta. (Se întâmplă acum în India, de exemplu, chiar în acest moment.)

La vreo cinci minute după ce încep să vocifereze pentru dreptul de a-și alege singuri perechea pe criterii de iubire, oamenii vor începe să vocifereze pentru dreptul de a divorța de respectiva pereche odată terminată respectiva iubire. Ba mai mult, instanțele de judecată vor începe să le permită oamenilor să divorțeze, pe motiv că a obliga doi oameni care cândva s-au iubit să rămână împreună odată ce ajung să se deteste este o formă de cruzime gratuită. („Condamnați soțul și soția la temniță grea dacă dezaprobați comportamentul lor și vreți să-i pedepsiți, protesta George Bernard Shaw, dar nu-i condamnați la căsnicie perpetuă.“) Pe măsură ce dragostea ajunge moneda de schimb a acestei instituții, judecătorii sunt tot mai înțelegători față de soții nefericiți – probabil pentru că știu și ei, din proprie experiență, cât de dureroasă poate deveni dragostea ruinată. În 1849, o instanță din Connecticut a declarat că soții ar trebui să-și părăsească legal căsniciile nu doar din motive ca abuzul, neglijarea sau adulterul, ci pur și simplu din cauza nefericirii. „Orice fel de comportament care distruge în mod irevocabil fericirea reclamantului, declara judecătorul, anulează scopul relației maritale.“

Era o afirmație cu adevărat radicală. Să conchizi că *scopul* căsătoriei este crearea unei stări de fericire era o deducție ce nu mai fusese făcută niciodată până atunci în istoria omenirii. Această idee a condus, inevitabil am putea spune, la apariția a ceea ce Barbara Whitehead, cercetătoare în domeniul matrimonial, numea „divorțuri elocvente"[1] – cazuri de persoane care pleacă dintr-o căsnicie doar pentru că iubirea lor a murit. În astfel de cazuri, nimic altceva nu este în neregulă cu relația. Nimeni nu a bătut și nu a înșelat pe nimeni, dar *sentimentul* poveștii de dragoste s-a schimbat, iar divorțul devine expresia elocventă a acelei dezamăgiri foarte intime.

Știu foarte bine la ce se referă Whitehead când vorbește despre divorțul elocvent; ieșirea mea din prima căsnicie exact așa a fost. Sigur că, atunci când o situație te face să te simți cu adevărat mizerabil, este greu să spui că ești „doar" nefericit. Nu pare să existe nici un „doar" când, de exemplu, plângi luni în șir sau ai sentimentul că ești îngropat de viu în propria-ți casă. Dar da, cu toată obiectivitatea, trebuie să recunosc că mi-am părăsit fostul soț *doar* pentru că viața mea alături de el devenise nefericită, și acest gest a făcut din mine, într-adevăr, o soție elocvent de modernă.

Așadar, transformarea căsătoriei dintr-o înțelegere de afaceri într-un simbol al atașamentului emoțional a slăbit în mod considerabil această instituție de-a lungul timpului – deoarece căsniciile bazate pe dragoste sunt, cum s-a dovedit, la fel de fragile ca însăși dragostea. Gândiți-vă doar la relația mea cu Felipe și la firul străveziu care ne leagă unul de celălalt. Simplu spus, nu am nevoie de bărbatul acesta din aproape nici unul dintre motivele pentru care au avut femeile nevoie de bărbați de-a lungul secolelor. Nu am nevoie ca el să mă protejeze fizic, pentru că trăiesc într-una din cele mai sigure societăți de pe pământ. Nu am nevoie să-mi ofere siguranță materială, pentru că mi-am câștigat singură pâinea de când mă știu. Nu am nevoie de el pentru a-mi lărgi cercul de rude și cunoștințe, pentru că am deja un grup numeros alcătuit din prietenii, vecinii și rudele proprii. Nu am nevoie să-mi ofere statutul extrem de important de „femeie căsătorită", pentru că societatea în care trăiesc acordă respect femeilor necăsătorite. Nu am nevoie ca el să fie tatăl copiilor mei, pentru că am ales să nu devin mamă – și, chiar dacă mi-aș dori copii, tehnologia și permisivitatea

1. În original *expressive divorce.* (*N.t.*)

aceleiași societăți liberale mi-ar da posibilitatea să am copii prin alte mijloace și să-i cresc de una singură.

Deci unde ne aflăm? De ce am nevoie de bărbatul ăsta, în fond? Am nevoie de el doar pentru că se întâmplă să-l ador, pentru că în compania lui am parte de bucurie și alinare și pentru că, așa cum spunea cândva bunicul unui prieten, „uneori viața e prea grea ca să fii singur, iar uneori viața e prea frumoasă ca să fii singur". Același lucru e valabil și pentru Felipe: și el are nevoie de mine doar pentru compania mea. Pare mult, dar nu este mult deloc; este doar dragoste. Iar o căsătorie bazată pe dragoste nu garantează contractul de asociere pe viață dintr-o căsătorie bazată pe considerente materiale sau de clan; *nu poate* să facă asta. Prin definiție, o neliniștitoare definiție, orice a ales inima ta din misterioasele ei motive poate oricând dez-alege mai târziu – la fel, din misterioasele ei motive. Iar raiul împărtășit în intimitate se poate iute prăbuși într-un iad ce a ratat intimitatea.

În plus, ravagiile emoționale care însoțesc divorțul sunt cel mai adesea colosale, ceea ce face ca riscul psihologic de a te căsători din dragoste să fie enorm. Cel mai banal sondaj pe care-l fac medicii în prezent pentru a determina nivelurile de stres ale pacienților are la bază un test din anii 1970 alcătuit de doi cercetători pe nume Thomas Holmes și Richard Rahe. Scala Holmes-Rahe plasează „decesul soțului sau soției" în capul listei, ca fiind cel mai stresant eveniment pe care-l vor avea de suportat cei mai mulți oameni de-a lungul vieții. Dar ghiciți care este al doilea lucru de pe listă? *Divorțul.* Conform acestui sondaj, „divorțul" generează chiar mai multă anxietate decât „decesul unui membru apropiat al familiei" (ar trebui să presupunem că și decesul unuia dintre propriii copii, deoarece nu există categorie separată pentru acest eveniment tragic) și este cu mult mai stresant din punct de vedere emoțional decât „boala gravă", „pierderea locului de muncă", ba chiar și decât „închisoarea". Dar cel mai uimitor lucru pe care l-am descoperit în legătură cu scala Holmes-Rahe este că „reconcilierea maritală" se află și ea destul de sus pe lista evenimentelor generatoare de stres. Până și situația de a ajunge *în prag de* divorț și de a-ți salva apoi căsnicia în ultimul moment poate fi absolut devastatoare din punct de vedere emoțional.

Deci, când vorbim despre modul în care căsătoriile bazate pe dragoste pot duce la o rată mai mare a divorțurilor, acest lucru nu trebuie luat în glumă. Costurile emoționale, financiare, ba chiar și fizice ale iubirii eșuate pot însemna distrugerea indivizilor și a familiilor. Oamenii își urmăresc, își rănesc și își ucid foștii parteneri, dar, chiar și când nu se ajunge la violență fizică extremă, divorțul este o bombă demolatoare psihologică, emoțională și economică – cum poate confirma oricine care s-a aflat vreodată într-o căsnicie eșuată sau aproape de vreuna.

În parte, ceea ce face ca experiența divorțului să fie atât de cumplită este ambivalența emoțională. Multor persoane divorțate le e foarte dificil, dacă nu imposibil, să se limiteze la o stare de durere pură, de furie pură sau de ușurare pură când e vorba de sentimentele față de fostul partener. Dimpotrivă, emoțiile se amestecă adesea într-un ghem contradictoriu extrem de dureros, și așa rămân ani întregi. De aceea ajungem să ne fie dor de fostul soț și în același timp îi purtăm pică. Sau ajungem să ducem grija fostei soții cu toate că simțim o furie turbată împotriva ei. Totul e peste măsură de confuz. De cele mai multe ori, până și să atribui o vină clară e dificil. În aproape toate divorțurile la care am fost martoră, *ambele* părți (dacă nici unul din cei doi nu era vreun sociopat incontestabil) erau într-o anumită măsură responsabile pentru colapsul relației. Prin urmare, după eșecul căsniciei tale, care din personaje ești? Victima sau călăul? Nu e tot timpul ușor de zis. Firele se încurcă și se amestecă, de parcă s-ar fi produs o explozie într-o fabrică și fragmentele de sticlă și de oțel (bucăți din inima lui și din inima ei) s-au contopit din cauza căldurii dogoritoare. Încercarea de a alege ceva din tot dezastrul acela poate aduce un om la limita nebuniei.

Asta ca să nu mai pomenim oroarea pe care o resimți văzând cum o persoană pe care cândva ai iubit-o și ai apărat-o se transformă într-un dușman agresiv. La un moment dat, în timp ce treceam prin cea mai grea perioadă, am întrebat-o pe avocata mea de divorț cum de suportă să facă o astfel de muncă – cum poate îndura să vadă zi de zi cupluri care odată s-au iubit și care se sfâșie reciproc în sala de judecată. Mi-a spus: „Cred că munca asta îmi oferă mulțumire pentru că eu știu ceva ce tu nu știi; știu că asta e cea mai rea experiență din viața ta, dar mai știu și că într-o bună zi ai să treci peste ea și are să-ți fie *bine*. Iar să ajut pe cineva ca tine să treacă prin cea mai rea experiență din viața ei e ceva incredibil de mulțumitor."

Avea dreptate într-o privință (tuturor are să ne fie *bine* până la urmă), dar se înșela amarnic în alta (nu trecem niciodată complet peste așa ceva). În privința asta, noi, cei divorțați, suntem cam ca Japonia secolului XX: avem o cultură dinainte de război, avem și o cultură de după război, însă între cele două istorii se cască o enormă groapă fumegândă.

Voi face practic orice ca să evit să mai trec prin apocalipsa aceea. Dar recunosc că există oricând posibilitatea unui alt divorț, tocmai pentru că îl iubesc pe Felipe și pentru că uniunile bazate pe iubire sunt niște funii de priponit calul de o stranie fragilitate. Nu renunț la dragoste, să nu mă înțelegeți greșit. Continui să cred în ea. Dar poate că tocmai asta e problema. Poate că divorțul este taxa pe care trebuie s-o plătim cu toții, ca societate, pentru îndrăzneala de a crede în dragoste – sau, cel puțin, pentru îndrăzneala de a lega dragostea de un contract social atât de important cum e căsătoria. Poate că până la urmă dragostea și căsătoria nu merg împreună precum calul și șareta. Poate că dragostea și divorțul merg împreună precum... șareta și calul.

Așa că asta e pesemne chestiunea socială care trebuie discutată aici, într-o măsură mult mai mare decât cine are voie să se căsătorească și cine nu are voie să se căsătorească. Din perspectivă antropologică, adevărata dilemă a relațiilor moderne este aceasta: dacă vrei cu adevărat să ai o societate în care oamenii își aleg singuri partenerii pe baza afinităților personale, atunci trebuie să te pregătești pentru inevitabil. Vor exista inimi frânte; vor exista vieți sfărâmate. Tocmai pentru că inima omenească este atât de misterioasă („o țesătură de paradoxuri", cum superb o caracteriza omul de știință victorian Sir Henry Finck), dragostea preface toate planurile și toate intențiile noastre într-un uriaș joc de noroc. Poate că singura diferență între prima căsătorie și a doua căsătorie este că a doua oară știi măcar că joci la noroc.

Îmi amintesc de o conversație pe care am avut-o acum câțiva ani cu o tânără pe care am întâlnit-o la o petrecere organizată de o editură, în New York, într-o perioadă foarte proastă din viața mea. Tânăra, cu care mă mai văzusem o dată sau de două ori înainte, la alte evenimente sociale, m-a întrebat din politețe unde e soțul meu. I-am mărturisit că nu mă însoțea în acea seară pentru că eram în divorț. Interlocutoarea mea a îngăimat câteva vorbe de compasiune nu prea convingătoare, apoi, înainte să se înfrupte din platoul cu brânzeturi, a spus: „Eu una am deja opt ani de căsnicie fericită. Și n-am să divorțez niciodată."

Ce poți răspunde la un astfel de comentariu? *Felicitări pentru o realizare pe care încă n-ai realizat-o?* Îmi dau seama acum că femeia aceea continua să posede o oarecare inocență privind căsătoria. Spre deosebire de adolescenta venețiană tipică din secolul al XVI-lea, ea avusese norocul să nu-i fie impus un soț. Dar, exact din același motiv – tocmai pentru că își alesese soțul din dragoste –, căsnicia ei era mai fragilă decât își închipuia.

Jurămintele pe care le facem în ziua nunții noastre sunt un nobil efort de a masca această fragilitate, de a ne convinge că – într-adevăr – ceea ce Dumnezeu Atotputernicul a unit omul nu va putea să despartă. Dar, din nefericire, nu Dumnezeu Atotputernicul este cel care face acele jurăminte; omul (deloc atotputernic) le face, iar omul poate să-și încalce oricând jurămintele. Chiar dacă femeia de la petrecerea aceea era sigură că nu și-ar fi abandonat niciodată soțul, chestiunea nu depindea în întregime de ea. Nu era singură în acel pat. Toți iubiții, chiar și cei mai credincioși, riscă să fie părăsiți împotriva voinței lor. Știu că acest lucru simplu este adevărat, fiindcă am abandonat eu însămi oameni care nu doreau să plec și am fost eu însămi abandonată de unii pe care i-am implorat să rămână. Știind toate astea, îmi voi începe a doua căsnicie cu mult mai multă modestie decât am început-o pe prima. Cum va face și Felipe. Modestia singură nu ne va proteja, dar măcar de data aceasta nu ne va lipsi.

Există o frază celebră care spune că a doua căsătorie este triumful speranței asupra experienței, dar eu nu sunt complet convinsă că așa este. Mie mi se pare că primele căsătorii sunt afacerile cele mai inundate de speranță, cufundate până-n gât în așteptări uriașe și optimism facil. Căsătoriile de după cred că sunt drapate în altceva: pesemne într-un anume respect față de forțe mai mari decât noi. Un respect care frizează, poate, groaza.

Un vechi proverb polonez avertizează: „Înainte să pornești la război, spune o rugăciune. Înainte să pornești pe mare, spune două rugăciuni. Înainte să te căsătorești, spune trei."

Eu, una, am de gând să mă rog tot anul.

CAPITOLUL PATRU
Căsătoria și dragostea oarbă

cu dragostea fii (un pic) mai cu luare-aminte
decât cu tot restul

e. e. cummings

Se făcuse septembrie 2006.

Felipe și cu mine continuam să ne preumblăm de-a lungul Asiei de sud-est. Dacă aveam ceva, aveam vreme de pierdut. Procedurile din dosarul nostru de imigrare înțepeniseră cu totul. Cinstit vorbind, nu doar dosarul *nostru* de imigrare înțepenise, ci dosarele absolut tuturor cuplurilor care solicitaseră vize de logodnă în Statele Unite. Întregul sistem era blocat, înghețat bocnă. Spre ghinionul nostru colectiv, Congresul tocmai aprobase o nouă lege a imigrației, iar acum toată lumea – mii de cupluri – urma să fie ținută-n loc de cel puțin încă patru luni de infern birocratic. Noua lege prevedea ca orice cetățean american care dorea să ia în căsătorie un străin să fie cercetat de FBI, acesta urmând să verifice dacă solicitantul fusese acuzat în trecut de vreo ilegalitate.

Exact: orice *american* care dorea să se căsătorească cu un străin urma să fie supus unei investigații FBI.

În mod destul de ciudat, această lege apăruse ca să le protejeze pe femei – femei străine și sărace din țările în curs de dezvoltare, ca să fim mai exacți – de pericolul de a fi aduse în Statele Unite în chip de soții de către persoane condamnate în trecut ca violatori, criminali sau soți violenți. În ultimii ani treaba asta devenise o problemă sinistră. În esență, bărbații americani începuseră să cumpere mirese din fosta Uniune Sovietică, Asia și America de Sud, care – odată trimise în Statele Unite – ajungeau adesea să ducă existențe oribile, ca prostituate sau ca sclave sexuale, ori chiar să fie ucise de soții lor americani care deja aveau uneori dosare penale pentru viol sau crimă. Așa că legea cea nouă fusese adoptată pentru a le proteja pe aceste soții de origine străină de o posibilă căsătorie cu un monstru.

Era o lege bună. Era o lege dreaptă. Era imposibil să nu aprobi o astfel de lege. Singura problemă pentru Felipe și cu mine era că momentul apariției acestei legi ne încurca îngrozitor, dat fiind că procesarea dosarului nostru avea să întârzie acum cu încă vreo patru luni, timp în care FBI-ul urma să-și facă atent investigațiile și să confirme că, deși corespundeam perfect profilului, nu eram nici o violatoare condamnată, nici o ucigașă în serie de femei fără noroc.

La fiecare câteva zile mai trimiteam câte un e-mail avocatului nostru de imigrări din Philadelphia, cerându-i vești despre eventuale noi înștiințări, termene sau speranțe.

„Nimic nou", venea de fiecare dată răspunsul avocatului. Uneori îmi reamintea, în caz că uitasem: „Nu vă faceți planuri. Nimic la orizont."

Așa că, în timp ce se petreceau toate astea (sau, mai bine spus, în timp ce *nu* se petrecea nimic), Felipe și cu mine am intrat în Laos. Am luat un zbor cu plecare din nordul Thailandei către străvechiul oraș Luang Prabang; am zburat peste o întindere nesfârșită de smarald și munți care, abrupți și spectaculoși, străpungeau unul după celălalt jungla luxuriantă ca niște valuri verzi, încremenite și colțuroase. Aeroportul local semăna destul de bine cu un oficiu poștal de provincie din America. Am tocmit un taxi-bicicletă să ne ducă în orașul propriu-zis, care s-a dovedit a fi o comoară de oraș, minunat așezat pe delta dintre râurile Mekong și Nam Khan. Luang Prabang este un loc splendid, care a reușit cumva ca, de-a lungul secolelor, să îndese patruzeci de temple budiste pe o singură bucățică de pământ. De aceea, întâlnești la tot pasul călugări budiști. Vârsta lor variază între aproximativ zece ani (novicii) și aproximativ nouăzeci (maeștrii); și există efectiv mii de asemenea călugări în Luang Prabang. Așa că raportul de călugări *vs* muritori obișnuiți este în jur de cinci la unu.

Novicii erau unii dintre cei mai frumoși băieți pe care mi-a fost dat să-i văd în viața mea. Îmbrăcați în robe de un portocaliu aprins, aveau capetele rase și pielea aurie. În fiecare dimineață, înainte să se lumineze, ieșeau cu toții din temple în șiruri lungi, cu bolurile de cerșit în mâini, ca să-și primească hrana zilnică de la locuitorii orașului, care îngenuncheau pe străzi, oferindu-le orez. Felipe, obosit să tot călătorească, a caracterizat această ceremonie ca pe „o vânzoleală prea mare pentru cinci dimineața", dar mie mi-a plăcut la culme, și mă trezeam în fiecare zi înainte să se lumineze ca să mă strecor pe veranda hotelului nostru dărăpănat și să privesc.

Eram captivată de acești călugări. Mă fascinau. Făcusem o adevărată fixație pentru ei. De fapt, eram *atât* de captivată de călugări, încât, după câteva zile de lâncezeală în acel orășel din Laos, în care n-aveam de făcut mai nimic, am început să-i spionez.

De acord, probabil că spionatul călugărilor este o activitate foarte imorală (fie ca Buda să mă ierte), dar mi-a fost greu să rezist. Muream de curiozitate să aflu cine erau acei băieți, ce simțeau, ce voiau de la viață; dar exista o limită a cantității de informație pe care o puteam obține direct. Făcând abstracție de bariera lingvistică, femeile nu ar trebui nici măcar să se *uite* la călugări sau să stea în apropierea lor, cu atât mai puțin să stea de vorbă cu ei. În plus, era dificil să adun orice fel de informație personală despre un anumit călugăr, căci toți arătau exact la fel. Să spui că arătau cu toții la fel nu e o insultă sau o remarcă rasistă; prin capetele rase și robele portocalii simple și identice se urmărește tocmai asemănarea. Motivul pentru care maeștrii lor budiști au creat această uniformă este, în mod deliberat, ca să-i ajute pe băieți să-și diminueze conștiința de sine ca indivizi și să se contopească într-un grup. Nici măcar ei n-ar trebui să se poată deosebi unul de celălalt.

Dar noi am rămas în Luang Prabang timp de câteva săptămâni și, după foarte multă pândă pe străduțe lăturalnice, am început încetul cu încetul să recunosc anumiți călugări din masa nenumăratelor robe portocalii și capete rase interșanjabile. Cu timpul, îmi devenise clar că existau acolo tineri călugări de toate felurile. Erau călugării jucăuși și îndrăzneți care se ridicau unii pe umerii celorlalți ca să tragă cu ochiul la tine peste zidul templului și să strige „Salut, doamna lady!" când treceai prin apropiere. Erau novicii care noaptea ieșeau să fumeze în afara zidurilor templelor, iar jarul țigărilor pe care încercau să le ascundă avea luciri la fel de portocalii ca robele lor. Am văzut un călugăr adolescent dezbrăcat care făcea flotări, și altuia i-am văzut, incrustat pe umărul auriu, tatuajul neașteptat de gangsteresc înfățișând un pumnal. Într-o noapte, am tras cu urechea la câțiva călugări care își cântau unii altora cântece de-ale lui Bob Marley sub un arbore din grădina templului, multă vreme după ora la care ar fi trebuit să doarmă. Am văzut chiar și o mână de novici abia intrați în adolescență care se luptau în stil kickbox – genul de competiție bine intenționată care, asemeni jocurilor de băieți din întreaga lume, purta în ea pericolul de a deveni pe neașteptate violentă.

Dar cel mai mult m-a surprins un incident la care am fost martoră într-o după-amiază în micul și întunecatul internet café din Luang Prabang, unde Felipe și cu mine petreceam câteva ore pe zi verificându-ne e-mailurile și comunicând cu familiile noastre și cu avocatul de imigrări. Mergeam adesea și singură în acel internet café. Când Felipe nu era cu mine, căutam pe computer anunțurile de vânzări imobiliare de acasă, uitându-mă după case din apropierea Philadelphiei. Simțeam – mai mult decât simțisem vreodată în toată viața mea, sau poate pentru prima dată în viața mea – că mi-e dor de acasă. Adică dor de *un acasă*. Tânjeam îngrozitor după o casă, o adresă, un mic loc intim care să fie numai al nostru. Îmi doream să-mi eliberez cărțile puse la păstrare și să le așez pe rafturi în ordine alfabetică. Visam să adopt un animal de companie, să mănânc mâncare gătită în casă, să-mi revăd vechii mei pantofi, să locuiesc aproape de sora mea și de familia ei.

Cu puțin timp în urmă, o sunasem pe nepoata mea pentru a-i ura la mulți ani la a opta aniversare, iar ea izbucnise:

— De ce nu ești aici? De ce nu vii la *petrecerea de ziua mea*?

— Nu pot să vin, iubito. Sunt înțepenită la capătul celălalt al lumii.

— Atunci vino *mâine*, a mai zis Mimi.

Nu voiam să-l împovărez pe Felipe cu nimic din toate astea. Dorul meu de casă nu-l făcea decât să se simtă neajutorat și încolțit și responsabil cumva de a ne fi dezrădăcinat și a ne fi pomenit în nordul Laosului. Dar lumea de-acasă era pentru mine o preocupare permanentă. Mă simțeam vinovată că citesc anunțurile imobiliare fără știrea lui Felipe, de parcă m-aș fi uitat pe site-uri pornografice, dar continuam s-o fac. „Nu vă faceți planuri", tot repeta avocatul nostru de imigrări, dar nu puteam să mă abțin. Visam planuri. Planuri de case.

Așa că, într-o după-amiază fierbinte din Luang Prabang, în timp ce mă aflam singură la internet café fixând ecranul luminos al calculatorului și admirând imaginea unei case de piatră de pe râul Delaware (cu un mic hambar care putea fi transformat cu ușurință în birou de scriitoare), la calculatorul de lângă mine s-a așezat deodată un călugăr adolescent suplu, care își balansa ușor fundul slab pe marginea tare a scaunului de lemn. Trecuseră câteva săptămâni de când tot vedeam în acel internet café călugări în fața calculatoarele, și încă nu reușisem să depășesc uimirea culturală pe care o simțeam uitându-mă la băieții aceia serioși, cu capetele rase și robe de culoarea șofranului, care navigau pe internet. Muream de curiozitate să știu ce anume făceau la calculatoarele alea, așa că mă ridicam uneori de pe scaun și mă plimbam prin încăpere aparent la întâmplare, privind din mers ecranele. Băieții jucau de obicei jocuri video, deși câteodată îi descopeream tastând cu spor texte în limba engleză, complet absorbiți de această activitate.

Însă în ziua aceea tânărul călugăr se așezase chiar lângă mine. Era atât de aproape, că îi puteam distinge firele fine de păr de pe brațele subțiri, de un arămiu palid. Calculatoarele noastre erau alături, așa că îi puteam vedea foarte clar și ecranul monitorului. Am aruncat o privire spre el, ca să-mi dau seama ce anume făcea, și am realizat că băiatul citea o scrisoare de dragoste. De fapt, citea un e-mail de dragoste care, din câte am putut să văd în fugă, era de la cineva pe nume Carla, în mod evident nu din Laos, care scria într-o engleză colocvială pe care o stăpânea bine. Deci Carla era americancă. Sau poate englezoaică. Sau australiancă. Una dintre propozițiile de pe monitorul băiatului mi-a sărit în ochi: „Încă îmi mai doresc ca tu să-mi fii iubit."

Ceea ce m-a scos imediat din visare. Doamne, Dumnezeule, ce-i cu mine, cum de citesc corespondența privată a altcuiva? Și încă peste umărul lui! Mi-am smuls privirea de-acolo, rușinată de mine însămi. Nu era treaba mea. Mi-am îndreptat iar atenția către anunțurile imobiliare din Delaware Valley. Deși, evident, îmi era un pic greu să revin la preocupările mele, fiindcă, să fim serioși: *cine naiba era Carla asta*?

În primul rând, cum ajunseseră să se cunoască o tânără occidentală și un călugăr adolescent din Laos? Ce vârstă avea ea? Și când scrisese „Încă îmi mai doresc ca tu să-mi fii iubit“ voise să spună „Te *vreau* ca iubit“? – sau relația aceea se consumase, iar acum ea păstra în suflet amintirea unei pasiuni carnale împărtășite? Iar în cazul în care Carla și călugărul își consumaseră aventura... Dar cum? Când? Oare Carla venise în Luang Prabang în vacanță și intrase cumva în vorbă cu băiatul ăsta, în ciuda faptului că femeile n-ar trebui nici măcar să-i privească pe novici? Oare el i-a strigat „Salut, doamnă lady!“ și de-aici lucrurile au evoluat până la o relație sexuală? Ce avea să se întâmple cu ei de-acum înainte? Oare băiatul ăsta avea să-și încalce jurămintele și să se mute în Australia? (Ori în Marea Britanie, ori în Canada, ori în Memphis?) Se va muta Carla în Laos? Oare aveau să se mai revadă vreodată? Oare l-ar caterisi dacă i-ar prinde? (În budism oare tot „caterisit“ se spune?) Oare povestea asta de dragoste avea să-i distrugă viața? Sau să i-o distrugă pe a ei? Sau să le distrugă pe amândouă?!

Băiatul fixa monitorul într-o liniște totală, studiind scrisoarea de dragoste cu atâta concentrare, încât nu realiza absolut deloc că eram așezată chiar lângă el, frământându-mă în tăcere pentru viitorul lui. Și chiar *eram* îngrijorată pentru el – îngrijorată că se băgase până peste cap în ceva și că înșiruirea aceea de întâmplări nu putea duce decât la durere.

Pe de altă parte, nu poți opri potopul dorințelor care se mișcă liber prin lume, oricât de nelalocul lor ar fi uneori. Este prerogativa tuturor oamenilor să facă alegeri absurde, să se îndrăgostească de cei mai improbabili parteneri și să-și creeze singuri premisele celor mai previzibile calamități. Deci Carlei i se aprinseseră călcâiele după un călugăr adolescent – ei, și? Cum aș fi putut eu s-o judec? Nu mă îndrăgostisem și eu de-a lungul vieții de o mulțime de bărbați nepotriviți? Și nu fuseseră tinerii frumoși și „spirituali“ cei mai ademenitori dintre toți?

Călugărul nu tastă nici un răspuns pentru Carla – sau, cel puțin, nu în după-amiaza aceea. Cu o grijă demnă de un text religios, reciti scrisoarea de alte câteva ori. Apoi rămase mult timp așezat în tăcere, cu mâinile odihnindu-i-se ușor în poală, cu ochii închiși de parcă ar fi meditat. Într-un sfârșit, acționă: scoase e-mailul la imprimantă. Citi din nou cuvintele Carlei, de data aceasta de pe hârtie. Împături foaia cu tandrețe, de parcă ar fi împăturit un cocor origami, după care o ascunse undeva printre faldurile robei portocalii. Apoi, acel tânăr frumos, aproape un copil, se deconectă de la internet și ieși din local, pășind în căldura dogoritoare a străvechiului oraș dintre râuri.

M-am ridicat după o clipă și, neobservată, l-am urmat. Am privit cum străbate strada, mișcându-se încet în direcția templului central de pe vârful dealului, fără să privească nici în stânga, nici în dreapta. Nu după multă vreme, lângă el ajunse un grup de tineri călugări care-l înconjurară încet, iar călugărul Carlei li se alătură în liniște, dispărând în mulțimea de novici supli și tineri așa cum un peștișor portocaliu ar dispărea într-un banc de peștișori identici. I-am pierdut urma imediat în mulțimea aceea de băieți care arătau absolut la fel. Dar nu erau absolut la fel. Doar unul dintre acei tineri călugări din Laos avea, împăturită și ascunsă pe undeva, printre faldurile robei, o scrisoare de dragoste din partea unei femei pe nume Carla. Și, oricât de nebunesc ar suna și oricât de periculos ar fi fost jocul pe care-l juca, nu m-am putut abține să nu mă simt un pic emoționată pentru puști.

Indiferent de rezultat, ceva se *întâmpla* cu el.

Buda spunea că toată suferința omenească își are originea în dorință. Nu știm deja cu toții cât e de adevărat? Oricine care și-a dorit vreodată ceva și nu a obținut lucrul acela (sau și mai rău, l-a obținut și apoi l-a pierdut) cunoaște foarte bine suferința despre care vorbea Buda. Să dorești o altă persoană este, probabil, cea mai riscantă dintre toate năzuințele. De cum îți dorești pe cineva – de cum ți-l dorești cu adevărat – e ca și cum ai lua un ac chirurgical și ți-ai sutura fericirea de pielea acelei persoane, astfel încât orice soi de separare îți va crea de-acum înainte răni sfâșiate. Tot ce știi este că trebuie să obții prin orice mijloace obiectul dorinței tale și că apoi nu trebuie să vă mai despărțiți niciodată. Nu te mai poți gândi decât la iubirea ta. Sub un imbold atât de imperios, nu îți mai aparții cu totul ție. Ai devenit slujitorul necondiționat al propriilor dorințe.

Așa că înțelegeți de ce Buda, care a predicat renunțarea senină drept cale spre înțelepciune, probabil n-ar fi fost de acord ca acel tânăr călugăr să aibă asupra lui, ascunse, scrisori de dragoste de la o persoană pe nume Carla. Înțelegeți că slăvitul Buda ar fi putut privi acea întâlnire ca pe o formă de distragere. Cu siguranță nu l-ar fi impresionat nici o relație născută din secrete și dorință carnală. Dar, în definitiv, Buda oricum nu era un mare fan al intimității sexuale sau romantice. Amintiți-vă că, înainte de a deveni Cel Perfect, și-a abandonat soția și copilul pentru a-și continua nestingherit călătoria spirituală. Cam ca părinții creștini din vechime, Buda a predicat că doar celibatarii și solitarii pot atinge iluminarea. Prin urmare, budismul tradițional a privit dintotdeauna căsătoria cu oarecare suspiciune. Calea budistă este o călătorie a detașării de orice, în vreme ce căsătoria e o situație care aduce un sentiment intrinsec de atașament față de soț sau soție, de copii și de casă. Călătoria către iluminare începe odată cu îndepărtarea de toate acestea.

În cultura budistă tradițională există un rol și pentru oamenii căsătoriți, dar acesta e unul prin excelență secundar. Buda îi numea pe oamenii căsătoriți „gospodari". A dat chiar instrucțiuni clare privind modul de-a fi un bun gospodar: să fii cumsecade cu perechea ta, să fii onest, să fii credincios, să dai de pomană săracilor, să ai o asigurare contra incendiilor și a inundațiilor...

Vorbesc cât se poate de serios: Buda a sfătuit în sensul cel mai literal cuplurile căsătorite să-și asigure locuința.

Nu-i o cale chiar așa de incitantă ca aceea în care înlături vălul iluziei și stai pe pragul strălucitor al perfecțiunii fără prihană, nu-i așa? Numai că, din punctul de vedere al lui Buda, iluminarea pur și simplu nu era accesibilă gospodarilor. În asta, semăna din nou cu părinții creștini, care credeau că atașamentul față de pereche nu este decât un obstacol în drumul spre ceruri – ceea ce te face să te întrebi ce anume le făcea, la urma urmei, pe ființele astea iluminate să fie împotriva ideii de cuplu? De ce toată ostilitatea asta împotriva uniunii romantice și sexuale, și chiar împotriva căsniciei durabile? De ce atâta rezistență la dragoste? Sau poate că nu dragostea era problema; Isus și Buda au fost cei mai mari predicatori ai dragostei și compasiunii pe care i-a cunoscut vreodată lumea. Poate că pericolul dorinței mereu la pândă a făcut ca acești maeștri să-și facă griji pentru sufletele și sănătatea mintală și echilibrul oamenilor.

Problema este că suntem cu toții plini de dorințe; acesta e adevăratul semn distinctiv al existenței noastre emoționale, care poate duce la căderea noastră – și la căderea altora. În cel mai faimos tratat despre dorință care s-a scris vreodată, *Banchetul*, Platon evocă o celebră petrecere în care dramaturgul Aristofan spune povestea mitică a motivului pentru care noi, oamenii, avem o dorință atât de adâncă de a ne uni unii cu ceilalți, iar gesturile noastre de uniune pot fi uneori atât de nesatisfăcătoare și chiar distructive.

Cândva, demult, povestește Aristofan, zeii se aflau în ceruri, iar oamenii se aflau jos, pe pământ. Dar noi, oamenii, nu arătam așa cum arătăm astăzi. Aveam fiecare două capete, patru mâini și patru picioare – cu alte cuvinte, alcătuirea perfectă a doi oameni alăturați, contopiți într-o singură ființă. Existam într-una din trei alcătuiri posibile, după gen sau sex: alcătuiri masculin/feminin, alcătuiri masculin/masculin și alcătuiri feminin/feminin, depinzând de ceea ce se potrivea cel mai bine fiecărei făpturi. Pentru că toți aveam partenerul perfect prins în însăși materia ființei noastre, cu toții eram fericiți. Astfel, toate aceste ființe perfect mulțumite, cu câte două capete și câte opt membre, se mișcau pe fața pământului într-un fel asemănător celui în care planetele se mișcă prin ceruri – într-o stare de reverie, ordine și liniște. Nu ne lipsea nimic; nu aveam nevoi neîmplinite; nu doream pe nimeni. Nu exista discordie și nici haos. Eram întregi.

Dar, în starea aceasta de plenitudine, am devenit excesiv de mândri. În mândria noastră, am neglijat să-i mai venerăm pe zei. Puternicul Zeus ne-a pedepsit pentru neglijența noastră despicându-i în două pe toți oamenii aceia perfect mulțumiți, cu câte două capete și opt membre, creând astfel o lume de ființe nefericite cu câte un cap, două mâini și două picioare. În momentul acela de amputare în masă, Zeus a abătut asupra omenirii cea mai groaznică dintre toate suferințele posibile: senzația surdă, permanentă că nu suntem întru totul întregi. Începând din acel moment, oamenii urmau să se nască având sentimentul că le lipsește o parte – jumătatea pierdută, pe care o iubim aproape mai mult decât ne iubim pe noi înșine – și că acea parte lipsă se găsește pe undeva, rotindu-se prin univers sub forma altei persoane. Aveam să ne naștem și crezând că, dacă vom căuta cu destulă hotărâre, vom reuși, poate, să găsim într-o bună zi acea jumătate dispărută, celălalt suflet. Prin uniunea cu celălalt ne vom putea reîntregi în forma originară și nu vom mai fi niciodată nevoiți să simțim singurătatea.

Aceasta e bizara fantezie a intimității omenești: ideea că unu plus unu ar putea cumva, cândva, să fie egal cu *unu*.

Dar Aristofan ne-a avertizat că acest vis de reîntregire-prin-dragoste este imposibil. Suntem prea distruși ca specie pentru a mai putea vreodată să ne refacem cu totul prin simpla uniune. Jumătățile despicate ale oamenilor cu opt membre au fost împrăștiate mult prea departe pentru ca vreunul din noi să-și mai găsească jumătatea lipsă cândva. Uniunea sexuală poate face ca o persoană să se simtă întreagă și împlinită doar o vreme (Aristofan presupunea că Zeus le dăduse oamenilor darul orgasmului din milă, tocmai ca să ne putem simți din nou uniți și să nu murim de depresie și disperare), dar în final, într-un fel sau altul, vom rămâne iarăși doar cu noi înșine. Așadar, singurătatea noastră continuă, ceea ce ne face să ne împreunăm iar și iar cu oameni nepotriviți, în căutarea uniunii perfecte. Uneori am putea chiar să credem că ne-am găsit jumătatea, dar cel mai probabil este să nu fi găsit decât pe altcineva care își caută propria jumătate – pe cineva la fel de disperat să creadă că și-a găsit întregirea în noi.

Așa începe dragostea oarbă. Iar dragostea oarbă este cel mai periculos aspect al dorinței omenești. Dragostea oarbă duce la ceea ce psihologii numesc „gândire intruzivă" – cunoscuta stare de distragere în care nu te poți concentra asupra nici unui alt lucru în afară de obiectul obsesiei tale. Odată ce cazi pradă dragostei oarbe, tot restul – slujbe, relații, responsabilități, hrană, somn, muncă – rămâne mult în urmă, în timp ce tu îți hrănești fanteziile legate de cine îți este drag, fantezii care în scurt timp devin repetitive, invazive și atotdevoratoare. Dragostea oarbă îți modifică substanțele chimice din creier de parcă ai face exces de opiacee și stimulente. Cercetătorii au descoperit de curând că encefalogramele și schimbările bruște de dispoziție ale unei persoane îndrăgostite orbește seamănă în mod remarcabil cu encefalogramele și schimbările bruște de dispoziție ale unui dependent de cocaină – lucru deloc surprinzător, după câte se pare, deoarece dragostea oarbă *este* o dependență, având efecte chimice măsurabile asupra creierului. Așa cum a explicat dr. Helen Fisher, antropolog și expert în domeniu, cei îndrăgostiți în acest fel, asemeni oricăror dependenți de drog, „vor face cele mai nesănătoase, umilitoare și chiar periculoase lucruri pentru a-și procura narcoticul".

Drogul acesta nu e nicicând mai puternic decât la începutul unei relații pasionale. Fisher a observat că enorm de mulți copii sunt concepuți în decursul primelor șase luni ale unei povești de dragoste, fapt pe care-l consider cu adevărat demn de luat în seamă. Obsesia hipnotică poate duce la un sentiment de abandon euforic, iar abandonul euforic este indiscutabil cea mai bună metodă de a te pomeni însărcinată fără s-o fi vrut. De fapt, unii antropologi susțin că specia umană are nevoie de dragostea oarbă ca instrument de reproducere: devenim astfel îndeajuns de necugetați încât să riscăm pericolele unei sarcini și să ne putem reînnoi permanent rândurile.

Cercetarea lui Fisher a mai arătat că oamenii sunt mult mai susceptibili să se îndrăgostească orbește atunci când trec prin perioade delicate sau vulnerabile ale vieții. Cu cât ne simțim mai neliniștiți și mai dezechilibrați, cu atât ne cresc șansele să ne îndrăgostim mai repede și mai nebunește. Ceea ce face ca dragostea oarbă să înceapă să semene cu un virus în stare latentă, așteptând liniștit, gata oricând să ne atace sistemele imunitare emoționale slăbite. E bine știut că studenții, de exemplu – plecați de acasă pentru prima dată, nesiguri, lipsiți de rețelele de susținere obișnuite –, sunt în mod special susceptibili de dragoste oarbă. Și știm cu toții că cei care călătoresc în țări străine se îndrăgostesc adesea nebunește, parcă peste noapte, de persoane complet necunoscute. În aventura și emoția călătoriei, mecanismele noastre protectoare se gripează foarte repede. Dintr-un punct de vedere, e minunat (toată viața o să simt un fior de plăcere amintindu-mi cum l-am sărutat la Madrid pe tipul acela, la ieșirea din terminalul de autobuze), dar în astfel de circumstanțe e înțelept să urmezi sfatul venerabilei filozoafe nord-americane Pamela Anderson: „Nu te căsători niciodată în concediu."

Oricine trece printr-o perioadă dificilă din punct de vedere emoțional – din cauza unui deces în familie sau a pierderii slujbei, să zicem – riscă să cadă pradă și unei iubiri instabile. E bine știut și că oamenii bolnavi, răniți sau speriați sunt foarte vulnerabili la dragostea fulgerătoare – ceea ce poate explica de ce atâția soldați răniți în luptă se căsătoresc cu asistentele medicale care i-au îngrijit. Persoanele căsătorite ale căror relații trec printr-o criză sunt și ele excelente candidate la dragostea oarbă față de un personaj nou, lucru pe care-l pot confirma personal: după haosul nebun de la sfârșitul primei mele căsnicii, mintea mi-a fost atât de sănătoasă și de întreagă, încât am ieșit în lume și m-am îndrăgostit în mod absolut dement de alt bărbat, exact în clipa când îmi părăseam soțul. Marea nefericire și conștiința mea de sine făcută bucăți m-au „copt" în mod special pentru dragostea oarbă, și, Doamne, cât de oarbă a fost! În situația mea (care, din câte știu acum, e un exemplu clasic, de manual), noua pasiune amoroasă părea să poarte o uriașă pancartă pe care scria IEȘIRE – iar eu m-am avântat direct spre acea ieșire, folosind aventura ca scuză pentru a fugi din căsnicia mea distrusă, ca apoi să susțin, cu o siguranță aproape isterică, că *acea* persoană era tot ce-mi doream cu adevărat în viață.

E șocant că n-a ieșit așa, nu?

Problema cu dragostea oarbă e că ea este, evident, un miraj, un truc vizual – mai bine zis, un truc al sistemului endocrin. Dragostea oarbă nu e chiar același lucru cu dragostea; mai degrabă e vărul de-al doilea, dubios, al dragostei, cel care se împrumută mereu de bani și care nu e în stare să-și păstreze nici o slujbă. Când te îndrăgostești orbește de cineva, nu te uiți cu adevărat la persoana respectivă; ești doar captivat de propria reflexie, îmbătat de un vis de împlinire pe care l-ai proiectat asupra unui străin absolut. Într-o astfel de stare, avem tendința să hotărâm tot felul de lucruri spectaculoase despre iubiții noștri, care pot sau nu să fie și adevărate. Percepem în persoana iubită ceva aproape divin, chiar dacă s-ar putea ca prietenii și rudele noastre să nu vadă nimic de felul ăsta. Femeia care este o Venus pentru un bărbat e pentru altul doar o pipiță, iar Adonisul tău personal este pentru altcineva un mic ratat plicticos.

Evident că toți îndrăgostiții își văd partenerii – și așa și trebuie – cu niște ochi foarte generoși. E natural, chiar oportun, să exagerăm întru câtva virtuțile partenerilor noștri. Carl Gustav Jung susținea că primele șase luni ale celor mai multe povești de dragoste sunt o perioadă de proiecție pură pentru aproape oricine. Dar dragostea oarbă este proiecție sărită de pe șine. O relație bazată pe dragostea oarbă e o zonă din care sănătatea mintală lipsește, unde ideile greșite nu cunosc limite și perspectiva nu reușește să se instaleze cu nici un chip. Freud a definit sugestiv dragostea oarbă drept „supraevaluare a obiectului", iar Goethe a descris-o și mai bine: „Când doi oameni sunt cu adevărat fericiți unul cu celălalt, putem îndeobște presupune că se înșală." (Apropo, bietul Goethe! Nici măcar el n-a fost imun la dragostea oarbă, cu toată înțelepciunea și experiența lui. La vârsta de șaptezeci și unu de ani, bătrânul neamț de neclintit s-a îndrăgostit pătimaș și absolut inadecvat de Ulrike, o frumusețe de nouăsprezece ani care i-a refuzat înflăcăratele propuneri de căsătorie, lăsându-l atât de îndurerat, încât vârstnicul geniu a scris un recviem al vieții sale, care se încheia cu următoarele cuvinte: „Am pierdut lumea întreagă, m-am pierdut pe mine însumi.")

Orice asociere reală este imposibilă într-o astfel de stare de febră acută. Dragostea adevărată, sănătoasă, matură – de felul celei care plătește ipoteca an după an și ia copiii de la școală – nu se bazează pe dragostea oarbă, ci pe afecțiune și respect. Iar cuvântul „respect", provenit din latinescul *respicere* („a privi înapoi"), sugerează că poți vedea cu adevărat persoana de lângă tine, ceea ce nu poți face cu nici un chip din interiorul cețurilor mișcătoare ale iluziilor romantice. Realitatea iese din scenă în momentul în care intră dragostea oarbă, și curând după aceea ne putem pomeni făcând tot soiul de lucruri nebunești la care nici nu ne-am fi gândit vreodată în timpul stării de normalitate. De exemplu, ne putem pomeni într-o bună zi că scriem un e-mail pasional unui călugăr de șaisprezece ani din Laos… Peste ani, după ce praful s-a așezat, e posibil să ne întrebăm: „Ce-o fi fost în capul meu?", iar răspunsul este, de obicei: nimic.

Psihologii numesc starea asta de nebunie delirantă „dragoste narcisistă".

Eu îi spun „când aveam vreo douăzeci de ani".

Uitați ce e, vreau să fie foarte clar că în principiu nu sunt împotriva pasiunii. Doamne ferește! Cele mai incredibile senzații de bucurie pe care le-am simțit vreodată în viață au apărut în momentele când am fost stăpânită de obsesii romantice. Felul acela de dragoste te face să te simți super-eroic, mitic, hiperuman, nemuritor. Radiezi viață; n-ai nevoie de somn; iubitul îți umple plămânii asemeni oxigenului. Oricât de dureroase s-au dovedit a fi până la urmă acele experiențe (și pentru mine s-au terminat dureros de fiecare dată), n-aș vrea să văd pe nimeni trecându-și viața fără să știe ce înseamnă să te transformi euforic în ființa altei persoane. Așa că, atunci când spun că sunt un pic emoționată pentru călugăr și Carla, despre asta vorbesc. Mă bucur că au ocazia să guste acea beatitudine narcotică. Dar mai sunt și foarte, foarte bucuroasă că de data asta nu e vorba de mine.

Pentru că există ceva ce știu cu certitudine despre mine acum, când mă apropii de patruzeci de ani. Nu mai pot *să duc* dragostea oarbă. Mă omoară. În final, mă trece de fiecare dată prin ciur. Deși știu că trebuie să existe pe lume niște cupluri ale căror povești de dragoste au început cu un rug de obsesii care s-a topit apoi, de-a lungul anilor, în jarul sigur al unei relații lungi și sănătoase, eu una n-am învățat niciodată cum se face asta. Pentru mine, dragostea oarbă n-a reușit niciodată să facă decât un lucru: să distrugă – de obicei, destul de repede.

Dar în tinerețe adoram extazul dragostei oarbe, așa că-mi făcusem din asta un obicei. Prin „obicei" înțeleg exact același lucru pe care-l înțelege orice dependent de heroină când vorbește despre „obiceiul" lui: un eufemism pentru compulsia incontrolabilă. Căutam pasiunea peste tot. Mi-o injectam în venă. Ajunsesem genul de fată la care mai mult ca sigur se gândea Grace Paley[1] când evoca un personaj feminin care avea în permanență nevoie de un bărbat în viață, chiar și atunci când părea că-l are deja. Să mă îndrăgostesc la prima vedere devenise o adevărată specialitate a mea în ultima parte a adolescenței și mult după ce împlinisem douăzeci de ani; puteam s-o fac și de patru ori pe an. Au fost dăți când m-am îmbolnăvit atât de tare de dragoste, încât i-am dăruit bolii ciozvârte întregi din viață. La începutul relației mă evaporam în abandon, dar destul de repede mă pomeneam plângând și vomitând, la sfârșitul ei. Între timp dormeam atât de puțin și înnebuneam atât de tare, încât lucrurile începeau să arate uneori, dacă mă gândesc mai bine, ca un leșin provocat de alcool. Doar că fără alcool.

Oare trebuia ca o asemenea junǎ domnișoară să se căsătorească la vârsta de douăzeci și cinci de ani? Înțelepciunea și Prudența ar fi sugerat că nu. Dar n-am invitat nici Înțelepciunea, nici Prudența la nunta mea. (O scuză ar fi că n-au fost nici pe lista mirelui.) Pe atunci eram o fată imprudentă din toate punctele de vedere. Am citit cândva un articol de ziar despre un bărbat din cauza căruia arseseră mii de hectare de pădure, căci mersese o zi întreagă cu mașina printr-un parc național târându-și toba de eșapament pe asfalt și producând astfel scântei care ajungeau în vegetația uscată și aprindeau mici incendii la fiecare câteva sute de metri. De-a lungul drumului s-a întâlnit cu o mulțime de alți șoferi care claxonau și-i făceau semne și încercau să-i atragă atenția asupra dezastrului din urma lui, dar tipul asculta fericit radioul și nu-și dădea seama de nimic.

Exact așa eram eu în tinerețe.

1. Grace Paley (1922–2007), respectată prozatoare și poetă americană, cunoscută și ca pacifistă activă. (*N.t.*)

Abia când am ajuns la treizeci și un pic de ani, abia după ce fostul meu soț și cu mine ne-am distrus iremediabil căsnicia, abia după ce viața mi-a fost complet dată peste cap (ca și viețile câtorva bărbați foarte drăguți, ale câtorva bărbați nu prea drăguți și ale câtorva martori nevinovați), abia atunci am oprit, în sfârșit, mașina. M-am dat jos și am privit în jur la peisajul carbonizat, am clipit un pic și am spus: „Sper că nu vreți să spuneți că tot dezastrul ăsta ar putea avea ceva de-a face cu *mine*!"

Apoi a venit depresia.

Predicatorul quaker Parker Palmer[1] a spus cândva despre propria-i viață că depresia i-a fost ca o prietenă trimisă pentru a-l salva de pretențiile exagerate ale falsei euforii pe care și-o fabricase de când se știa. Depresia, spunea Parker, l-a împins înapoi pe pământ, până la nivelul la care i-a fost din nou cu putință să meargă și să se țină pe picioare în cadrul realității. Și eu am avut nevoie să fiu trasă în jos, către realitate, după ce petrecusem ani întregi cățărându-mă în mod artificial pe culmi prin intermediul numeroaselor mele pasiuni necugetate. Și eu am ajuns să socotesc fundamental anotimpul meu de depresie – chiar dacă a fost necruțător și dureros.

Am folosit perioada de singurătate ca să mă autoexaminez, să-mi răspund cu sinceritate la întrebări dureroase și – cu ajutorul unei psihoterapeute răbdătoare – să înțeleg originile celor mai distructive comportamente ale mele.

Am călătorit (ocolind drumurile spaniolilor frumoși din terminalele de autobuze). Am căutat cu râvnă forme de satisfacție mai sănătoase. Am petrecut mult timp de una singură. Nu mai fusesem singură până atunci, dar mi-am trasat un drum prin singurătate. Am învățat să mă rog, căindu-mă cât de bine m-am priceput pentru întinderea arsă din urma mea. Dar, mai mult ca orice, am practicat nou-descoperita artă a autoconsolării, rezistând în fața tuturor trecătoarelor tentații romantice și sexuale, punându-mi următoarea întrebare de

1. Parker J. Palmer (n. 1939), autor, pedagog și activist american cu un doctorat în sociologie și numeroase alte doctorate onorifice; e cunoscut mai ales pentru textele și cuvântările sale pe tema religiei și a spiritualității. (*N.t.*)

adult, nouă și ea: „Oare această alegere va fi benefică pe termen lung pentru *cineva*?" Pe scurt: am crescut.

Immanuel Kant credea că noi, oamenii, pentru că suntem atât de complecși emoțional, trecem de-a lungul vieții prin două pubertăți. Prima pubertate se petrece când corpurile noastre devin îndeajuns de mature pentru sex; a doua pubertate se petrece când *mințile* noastre devin îndeajuns de mature pentru sex. Cele două momente pot fi separate de mulți, foarte mulți ani, deși mă întreb dacă maturitatea emoțională nu cumva ne vine în întâmpinare doar prin experiențele și lecțiile eșecurilor noastre afective din tinerețe. Să ceri unei fete de douăzeci de ani să știe oarecum automat lucruri despre viață pe care majoritatea femeilor de patruzeci de ani le-au învățat în decenii înseamnă să aștepți tare multă înțelepciune din partea unei persoane extrem de tinere. Cu alte cuvinte, nu cumva trebuie să trecem cu toții prin agonia și erorile unei prime pubertăți înainte ca vreunul din noi să poată accede la cea de-a doua?

În orice caz, ajunsesem departe cu experimentele mele privind singurătatea și asumarea responsabilității când l-am cunoscut pe Felipe. El era bun și fidel și atent, și am luat-o încetul cu încetul. Nu era o dragoste adolescentină. Nu era nici dragoste copilărească, nici dragoste din aia din-ultima-zi-de-tabără-de-vară. La suprafață, recunosc, povestea noastră de dragoste părea tare romantică. Pentru Dumnezeu, doar ne-am cunoscut pe insula tropicală Bali, sub palmieri foșnitori etc. etc. Cu greu s-ar putea găsi un decor mai idilic. Îmi amintesc cum descriam la vremea aceea peisajul rupt parcă din vis într-un e-mail pe care l-am trimis surorii mele mai mari, în suburbiile Philadelphiei. Judecând retrospectiv, probabil că n-a fost frumos din partea mea. Catherine – care era acasă cu doi copii mici și se lupta și cu o renovare din temelii a casei – mi-a răspuns doar atât: „Da, și eu îmi propusesem să plec în weekendul ăsta pe o insulă tropicală cu amantul meu brazilian... da' traficul a fost prea aglomerat."

Așa că, da, povestea mea de dragoste cu Felipe a avut o parte romantică minunată, la care mă voi gândi mereu ca la ceva de preț. Dar n-a fost vorba de dragoste oarbă, și iată cum pot să-mi dau seama:

n-am avut pretenția ca el să devină Marele Meu Eliberator, nici Izvorul Întregii Mele Vieți, nici nu am dispărut în cavitatea toracică a acestui bărbat asemeni unui homuncul parazit, chircit, de nerecunoscut. În timpul lungii noastre perioade de curtare, mi-am păstrat intactă personalitatea și mi-am dat voie să-l cunosc pe Felipe așa cum era el. E foarte posibil ca fiecare să-i fi părut celuilalt peste măsură de frumos și perfect și eroic, dar n-am pierdut nici un moment din vedere realitățile noastre imediate: eu eram o femeie divorțată iubitoare, dar rătăcită, care trebuia să-și gestioneze cu grijă tendința către amoruri melodramatice și așteptări nerealiste; Felipe era un tip divorțat afectuos și pe cale să chelească, având nevoie să-și gestioneze cu grijă tendința de a bea prea mult și frica adânc înrădăcinată de a nu fi trădat. Eram doi oameni relativ drăguți, însă care purtau rănile unor dezamăgiri personale uriașe, deși absolut obișnuite; căutam ceva ce putea pur și simplu să existe în celălalt – o anume tandrețe, o anume atenție, o anume dorință împărtășită de a avea și de a oferi încredere.

Refuz și în ziua de astăzi să-l împovărez pe Felipe cu teribila responsabilitate de a mă completa în vreun fel. Iar în acest moment al vieții am realizat deja că nu mă poate completa, nici măcar dacă ar vrea s-o facă. Am înfruntat destule din lipsurile proprii ca să pot recunoaște că ele nu-mi aparțin decât mie. Odată învățat acest adevăr esențial, acum pot recunoaște unde mă sfârșesc eu și unde începe altcineva. Poate să pară un truc jenant de simplu, dar trebuie să clarific ceva: mi-au trebuit peste trei decenii și jumătate ca să ajung în acest punct – să învăț limitele intimității omenești sănătoase, atât de frumos definite de C.S. Lewis în următoarele cuvinte scrise despre soția lui: „Știam amândoi un lucru: eu aveam misterele mele, nu pe ale ei; ea le avea pe ale ei, nu pe ale mele."

Unu plus unu, cu alte cuvinte, trebuie ca uneori să facă doi.

Dar cum să fiu sigură că n-o să mă mai îndrăgostesc niciodată orbește de altcineva? Cât de demnă de încredere este inima mea? Cât de solidă e loialitatea lui Felipe față de mine? Cum să știu fără nici un dubiu că nu ne vor tenta și despărți dorințe din afară?

Acestea erau întrebările pe care începusem să mi le pun de cum înțelesesem că eu și Felipe eram – cum ne spune sora mea – „viețași". Sinceră să fiu, eram mai puțin îngrijorată de loialitatea lui Felipe decât eram de a mea. Felipe are un trecut amoros mult mai simplu decât mine. Este un monogam incurabil: alege pe cineva, apoi se relaxează cu ușurință în fidelitate, și cam asta-i tot. E fidel în toate privințele. Odată ce și-a găsit restaurantul preferat, e bucuros să mănânce acolo seară de seară, fără să ducă dorul variației. Dacă îi place un film, îl va privi cu încântare de sute de ori. Dacă îi place un articol de îmbrăcăminte, îl vei vedea purtându-l ani la rând. Prima oară când i-am cumpărat o pereche de pantofi, mi-a spus cu multă afecțiune: „Draga mea, ce drăguț din partea ta – dar *am* deja o pereche de pantofi."

Prima căsnicie a lui Felipe nu s-a sfârșit în infidelitate (avea deja o pereche de pantofi, ca să zic așa). Dar relația a fost îngropată sub o avalanșă de adversități întâmplătoare care au pus o presiune prea mare asupra familiei și, în final, legăturile s-au rupt. Mare păcat că s-a întâmplat așa, deoarece cred cu toată sinceritatea că Felipe este făcut pentru a fi partener pe viață. Este fidel la nivel celular. Și o spun chiar la modul literal. Cercetătorii care se ocupă de evoluție au în prezent o teorie după care în lume există două feluri de bărbați: cei făcuți pentru a procrea copii și cei făcuți pentru a crește copii. Primii sunt promiscui; ceilalți sunt constanți.

Este celebra teorie „Tați sau Ratați". În cercurile evoluționiste nu este privită ca o judecată din perspectivă morală, ci mai degrabă ca ceva ce poate fi descompus până la nivel de ADN. Se pare că la masculii speciei există o mică variație chimică de foarte mare importanță, denumită „gena receptoare de vasopresină". Bărbații care posedă gena receptoare de vasopresină tind să fie parteneri sexuali de încredere și pe care te poți baza, care rămân zeci de ani lângă aceeași femeie, cresc copii și conduc gospodării stabile. (Haideți să-i numim pe aceștia bărbați „Harry Trumani".) De cealaltă parte, bărbații cărora le lipsește gena receptoare de vasopresină sunt înclinați către flirt și infidelități, având nevoie să caute mereu în altă parte varietatea sexuală. (Să-i numim bărbați „John F. Kennedy".)

Gluma care circulă printre biologii femei din domeniul evoluționist este că există o singură parte a anatomiei unui bărbat a cărei lungime ar trebui să îngrijoreze orice potențială parteneră, iar aceasta e gena receptoare de vasopresină. John F. Kennedy-ii din lumea aceasta, puțin dotați la capitolul genă receptoare de vasopresină, umblă în lung și-n lat, împrăștiindu-și sămânța pe tot pământul, producând încurcături și neorânduială în codul ADN-ului uman – ceea ce este bine pentru specie, deși nu e neapărat la fel de bine pentru femeile seduse și apoi, adesea, abandonate. În final, Harry Trumanii cu gene receptoare lungi ajung de multe ori în situația de a crește copiii John F. Kennedy-ilor.

Felipe e un Harry Truman și, până să-l cunosc, mă săturasem așa de tare de bărbații JFK, eram atât de extenuată de farmecele și de toanele lor sfărâmătoare de inimi, că tot ce-mi doream era o astfel de întruchipare liniștitoare a statorniciei. Dar nu mă încred în mod absolut în decența lui Felipe și nici nu mă relaxez, senină, în privința propriei mele fidelități. Istoria ne învață că aproape toată lumea este capabilă de aproape orice pe tărâmul dragostei și al dorinței. În viețile noastre, ale tuturor, apar circumstanțe care pun la încercare și cele mai încăpățânate fidelități. Poate că de asta ne e cel mai teamă când pășim în căsnicie – de „circumstanțele" care, sub forma vreunei incontrolabile pasiuni exterioare, ne vor distruge într-o bună zi legătura.

Cum te păzești de asemenea lucruri?

Singura mângâiere pe care am găsit-o vreodată pe tema asta apare în lucrările psiholoagei Shirley P. Glass, care și-a petrecut mare parte din carieră studiind infidelitatea maritală. Întrebarea ei era, invariabil, „cum s-a întâmplat?". Cum s-a întâmplat că niște oameni buni, niște oameni de caracter, chiar niște oameni de tip Harry Truman s-au pomenit dintr-odată măturați de curenții dorinței, și-au distrus viața și familia fără să fi avut cea mai mică intenție s-o facă? Nu discutăm aici despre infidelii în serie, ci despre oamenii demni de încredere, care – în ciuda propriei judecăți sau a propriului cod moral – calcă strâmb. De câte ori n-am auzit pe cineva spunând: „Nu căutam iubirea în afara căsniciei, dar *pur și simplu s-a întâmplat*!" Exprimat în astfel de termeni, adulterul începe să semene cu un accident de mașină, cu poleiul invizibil care pândește dintr-o curbă înșelătoare, așteptându-l acolo pe șoferul inocent.

În cadrul cercetării ei, Glass a descoperit însă că, dacă sapi ceva mai adânc în infidelitățile oamenilor, poți vedea aproape de fiecare dată că aventura a început cu mult înainte de primul sărut furat. Cele mai multe aventuri încep, scrie Glass, când soțul sau soția își face un prieten nou și când se naște o intimitate aparent inofensivă. Nu simți pericolul atunci, fiindcă ce rău poate fi într-o prietenie? De ce să nu avem prieteni de sex opus – sau de același sex, până la urmă – chiar dacă suntem căsătoriți?

Răspunsul, explică dr. Glass, este că nu poate fi *nimic rău* în faptul că o persoană căsătorită începe o prietenie în afara căsniciei – atâta timp cât „zidurile și ferestrele" relației rămân la locurile lor. Conform teoriei lui Glass, toate căsniciile sănătoase sunt alcătuite din ziduri și ferestre. Ferestrele sunt aspectele din relație deschise către lume – altfel spus, golurile necesare prin care interacționezi cu familia și cu prietenii; zidurile sunt barierele de încredere în spatele cărora păzești cele mai intime secrete ale căsniciei tale.

Însă ceea ce se întâmplă adesea în cursul acestor așa-zise prietenii inofensive este că începi să împărtășești noului prieten intimități care ar trebui să rămână ascunse în interiorul căsniciei. Dezvălui secrete despre tine – cele mai adânci dorințe și frustrări ale tale – și te simți bine expunându-te astfel. Croiești o ditamai fereastra într-un loc în care ar trebui să fie doar zid solid și rezistent și, nu după mult timp, te pomenești că-ți reverși cele mai intime secrete în urechea acelei persoane noi. Pentru că nu vrei ca perechea ta să fie geloasă, păstrezi ascunse detaliile noii prietenii. Procedând astfel, creezi o problemă: tocmai ai construit un zid între tine și perechea ta, într-un loc prin care ar trebui ca lumina și aerul să circule liber. Astfel că întreaga arhitectură a intimității tale maritale a suferit o modificare. Toate vechile ziduri sunt acum ditamai ferestrele cu vedere panoramică; toate vechile ferestre sunt bătute în scânduri, ca în casele abandonate. Ai întocmit planul perfect pentru infidelitate fără măcar să-ți dai seama ce faci.

Așa că, în momentul în care noul tău prieten îți intră într-o bună zi în birou cu lacrimi în ochi din cauza vreunei vești proaste, când vă încolăciți brațele unul în jurul celuilalt (doar pentru că vreți să oferiți un strop de alinare!) și apoi când buzele vi se ating și realizezi cu un fior amețitor că *iubești* acea persoană – că ai iubit-o *dintotdeauna*! – e prea târziu. Pentru că fitilul a fost aprins. Și acum riști cu adevărat să te pomenești cândva (probabil foarte curând) în mijlocul resturilor a ceea ce a fost viața ta, față în față cu perechea ta, trădată și distrusă (pereche la care, apropo, ții în continuare enorm), încercând să-i explici printre suspine sfâșietoare cum n-ai vrut să rănești pe nimeni și *n-ai crezut că ți se va întâmpla vreodată*.

Și chiar așa e. N-ai crezut că ți se va întâmpla. Dar tu ai construit toate astea și iarăși tu ai fi putut să oprești totul dacă ai fi acționat mai repede. În clipa când te-ai pomenit că împărtășești secrete cu cineva cu care mai degrabă perechea ta trebuia să se împrietenească, în clipa asta ai, spune dr. Glass, o cale mai inteligentă și mai sinceră pe care s-o apuci. Sugestia ei este să mergi acasă și să-i spui soțului sau soției despre ce e vorba. În linii mari, scenariul are următoarele replici: „Trebuie să-ți mărturisesc ceva care mă îngrijorează. Săptămâna asta am ieșit la masă de două ori cu Mark și am fost șocată să-mi dau seama că discuția a devenit imediat extrem de intimă. M-am pomenit că-i spun lucruri pe care ți le spuneam numai ție. Exact așa discutam noi doi la începutul relației noastre – și-mi plăcea la culme –, dar mă tem că am pierdut lucrul ăsta. Mi-e dor de genul acesta de intimitate cu tine. Crezi că putem să facem ceva ca să... cum să spun... să reaprindem scânteia legăturii noastre?"

Sincer, răspunsul ar putea fi: „Nu."

S-ar putea să nu mai poți face nimic pentru a reaprinde scânteia legăturii. Am o prietenă care i-a ținut soțului ei un discurs de acest fel, la care el i-a răspuns: „Mă doare-n fund cu cine-ți petreci tu vremea." Și iată o căsnicie care, deloc surprinzător, s-a încheiat în scurt timp. (Și asta trebuia să se și întâmple, după mine.) Dar dacă perechea ta este receptivă, oricât de puțin, ar putea să simtă dorul din spatele mărturisirii tale și ar putea chiar să reacționeze, exprimându-și la rândul ei propriile dorințe neîmpărtășite.

E foarte posibil ca voi doi să nu mai reușiți să rezolvați lucrurile, dar cel puțin veți ști mai târziu că v-ați străduit sincer să păstrați intacte zidurile și ferestrele căsniciei voastre, iar asta poate fi o alinare. În plus, e posibil să eviți să-ți înșeli perechea, chiar dacă în final e posibil să nu mai poți evita divorțul – ceea ce-i un lucru foarte bun din multe motive. Așa cum spunea o veche prietenă de-a mea, care e avocată, „Nu există în istoria omenirii divorț pe care adulterul să-l fi făcut mai simplu, mai puțin crud, mai rapid sau mai puțin costisitor".

În orice caz, după ce am citit studiul despre infidelitate al lui Shirley Glass, m-a cuprins un sentiment de speranță aproape euforic. Ideile ei despre fidelitatea conjugală nu erau extraordinar de complexe, doar că *eu nu mai auzisem chestiile alea până atunci*. Nici măcar nu sunt sigură că înțelesesem vreodată ideea, aproape jenant de simplă, conform căreia poți controla în mare măsură lucrurile care se petrec în interiorul și în jurul relației tale. Mi-e rușine că trebuie să recunosc asta, dar e adevărat. Credeam cândva că dorința este la fel de imposibil de gestionat ca o tornadă; puteai doar să speri că n-are să-ți smulgă casa, făcând-o să explodeze în văzduh. Și cuplurile ale căror relații durau decenii întregi? Probabil că avuseseră noroc, mă gândeam eu, și nu fuseseră lovite niciodată de tornadă. (Nu-mi dăduse deloc prin minte că poate oamenii ăia își construiseră împreună câte o pivniță sigură sub casă, în care să se adăpostească ori de câte ori se întețea vântul.)

Deși este adevărat că inima omenească poate fi străpunsă de dorințe fără margini, deși lumea e pesemne plină de creaturi ademenitoare și de tot felul de opțiuni delicioase, se pare că poți face realmente alegeri raționale, care limitează și gestionează mai bine riscul dragostei oarbe. Iar dacă îți faci griji pentru viitoarele „probleme" din căsnicia ta, e bine să înțelegi că problemele nu sunt chestii care pur și simplu „se întâmplă"; problemele sunt adesea cultivate, fără să ne dăm seama, în capsule Petri pe care le lăsăm de izbeliște, împrăștiate te miri unde.

Oare toate astea sună cumplit de evident pentru tot restul lumii? Fiindcă pentru mine n-au fost deloc cumplit de evidente. Sunt informații de care aș fi avut realmente nevoie acum vreo zece ani, când m-am căsătorit prima oară. Nu știam nimic din toate astea. Și uneori mă apucă groaza când realizez că am pășit în căsnicie fără această informație atât de utilă, ba chiar fără multe alte informații la fel de utile. Acum, când mă gândesc la prima mea căsătorie, îmi aduc aminte ce spun multe dintre prietenele mele despre ziua în care și-au adus acasă de la maternitate primul copil. Există un anumit moment, declară ele, când asistenta îți dă copilul în brațe și când proaspăta mamă, îngrozită, își dă seama: „Doamne, Dumnezeule – ăștia mă trimit acasă cu chestia asta? Habar n-am ce să fac!" Dar evident că cei de la spital le dau mamelor bebelușii și le trimit cu ei acasă pentru că se presupune că maternitatea e ceva *instinctiv*, că vei ști în mod natural cum să-ți îngrijești propriul copil – că dragostea te va învăța cum – chiar dacă tu nu ai nici un pic de experiență sau de pregătire pentru o astfel de întreprindere uriașă.

Am ajuns să cred că facem cu toții mult prea des aceeași presupunere în legătură cu căsnicia. Credem că dacă doi oameni se iubesc cu adevărat, atunci intimitatea va fi pentru ei ceva instinctiv, iar căsnicia lor va funcționa la nesfârșit, bazându-se doar pe puterea afecțiunii. Pentru că nu ai nevoie decât de dragoste! Sau așa credeam în tinerețe. Cu siguranță nu ai nevoie de strategii sau de asistență sau de instrumente sau de perspectivă. Și așa s-a întâmplat că eu și primul meu soț am ajuns să ne căsătorim, cu toată enorma noastră ignoranță și imaturitate și lipsă de pregătire, pur și simplu pentru că ne-a venit cheful să ne căsătorim. Ne-am spus jurămintele fără să avem nici cea mai mică idee despre mijloacele de a păstra legătura noastră vie și în siguranță.

Mai miră pe cineva faptul că am ajuns acasă și am scăpat din mâini bebelușul?

Așa că acum, doisprezece ani mai târziu, când mă pregătesc să pășesc din nou într-o căsătorie, mi se pare logic să mă pregătesc un pic mai serios. Partea bună a perioadei noastre de logodnă nebănuit de lungi oferite de Departamentul de Securitate Internă era că Felipe și cu mine aveam la dispoziție un răstimp generos în care să discutăm chestiunile și concluziile noastre legate de căsătorie. Așa că le-am discutat. Pe toate. Izolați de familiile noastre, doar noi doi în locuri îndepărtate, ținuți locului de călătorii succesive de câte zece ore în autocar – aveam timp din belșug. Așa că am vorbit și am vorbit și am vorbit, clarificându-ne zi după zi forma viitorului contract marital.

Bineînțeles, fidelitatea urma să aibă o importanță covârșitoare. Era condiția non-negociabilă a căsătoriei noastre. Recunoșteam amândoi că, odată spulberată încrederea, refacerea ei din cioburi este un proces anevoios și chinuitor, dacă nu chiar imposibil. (Cum spunea cândva tata despre poluarea apelor, din perspectiva lui de inginer de mediu: „E cu mult mai ușor și mai ieftin să păstrezi de la început râul necontaminat decât să-l cureți după ce a fost contaminat.")

Subiectele cu potențial radioactiv, despre gospodărie și treburile casnice, au fost și ele destul de simplu de abordat; locuiserăm deja împreună și descoperiserăm că le puteam împărți între noi ușor și echitabil. Felipe și cu mine împărtășeam, de asemenea, aceeași poziție față de posibilitatea de a avea vreodată copii (poziția era: mulțumim, dar nu ne trebuie), și acordul nostru asupra acestui subiect enorm părea să șteargă din viitor ditamai enciclopedia de potențiale conflicte maritale. Din fericire, eram și compatibili în pat, așa că nu am prevăzut viitoare probleme nici în secțiunea sexualitate umană, iar eu n-am considerat că e o probă de inteligență din partea mea să încep să sap după probleme în locuri unde nu exista nici una.

Mai rămânea un singur subiect important care poate strica ușor orice căsnicie: banii. Și, după cum s-a dovedit ulterior, aici aveam mult de discutat. Pentru că, deși lui Felipe și mie ne era ușor să fim de acord în privința lucrurilor care sunt importante în viață (mâncarea bună) și a celor care sunt neimportante în viață (farfuriile scumpe pentru mâncarea aia bună), în privința banilor aveam valori și păreri extrem de diferite. Eu am avut întotdeauna o atitudine conservatoare față de veniturile mele; sunt atentă, economisesc compulsiv, sunt practic incapabilă să fac datorii. Pun asta pe seama lecțiilor primite de la părinții mei economi, care se comportau de parcă fiecare zi ar fi fost 30 octombrie 1929[1] și care mi-au deschis primul cont de economii când eram în clasa a doua.

De cealaltă parte, Felipe fusese crescut de un tată care schimbase la un moment dat o mașină foarte drăguță pe o undiță.

În timp ce economia este religie de stat în familia mea, Felipe n-are nici un respect pentru cumpătare. În plus, e stăpânit de disponibilitatea înnăscută de a-și asuma riscuri, tipică oamenilor de afaceri, și este cu mult mai deschis decât mine la ideea de a pierde totul și de a porni din nou de la zero. (Permiteți-mi să reformulez: eu sunt complet obtuză în fața ideii de a pierde totul și de a porni din nou de la zero.) Și mai mult: lui Felipe îi lipsește complet încrederea nativă în instituțiile financiare pe care o am eu. Nu fără motiv, pune lucrul ăsta pe seama faptului că a crescut într-o țară cu o monedă extrem de instabilă; în copilărie, a învățat să numere privind cum mama lui își reajusta zilnic, din cauza inflației, economiile de cruzeiro brazilieni. Astfel că banii lichizi înseamnă foarte puțin pentru el. Conturile de economii înseamnă încă mai puțin. Declarațiile bancare nu sunt decât „niște zerouri pe-o foaie" care pot să dispară peste noapte, din motive pe care nimeni nu le poate controla. Așa că, îmi explica Felipe, el ar prefera să-și păstreze averea sub formă de pietre prețioase, de exemplu, sau de proprietăți imobiliare, nu în bănci. Mi-a explicat foarte clar că nu-și va schimba niciodată părerea în privința asta.

OK, mi se pare corect. Asta-i situația. Însă, așa stând lucrurile, l-am întrebat pe Felipe dacă ar fi dispus să mă lase pe mine să mă ocup de cheltuielile zilnice și de conturile noastre de cheltuieli casnice. Eram destul de sigură că cei de la compania de electricitate nu aveau să accepte plăți lunare în ametiste, așa că trebuia cumva să ne deschidem un cont bancar comun, măcar pentru plata facturilor. A fost de acord, lucru foarte liniștitor.

Însă și mai liniștitor a fost faptul că Felipe părea dispus să folosească lunile noastre de călătorie ca să stabilim împreună cu mare grijă și

1. Prima zi după prăbușirea Bursei americane (29 octombrie 1929), eveniment urmat de Marea Depresiune economică mondială de la începutul anilor 1930. (*N.t.*)

mult respect – de-a lungul acelor nenumărate plimbări cu autobuzul – termenii contractului nostru prenupțial. De fapt, chiar a insistat s-o facem, la fel de mult ca mine. Dacă pentru unii cititori acest lucru e dificil de înțeles și de aprobat, îi rog respectuos să ia în considerare situația în care ne găseam. Fiind o *self-made woman*, liber-profesionistă într-un domeniu artistic, care și-a câștigat întotdeauna singură pâinea și din al cărei trecut nu lipsesc situațiile în care i-a susținut financiar pe bărbații din viața ei (ba chiar, în mod dureros, încă mai scrie cecuri pentru fostul soț), subiectul acesta conta foarte mult pentru sufletul meu. Iar din perspectiva lui Felipe, bărbat pe care divorțul nu l-a lăsat doar cu sufletul gol, ci și cu conturile *goale*... ei bine, conta și pentru el.

Recunosc: de câte ori se discută în presă despre contracte prenupțiale, asta se petrece de obicei din cauză că un bărbat bătrân și bogat se pregătește să se căsătorească cu încă o femeie tânără și frumoasă. Subiectul pare sordid de fiecare dată, o adevărată intrigă meschină de genul sex-contra-bani. Dar Felipe și cu mine nu eram nici magnați, nici oportuniști; eram doar destul de experimentați ca să recunoaștem că, uneori, relațiile se sfârșesc, și ar fi fost o dovadă de încăpățânare copilărească din partea noastră să ne prefacem că așa ceva nu ni se poate întâmpla niciodată nouă. În orice caz, una sunt chestiunile legate de bani când te căsătorești la tinerețe și cu totul altceva când o faci la maturitate. Aveam să ne aducem amândoi în această căsnicie lumile noastre individuale deja existente – lumi care conțineau cariere, afaceri, bunuri, copiii lui, drepturile mele de autor, pietrele prețioase pe care el le colecționa de ani buni, fondurile de pensie la care eu cotizasem încă de pe vremea când eram o chelneriță de douăzeci și unu de ani... și toate aceste lucruri de valoare trebuiau luate în considerare, cântărite, discutate.

Deși să schițezi un contract prenupțial poate să nu pară cel mai romantic mod de a-ți petrece lunile dinaintea căsătoriei, vă rog să mă credeți că în timpul acelor conversații am petrecut împreună câteva momente de mare tandrețe – mai ales cele în care ne pomeneam pledând fiecare în favoarea intereselor celuilalt. Acestea fiind spuse, trebuie să adaug că au existat și momente în care povestea a luat o întorsătură incomodă și tensionată. Răstimpul în care puteam discuta subiectul avea o limită concretă, după care trebuia să luăm o pauză, să schimbăm subiectul, eventual să petrecem fiecare câteva ore pe cont propriu. Interesant este că peste vreo doi ani, când Felipe și cu mine ne-am schițat împreună testamentele, ei bine, ne-am confruntat din nou cu aceeași problemă – o istovire a inimii care ne împingea mereu departe de masa de scris. Planificarea în caz de tot ce e mai rău e o treabă tristă. În ambele cazuri, atât cu testamentele, cât și cu contractul prenupțial, nici nu mai știu de câte ori am șoptit amândoi cuvintele „Doamne ferește..."

Totuși am insistat s-o facem și, până la urmă, ne-am scris contractul prenupțial în termenii care ne făceau pe amândoi fericiți. În fine, poate că „fericiți" nu e cel mai potrivit cuvânt atunci când conceptualizezi o strategie pentru ieșirea urgentă dintr-o poveste de dragoste care încă se află la început. E o treabă sinistră să-ți închipui eșecul unei iubiri, dar am făcut-o. Am făcut-o pentru că mariajul nu e doar o poveste intimă de dragoste, ci este și un contract social și economic în sensul cel mai strict; dacă n-ar fi așa, n-ar mai exista mii de legi municipale, statale și federale care să se refere la uniunea noastră matrimonială. Am făcut-o pentru că știam că e mai bine să-ți stabilești chiar tu termenii pe care-i dorești decât să riști ca într-o bună zi, de-a lungul drumului, niște străini nesentimentali, într-o sală de judecată severă, să-i stabilească în locul tău. Însă, mai presus de orice, am suportat neplăcerea acestor incomode conversații financiare pentru că Felipe și cu mine am învățat, în timp, că următorul fapt este în mod incontestabil adevărat: *Dacă ți se pare dificil să discuți despre bani când ești îndrăgostit și în culmea fericirii, încearcă s-o faci mai târziu, când ești neconsolat și furios și când dragostea a murit.*

Doamne ferește!

Dar oare o luasem razna dacă speram că dragostea noastră n-avea să moară?

Puteam să îndrăznesc măcar să visez la așa ceva? Am petrecut un răstimp aproape jenant de mare în călătoriile noastre bifând liste cu lucruri favorabile lui Felipe și mie, colecționându-ne meritele ca pe niște pietricele norocoase, burdușindu-mi buzunarele cu ele, trecându-mi nervos degetele peste ele într-o permanentă goană după certitudine. Oare nu-l iubeau deja pe Felipe prietenii și familia mea? Și nu era asta o confirmare relevantă, ba chiar o amuletă norocoasă? Oare nu-mi spusese cea mai înțeleaptă și mai intuitivă dintre prietenele mele – singura femeie care cu ani în urmă mă avertizase să nu mă căsătoresc cu primul meu soț – că-l acceptase complet pe Felipe drept perechea potrivită pentru mine? Oare nu-l plăcea până și bunicul meu în vârstă de nouăzeci și unu de ani, care nu se obosea cu amabilitățile? (Prima dată când s-au întâlnit, bunicul Stanley l-a urmărit pe Felipe cu atenție tot weekendul, apoi și-a dat verdictul: „Îmi place de tine, Felipe, s-a pronunțat. Pari a fi un supraviețuitor. Și ar fi bine să și fii – căci fata asta a trecut deja ca prin brânză prin destui.")

Mă agățam de toate aceste confirmări nu pentru că voiam să mă asigur în privința lui Felipe, ci pentru că încercam să mă asigur în privința *mea*. Exact din motivul pe care bunicul Stanley îl declarase cu atâta franchețe: eu eram cea al cărei discernământ amoros nu era cu totul demn de încredere. Aveam o istorie lungă și pestriță, plină de decizii extrem de proaste la capitolul bărbați. Așa că mă bazam pe opiniile altora pentru a-mi consolida propria încredere privind decizia pe care o luam acum.

M-am sprijinit și pe alte dovezi încurajatoare. Din cei aproape doi ani petrecuți deja împreună, știam că Felipe și cu mine eram genul de cuplu pe care psihologii îl numesc „anticonflictual". E o abreviere pentru „nimeni n-o să arunce vreodată farfurii peste masa din bucătărie în direcția celuilalt". Fapt este că Felipe și cu mine ne certăm atât de rar, încât ajunsesem să mă îngrijorez. Înțelepciunea comună mă învățase mereu că partenerii *trebuie* să se certe pentru a-și aerisi astfel nemulțumirile. Dar noi abia dacă ne contraziceam vreodată. Oare asta însemna că ne reprimam adevăratele resentimente și furii și că într-o bună zi aveau să ne explodeze toate în față ca un val fierbinte de furie și violență? Nu simțeam că ar fi așa. (Dar asta era evident; e însuși trucul subtil al reprimării, nu-i așa?)

Când am cercetat însă mai bine subiectul, m-am relaxat un pic. Noile studii arată că unele cupluri reușesc să evite conflictele serioase decenii întregi, fără vreo repercusiune serioasă. Astfel de cupluri ridică la rang de artă ceva denumit „comportament reciproc îndatoritor" – fiecare răsucindu-se și întorcându-se pe dos, cu delicatețe și atenție, pentru a evita orice neînțelegere. Apropo, sistemul funcționează doar atunci când *ambii* parteneri au personalități îndatoritoare. Nu mai e nevoie să spun că, dacă unul din soți se supune fără să crâcnească, iar celălalt este un monstru dominator sau o cotoroanță fără regrete, nu poate fi vorba despre o căsnicie sănătoasă. Dar blândețea reciprocă poate constitui o strategie partenerială de succes dacă este ceea ce își doresc ambii soți. Cuplurile anticonflictuale preferă să-și lase nemulțumirile să se topească în loc să se certe. Dintr-o perspectivă spirituală, ideea aceasta îmi surâde tare mult. Buda spunea că cele mai multe probleme – dacă le oferi destul timp și destul spațiu – ajung până la urmă să se tocească singure. Și totuși, în trecut avusesem relații în care problemele nu s-ar fi tocit niciodată singure, nici măcar în cinci vieți consecutive, așa că ce știu eu despre treaba asta? Tot ce știu e că Felipe și cu mine părem să ne înțelegem chiar foarte bine. Ceea ce nu vă pot spune este *de ce*.

Oricum ar fi, compatibilitatea omenească e o chestiune extrem de misterioasă. Și nu doar compatibilitatea *omenească*! Biologul William Jordan a scris o carte mică și foarte frumoasă cu titlul *Divorțul la pescăruși*, în care a explicat că până și printre pescăruși – specie de păsări despre care se spune că formează perechi pe viață – există o „rată a divorțurilor" de 25 la sută. Ceea ce înseamnă că un sfert din toate cuplurile de pescăruși eșuează în prima lor relație – și o fac într-o măsură atât de mare, încât trebuie să se despartă din cauza diferențelor ireconciliabile. Nimeni nu-și poate da seama de ce nu se pot înțelege acele păsări, dar ceva e clar: *pur și simplu nu se pot înțelege*. Se ciondănesc și se luptă pentru mâncare. Se ceartă pe tema cui va construi cuibul. Se ceartă pe tema cui va păzi ouăle. Probabil că se ceartă și pe tema navigației. În final, nu reușesc să producă pui sănătoși. (De ce s-au simțit aceste păsări certărețe atrase unele de celelalte la început sau de ce n-au ascultat de avertismentele prietenilor este un mister – dar nu cred că sunt în măsură să judec tocmai eu așa ceva.) În orice caz, după un sezon sau două de gâlceavă, cuplurile nefericite renunță și fiecare pescăruș pornește să-și caute altă pereche. Și aici urmează șocul: adesea, cea de-a „doua căsătorie“ este perfect fericită, și cei doi ajung să formeze perechi pe viață.

Închipuiți-vă treaba asta, vă conjur! Chiar și printre niște păsări cu creierele de mărimea unor baterii de cameră foto există ceva de genul compatibilitate sau incompatibilitate fundamentală, care pare să se bazeze – cum explică Jordan – pe „o temelie trainică de deosebiri psiho-biologice primare“, deosebiri pe care nici un cercetător n-a reușit încă să le definească. Păsările fie sunt capabile să se tolereze una pe cealaltă mulți ani, fie nu sunt. Totul este pe cât de simplu, pe atât de complex.

Situația în cazul oamenilor este la fel. Unii dintre noi se înnebunesc reciproc; alții nu. Poate că există o limită a ceea ce se poate face în această privință. Emerson scria că „nu suntem foarte vinovați pentru căsniciile noastre ratate“ și poate că asta înseamnă că n-ar trebui nici să ne asumăm prea multe merite pentru cele reușite. Până la urmă, nu încep oare toate în același loc, la aceeași răscruce de afecțiune și dorință în care se întâlnesc și se îndrăgostesc doi străini? Atunci cum ar putea cineva aflat la începutul unei povești de iubire să anticipeze vreodată ce vor aduce anii următori? Mare parte din toate astea trebuie lăsată la voia întâmplării. Da, a menține o relație presupune un anumit efort, dar cunosc câteva cupluri foarte drăguțe care s-au străduit enorm să-și salveze căsniciile, doar pentru ca totul să sfârșească printr-un divorț; în timp ce alte cupluri – nu neapărat mai drăguțe sau mai bune decât celelalte – par să fluiere senine și lipsite de griji ani de-a rândul, ca niște cuptoare cu funcție de autocurățare.

Am citit cândva un interviu al unei judecătoare de la o instanță de divorțuri din New York, care spunea că în cursul zilelor dureroase de după 11 septembrie un număr surprinzător de mare de cupluri și-a retras acțiunile de divorț. Toate aceste cupluri susțineau că au fost atât de mișcate de proporțiile tragediei, încât au hotărât să-și reînvie căsniciile. Ceea ce are sens. Calamitățile de asemenea proporții au darul să pună în altă perspectivă certurile voastre meschine privind golitul mașinii de spălat vase și insuflă o dorință naturală și plină de compasiune de a îngropa vechile nemulțumiri, ba poate chiar de a crea o viață nouă. A fost un impuls cu adevărat nobil. Dar, după cum observa judecătoarea, peste șase luni absolut toate acele cupluri au revenit și și-au depus din nou actele de divorț. În ciuda impulsurilor nobile, dacă nu reușești sub nici o formă să trăiești alături de cineva, nici măcar un atac terorist nu-ți mai poate salva căsnicia.

Cât privește compatibilitatea... și eu mă întreb uneori dacă nu cumva cei șaptesprezece ani care ne despart pe mine și pe Felipe sunt în avantajul nostru. El insistă mereu cum că, în prezent, e un partener mult mai bun pentru mine decât putea fi (pentru oricine) acum douăzeci de ani; eu îi apreciez în mod cert maturitatea (de care chiar am nevoie). Sau poate că suntem și mai atenți unul cu celălalt dat fiind că diferența de vârstă ne reamintește permanent perisabilitatea intrinsecă a relației noastre. Felipe are deja cincizeci și cinci de ani; n-o să-l pot avea veșnic și nu vreau să irosesc în certuri anii în care mă pot bucura de el.

Îmi amintesc cum, cu douăzeci și cinci de ani în urmă, l-am privit pe bunicul cum îngropa cenușa bunicii la ferma familiei noastre. Era noiembrie, în nordul statului New York, o seară rece de iarnă. Noi, copiii și nepoții, pășeam cu toții în urma bunicului, printre umbrele violete ale serii întinse peste pajiștile atât de familiare, până la peticul nisipos de lângă cotul râului, unde hotărâse să îngroape rămășițele soției lui. Ducea într-o mână un felinar și pe umăr o lopată. Pământul era acoperit de zăpadă și săpatul era o muncă anevoioasă – chiar și pentru un recipient mic ca urna aceea, chiar și pentru un bărbat robust ca bunicul Stanley. Dar el a atârnat felinarul de ramura dezgolită a unui copac și a săpat groapa în ritm egal – după care totul s-a terminat. Așa se întâmplă lucrurile. Ai pe cineva scurtă vreme, apoi acea persoană dispare.

Așa se vor sfârși lucrurile pentru noi toți – pentru toate cuplurile care rămân împreună și îndrăgostite – și, într-o bună zi (dacă suntem destul de norocoși să ne fi câștigat dreptul la o viață întreagă împreună), unul dintre noi va duce felinarul și lopata pentru celălalt. Cu toții locuim în casă cu Timpul, care ticăie pe lângă noi în vreme ce ne vedem zi de zi de viață, amintindu-ne de destinația finală. Doar că, pentru unii dintre noi, Timpul ticăie cu o insistență aparte...

De ce vorbesc acum despre toate astea?

Pentru că îl iubesc. Chiar am avansat atât de departe în cartea asta fără s-o fi spus cât se poate de clar? Îl iubesc pe acest bărbat. Îl iubesc din motive nenumărate și ridicole. Îi ador picioarele masive și viguroase, ca de hobbit. Ador felul în care cântă mereu *La vie en rose* când pregătește cina. (Inutil să spun cât ador faptul că pregătește cina.) Ador felul în care vorbește engleza *aproape* perfect, și totuși, după toți anii petrecuți vorbind-o, reușește uneori să inventeze cuvinte minunate (*smoothfully*[1] este unul dintre preferatele mele, deși-mi place foarte mult și *lulu-bell* care este varianta personală a lui Felipe pentru *lullaby*[2]). Ador faptul că nu a reușit niciodată să învețe cum trebuie cuvintele exacte sau ritmul unora dintre proverbele din engleză („Nu-ți număra ouăle când sunt încă în fundul găinii" e un exemplu minunat, deși sunt topită și după „Nimeni nu cântă până nu cântă doamna grasă"[3]). Ador și faptul că Felipe nu poate niciodată – nici dacă-l pici cu ceară – să țină minte numele vedetelor americane („George Cruise" și „Tom Pitt" sunt două exemple de primă mână).

Îl iubesc, așa că vreau să-l protejez – chiar și de mine, dacă are vreun sens ceea ce spun. N-am vrut să sar peste nici o fază a pregătirilor pentru căsnicie, nici să las nerezolvat vreun lucru ce ar putea să apară mai târziu și să ne rănească – să-l rănească *pe el*. Îngrijorată că, în ciuda tuturor discuțiilor, studiilor și ciondănelilor legale, aș putea să trec cu vederea vreun subiect matrimonial important și relevant, am reușit cumva să pun mâna pe un raport recent al Universității Rutgers, intitulat „Singuri împreună: cum transformă căsnicia America", și am cam exagerat cu el. Uriașul volum face ordine în rezultatele unei

1. Adverbul corect este *smoothly* (neted, lin). (*N.t.*)
2. Cântec de leagăn, engl. (*N.t.*)
3. Ambele sunt proverbe englezești distorsionate, cu efect comic asupra cuiva care le știe forma corectă. (*N.t.*)

cercetări despre căsnicia în America, desfășurată de-a lungul a două-zeci de ani – e cel mai amplu studiu de acest fel realizat vreodată –, și m-am concentrat atât de intens asupra lui, de parcă ar fi fost un veritabil *I Ching*[1]. Am căutat alinare în statisticile lui, frământându-mă în fața unor grafice despre „rezistența matrimonială“ și încercând să descopăr dacă nu cumva chipul meu și al lui Felipe se ascund în coloanele intervalelor comparabile de variație.

Ce am putut înțelege din raportul Rutgers (și sunt sigură că n-am înțeles tot) este că cercetătorii au descoperit anumite tendințe în privința „predispoziției la divorț“ bazate pe un număr precis de factori demografici obiectivi. Unele cupluri sunt pur și simplu mai predispuse la eșec decât altele, și asta într-o măsură întru câtva predictibilă. Unii dintre acești factori îmi erau cunoscuți. Știm cu toții că persoanele ai căror părinți sunt divorțați au mai multe șanse să divorțeze la rândul lor – de parcă divorțul ar semăna divorț – și există exemple la nivel de generații întregi.

Alte idei îmi erau mai puțin familiare, însă păreau liniștitoare. De exemplu, am auzit mereu că oamenii care au divorțat o dată au, statistic, mai multe șanse să-și rateze și a doua căsnicie; nu, nu este neapărat necesar. În mod încurajator, raportul Rutgers demonstrează că multe dintre căsniciile acestea durează întreaga viață. (La fel ca în poveștile de dragoste ale pescărușilor, unii oameni fac o primă alegere proastă, dar se descurcă mult mai bine cu următorul partener.) Problema apare atunci când oamenii trag după ei dintr-o căsnicie în cealaltă comportamente distructive rămase nerezolvate – cum ar fi alcoolismul, dependența de jocurile de noroc, bolile mintale, violența sau infidelitatea. Cu un astfel de bagaj, chiar că nu mai contează cu cine te căsătorești, fiindcă, din cauza propriei patologii, în final vine momentul inevitabil când vei distruge și acea relație.

Apoi există chestiunea arhicunoscutei rate a divorțurilor din America, de 50 la sută. Cunoaștem cu toții statisticile clasice, nu-i așa? Sunt vehiculate tot timpul și, Dumnezeule, chiar sună crunt. După cum

1. Sau *Yi Jing*, *Cartea schimbărilor*, vechi text chinezesc care se folosea adesea pentru divinație. (*N.t.*)

scria fără echivoc antropologul Lionel Tiger despre asta: „Este uimitor faptul că, în circumstanțele actuale, căsătoria este în continuare permisă prin lege. Dacă aproape jumătate din orice altceva s-ar încheia la fel de dezastruos, guvernul cu siguranță ar interzice imediat respectivele acțiuni. Dacă jumătate din porțiile de taco servite în restaurante ar provoca dizenterie, dacă jumătate dintre cei care ar învăța karate și-ar rupe mâinile, dacă doar 6 la sută dintre cei care s-ar da în montagne-russe ar rămâne cu afecțiuni ale urechii interne, publicul ar cere vehement să se ia măsuri imediate. Și totuși, cel mai intim dintre dezastre... se petrece iar și iar."

Totuși, dacă o descompui după anumite criterii demografice, cifra aceea de 50 de procente este mult mai complicată decât pare. Vârsta cuplului în momentul căsătoriei pare să fie cel mai semnificativ aspect. Cu cât ești mai tânăr când te căsătorești, cu atât ai mai multe șanse ca ulterior să divorțezi. De fapt, ai *uimitor* mai multe șanse să divorțezi dacă te căsătorești de tânăr. De exemplu, ai de două până la de trei ori mai multe șanse să divorțezi dacă te căsătorești în adolescență sau la douăzeci și un pic de ani decât dacă aștepți până după treizeci sau patruzeci de ani.

Motivele pentru care se întâmplă așa sunt atât de orbitor de evidente, încât ezit să le enumăr aici, de frică să nu-mi insult cititorul, dar iată-le: când suntem foarte tineri, avem tendința să fim mai iresponsabili, mai puțin conștienți de noi înșine, mai nepăsători și mai puțin stabili din punct de vedere financiar decât atunci când suntem mai vârstnici. Prin urmare, n-ar trebui să ne căsătorim când suntem foarte tineri. Pentru cei căsătoriți la optsprezece ani, rata divorțurilor nu este de 50 la sută, ci se apropie de 75, ceea ce modifică dramatic curba pentru toți ceilalți. Vârsta de douăzeci și cinci de ani pare să fie un punct magic de referință. Cuplurile care se căsătoresc înainte de această vârstă sunt mult mai predispuse la divorț decât cele care așteaptă să împlinească douăzeci și șase sau mai mult. Iar statisticile devin din ce în ce mai liniștitoare pe măsură ce vârsta cuplului crește. Amânați-vă căsătoria până treceți de cincizeci de ani, iar șansele statistice să ajungeți la tribunal pentru divorț devin aproape nule. Acest lucru mi s-a părut deosebit de încurajator, dat fiind că – dacă aduni vârsta mea și a lui Felipe și apoi împarți rezultatul la doi – media noastră de vârstă este de aproximativ patruzeci și șase de ani. În privința previziunilor statistice legate de vârstă, suntem foarte tari!

Dar, bineînțeles, vârsta nu e singurul lucru de luat în considerare. Conform studiului Rutgers, alți factori determinanți pentru rezistența matrimonială sunt:

1. *Educația.* Cu cât ești mai bine educat, statistic vorbind, cu atât vei avea o căsnicie mai bună. Cu cât *femeia* în special e mai bine educată, cu atât va avea o căsnicie mai fericită. Femeile cu studii superioare și cu cariere, care se căsătoresc ceva mai târziu, sunt candidatele cele mai probabile la căsnicii pe viață. Asta e chiar o veste foarte bună, adăugând în mod clar câteva puncte în favoarea lui Felipe și a mea.

2. *Copiii.* Statisticile arată că perechile cu copii mici declară o „dezamăgire mai mare" în privința căsniciei decât cuplurile cu copii mari sau cuplurile care nu au deloc copii. Solicitările la care nou-născuții, mai ales, pot supune o relație sunt considerabile, din motive pe care cu siguranță nu trebuie să le explic nimănui care a avut de curând un copil. Nu știu ce înseamnă în general acest lucru pentru viitorul lumii, dar pentru Felipe și cu mine a fost încă o veste bună. Oameni mai copți, educați și fără bebeluși, începem să avem șanse destul de consistente ca pereche – cel puțin conform casei de pariuri de la Rutgers.

3. *Coabitarea.* Ei, aici lucrurile încep să se întoarcă împotriva noastră. Se pare că oamenii care locuiesc împreună înainte de căsătorie au o rată a divorțurilor un pic mai mare decât cei care așteaptă căsătoria pentru asta. Sociologii nu prea pot explica de ce, presupun doar că locuitul împreună dinaintea căsătoriei ar indica o atitudine în general mai relaxată față de angajamentul sincer. Oricare ar fi motivul: Primul Minus împotriva lui Felipe și Liz.

4. *Heterogamia.* Aspectul ăsta mă deprimă, dar îl pomenesc: cu cât tu și partenerul tău sunteți mai puțin asemănători din punctul de vedere al rasei, vârstei, religiei, etniei, culturii și carierei, cu atât șansele să ajungeți într-o bună zi la divorț sunt mai mari. Contrariile se atrag, e adevărat, dar nu rezistă mereu. Sociologii bănuiesc că această tendință

se va atenua cu timpul, pe măsură ce prejudecățile societății se vor eroda, dar deocamdată? Al Doilea Minus împotriva lui Liz și a iubitului ei – om de afaceri mult mai bătrân, catolic și sud-american.

5. *Integrarea socială*. Cu cât un cuplu este mai bine angrenat în interiorul unei comunități compuse din prieteni și membri ai familiei, cu atât căsnicia sa va fi mai puternică. Faptul că americanii de astăzi au o probabilitate mai mică să-și cunoască vecinii, să fie membri ai unor cluburi sau să locuiască în apropierea rudelor a avut un serios efect destabilizator asupra căsniciei, pe toată linia. Al Treilea Minus împotriva lui Felipe și Liz, care – când Liz citea raportul în cauză – locuiau izolați într-o cameră sărăcăcioasă de hotel din nordul Laosului.

6. *Religiozitatea*. Cu cât un cuplu este mai religios, cu atât este mai probabil să rămână căsătorit, deși credința oferă un avantaj foarte mic. Creștinii „renăscuți"[1] din America au o rată a divorțurilor cu doar doi la sută mai mică decât vecinii lor mai necredincioși – poate fiindcă de-a lungul Centurii Bibliei[2] oamenii se căsătoresc de foarte tineri? În orice caz, nu sunt sigură cum stăm, eu și logodnicul meu, în privința asta, a religiei. Dacă amesteci viziunea lui Felipe și a mea despre divinitate, vei obține o filozofie care s-ar putea numi „vag spirituală". (Sau, cum explică Felipe, „unul din noi e spiritual; celălalt e doar vag".) Raportul Rutgers nu oferă date amănunțite despre statisticile trăiniciei maritale în rândurile celor vag spirituali. Treaba asta s-o lăsăm încurcată.

7. *Echitatea în funcție de sex*. Asta-i chiar suculentă. Căsniciile bazate pe o concepție tradițională, restrictivă, asupra rolului femeii în gospodărie tind să fie mai puțin rezistente și mai nefericite decât căsniciile în care bărbatul și femeia se consideră egali, iar soțul participă la activitățile casnice atribuite în mod tradițional soției. Tot ce pot spune în privința asta este că l-am auzit cândva pe Felipe spunând unui

1. Referire la așa-numitul curent evanghelic american *born-again*, apărut la sfârșitul anilor 1960. (*N.t.*)

2. *Bible Belt* (engl.), regiune întinsă în sud-estul Statelor Unite ale Americii, denumită informal în acest fel din cauza puternicei tradiții creștin-evanghelice de aici și a rolului foarte important deținut în societate de Biserică și de valorile creștine. (*N.t.*)

musafir că el a crezut întotdeauna că locul femeii e în bucătărie... așezată pe un scaun comod, cu picioarele în sus, bând un pahar de vin și privindu-și soțul gătind cina. Nu primim câteva puncte în plus pentru asta?

Aș putea continua, dar începusem – după o vreme – să mă uit cruciș și s-o iau un pic razna din cauza tuturor datelor ălora. Mary, verișoara mea, care e statistician la Universitatea Stanford, mă avertizează să nu pun mare preț pe astfel de studii. Din câte se pare, scopul lor nu e să ghicești în ele ca în zațul de cafea. Mary mă sfătuiește să fiu foarte prudentă cu orice studiu matrimonial care măsoară concepte precum „fericirea", deoarece fericirea nu e chiar o chestiune cuantificabilă din punct de vedere științific. În plus, simplul fapt că un studiu statistic indică o legătură între două aspecte (studiile superioare și trăinicia căsniciei, de exemplu) nu înseamnă că una o însoțește *în mod necesar* pe cealaltă. După cum se grăbește să-mi amintească verișoara Mary, studiile statistice au arătat fără urmă de îndoială și că rata cea mai mare a morților prin înec din America se înregistrează în zonele geografice cu cele mai mari vânzări de înghețată. Ceea ce, evident, nu înseamnă că vânzările de înghețată provoacă înecul oamenilor. Cel mai probabil înseamnă că vânzările de înghețată au tendința să fie mai mari în apropierea plajelor, iar oamenii au tendința să se înece în apropierea plajelor, fiindcă acolo au tendința să se găsească și apele. Corelarea a două noțiuni complet lipsite de legătură, cum sunt înghețata și înecul, e un exemplu perfect de aberație logică, iar studiile statistice abundă adesea în asemenea piste false. Probabil că ăsta e și motivul pentru care, în noaptea pe care am petrecut-o în Laos studiind raportul Rutgers și încercând să născocesc un șablon al cuplului american cu cea mai mică probabilitate de divorț cu putință, am ajuns la un duo destul de frankensteinian.

Mai întâi, trebuie să găsești doi oameni de aceeași rasă, vârstă, religie, cultură și nivel intelectual, ai căror părinți n-au divorțat niciodată. Înainte să-i lași să se căsătorească, pune-i să aștepte până când ajung pe la vreo patruzeci și cinci de ani – evident, fără să-i lași să locuiască împreună înainte. Asigură-te că amândoi cred cu tărie în Dumnezeu și că sunt adepți convinși ai valorilor familiale, dar interzice-le să aibă copii. (În plus, soțul trebuie să îmbrățișeze cu căldură preceptele feminismului.) Pune-i să locuiască în același oraș cu familiile lor și ai grijă să-și petreacă multe ore fericite jucând cărți și bowling cu vecinii – asta când nu pleacă în lume pentru a atinge succesul în minunatele cariere pe care și le-au construit fiecare pe baza extraordinarelor lor studii superioare.

Cine *sunt* oamenii ăștia?

Și oricum, ce mă găsise pe mine să asud într-o cameră fierbinte de hotel din Laos, citind cu îndârjire studii statistice și încercând să inventez căsnicia americană perfectă? Obsesia mea începea să-mi amintească de o scenă la care fusesem martoră într-o minunată zi de vară la Cape Cod, când ieșisem la plimbare cu prietena mea Becky. Am văzut o tânără mamă care-și scosese fiul la aer cu bicicleta. Bietul copil era blindat cu echipament de protecție din cap până-n picioare – cască, genunchiere, manșete pentru încheieturi, roți ajutătoare, steguleţe de avertizare portocalii și o vestă reflectorizantă. În plus, mama ținea bicicleta copilului de o funie și alerga disperată în urma lui, astfel ca băiatul să nu iasă din raza ei de acțiune nici măcar pentru o clipă.

Becky a privit scena și a oftat.

— Am vești pentru tine, cucoană, a murmurat ea. Într-o zi o să-l muște o căpușă.

Evenimentul care te învinge până la urmă este cel pentru care nu te-ai pregătit.

Cu alte cuvinte, nimeni nu cântă până nu cântă doamna grasă.

Și totuși, nu putem încerca măcar să *minimizăm* pericolele la care ne expunem? Există vreun mod în care s-o facem normal, fără să devenim nevrotici pe tema asta? Nesigură de cum ar fi trebuit să parcurg acest drum, am continuat să mă împleticesc printre pregătirile mele premaritale, încercând să acopăr toate unghiurile, să prevăd toate situațiile posibile. Iar ultimul și cel mai important lucru pe care voiam să-l fac, dintr-un nestăpânit impuls de sinceritate, era să mă asigur că Felipe e conștient de ce era pe cale să capete – și în ce era pe cale să se bage – cu mine. Îmi doream cu disperare să nu-i vând acestui om un pachet promoțional, nici să-i ofer vreun spectacol idealizat și seducător în locul meu, cea adevărată. Seducția lucrează cu normă întreagă ca slujnică a Dorinței: nu face decât să *amăgească* – în cazul ei, asta-i chiar descrierea postului –, iar eu nu voiam ca seducția să ne împopoțoneze relația în timpul spectacolelor experimentale din turneu. De fapt, eram atât de hotărâtă în privința asta, încât, într-o zi, în Laos, l-am pus pe Felipe să stea jos chiar pe malul fluviului Mekong și i-am prezentat o listă cu cele mai rele tare de caracter ale mele, doar ca să mă asigur că l-am avertizat cu toată sinceritatea. (Spuneți-i, dacă vreți, informare prenupțială pentru acord în cunoștință de cauză.) Și iată ce am reușit să înșir ca fiind cele mai jalnice lipsuri ale mele – sau, cel puțin, cele pe care am izbutit cu mare greutate să le aleg, dintre mai multe, în top cinci:

1. Am o părere foarte bună despre propriile mele opinii. În general, cred că știu cel mai bine cum ar trebui să-și trăiască viața toți oamenii din lume – iar tu, mai mult ca oricine, vei fi victima acestui defect.
2. Pretind o cantitate de atenție evlavioasă care ar face-o și pe Maria Antoaneta să roșească.
3. Am mult mai mult entuziasm pentru viață decât energie. În surescitarea mea, am obiceiul să mă avânt, băgându-mă în mai multe lucruri decât pot duce fizic sau emoțional, astfel că mă prăbușesc în adevărate spectacole de epuizare dramatică, destul de previzibile. Tu vei fi cel împovărat cu sarcina de a mă strânge de pe jos de fiecare dată când mă voi întinde mai mult decât mi-e plapuma și mă voi face praf. Treaba asta va fi incredibil de obositoare. Îmi cer scuze de pe acum.
4. Sunt mândră și o arăt, judec oamenii pe ascuns și sunt lașă în caz de conflicte. Uneori, toate astea se combină și mă transformă într-o mincinoasă patentă.
5. Și cel mai dezonorant dintre toate defectele mele: deși îmi ia mult să ajung în stadiul ăsta, atunci când am hotărât că cineva e de neiertat, cel mai probabil acea persoană va rămâne neiertată

veșnic – foarte adesea exclusă complet, fără avertisment prealabil, explicații sau o a doua șansă.

Nu era o listă prea frumoasă. M-a durut când am citit-o; era clar că nu-mi mai sistematizasem cu atâta onestitate lipsurile niciodată și pentru nimeni. Dar când i-am prezentat lui Felipe acel inventar al jalnicelor mele defecte de caracter, el a primit veștile fără vreo îngrijorare vizibilă. De fapt, n-a făcut decât să zâmbească și să spună:

— Și-acum vrei să-mi spui despre tine și ceva ce nu știu?

— Mă mai iubești? am întrebat.

— Te mai, a confirmat.

— *Cum*?

Pentru că asta e întrebarea esențială, nu-i așa? Adică, odată trecut delirul dorinței de la început, când ne pomenim față în față ca doi muritori proști și limitați, *cum* se poate ca fiecare să mai aibă capacitatea de a-l iubi și de a-l ierta pe celălalt câtuși de puțin, darmite pe termen lung?

Timp îndelungat, Felipe nu mi-a răspuns. Apoi mi-a spus:

— Când mergeam în Brazilia să cumpăr pietre prețioase, cumpăram de multe ori ceva care se numește „pachet". Un pachet e o colecție de pietre adunate la întâmplare de miner sau angrosist sau cine te mai abureste pe-acolo. Un pachet obișnuit conține de obicei, nu știu, poate și douăzeci sau treizeci de bucăți de acvamarin, să zicem. Se presupune că în felul ăsta primești o ofertă mai bună – dacă le cumperi pe toate la grămadă –, dar trebuie să fii atent, fiindcă e clar că tipul încearcă să te jecmănească. Încearcă să-ți paseze ție pietrele lui proaste, și le împachetează împreună cu câteva foarte bune. Așa că, la început, când am pornit afacerea cu pietre prețioase, a continuat Felipe, de obicei o pățeam din cauză că mă bucuram prea tare de alea două sau trei pietre perfecte de acvamarin din pachet și nu mai eram prea atent la mizeriile pe care le mai aruncau acolo. După ce m-am ars așa de destule ori, în final m-am deșteptat și am învățat o chestie: trebuie să ignori pietrele perfecte. Nici nu te mai uita a doua oară la ele, fiindcă îți iau ochii. Pune-le deoparte și uită-te bine la pietrele cu adevărat proaste. Uită-te mult la ele, după care întreabă-te sincer:

„Iese ceva de-aici? Pot să fac ceva din ele?“ Altfel nu reușești decât să dai o mulțime de bani pe una sau două pietre senzaționale de acvamarin ascunse într-o grămadă de gunoaie fără valoare.

La fel e și cu relațiile, cred. Oamenii se îndrăgostesc mereu de trăsăturile cele mai frumoase ale personalității celuilalt. Cine n-ar face-o? Oricine poate iubi cele mai minunate părți ale cuiva. Dar nu ăsta-i trucul. Trucul cu adevărat inteligent este: poți să-i accepți minusurile? Poți să te uiți sincer la minusurile partenerului și să-ți spui: sunt în stare să mă descurc și cu chestiile astea? Pot să fac ceva din ele? Fiindcă lucrurile bune o să fie mereu acolo și o să fie mereu frumoase și lucitoare, dar gunoaiele de dedesubt te pot ruina.

— Vrei cumva să spui că ești destul de inteligent ca să poți lucra cu părțile mele de gunoi prost și fără nici o valoare? l-am întrebat.

— Draga mea, ce încerc eu să-ți spun e că deja mă uit la tine cu atenție de multă vreme și cred că pot să accept tot pachetul.

— Mulțumesc, am spus, și chiar eram sinceră. Eram sinceră din străfundurile tuturor defectelor ființei mele.

— Acum ai vrea să știi care sunt cele mai rele defecte *ale mele*? m-a întrebat Felipe.

Trebuie să recunosc că în sinea mea mi-am spus: *Îți știu deja cele mai rele defecte, stimabile*. Dar, înainte să apuc să rostesc o vorbă, mi-a descris situația repede și fără ocolișuri, în felul în care o poate face doar cineva foarte familiarizat cu sine însuși.

— M-am priceput dintotdeauna să fac bani, dar n-am știut niciodată cum să-i păstrez pe afurisiți. Beau prea mult vin. Am fost întotdeauna ultraprotector cu copiii mei și probabil că așa am să fiu mereu și cu tine. Sunt paranoic – brazilianitatea mea nativă mă face să fiu așa –, prin urmare, de câte ori se întâmplă să nu înțeleg ce se petrece în jurul meu, presupun ce-i mai rău. Mi-am pierdut câțiva prieteni din cauza asta și o să regret mereu, dar pur și simplu așa sunt eu. Pot fi antisocial și impulsiv și defensiv. Sunt omul rutinei, adică sunt plictisitor. Am foarte puțină răbdare cu idioții. Mi-a zâmbit și a încercat să destindă puțin atmosfera: Și-n plus, nu pot să te privesc fără să vreau să fac amor cu tine.

— Cu chestia asta mă pot descurca, i-am spus.

Nu există vreun dar mai generos pe care să-l putem face cuiva decât să-l acceptăm cu totul, să-l iubim aproape în ciuda lui însuși. Spun asta pentru că să ne înșirăm unul celuilalt defectele într-un mod atât de sincer n-a fost o fiță de imagine, ci un efort real de a ne dezvălui punctele de întuneric din caracterele noastre. Nu sunt de luat în râs defectele astea. Pot răni. Pot desface legătura. Nesupravegheată, nevoia mea narcisistă de a mi se da atenție are exact același potențial de a sabota o relație ca și curajul financiar nebun al lui Felipe sau graba lui de-a vedea în situații neclare ce e mai rău. Dacă suntem conștienți de noi înșine oricât de puțin, ne vom strădui să ținem sub control aceste aspecte mai periculoase ale caracterelor noastre, *dar ele nu dispar*. Încă un lucru care trebuie observat: dacă Felipe are defecte pe care el însuși nu le poate schimba, nu ar fi deloc înțelept din partea mea să cred că le-aș putea schimba eu. Evident, și inversul e valabil. Iar unele dintre lucrurile pe care nu le putem schimba la noi înșine nu sunt deloc plăcute privirii. Așa că, să fii văzut în întregul tău de cineva și să fii totuși iubit – iată o ofrandă omenească la limita miraculosului.

Cu tot respectul pentru Buda și pentru primii creștini dedicați celibatului, uneori mă întreb dacă nu cumva toată învățătura asta despre lipsa de atașament și despre importanța spirituală a solitudinii monahale nu ne răpește ceva de importanță vitală. Poate că prin refuzul intimității ni se refuză ocazia de a trăi darul atât de legat de pământ, de domestic, de cu-pământ-sub-unghii al iertării dificile, pe termen lung, de zi cu zi. „Toate ființele omenești au lipsuri", scria Eleanor Roosevelt. (Iar ea – una din jumătățile unei căsnicii foarte complexe, uneori nefericite, însă mărețe în ultimă instanță – știa despre ce vorbește.) „Toate ființele omenești au nevoi și sunt supuse tentațiilor și stresului. Bărbații și femeile care au trăit împreună ani mulți ajung să-și cunoască unii altora lipsurile; dar ei ajung totodată să cunoască și ceea ce este demn de respect și de admirație în cei cu care trăiesc și în ei înșiși."

Poate că faptul de a crea în propria conștiință un spațiu în care să păstrezi și să accepți contradicțiile altcuiva – chiar și stupizeniile altcuiva – este un soi de act divin. Poate că nu doar pe vârfuri solitare de munte sau în decoruri monahale poate fi găsită transcendența, ci și la mesele noastre din bucătărie, în actul zilnic de acceptare a celor mai obositoare și iritante lipsuri ale partenerului.

Nu sugerez că cineva, oricine, ar trebui să învețe să „tolereze" abuzul, desconsiderarea, lipsa de respect, alcoolismul, infidelitatea sau disprețul, și în mod sigur nu cred că perechile ale căror căsnicii au devenit morminte fetide ale amărăciunii ar trebui, pur și simplu, să tragă aer în piept și să rabde. „Nu mai știam câte straturi de vopsea aș mai putea să-mi aștern peste inimă", mi-a spus o prietenă printre lacrimi, după ce-și părăsise soțul – și cine, având o minimă conștiință, i-ar putea reproșa că a renunțat la acel chin? Există căsnicii care, cu timpul, pur și simplu putrezesc, iar unele dintre ele trebuie încheiate. Să ieși dintr-o căsnicie ruinată nu este neapărat un eșec moral, ci reprezintă uneori opusul renunțării: începutul speranței.

Așa că nu, când rostesc „toleranță" nu mă gândesc că ar trebui înghițită grozăvia pură. Mă gândesc cum ar fi să-ți clădești viața cât mai generos cu putință în jurul unei ființe omenești fundamental cumsecade, care devine uneori o pacoste. În această privință, bucătăria conjugală se poate preface într-un soi de mic templu cu linoleum în care suntem chemați zilnic pentru practicarea iertării, așa cum ne-ar plăcea și nouă să fim iertați. Da, poate că e un lucru prea lumesc. Lipsit de momentele acelea de extaz divin, e clar. Chiar și așa, nu cumva actele acestea minuscule de toleranță casnică sunt miraculoase în *alt* fel – într-un fel tăcut și imposibil de cuantificat?

Și chiar trecând peste defecte, între mine și Felipe există câteva diferențe simple, pe care trebuie să le acceptăm. El n-are să meargă niciodată cu mine – asta v-o pot garanta – la cursuri de yoga, oricât aș încerca să-l conving că i-ar plăcea la culme. (Nu i-ar plăcea la nici o culme.) Nu vom medita niciodată împreună în vreun refugiu de weekend dedicat spiritualității. Nu-l voi putea convinge să mănânce mai puțină carne roșie sau să țină alături de mine vreun post fad de purificare uite-așa, de dragul de-a o face. Nu-l voi convinge niciodată să-și tempereze impulsivitatea, care atinge uneori cote extreme. Nu se va apuca niciodată de *hobby*-uri cu mine, de asta sunt sigură. Nu ne vom plimba mână-n mână prin târguri cu produse de țară și nici nu vom face împreună drumeții montane ca să identificăm specii de flori sălbatice. Și, deși e mulțumit să stea și să mă asculte o zi întreagă vorbind despre motivele pentru care îmi place Henry James, el nu va citi niciodată operele complete ale lui Henry James alături de mine – astfel că această delicioasă plăcere a mea va trebui să rămână una personală.

Și, la fel, în viața lui există plăceri pe care eu nu le voi împărtăși niciodată. Am crescut în decenii diferite, în emisfere diferite; uneori ratez la mustață glumele și trimiterile culturale pe care le face. (Mai exact spus, le ratez complet.) N-am crescut copii împreună, așa că Felipe nu poate depăna amintiri alături de partenera lui despre cum erau Erica și Zo când erau mici de tot – cum ar fi făcut, poate, dacă ar fi rămas căsătorit treizeci de ani cu mama lor. Când se delectează cu vinuri bune, Felipe aproape că ajunge în pragul extazului mistic, dar să-mi dai mie un vin bun înseamnă să strici orzul pe gâște. El adoră să vorbească franțuzește; eu nu înțeleg franceza. El ar prefera să lenevească toată dimineața cu mine în pat; dar pe mine, dacă nu mă trezesc și nu încep să fac ceva productiv până la răsărit, mă apucă bâțul, căci sufăr de soiul acela feroce de manie yankee. În plus, Felipe nu va avea defel alături de mine viața liniștită pe care și-ar dori-o. El e un solitar; eu nu sunt. Eu sunt câine, am nevoi care țin de haită; el e pisică, preferă o casă mai liniștită. Cât timp va fi căsătorit cu mine, casa lui nu va fi niciodată liniștită.

Și aș mai putea adăuga: asta nu-i toată lista.

Unele diferențe sunt semnificative, altele mai puțin, dar toate sunt imposibil de schimbat. În final, mi se pare că iertarea ar fi singurul antidot realist care ni se oferă în dragoste pentru a combate inevitabilele dezamăgiri ale intimității. Noi, oamenii, venim pe această lume – după cum explica atât de frumos Aristofan – cu senzația că am fost retezați în două, disperați să găsim pe cineva care să ne recunoască și să ne repare. (Sau să ne re-împerecheze.) Dorința este ombilicul retezat aflat mereu cu noi, mereu sângerând, dorind și tânjind după uniunea perfectă. Iertarea este infirmiera care știe că astfel de contopiri fără pată sunt imposibile, dar că ar fi posibil să trăim împreună chiar și așa, dacă suntem politicoși și blânzi și atenți să nu vărsăm prea mult sânge.

Există momente în care aproape că pot *să văd* spațiul care mă separă de Felipe – și care ne va separa întotdeauna – în ciuda dorinței mele de o viață de a fi întregită prin dragostea altcuiva, în ciuda eforturilor pe care le-am făcut de-a lungul anilor ca să găsesc pe cineva perfect pentru mine și care, la rândul lui, să-mi permită să devin un soi de ființă perfectă. Când colo, deosebirile și defectele noastre plutesc încontinuu între noi, ca un val de umbră. Și totuși, uneori, cu coada ochiului, prind câte o imagine fugară a Intimității înseși, aflată în echilibru chiar acolo, pe creasta aceea de val a diferențelor – stând, de fapt, chiar între noi – și oferindu-ne realmente, cu voia cerurilor, o șansă.

CAPITOLUL CINCI
Căsătoria și femeile

Astăzi, problema fără nume este cum să jonglezi cu munca, dragostea, gospodăria și copiii.

Betty Friedan, *The Second Stage*

În timpul ultimei săptămâni petrecute în Luang Prabang, am cunoscut un tânăr pe nume Keo.

Keo era prietenul lui Khamsy, cel care administra micul hotel de pe fluviul Mekong în care Felipe și cu mine locuiam deja de ceva vreme. După ce am explorat întregul Luang Prabang și pe jos, și cu bicicleta, după ce m-am extenuat încercând să-i spionez pe călugări, după ce am ajuns să cunosc fiecare stradă și fiecare templu din micul oraș, într-un final l-am întrebat pe Khamsy dacă nu cumva are vreun prieten cu mașină, care să vorbească engleză și care să ne ducă până la munții din afara orașului.

Khamsy ni l-a adus pe Keo, care, la rândul lui, ne-a adus cu generozitate mașina unchiului său – și am pornit-o la drum.

Keo era un tânăr de douăzeci și unu de ani pe care-l interesau o mulțime de lucruri. Știu cu certitudine că așa este pentru că mi-a spus-o de la bun început:

— Sunt un tânăr de douăzeci și unu de ani și mă interesează o mulțime de lucruri.

Keo mi-a mai explicat că se născuse foarte sărac – cel mai mic dintre cei șapte copii ai unei familii sărace din cea mai săracă țară din sud-estul Asiei –, dar că, datorită extraordinarei sale hărnicii intelectuale, fusese mereu printre primii la școală. În fiecare an, titlul „Elevul cel mai bun la engleză“ i se acorda unui singur elev, și acest elev cel mai bun la engleză era mereu Keo, motiv pentru care profesorilor le plăcea să-l pună pe Keo să răspundă la ore, deoarece Keo știa tot timpul răspunsurile corecte. Keo m-a mai asigurat și că știe totul despre mâncare. Și nu doar despre mâncarea din Laos, ci și despre mâncarea franțuzească, pentru că fusese cândva chelner la un restaurant franțuzesc, așa că era bucuros să-mi împărtășească și mie cunoștințele lui pe tema asta. Keo lucrase și la o crescătorie de elefanți destinată turiștilor, prin urmare știa multe și despre elefanți.

Ca să-mi arate câte știa despre elefanți, Keo m-a întrebat imediat, de cum ne-am cunoscut:

— Poți să ghicești câte unghii are elefantul la picioarele din față?

Am spus la întâmplare: trei.

— Fals, mi-a replicat Keo. Îți permit să ghicești din nou.

Am ghicit cinci.

— Din păcate, e din nou fals, mi-a spus Keo. Așa că îți dau eu răspunsul. Sunt patru unghii la picioarele din față la elefant. Acum ghicește la picioarele din spate!

Am ghicit patru.

— Tot fals. Sunt cinci unghii la picioarele din spate la elefant. Acum poți să ghicești câți litri de apă poate să țină elefantul în trompă?

N-am putut. N-am putut nici măcar să-mi imaginez câți litri de apă ar putea să țină elefantul în trompă. Dar Keo știa: opt litri! După cum mă temeam, mai știa o mulțime de alte lucruri despre elefanți. Astfel că ziua petrecută plimbându-ne cu mașina prin munții Laosului a fost cu siguranță educativă din punctul de vedere al biologiei pachidermelor! Dar Keo mai cunoștea și alte subiecte. După cum ne-a explicat cu grijă:

— N-am să vă informez doar cu date și explicații despre elefanți. Știu și foarte multe lucruri despre peștii-luptători.

Pentru că *exact* genul acesta de tânăr de douăzeci și unu de ani era Keo. Și acesta e motivul pentru care Felipe a decis să nu mă însoțească în excursiile mele de câte o zi în afara orașului Luang Prabang – pentru că unul din celelalte defecte ale lui Felipe (deși nu l-a menționat pe lista lui) este că are un nivel de toleranță foarte scăzut în fața tirului de întrebări despre unghiile de la picioarele elefanților, venit din partea tinerilor foarte serioși în vârstă de douăzeci și unu de ani.

Dar mie îmi plăcea Keo. Simt o afecțiune naturală pentru toți Keo din întreaga lume. Keo era curios și entuziast din fire, și răbdător față de curiozitatea și entuziasmele mele. Orice întrebare i-aș fi pus, indiferent cât de trăsnită, era mereu dispus să încerce să-mi răspundă. Uneori, răspunsurile lui erau doldora de istoria Laosului, care îi era foarte familiară; alteori, replicile îi erau mai concise. De exemplu, într-o după-amiază mergeam cu mașina printr-un sat de munte extrem de sărac; casele oamenilor aveau pământ pe jos, nu aveau uși, aveau ferestrele tăiate grosolan din tablă ondulată. Și totuși, la fel ca în multe alte zone rurale pe care le văzusem în Laos, pe numeroase colibe erau prinse de acoperiș antene de satelit costisitoare. Mă întrebam în tăcere de ce-ar alege cineva să investească într-o antenă de satelit în loc de o ușă, să zicem. Într-un final, l-am întrebat pe Keo:

— De ce e așa de important pentru oamenii ăștia să aibă antene de satelit?

El a ridicat din umeri și mi-a răspuns:

— Pentru că programele TV se prind tare prost aici.

Dar cele mai multe dintre întrebările mele pentru Keo au fost legate, bineînțeles, de căsătorie, aceasta fiind tema mea predilectă din anul acela. Keo a fost cum nu se poate mai bucuros să-mi explice cum se făceau căsătoriile în Laos. Mi-a spus că nunta este cel mai important eveniment din viața privată a locuitorilor din Laos. Doar nașterea și moartea se mai apropie ca importanță de ea, însă de multe ori e dificil să organizezi petreceri în aceste situații. Astfel că nunta rămâne ocazia perfectă de petrecere. Keo însuși, m-a informat el, invitase la propria-i nuntă, cu un an în urmă, șapte sute de persoane.

— Asta e standard, mi-a spus. (Asemeni celor mai mulți laoțieni, Keo are, după cum a și recunoscut, prea mulți veri, prea mulți prieteni.) Și trebuie să-i invităm pe toți.

— Și au venit la nuntă toți cei șapte sute de invitați? l-am întrebat.

— A, nu! m-a liniștit el. Au venit peste o mie de oameni.

Pentru că la o nuntă tipică din Laos se întâmplă ca fiecare văr și prieten să-și invite și el toți verii și prietenii (și uneori invitații invitaților aduc și ei alți invitați) și, cum gazdele nu pot refuza niciodată să primească pe cineva la petrecere, lucrurile pot scăpa de sub control foarte repede.

— Vrei să te învăț acum cu date și informații despre darul tradițional de nuntă de la o nuntă tradițională din Laos? m-a întrebat Keo.

I-am răspuns că mi-ar plăcea foarte mult, iar Keo mi-a explicat. Când un cuplu din Laos urmează să se căsătorească, tuturor persoanelor chemate la nuntă li se trimite câte o invitație. Acestea iau invitația primită (pe care sunt trecute numele și adresa respectivei persoane), o împăturesc în forma unui plic, iar înăuntrul plicului pun o sumă de bani. În ziua nunții, toate aceste plicuri ajung într-o cutie mare de lemn. Suma uriașă care se strânge astfel reprezintă banii cu care cuplul își va începe noua viață. Acesta e motivul pentru care Keo și soția lui au chemat atât de mulți oameni la nuntă: ca să aibă garanția că vor strânge o sumă de bani cât mai mare.

Mai târziu, după ce petrecerea de nuntă se sfârșește, mireasa și mirele stau treji toată noaptea și numără banii. În timp ce mirele numără, mireasa notează într-un carnețel suma exactă pe care a dat-o fiecare invitat. Asta nu se întâmplă pentru ca, ulterior, invitaților să li se trimită scrisori de mulțumire extrem de detaliate (după cum a presupus imediat mintea mea de albă anglo-saxonă protestantă), ci pentru ca informațiile financiare cu pricina să nu se piardă niciodată. Carnețelul respectiv – care este mai degrabă un registru bancar – va fi pus într-un loc sigur și va fi consultat de multe ori în anii ce vor urma. Astfel că, la cinci ani după nuntă, când ți se va căsători vărul din Vientiane, vei consulta vechiul carnețel și vei vedea câți bani ai primit la nuntă de la el, după care îi vei dărui și tu exact aceeași sumă cu ocazia nunții lui. De fapt, tu îi vei da ceva mai mult decât ai primit de la el, cu dobândă.

— S-a mărit cu inflația! cum mi-a explicat Keo cu mândrie.

De altfel, banii de la nuntă nu sunt cu adevărat primiți în dar; ei reprezintă un împrumut minuțios înregistrat, aflat în continuă schimbare, care circulă de la o familie la alta pe măsură ce fiecare cuplu își începe viața împreună. Banii de la nuntă îi folosești pentru a-ți încropi un început în viață, pentru a cumpăra o proprietate sau a demara o mică afacere, iar apoi, după ce ajungi la rândul tău prosper, returnezi banii încet, de-a lungul anilor, câte puțin cu fiecare nuntă.

Într-o țară în care există sărăcie extremă și haos economic, sistemul acesta e foarte înțelept. Laosul a avut de suferit decenii întregi în spatele celei mai restrictive „Cortine de bambus" comuniste din întreaga Asie, având parte de un șir de guverne incompetente care au dus politici economice de tipul pământurilor pârjolite, sub conducerea cărora băncile naționale, ajunse pe mâini corupte și nepricepute, s-au ofilit și au murit. Reacția oamenilor a fost să-și adune la un loc puținii bani și să-și transforme petrecerile de nuntă într-un sistem bancar – care chiar funcționa: singurul Fond Național al țării demn de încredere. Tot acest contract social a fost clădit pe înțelegerea colectivă a faptului că banii de nuntă nu aparțin de fapt mirelui și miresei; ei aparțin în realitate comunității și trebuie înapoiați comunității. Cu dobândă. Până la un anumit punct, asta mai înseamnă și că mariajul tău nu-ți aparține în întregime; aparține și el comunității, care va aștepta dividende din partea uniunii tale. De fapt, căsnicia ta devine o afacere în care toți cei din jur dețin acțiuni cât se poate de reale.

Miza acestor acțiuni mi-a devenit mai clară într-o după-amiază, când Keo m-a dus cu mașina departe, peste munții de lângă Luang Prabang, până într-un mic sat de șes cu numele Ban Phanom – o comunitate îndepărtată, alcătuită dintr-o minoritate etnică numită *leu*, populație care fugise din China în Laos cu câteva secole în urmă, căutând să se pună la adăpost de persecuții și prejudecăți, și care a adus cu sine doar viermi de mătase și priceperea la muncile agricole. Keo avea o prietenă din facultate care locuia în sat și care ajunsese țesătoare, la fel ca toate celelalte etnice *leu* din zonă. Ea și mama ei acceptaseră să ne întâlnim și să-mi vorbească despre căsătorie, iar Keo fusese de acord să traducă.

Familia locuia într-o casă curată din bambus, de formă pătrată, cu pardoseală de piatră. Pentru a ține la distanță soarele nemilos, nu existau ferestre. Odată intrat în casă, aveai impresia că te afli în interiorul unui enorm coș împletit din răchită – ceea ce se potrivea cu cultura lor de țesătoare înzestrate. Femeile mi-au adus un scăunel minuscul pe care să mă așez și un pahar cu apă. Casa aproape că nu avea mobilă, dar în camera de zi erau expuse cele mai de preț obiecte ale familiei, înșirate în ordinea importanței: un război de țesut nou-nouț, o motocicletă nou-nouță și un televizor nou-nouț.

Prietena lui Keo se numea Joy, iar pe mama ei o chema Ting – era o femeie atrăgătoare și rubicondă, de patruzeci și ceva de ani. În timp ce fata cosea fără să scoată o vorbă tivul unui veșmânt de mătase, mama ei dădea pe-afară de entuziasm, așa că ei i-am adresat toate întrebările. Am întrebat-o pe Ting despre tradițiile de nuntă specifice din satul ei, iar ea mi-a răspuns că erau destul de simple. Dacă unui băiat îi place o fată, iar fetei îi place și ei băiatul, părinții se întâlnesc și discută. Când totul merge bine, ambele familii ajung în scurt timp să viziteze un anumit călugăr, care consultă calendarul budist pentru a găsi o dată de bun augur în care perechea să se căsătorească. Tinerii se căsătoresc și toți cei din comunitate le împrumută bani. Iar aceste căsnicii durează întreaga viață, mi-a explicat Ting cu însuflețire, pentru că în satul Ban Phanom nu există divorț.

De-a lungul călătoriilor mele mai auzisem astfel de declarații. Și le primisem de fiecare dată cu un dram de scepticism, pentru că nicăieri în lume nu există să „nu existe divorț". Dacă sapi un pic, vei găsi de fiecare dată îngropată pe undeva câte o poveste despre o căsnicie eșuată. Peste tot. Credeți-mă. Toate astea îmi amintesc de o scenă din cartea lui Edith Warton[1] *Casa veseliei*, în care o bătrână și bârfitoare doamnă remarca: „În toate familiile pe care le cunoaște cineva există câte un divorț și câte un caz de apendicită." (Și, apropo, „cazul de apendicită" era eufemismul edwardian politicos pentru „avort" – *alt lucru* care se întâmplă peste tot, uneori și în cele mai surprinzătoare cercuri.)

Dar, sigur, există societăți în care divorțul este extrem de rar.

1. Edith Wharton (1862–1937), scriitoare americană laureată a Premiului Pulitzer, autoarea unor romane precum *Vârsta inocenței* sau *Casa veseliei* (ultima, publicată în 1905, a fost tradusă și în românește). (*N.t.*)

La fel era și în clanul lui Ting. După ce am insistat, a recunoscut că una dintre prietenele ei din copilărie a trebuit să se mute în capitală din cauză că soțul o părăsise, dar acesta a fost singurul divorț din ultimii cinci ani de care își aducea aminte. Oricum, mi-a spus, există sisteme care ajută familiile să rămână împreună. După cum vă puteți închipui, într-un astfel de sat minuscul și sărac, în care viețile depind una de alta în atâtea privințe extrem de importante (inclusiv cea financiară), trebuie luate de urgență măsuri ca familiile să rămână întregi. Așa cum mi-a explicat Ting, atunci când apar probleme într-o căsnicie, comunitatea are la dispoziție patru variante de intervenție și de găsire a unei soluții. Mai întâi, soția din căsnicia cu probleme este încurajată să păstreze liniștea căminului supunându-se într-o măsură cât mai mare deciziilor soțului ei.

— Cea mai bună căsnicie e cea cu un singur căpitan, spuse Ting. Cel mai ușor este când căpitanul e bărbatul.

La chestia asta am dat politicos din cap, hotărând că cel mai bine e să las conversația să alunece cât mai repede cu putință către Stadiul Numărul Doi.

Dar uneori, îmi explică Ting, nici măcar supunerea absolută nu poate rezolva toate conflictele casnice, și atunci rezolvarea problemei trebuie delegată. Astfel că cel de-al doilea stadiu de intervenție constă în aducerea părinților soțului și ai soției, pentru a încerca să rezolve ei problemele conjugale. Părinții poartă o discuție atât cu respectivul cuplu, cât și unii cu ceilalți, și toată lumea din familie încearcă astfel să rezolve lucrurile.

Dacă intervenția parentală nu are succes, cuplul trece la cel de-al treilea stadiu de intervenție. Acum trebuie să apară în fața sfatului bătrânilor din sat – aceiași oameni care i-au căsătorit. Bătrânii discută problema într-o adunare publică a sfatului. În felul acesta, eșecurile casnice devin subiecte pe agenda publică, la fel cum se întâmplă cu taxele școlare sau combaterea graffiti-urilor, și toată lumea trebuie să colaboreze pentru a rezolva problema. Vecinii propun soluții și vin cu idei noi, sau chiar oferă ajutor – cum ar fi să-i ia pe copiii mici la ei timp de o săptămână sau două, timp în care cuplul își poate rezolva divergențele fără să aibă alte treburi.

Abia în Stadiul Numărul Patru – dacă toate celelalte eșuează – începe să se admită posibilitatea unui eșec real. Dacă nici familia și nici comunitatea nu pot aplana disputa (lucru rar întâlnit), abia atunci și numai atunci cuplul va merge la oraș, în afara sferei de putere a satului, pentru a obține divorțul legal.

Ascultând-o pe Ting în timp ce-mi povestea toate astea, m-am pomenit gândindu-mă din nou la propria mea căsnicie eșuată. Mă întrebam dacă fostul meu soț și cu mine ne-am fi putut salva relația întrerupând din pripă acea cădere liberă, înainte ca lucrurile să devină complet toxice. Oare ce s-ar fi întâmplat dacă am fi convocat un consiliu de urgență care să ne ajute, alcătuit din prieteni, rude și vecini? Poate că o intervenție venită la timp ne-ar fi îndreptat calea, ne-ar fi scuturat și ne-ar fi reunit. La sfârșitul căsniciei am făcut timp de șase luni consiliere familială, dar – așa cum am auzit mulți psihoterapeuți plângându-se cu privire la pacienții lor – am căutat prea târziu ajutor din afară și am depus prea puțin efort. Vizitele de câte o oră pe săptămână în biroul cuiva n-au fost suficiente pentru a rezolva impasul uriaș în care intrase deja călătoria noastră maritală. În momentul în care ne-am dus căsnicia suferindă la buna doamnă doctor, ea n-a mai putut face nimic în afară de-a ne oferi un raport anatomo-patologic post-mortem. Dar cine știe, dacă am fi acționat mai devreme sau cu mai multă încredere, poate că... Dacă am fi căutat ajutor în familie sau în comunitate, poate că...

Pe de altă parte, poate că nu.

Erau foarte multe lucruri în neregulă cu căsnicia aia. Nu cred că am fi putut rezista împreună nici dacă am fi avut de partea noastră întregul Manhattan, care să muncească în echipă doar pentru noi. În plus, noi n-am avut nici un șablon cultural care să se asemene în vreun fel cu o intervenție a familiei sau a comunității. Eram niște americani moderni și independenți, locuiam la sute de kilometri depărtare de familiile noastre. Ideea de a ne chema rudele și vecinii, de a organiza o întâlnire ca cele dintr-un sfat tribal, ca să discutăm chestiuni pe care ani întregi le păstraserăm în mod deliberat doar pentru noi, ei bine, ideea asta ar fi fost pentru noi străină și artificială la culme.

La fel de inutil ar fi fost să sacrificăm o găină în numele armoniei matrimoniale, sperând că asta va rezolva lucrurile.

În orice caz, există o limită până la care poți ajunge cu astfel de întrebări ipotetice. Nu trebuie să ne lăsăm pradă unor interminabile jocuri ale îndoielilor și regretelor legate de căsniciile noastre eșuate, deși se știe prea bine că aceste contorsiuni mintale chinuitoare sunt dificil de controlat. Motiv pentru care sunt convinsă că patronul suprem al tuturor oamenilor divorțați trebuie să fie titanul Epimeteu din mitologia antică greacă, cel binecuvântat – sau mai degrabă blestemat – cu darul înțelegerii lucrurilor deja întâmplate. Epimeteu ăsta era un tip destul de în regulă, dar putea vedea clar lucrurile doar retrospectiv, talent nu prea util în lumea reală. (Apropo, interesant e și faptul că Epimeteu era bărbat însurat, deși, având darul de a înțelege ulterior lucrurile, probabil că își dorea să fi ales o altă fată; soția lui era o mică scorpie pe nume Pandora. Amuzant cuplu.) În orice caz, există un moment în viață când trebuie să ne oprim din autoflagelare pentru greșelile trecute – chiar și pentru greșelile care ni se par retrospectiv dureros de evidente – și să ne vedem de viața noastră. Sau, cum mi-a spus cândva Felipe în felul lui inimitabil: „Draga mea, hai să nu ne mai gândim atâta la greșelile din trecut. Hai să ne concentrăm pe greșelile noastre viitoare."

În același spirit, în ziua aceea petrecută în Laos mi-a trecut prin minte că poate Ting și comunitatea ei descoperiseră ceva interesant despre căsnicie. Evident, nu treaba cu bărbatul care să fie căpitan, ci ideea că, poate, există momente în care o comunitate, pentru a-și păstra coeziunea, trebuie să împartă nu doar bani și resurse, ci și un sentiment de responsabilitate colectivă. Poate că, pentru a rezista, toate căsniciile noastre trebuie interconectate cumva, țesute la scară socială pe un război de mari dimensiuni. De aceea, în ziua aceea, în Laos, mi-am făcut o mică însemnare personală: *Nu-ți transforma căsnicia cu Felipe într-un lucru atât de privat, încât să devină ceva lipsit de oxigen, izolat, solitar, vulnerabil...*

Eram tentată s-o întreb pe Ting, noua mea prietenă, dacă intervenise vreodată în căsnicia unor vecini în felul în care o făceau bătrânii satului. Dar înainte să apuc să pun întrebarea următoare, m-a întrerupt ca să mă întrebe ea pe mine dacă nu cumva aș putea să găsesc în America un soț bun pentru Joy, fiica ei, cea cu studii universitare. Apoi Ting mi-a arătat cu mândrie una dintre minunatele țesături de mătase ale fetei – o tapiserie cu elefanți aurii care dansau pe un fond purpuriu. Nu cumva vreunui bărbat din America i-ar fi plăcut să se căsătorească cu o fată care putea face așa ceva cu propriile mâini? se întreba ea.

Apropo, tot timpul cât vorbisem cu Ting, Joy stătuse acolo în liniște și cususe, îmbrăcată cu jeanși și un tricou, cu părul adunat într-o coadă de cal lejeră. Ba ascultase politicos ceea ce spunea mama ei, ba – în clasicul stil al fiicelor – dăduse ochii peste cap, jenată de afirmațiile maică-sii.

— Nu există vreun bărbat american educat care să vrea să se însoare cu o fată drăguță din etnia *leu*, așa, ca fata mea? întrebă din nou Ting.

Ting nu glumea, și tensiunea din vocea ei indica o criză. L-am rugat pe Keo să investigheze cu delicatețe chestiunea, iar Ting s-a deschis imediat. În ultimul timp, în sat apăruse o mare problemă, a povestit. Problema era că, de ceva vreme, femeile tinere începuseră să câștige mai mulți bani decât bărbații tineri, ba mai începuseră să facă și studii. Femeile din această minoritate etnică sunt țesătoare extraordinar de talentate, și acum, că turiștii occidentali au început să viziteze Laosul, străinii sunt dornici să le cumpere țesăturile. Așa că fetele localnice reușesc să facă ceva bani și adesea economisesc începând de la vârste fragede. Unele dintre ele – cum e și Joy, fiica lui Ting – își folosesc banii pentru a-și plăti facultatea, dar și pentru a cumpăra familiei lor tot felul de lucruri, cum ar fi motociclete, televizoare și războaie noi de țesut, în timp ce toți băieții din partea locului sunt în continuare agricultori și abia reușesc să câștige câte ceva.

Lucrul acesta nu reprezenta o problemă socială pe vremea când *nimeni* nu câștiga bani, dar faptul că acum unul din sexe – femeile tinere – prospera făcea ca totul să se dezechilibreze. Ting adăugă că tinerele din satul ei începeau să se obișnuiască și cu ideea că se pot întreține singure, iar unele dintre ele chiar amânau căsătoria. Dar nu asta era totuși cea mai mare problemă! Cea mai mare problemă era că, după ce tinerii se căsătoreau, bărbații se obișnuiau repede să cheltuiască banii soțiilor, ceea ce însemna că nu mai lucrau la fel de mult. Tinerii aceștia, lipsiți de orice sentiment al propriei valori, alunecau în existențe marcate de băutură și jocuri de noroc. Fetelor, care observau ce se petrece, nu le plăcea deloc ce vedeau. Așa că, în ultimul timp, multe fete hotărâseră să nu se mai căsătorească deloc, iar asta întorcea cu susul în jos întregul sistem social al micului sat, generând tot felul de tensiuni și complicații. De aceea Ting se temea că fiica ei n-o să se mai căsătorească niciodată (asta dacă nu cumva puteam eu să aranjez o alianță cu un american la fel de bine educat), și-atunci ce s-ar mai fi ales de descendența familiei? Și ce s-ar mai fi ales de băieții din sat, pe care fetele îi depășiseră cu mult? Ce s-ar mai alege de toată complicata rețea socială a satului?

Ting îmi spuse că socotește situația „o problemă în stil occidental", ceea ce însemna că citea ziarele, fiindcă era vorba într-adevăr de o problemă *tipic* occidentală – pe care lumea occidentală o vedea derulându-se deja de câteva generații, încă de când drumurile spre bogăție deveniseră mai ușor de parcurs de către femei. Unul dintre primele lucruri care se schimbă în orice societate atunci când femeile încep să-și câștige singure pâinea este natura căsniciei. Această tendință poate fi văzută la toate națiunile și la toate etniile. Cu cât o femeie devine mai independentă din punct de vedere financiar, cu atât se va căsători mai târziu, *dacă* se va mai căsători.

Unii oameni deplâng acest lucru, numindu-l Dezintegrarea Societății, și susțin că independența economică a femeilor distruge căsniciile fericite. Dar tradiționaliștii care privesc cu nostalgie spre trecut, la vremurile liniștite când femeile stăteau acasă și aveau grijă de familie și când rata divorțurilor era mult mai mică decât în prezent, ar trebui să țină cont că, de-a lungul secolelor, multe femei au rămas în căsnicii proaste din cauză că nu-și permiteau să plece. Chiar și astăzi, venitul mediu al americancei divorțate scade cu treizeci de procente după ce i s-a sfârșit căsnicia – iar în trecut era mult mai rău. O veche zicală ne avertiza cândva, pe bună dreptate, că „Orice femeie se află la un divorț distanță de faliment". Mai exact, *unde* anume s-ar putea duce o femeie cu copii mici, lipsită de educație și de mijloacele de a se întreține? Avem tendința să idealizăm culturile în care oamenii rămân căsătoriți toată viața, dar nu trebuie să presupunem automat că rezistența matrimonială este un semn de mulțumire matrimonială.

De exemplu, în timpul Marii Depresiuni, rata divorțurilor din America a scăzut drastic. Comentatorilor sociali ai vremii le plăcea să atribuie acest declin ideii romantice conform căreia perioadele dificile unesc și mai mult cuplurile căsătorite. Au alcătuit astfel imaginea optimistă a unor familii hotărâte, strânse în jurul unei străchini mizere din care își mâncau hrana neîndestulătoare. Aceiași comentatori spuneau și că multe familii își pierduseră mașinile, dar își descoperiseră sufletele. În realitate, așa cum v-ar putea explica orice consilier matrimonial, problemele financiare acute pun niște presiuni monstruoase asupra căsniciilor. Cu excepția infidelității și a abuzurilor celor mai evidente, nimic nu erodează o relație mai repede decât sărăcia, falimentul și datoriile. Iar când istoricii moderni au examinat mai bine rata scăzută a divorțurilor din timpul Marii Depresiuni, au descoperit că multe din cuplurile americane au rămas împreună din cauză că nu-și permiteau să se separe. Era destul de dificil să întreții o gospodărie, iar două cu atât mai mult. Multe familii au ales să străbată Marea Depresiune cu un cearșaf atârnat în mijlocul camerei de zi, care-i separa pe soți de soțiile lor – imagine a unei crize în adevăratul sens al cuvântului. Alte cupluri s-au despărțit, fără să dispună însă de banii necesari pentru a-și depune la judecătorii cererile de divorț legal. În timpul anilor 1930, abandonul a reprezentat o adevărată epidemie. Legiuni de bărbați americani ajunși în faliment pur și simplu și-au părăsit soțiile și copiii, pentru a nu se mai ști niciodată nimic despre ei (de unde credeați că apăruseră toți vagabonzii aceia?); și foarte puține femei au făcut efortul de a-și declara oficial, în fața autorităților, soții dispăruți. Aveau alte griji mai importante, de pildă să găsească de mâncare.

Sărăcia extremă generează tensiuni extreme; acest lucru n-ar trebui să surprindă pe nimeni. În întreaga Americă, cele mai mari rate ale divorțurilor se înregistrează printre adulții fără studii și cei lipsiți de siguranță materială. Bineînțeles că și banii aduc după ei problemele lor specifice – dar banii oferă și opțiuni. Banii pot cumpăra asistență pentru copii, băi separate, concedii, eliberarea de certurile legate de facturi – tot felul de lucruri care ajută la stabilizarea unei căsnicii. Iar când femeile pun mâna pe banii proprii și când supraviețuirea economică nu mai e unul dintre motivele care duc inițial la căsătorie, totul se schimbă. În anul 2004, femeile necăsătorite ajunseseră categoria demografică cu cea mai mare rată de creștere din Statele Unite. O americancă de treizeci de ani avea în 2004 de trei ori mai multe șanse să fie singură decât ar fi avut în anii 1970. Mult mai mici îi erau și șansele de a deveni mamă – la tinerețe sau oricând. Numărul de familii americane fără copii a atins maximumul istoric în 2008.

Evident că această schimbare nu este mereu primită cu brațele deschise de societatea ca întreg. În Japonia de astăzi, unde găsim cele mai bine plătite femei din lumea industrializată (dar, deloc întâmplător, și cea mai scăzută rată a natalității din lume), criticii sociali conservatori le numesc pe tinerele singure care refuză să se căsătorească și să aibă copii „celibatare parazite" – insinuând că o femeie necăsătorită și fără copii se înfruptă din toate beneficiile existente în societate (prosperitate, de pildă), fără să ofere nimic în schimb (copii, de pildă). Chiar și în societăți represive, ca Iranul contemporan, tinerele aleg în număr din ce în ce mai mare să amâne căsătoria și creșterea copiilor, pentru a se concentra asupra educației și carierei. La fel de previzibil ca ziua care urmează nopții, comentatorii conservatori denunță deja fenomenul, iar unul dintre oficialii guvernamentali iranieni caracterizează astfel de femei voit celibatare drept „mai periculoase ca bombele și rachetele inamicilor".

Așa că, fiind mamă în Laosul rural aflat în curs de dezvoltare, noua mea prietenă Ting trăia o mulțime de sentimente complicate în legătură cu fiica ei. Pe de-o parte, era mândră de studiile și de talentele de țesătoare ale lui Joy, care asiguraseră banii pentru războiul de țesut nou-nouț, televizorul nou-nouț și motocicleta nouă-nouță. Pe de altă parte, Ting înțelegea prea puțin minunata lume nouă a fiicei sale, în care existau studii și bani și independență. Iar când privea către viitorul lui Joy, nu vedea decât o mare harababură de întrebări indescifrabile. O astfel de tânără educată, citită, independentă financiar și îngrozitor de modernă nu se baza pe nici un precedent în societatea *leu* tradițională. Ce să *faci* cu ea? Cum să ajungă vreodată egala băieților agricultori și needucați din vecini? Sigur că poți parca o motocicletă în camera de zi și îți poți prinde și o antenă de satelit pe acoperișul colibei, dar unde pe lumea asta ai putea parca o astfel de fată?

Dați-mi voie să vă spun cât de interesată era chiar Joy de această discuție: în mijlocul conversației mele cu mama ei, s-a ridicat și a ieșit din casă, după care n-am mai văzut-o deloc. N-am reușit să scot de la fată nici măcar un cuvânt pe tema căsătoriei. Deși sunt sigură că avea sentimente puternice privind subiectul, era clar că nu avea chef să discute despre ele cu mine și cu mama ei. Așa că Joy a plecat să-și petreacă altfel timpul. Aproape că aveai senzația că se dusese la băcănia de după colț să cumpere niște țigări, după care va merge eventual la un film cu câțiva prieteni. Doar că în satul acela nu existau nici băcănie, nici țigări, nici cinematografe – doar găini care cotcodăceau pe un drum prăfuit.

Atunci unde se ducea fata aia?

Păi chiar asta-i întrebarea, nu-i așa?

Apropo, am spus deja că soția lui Keo era însărcinată? De fapt, copilul trebuia să se nască chiar în săptămâna în care l-am cunoscut pe Keo și l-am angajat să-mi fie traducător și ghid. Am aflat despre sarcina soției lui abia când Keo mi-a spus că se bucură foarte tare de venitul suplimentar, mai ales din cauza sosirii iminente a copilului. Keo se mândrea grozav că urma să aibă un copil și ne-a invitat pe Felipe și pe mine să cinăm la el acasă în ultima noastră seară petrecută în Luang Prabang – ca să ne arate cum trăiește și s-o cunoaștem pe Noi, soția lui gravidă.

— Ne-am cunoscut la școală, ne-a spus Keo despre soția lui. Mi-a plăcut mereu de ea. E ceva mai tânără decât mine – doar nouăsprezece ani are. E foarte drăguță. Deși e ciudat pentru mine acum, că face copilul. Era așa micuță, aproape nu cântărea nimic! Acum mi se pare că cântărește toate kilogramele deodată!

Prin urmare am mers acasă la Keo – conduși cu mașina până acolo de Khamsy, prietenul lui de la hotel – și am mers încărcați cu daruri. Felipe a cumpărat mai multe sticle de Beerlao, berea locală, iar eu am adus câteva haine drăguțe de copil, care s-ar fi potrivit și unui băiat, și unei fetițe; le găsisem la piață și voiam să i le ofer soției lui Keo.

Casa lui Keo se afla la capătul unui drum de pământ brăzdat de șleauri, chiar în apropiere de Luang Prabang. Era ultima dintr-un șir de case asemănătoare, dincolo de care începea tărâmul junglei, și ocupa o suprafață de teren dreptunghiulară, de șase metri pe nouă. Jumătate din această proprietate era acoperită de bazine din ciment pe care Keo le umpluse cu broaștele și cu peștii-luptători pe care îi creștea pentru a-și rotunji veniturile de învățător de școală generală și de ghid turistic ocazional. Broaștele le vindea drept hrană. După cum ne-a explicat cu mândrie, se vindeau cu aproximativ 25 000 de kip – 2,5 dolari – kilogramul, iar media era de vreo trei sau patru la kilogram, pentru că broaștele cu pricina sunt destul de solide. Deci era vorba de un venit suplimentar destul de bunicel. Dar mai avea și pești-luptători, care se vindeau cu câte 5000 de kip – 50 de cenți – fiecare și care se înmulțesc într-o veselie. Peștii-luptători îi vinde localnicilor care pariază pe lupte acvatice. Keo ne-a explicat că începuse să crească pești-luptători încă din copilărie, încercând să găsească o cale de a mai câștiga niște bani în plus, ca să nu fie o povară pentru părinții lui. Deși lui Keo nu-i place să se laude, nu s-a putut abține să nu ne mărturisească un lucru: era probabil cel mai bun crescător de pești-luptători din întregul Luang Prabang.

Casa lui Keo ocupa restul proprietății – adică partea neinvadată de bazine cu broaște și pești – ceea ce înseamnă că dimensiunea casei era de vreo 1,5 metri pătrați. Construcția era din bambus și bucăți de pal, cu acoperiș de tablă ondulată. Singura cameră care existase inițial fusese transformată recent în două camere: o zonă pentru dormit și una de zi. Peretele despărțitor era doar o despărțitură de pal pe care Keo o tapetase grijuliu cu paginile unor ziare de limbă engleză, precum

Bangkok Post și *Herald Tribune*. (Felipe mi-a spus după aceea că îl suspectează pe Keo că noaptea stă acolo și citește fiecare cuvânt de pe propriul tapet, încercând să-și îmbunătățească încontinuu engleza.) Exista un singur bec, care atârna deasupra camerei de zi. Mai exista și o minusculă baie de beton cu un closet turcesc și o cadă pentru spălat. Dar, în seara vizitei noastre, cada era plină cu broaște, din cauză că bazinele cu broaște de afară ajunseseră neîncăpătoare. (Iată unul dintre avantajele creșterii a sute de broaște, după cum ne-a explicat Keo: „Spre deosebire de toți vecinii noștri, noi nu avem probleme cu țânțarii.") Bucătăria era în afara casei, sub un mic umbrar, și avea pe jos pământ măturat cu grijă.

— Într-o zi vom investi într-o podea de bucătărie adevărată, ne-a spus Keo cu aerul unui locuitor de suburbie care preconizează că într-o bună zi va construi o terasă izolată lângă camera de zi. Dar mai întâi va trebui să fac mai mulți bani.

Nicăieri în casă nu exista vreo masă sau vreun scaun. Afară, în bucătărie, se afla o bancă mică și sub ea stătea minuscula cățelușă a familiei, care tocmai făcuse pui cu câteva zile în urmă. Cățeii erau de mărimea unor șoricei. Singurul motiv de jenă în legătură cu stilul lui de viață modest pe care l-a exprimat vreodată Keo în fața mea a fost faptul că avea o cățelușă atât de mică. Părea să creadă că a le arăta onoraților săi musafiri o cățelușă atât de mică era un act aproape lipsit de generozitate – de parcă statura minionă a cățelușei nu s-ar fi potrivit cu poziția socială ocupată de Keo sau cu aspirațiile lui Keo.

— Noi râdem mereu de ea pentru că e așa mică. Îmi pare rău că nu e mai mare, se scuză el. Dar e o cățelușă foarte bună.

Mai aveau și o găină. Găina trăia în zona bucătărie-prispă și era legată de perete cu o bucată de sfoară, încât se putea plimba, dar nu putea fugi nicăieri. Avea o cutie mică de carton și în cutia aceea de carton depunea zilnic un ou. Când Keo ne-a prezentat găina și cutia ei de carton, a făcut-o în maniera unui boier de țară; întinzându-și cu mândrie un braț, a spus: „Iar aceasta e găina noastră!"

În momentul acela am văzut cu coada ochiului cum se îngrămădesc pe fața lui Felipe o mulțime de emoții: tandrețe, milă, nostalgie, admirație și un dram de tristețe. Felipe a crescut sărac în sudul Braziliei și – asemeni lui Keo – a avut întotdeauna un suflet mândru. De fapt, Felipe are și acum un suflet mândru, în așa măsură încât îi place să spună oamenilor că s-a născut „lefter", și nu „sărac" – un mesaj din care reiese că și-a privit dintotdeauna sărăcia ca pe o situație temporară (ca și cum, fiind doar un copil neajutorat ținut în brațe, fusese surprins într-un moment în care nu prea avea bani la el). Ca și Keo, Felipe și-a cultivat talentul pentru afaceri de încropeală, talent care ieșise la lumină de la o vârstă fragedă. Prima mare idee de afaceri i-a venit lui Felipe la vârsta de nouă ani, când a observat că mașinile se împotmoleau mereu într-o băltoacă adâncă de la poalele dealului din Porto Alegre, orașul lui natal. A cooptat un prieten care să-l ajute, apoi au început amândoi să aștepte cât era ziua de lungă ca mașinile să se împotmolească la poalele dealului, iar ei să le împingă afară din băltoacă. Șoferii le dădeau băieților mărunțiș pentru efortul lor, și cu acel mărunțiș au fost cumpărate o mulțime de cărți americane cu benzi desenate. La zece ani, Felipe intrase deja în afacerile cu fier vechi, scormonind prin oraș după bucăți de fier, alamă sau cupru, pe care să le vândă. La treisprezece ani vindea oase de animale (le aduna din apropierea măcelăriilor și abatoarelor locale) unui producător de clei, iar o parte din prețul biletului de vapor cu care a plecat prima dată din Brazilia a fost asigurată de banii strânși astfel. Dacă ar fi știut ceva despre carnea de broască sau despre peștii-luptători, credeți-mă că s-ar fi băgat și în afacerea asta.

Până în seara aceea, Felipe nu avusese timp de Keo. Adevărul e că firea înfiptă a ghidului meu îl irita la culme. Dar, imediat ce a pășit în casa lui Keo și a văzut tapetul din ziare și podeaua de pământ măturată și broaștele din baie și găina din cutie și cățelușa mică și umilă, în Felipe s-a schimbat ceva. Iar când a cunoscut-o pe Noi, soția lui Keo, care, chiar fiind gravidă în stadiul de cântărește-toate-kilogramele-deodată, era atât de micuță și se străduia din greu să ne gătească cina la o singură flacără alimentată cu gaz, am văzut cum ochii i se umezesc de duioșie, deși era prea politicos ca să exprime în fața lui Noi altceva decât un interes prietenesc pentru mâncărurile ei. Noi a acceptat fâstâcită laudele lui Felipe. („Vorbește engleza, ne-a spus Keo, dar e prea timidă ca să exerseze.“)

Când a făcut cunoștință cu mama lui Noi – o doamnă micuță într-un sarong albastru și uzat, care avea însă un anume aer de regină și care ne-a fost prezentată doar ca „Bunica“ – cel care avea să-mi fie soț și-a urmat un adânc instinct personal și s-a înclinat mult înaintea acelei femei minuscule. În fața acestui gest galant, bunica a zâmbit abia vizibil (doar din colțurile ochilor) și a răspuns cu un semn din cap aproape imperceptibil, telegrafiind cu subînțeles: „Plecăciunea dumneavoastră m-a mulțumit, stimate domn.“

În momentul acela l-am iubit pe Felipe atât de mult – mai mult decât îl iubisem până atunci oricând și oriunde.

Aici trebuie să clarific ceva: deși Keo și Noi nu aveau mobilă, în casa lor existau trei articole luxoase. Aveau un televizor cu combină audio și DVD-player încorporate, un mic frigider și un ventilator electric. Pentru a ne întâmpina cum se cuvine, Keo pornise toate aceste trei obiecte casnice la putere maximă. Ventilatorul sufla; frigiderul bâzâia în timp ce făcea gheață pentru berea noastră, din televizor se auzeau la maximum niște desene animate.

Keo ne-a întrebat:

— Ați prefera să ascultați muzică sau să vă uitați la desenele de la televizor în timpul cinei?

I-am spus că îi mulțumim și că am prefera să ascultăm muzică.

— Ați prefera să ascultați muzică occidentală hard-rock, a întrebat el, sau muzică liniștită din Laos?

I-am mulțumit pentru grijă și am răspuns că muzica liniștită din Laos era o alegere foarte bună.

Keo a spus:

— Nici o problemă. Am niște muzică liniștită din Laos perfectă, o să vă placă. A pus niște melodii de dragoste laoțiene, însă la un volum care-ți spărgea timpanele – ca să demonstreze calitatea sistemului său stereo. Din același motiv, Keo a îndreptat direct spre noi ventilatorul electric. Avea acele aparate luxoase și dorea ca noi să beneficiem din plin de serviciile pe care ni le puteau oferi.

Așa că a fost o seară destul de zgomotoasă, dar ăsta n-a fost un capăt de țară, deoarece zgomotul excesiv semnala o atmosferă festivă, iar noi am urmat conștiincioși semnalul. Nu după multă vreme beam cu toții Beerlao, povesteam tot felul de istorii și râdeam. Sau cel puțin Felipe, Keo, Khamsy și cu mine beam cu toții și râdeam; Noi, aflată în ultimul stadiu de sarcină, părea să sufere de căldură și nu a băut bere, ci doar a stat tăcută pe podeaua de pământ tare, schimbându-și din când în când poziția pentru a găsi una mai comodă.

Cât despre Bunica, ea a băut bere, dar nu a râs prea mult alături de noi. Doar ne privea cu un aer de tihnă și satisfacție. Am aflat că Bunica era cultivatoare de orez, venită din nordul țării, din apropiere de frontiera cu China. Se trăgea dintr-un vechi neam de cultivatori de orez și avusese zece copii (Noi fiind cea mai mică), toți născuți acasă la ea. Ne-a povestit toate acestea doar pentru că am rugat-o eu să ne spună povestea vieții ei. În timp ce Keo traducea, ne-a povestit cum căsătoria ei – petrecută la vârsta de șaisprezece ani – fusese mai degrabă „accidentală". Se căsătorise cu un bărbat care se afla în sat doar în trecere. Petrecuse noaptea în casa familiei ei și se îndrăgostise de ea. La câteva zile după sosirea străinului, erau deja căsătoriți. Am încercat să-i pun Bunicii câteva întrebări edificatoare despre gândurile ei în legătură cu propria căsnicie, dar n-a dezvăluit nimic în afară de lucrurile știute: cultivatoare de orez, căsătorie accidentală, zece copii. Muream de curiozitate să aflu care putea fi decodificarea acelei noțiuni, căsătorie „accidentală" (și în familia mea au existat o mulțime de femei nevoite să se căsătorească din cauza unor „accidente"), dar n-am mai putut obține nici o altă informație.

— Nu e obișnuită ca oamenii să-i găsească viața interesantă, ne-a explicat Keo, așa că am lăsat baltă subiectul.

Însă toată seara am aruncat priviri fugare către Bunică, și toată seara mi s-a părut că ne privea de undeva de foarte departe. Avea un halou strălucitor, de pe altă lume, accentuat de o atitudine atât de tăcută și de rezervată, încât uneori aproape că dispărea. Deși era așezată pe podea exact în fața mea, deși o puteam atinge oricând cu ușurință doar întinzând o mână, părea că există în altă parte, privindu-ne pe toți de pe un tron binevoitor așezat undeva sus, pe lună.

Casa lui Keo – incredibil de mică – era totuși atât de curată, încât ai fi putut mânca de pe jos, și exact asta am și făcut. Ne-am așezat cu toții pe un covor de bambus și am mâncat împreună, modelând bile de orez cu mâinile. Respectând obiceiul din Laos, am băut cu toții din același pahar, dându-l de la unul la altul, începând cu persoana cea mai în vârstă și terminând cu cea mai tânără. Și iată ce am mâncat: o supă de somn minunat condimentată, salată de papaya verde cu un sos de pește afumat, garnitură de orez și, bineînțeles, broaște. Broaștele au fost felul principal oferit cu mândrie, deoarece erau chiar dintre cele crescute acasă de Keo, așa că a trebuit să mâncăm destul de multe. Mai mâncasem broaște și înainte (bine, *picioare* de broaște), dar de data asta a fost altfel. Erau niște broaște uriașe – broaște-taur enorme, solide, cărnoase – tăiate în bucăți mari ca bucățile dintr-o tocană de pui, apoi fierte cu tot cu piele, oase și celelalte. Din toată mâncarea, pielea a fost partea cu care mi-a fost cel mai greu să mă înțeleg, pentru că, deși fusese gătită, faptul că era piele de broască, pătată, ca de cauciuc, amfibiană, rămăsese absolut evident.

Noi ne privea cu atenție. N-a spus prea multe în timpul mesei, doar ne-a amintit la un moment dat: „Nu mâncați doar orez – și carne mâncați", deoarece carnea era valoroasă, iar noi eram musafiri foarte apreciați. Așa că am mâncat toate hălcile alea de carne de broască cu consistență de cauciuc, cu tot cu piele și cu ocazionalele bucăți de os, mestecând totul fără să ne plângem absolut deloc. Felipe a cerut încă o porție, și asta nu o dată, ci de două ori, lucru care a făcut-o pe Noi să roșească și să zâmbească înspre abdomenul ei proeminent cu o plăcere imposibil de stăpânit. Deși știam foarte bine că Felipe ar fi preferat să-și mănânce propriul pantof făcut *sauté* decât să mai înghită încă o halcă de broască-taur fiartă, în momentul acela l-am iubit din nou până dincolo de marginile iubirii pentru enorma lui bunătate.

Pe omul ăsta poți să-l duci oriunde, m-am gândit cuprinsă de mândrie, *și totdeauna o să știe cum să se poarte.*

După cină, Keo a pus câteva videoclipuri cu dansuri tradiționale de nuntă din Laos, pentru a ne delecta și educa. Filmele arătau un grup de femei țepene și serioase, care dansau pe o scenă disco în saronguri strălucitoare și cu machiaje speciale. În cea mai mare parte a lui, dansul presupunea ca ele să stea nemișcate și să-și rotească mâinile, în timp ce pe fețe aveau cimentat câte un zâmbet. Timp de jumătate de oră am privit cu toții filmele, într-o tăcere atentă.

— Toate sunt dansatoare excelente, profesioniste, ne-a informat Keo în final, punând capăt acelei reverii stranii. Cântărețul a cărei voce o puteți auzi în muzica de fundal este foarte faimos în Laos – exact ca Michael Jackson al vostru în America. Am făcut și eu cunoștință cu el.

Keo avea o inocență care aproape că-ți frângea inima dacă o observai cu atenție. De fapt, întreaga lui familie părea de o puritate mai presus de orice întâlnisem vreodată până atunci. Făcând abstracție de televizor, frigider și ventilatorul electric, rămâneau neatinși de modernitate, sau cel puțin neatinși de șmecheria obraznică a modernității. Iată doar câteva dintre elementele care lipseau complet din conversațiile cu Keo și familia lui: ironia, cinismul, sarcasmul și înfumurarea. Cunosc puști americani în vârstă de cinci ani care sunt mai șireți decât familia aceea. De fapt, *toți* puștii americani de cinci ani pe care-i cunosc sunt mai șireți decât familia aceea. Îmi doream să le înfășor întreaga casă într-un soi de plasă protectoare care să-i apere de întreaga lume – și, având în vedere dimensiunea casei, n-ar fi fost nevoie de prea multă plasă.

După ce s-a sfârșit expoziția de dans, Keo a oprit televizorul și a condus încă o dată conversația către planurile și visurile pe care le aveau el și cu Noi în privința vieții lor împreună. După nașterea copilului urmau, firește, să aibă nevoie de mai mulți bani, și de aceea Keo avea un plan cu care spera să-și mărească afacerea cu carne de broască. Ne-a explicat că i-ar plăcea ca în viitor să inventeze o incintă pentru înmulțirea broaștelor în mediu controlat, care să asigure de-a lungul întregului an condițiile – de vară – din perioada naturală de reproducere. Respectiva minunăție, pe care eu mi-am închipuit-o ca pe un soi de seră, urma să conțină sisteme precum „ploaie prefăcută și soare prefăcut". Condițiile meteorologice prefăcute aveau să păcălească broaștele, care n-ar mai observa astfel sosirea iernii. Ar fi ideal, deoarece iarna e o perioadă dificilă pentru crescătorii de broaște. În fiecare iarnă, broaștele lui Keo intră în hibernare (sau, cum a spus el, „meditație"), timp în care nu mănâncă și prin urmare pierd foarte mult în greutate, făcând ca afacerea cu carnea de broască vândută la kilogram să nu mai fie deloc profitabilă. Dar dacă Keo ar fi în stare să crească broaște tot anul și dacă ar fi singura persoană din Luang Prabang care s-o facă, atunci afacerea lui ar deveni înfloritoare și întreaga lui familie ar prospera.

— Pare o idee excelentă, Keo, a spus Felipe.

— A fost ideea lui Noi, a răspuns Keo, și atenția tuturor s-a îndreptat din nou către soția lui Keo, frumoasa Noi, de doar nouăsprezece ani și cu obrazul atât de umed din cauza căldurii, îngenuncheată strâmb pe podeaua de pământ, cu întreg abdomenul plin de copil.

— Ești un geniu, Noi! a exclamat Felipe.

— Da, *este* un geniu! a încuviințat Keo.

La aceste laude, Noi a roșit atât de intens, încât părea că mai are puțin și leșină. Era incapabilă să ne privească în ochi, dar în mod evident simțea aprecierea, chiar dacă nu-i putea face față. Era limpede că simțea cu câtă deferență o privea soțul ei. Arătosul, tânărul și inventivul Keo își aprecia atât de mult soția, încât nu se putea abține să nu se laude cu ea în fața scumpilor săi oaspeți la cină! În fața unei declarații atât de publice despre importanța ei, sfioasa Noi părea să fi crescut de două ori mai mare decât adevăratele ei dimensiuni (iar ea *era* deja de două ori mai mare decât dimensiunile ei obișnuite, ținând cont că bebelușul se putea naște în orice moment). Cinstit vorbind, în acea clipă sublimă, tânăra viitoare mamă a părut atât de încântată, atât de plină de sine, încât mi-a fost teamă că s-ar putea înălța ușor în văzduh ca să se alăture mamei ei acolo sus, pe suprafața lunii.

În timp ce ne întorceam cu mașina la hotel, toate lucrurile din seara aceea m-au făcut să mă gândesc la bunica mea și la căsnicia ei.

Bunica Maude – care a împlinit de curând nouăzeci și șase de ani – se trage dintr-un lung șir de oameni ale căror niveluri de confort în viață se asemănau mai mult cu al lui Keo și Noi decât cu al meu. Familia bunicii Maude era alcătuită din imigranți veniți din nordul Angliei și ajunși până în centrul Minnesotei în căruțe cu coviltir, care supraviețuiseră acelor prime ierni de necrezut în case primitive de chirpici. Muncind până aproape de epuizare, au obținut terenuri, și-au construit mici case de lemn, apoi case mai mari, și-au mărit treptat numărul de animale și au prosperat.

Bunica mea s-a născut în ianuarie 1913 acasă, în toiul unei ierni geroase de prerie. A sosit pe lume cu un defect ce putea să-i pună viața în pericol – o gravă deformație buză-de-iepure care-i lăsase o gaură în cerul gurii și buza de sus incompletă. Se făcuse aproape aprilie când șinele de cale ferată s-au dezghețat destul ca să-i permită tatălui lui Maude să-și ducă bebelușul la Rochester pentru o primă operație rudimentară. Până atunci, mama și tatăl bunicii mele reușiseră cumva să țină copilul în viață, în ciuda faptului că fetița nu putea fi alăptată. Bunica nu știe nici până-n ziua de azi cum au hrănit-o părinții, dar bănuiește că alăptatul ei a avut de-a face cu niște bucăți de furtun din cauciuc din grajdul vacilor de lapte. După cum mi-a mărturisit de curând, bunica ar fi vrut să-i fi cerut mamei ei mai multe informații despre acele dificile prime luni din viața sa, dar ai ei nu erau tipul de familie în care oamenii să se gândească prea mult la amintirile deprimante ori să încurajeze discuțiile dureroase, astfel că subiectul nu fusese deschis niciodată.

Deși bunica nu e genul care să se plângă, indiferent cum ai privi lucrurile viața ei a fost una plină de provocări. Bineînțeles că și viețile tuturor celor din jurul ei au fost pline de provocări, dar Maude a avut de dus povara suplimentară a problemei sale de sănătate, care o lăsase cu dificultăți de vorbire și o cicatrice vizibilă în mijlocul feței. Deloc surprinzător, era extrem de timidă. Din toate aceste motive, se presupunea că bunica n-o să se căsătorească niciodată. Presupunerea nu trebuia rostită cu voce tare; era un lucru pe care-l știa, pur și simplu, toată lumea.

Dar până și soarta cea mai potrivnică aduce uneori beneficii neașteptate. În cazul bunicii mele, beneficiul a fost că doar ea din familie a primit o educație corespunzătoare. Maude a fost lăsată să se dedice studiilor deoarece *era nevoie* să fie educată, pentru ca, celibatară fiind, să-și poată câștiga singură traiul într-o bună zi. Așa că, în timp ce băieții erau cu toții retrași de la școală în preajma clasei a opta, pentru a fi trimiși să muncească la câmp, și în timp ce fetele terminau și ele doar rareori liceul (de obicei se căsătoreau și aveau și un copil înainte să parcurgă toți anii de studiu), Maude a fost trimisă la oraș, unde stătea în gazdă la o familie din partea locului, ca să devină o elevă silitoare. A excelat la școală. Avea o deosebită pasiune pentru istorie și engleză și spera să devină cândva profesoară; ca să strângă banii necesari pentru colegiul pedagogic, a făcut curățenie prin case. Apoi a venit șocul Marii Depresiuni, și cheltuielile pentru colegiu au ajuns imposibil de acoperit. Dar Maude a continuat să muncească, și veniturile ei au transformat-o într-una dintre cele mai rare creaturi imaginabile în acea perioadă în centrul Minnesotei: o tânără femeie independentă, trăind prin propriile ei mijloace.

Anii aceia din viața bunicii mele, cei de după terminarea liceului, m-au fascinat dintotdeauna, pentru că drumul ei fusese complet diferit de ale tuturor celor din jurul ei. În loc să se cufunde direct în afacerea întemeierii unei familii, avusese parte de *experiențe* în lumea reală. Mama ei nu părăsea decât arareori ferma familiei, doar pentru a merge o dată pe lună la oraș (dar niciodată în timpul iernii) ca să refacă stocurile de produse indispensabile, precum făina, zahărul sau pânza în carouri. Dar Maude, după absolvirea liceului, a plecat de una singură în Montana și a lucrat într-un restaurant, unde le servea cowboy-ilor plăcinte și cafea. Asta se întâmpla în 1931. A făcut lucruri exotice și neobișnuite pe care femeile din familia ei nici nu și-ar fi putut imagina vreodată să le facă. S-a tuns și și-a făcut un permanent (contra doi dolari întregi) la un coafor adevărat, dintr-o gară adevărată. Și-a cumpărat o rochie galbenă cochetă, îndrăzneață și subțire, dintr-un magazin adevărat. A mers la cinematograf. A citit cărți. A călătorit din

Montana înapoi în Minnesota într-un camion condus de niște imigranți ruși, al căror fiu arătos era cam de aceeași vârstă cu ea.

Întoarsă acasă după aventura din Montana, și-a găsit o slujbă de menajeră și secretară a unei femei bogate și bătrâne, doamna Parker, care bea și fuma și râdea și se bucura enorm de viață. Doamnei Parker, după cum mi-a povestit bunica, „nu-i era frică nici să înjure", și în casa ei se dădeau niște petreceri atât de extravagante (cele mai bune fripturi, cel mai bun unt, băutură și țigări din plin), încât nici n-ai fi spus că în lumea reală făcea ravagii Marea Depresiune. În plus, doamna Parker era generoasă și avea idei liberale, dându-i adesea bunicii hainele ei, deși Maude avea măsuri pe jumătate cât ea, astfel că nu a putut profita de fiecare dată de acea *largheţe* adevărată.

Bunica a muncit din greu și a economisit banii. Trebuie să accentuez asta: *avea propriile ei economii.* Cred că ați putea răscoli printre înaintașii lui Maude de-a lungul a câteva secole fără să găsiți nici măcar o femeie care să fi reușit să economisească de una singură bani. Pusese deoparte chiar și o sumă pentru o operație care să-i facă mai puțin vizibilă cicatricea buzei-de-iepure. Dar în mintea mea independența ei tinerească este rezumată cel mai bine printr-un simbol anume: o extraordinară haină de culoarea vinului, cu guler de blană veritabilă, pe care și-a cumpărat-o singură la începutul anilor 1930 cu douăzeci de dolari. Era o extravaganță fără precedent pentru o femeie din familia aceea. Mama bunicii mele rămăsese fără grai la gândul că se putea cheltui o astfel de sumă astronomică pentru... o haină. Din nou, cred că ați putea căuta cu penseta prin genealogia familiei mele fără să descoperiți vreo femeie înaintea lui Maude care să fi cumpărat vreodată pentru sine ceva atât de minunat și de costisitor.

Dacă ați întreba-o astăzi pe bunica despre respectiva achiziție, ochii încă i s-ar aprinde de o plăcere absolută. Haina aceea de culoarea vinului cu guler din blană veritabilă era cel mai frumos lucru care îi aparținuse vreodată lui Maude în toată viața ei – chiar așa, a fost cel mai frumos lucru care avea să-i aparțină vreodată lui Maude în toată viața ei – și își amintește și acum senzația voluptuoasă a blănii care îi mângâia gâtul și bărbia.

Peste o vreme, în același an, probabil pe când purta chiar haina aceea atât de frumoasă, Maude a cunoscut un tânăr fermier pe nume Carl Olson, al cărui frate îi curta sora, și Carl – bunicul meu – s-a îndrăgostit de ea. Carl nu era un bărbat romantic, nici un bărbat poetic și cu siguranță nu era un bărbat bogat. (Micul ei cont de economii eclipsa proprietățile lui.) Dar era un bărbat uluitor de frumos și extrem de muncitor. Toți frații Olsen erau bine cunoscuți ca bărbați frumoși și extrem de muncitori. Bunica s-a îndrăgostit de el. Nu după multă vreme, spre surprinderea tuturor, Maude Edna Morcomb *s-a căsătorit.*

Ei bine, concluzia pe care o trăgeam din această poveste în trecut, de fiecare dată când mă gândeam la ea, era că momentul căsătoriei marcase sfârșitul oricărei autonomii pentru Maude Edna Morcomb. Viața ei de după aceea a fost în mare parte alcătuită doar din greutăți neîntrerupte, pesemne până prin 1975. Și nu din cauză că nu știa ce înseamnă munca, ci pentru că lucrurile au devenit repede foarte dificile. A plecat din frumoasa casă a doamnei Parker (gata cu fripturile, gata cu petrecerile, gata cu *apa curentă*) și s-a mutat la ferma deținută de familia bunicului meu. Rudele lui Carl erau imigranți suedezi duri, și tânărul cuplu a fost nevoit să locuiască într-o casă mică, împreună cu fratele mai mic al bunicului meu și cu tatăl celor doi. Maude era singura femeie de la fermă, așa că gătea și spăla pentru toți cei trei bărbați – și uneori mai hrănea și zilierii. Când, în sfârșit, electricitatea a ajuns și la ei în localitate prin programul de electrificare rurală al administrației Roosevelt, socrul ei nu accepta decât becurile de cea mai mică putere, care oricum erau aprinse foarte rar.

În casa aceea și-a crescut Maude primii cinci – din cei șapte – copii. Acolo s-a născut mama. Primii trei copii au fost crescuți într-o singură cameră, sub un singur bec, la fel cum vor fi crescuți și copiii lui Keo și Noi. (Socrul și cumnatul ei aveau fiecare câte o cameră proprie.) Când s-a născut Lee, fiul cel mare al lui Maude și Carl, cei doi au plătit doctorul cu un vițel. Bani nu erau. Bani nu erau niciodată. Economiile lui Maude – banii pe care îi strânsese pentru operația estetică – fuseseră de mult înghițiți de fermă. Când i s-a născut cea mai mare dintre fiice, mătușa mea Marie, bunica și-a tăiat haina ei dragă de culoarea vinului, cu guler din blană veritabilă, și din materialul ei a cusut un costumaș de Crăciun pentru fetița nou-născută.

Iar în mintea mea aceasta a fost, mereu, metafora cea mai grăitoare cu privire la ceea ce face căsnicia din oamenii familiei mele. Prin „oamenii familiei mele“ vreau să spun femeile familiei mele, mai ales cele din familia de pe linie maternă – moștenirea mea genetică și afectivă. Pentru că ceea ce a făcut cu haina ei minunată (cel mai frumos lucru care avea să-i aparțină vreodată) bunica este ceea ce au făcut toate femeile din generația aceea (și din cele de dinainte) pentru familiile și soții și copiii lor. Au tăiat cele mai minunate și mai mândre părți din ele însele și le-au împărțit altora. Au remodelat ceea ce le aparținea și i-au dat o formă nouă pentru alții. Au renunțat. Erau ultimele care mâncau la cină și erau primele care se trezeau de dimineață ca să încălzească bucătăria rece, pentru încă o zi petrecută purtându-le de grijă tuturor celorlalți. Acesta era singurul lucru pe care știau să-l facă. Acesta era verbul după care se ghidau și principiul călăuzitor din viețile lor de femei: știau să *dea*.

Povestea hainei de culoarea vinului cu guler din blană veritabilă m-a făcut mereu să plâng. Și, dacă v-aș spune că această poveste nu mi-a modelat iremediabil sentimentele față de căsnicie sau că nu a născut în mine o mică, tăcută tristețe cu privire la ceea ce le poate răpi instituția matrimonială unor femei minunate, v-aș minți.

Dar v-aș minți – sau cel puțin v-aș ascunde informații relevante – și dacă nu v-aș dezvălui finalul neașteptat al poveștii: la câteva luni după ce Felipe și cu mine fuseserăm condamnați de către Departamentul de Securitate Internă să ne căsătorim, m-am dus să-mi vizitez bunica în Minnesota. M-am așezat alături, în timp ce ea lucra la o bucată pătrată dintr-un *quilt* și-mi spunea tot felul de povești. Apoi am întrebat-o ceva ce n-o mai întrebasem niciodată:

— Care a fost cea mai fericită perioadă din viața ta?

În sufletul meu, credeam că știu deja răspunsul. Începutul anilor 1930, pe când locuia cu doamna Parker, purta o rochie galbenă, subțire și avea o coafură făcută la coafor și o haină de culoarea vinului care îi venea de minune. Asta trebuia să fie răspunsul, nu-i așa? Dar bunicile au o problemă. În ciuda tuturor lucrurilor pe care le dăruiesc celorlalți, insistă să-și păstreze propriile păreri despre propriile vieți. Așa se face că bunica Maude mi-a spus:

— Cea mai fericită perioadă din viața mea au fost primii câțiva ani de căsnicie cu bunicul tău, când locuiam cu toții la ferma familiei Olson.

Permiteți-mi să vă amintesc: nu aveau *nimic*. Maude era practic sclavă în casa a trei bărbați în toată firea (și nu orice bărbați, ci niște fermieri suedezi morocănoși, care de obicei se enervau unul pe altul) și era obligată să-și înghesuie copiii și scutecele lor murdare într-o singură încăpere rece și slab luminată. Cu fiecare sarcină devenea tot mai bolnavă și mai slăbită. Dincolo de poarta casei, Marea Depresiune făcea ravagii. Socrul ei refuza să instaleze apă curentă în casă. Și așa mai departe, și așa mai departe...

— Bunico, am zis, luându-i mâna deformată de reumatism într-a mea, cum *se poate* să fi fost aia cea mai fericită perioadă din viața ta?

— Păi a fost, mi-a spus ea. A fost fericită fiindcă aveam familia mea. Aveam un soț. Aveam copii. Nu îndrăznisem să visez că aș putea avea vreodată în viață ceva din toate astea.

Oricât de mult m-au surprins cuvintele ei, am crezut-o. Dar doar pentru că am crezut-o nu înseamnă că am și înțeles-o. De fapt, n-am reușit să încep să înțeleg răspunsul bunicii mele despre cea mai mare fericire din viața ei până când n-am luat cina în Laos cu Keo și cu Noi, câteva luni mai târziu. Stând așezată pe podeaua de pământ și privind-o pe Noi cum se mișca greoi în jurul abdomenului ei însărcinat, am început, evident, să fac tot felul de presupuneri despre viața ei. O căinam pe Noi pentru greutățile pe care le înfrunta din cauză că se căsătorise atât de tânără și mă întrebam îngrijorată cum avea să-și crească copilul într-o casă invadată deja de o cireadă de broaște-taur. Dar când Keo s-a lăudat cât e de inteligentă tânăra lui soție (cu ideile ei mărețe despre sere) și când am văzut ce bucurie se așterne pe chipul acelei tinere (o femeie atât de timidă, încât aproape că nu ne-a privit în ochi întreaga seară), mi-am reîntâlnit dintr-odată bunica. Mi-am *cunoscut* dintr-odată bunica, așa cum se reflecta ea în Noi, într-un mod în care n-o mai cunoscusem până atunci. Am știut cum trebuie să fi arătat bunica în chip de tânără soție și mamă: mândră, vitală, apreciată. De ce era atât de fericită Maude în 1936? Din același motiv pentru care era fericită Noi în 2006 – fiindcă știa că este de neînlocuit în viața cuiva. Era fericită fiindcă avea un partener și fiindcă împreună construiau ceva, și fiindcă credea din tot sufletul în ce construiau, și fiindcă o uluia faptul de a fi parte dintr-o asemenea aventură.

Nu le voi insulta nici pe bunica, nici pe Noi insinuând că ar fi trebuit să țintească la ceva mai înalt în viață (probabil la ceva care să aproximeze mai îndeaproape aspirațiile și idealurile mele). Refuz să spun și că dorința lor de a fi centrul vieții soțului a reflectat sau reflectă cine știe ce patologie a acestor femei. Voi admite că atât Noi, cât și bunica își cunosc propria fericire și mă înclin cu respect în fața experienței lor. Din câte se pare, au primit exact ceea ce și-au dorit dintotdeauna.

Am lămurit-o și pe asta.

Sau nu?

Fiindcă – doar ca să complic mai mult subiectul – trebuie să redau ceea ce mi-a mai spus bunica la finalul conversației noastre din ziua aceea petrecută în Minnesota. Știa că mă îndrăgostisem de curând de un tip pe care-l chema Felipe și auzise că lucrurile dintre noi începuseră să fie serioase. Maude nu e o femeie băgăreață (spre deosebire de nepoata ei), dar avusesem o discuție intimă, și poate de asta a simțit că mă poate întreba direct:

— Ce planuri ai cu omul ăsta?

I-am spus că nu prea știu, asta dincolo de faptul că-mi doresc să fiu cu el pentru că e bun și de încredere și iubitor și mă face fericită.

— Dar ai să... Nu și-a terminat întrebarea.

Nici eu n-am terminat propoziția în locul ei. Știam după ce scormonește, dar în perioada aceea din viața mea încă nu aveam nici o intenție să mă recăsătoresc, așa că n-am spus nimic, sperând că momentul avea să treacă.

După o scurtă tăcere, a încercat din nou.

— Voi doi aveți de gând să aveți...?

Nu i-am răspuns nici atunci. Nu încercam să fiu obraznică sau evazivă. Dar știam că nu urma să am copii și nu voiam s-o dezamăgesc. Însă apoi, femeia aceea în vârstă de aproape un secol m-a șocat. Bunica mea și-a azvârlit mâinile în sus și a zis:

— Of, mai bine te întreb direct! Acum, că l-ai cunoscut pe bărbatul ăsta drăguț, n-ai de gând să te căsătorești și să faci copii și să nu mai scrii cărți, nu-i așa?

Și atunci, ce să-nțeleg de-aici?

La ce concluzie să ajung când bunica îmi spune că cea mai fericită hotărâre din viața ei a fost să renunțe la tot pentru soțul și pentru copiii ei, apoi îmi spune – cu următoarea suflare – că nu vrea să fac și eu aceeași alegere? Nu prea știu cum să împac lucrurile astea, poate doar să cred că, într-un fel, ambele declarații sunt adevărate și autentice, chiar dacă par să se contrazică în mod absolut una pe cealaltă. Cred că unei femei care a trăit atât cât ea ar trebui să i se permită unele contradicții și mistere. Ca cei mai mulți dintre noi, femeia aceasta e o pluralitate. Și pe deasupra, când vine vorba de subiectul femei și căsătorie, concluziile evidente sunt dificil de găsit, iar drumul e presărat cu enigme.

Ca să ne apropiem cât de cât de descâlcirea acestui subiect – femeile și căsătoria – trebuie să începem cu un adevăr rece și urât: pentru femei, căsnicia nu este la fel de avantajoasă ca pentru bărbați. N-am inventat eu lucrul ăsta și nu-mi place să-l spun, dar este tristul adevăr, susținut de studiu după studiu. Dimpotrivă, căsătoria ca instituție a fost dintotdeauna extrem de avantajoasă pentru bărbați. Diagramele speranței de viață spun că, dacă ești bărbat, cea mai inteligentă decizie pe care o poți lua – presupunând că vrei să duci o existență lungă, fericită, sănătoasă și prosperă – este să te căsătorești. Bărbații căsătoriți au un randament mult mai bun în viață decât celibatarii. Bărbații căsătoriți trăiesc mai mult decât celibatarii; bărbații căsătoriți acumulează mai multă avere decât celibatarii; bărbații căsătoriți excelează în carieră în mai mare măsură decât celibatarii; bărbații căsătoriți sunt mult mai puțin susceptibili să moară de moarte violentă decât celibatarii; bărbații căsătoriți se declară a fi mult mai fericiți decât celibatarii; și bărbații căsătoriți suferă mai puțin de alcoolism, dependență de droguri și depresie decât celibatarii.

„Nu se putea născoci un sistem mai într-adins ostil fericirii omenești decât căsătoria", scria în 1813 Percy Bysshe Shelley, dar greșea enorm, sau cel puțin greșea în privința fericirii omenești *masculine*. Din punct de vedere statistic, se pare că nu există ceva pe care bărbatul să nu-l câștige prin căsătorie.

Din nenorocire, inversul nu este valabil. Femeilor căsătorite moderne nu le merge mai bine în viață decât tovarășelor lor celibatare. Femeile căsătorite din America nu trăiesc mai mult decât femeile singure; femeile căsătorite nu acumulează la fel de multă avere ca femeile singure (în medie, suporți o scădere din salariu de șapte procente doar fiindcă te-ai căsătorit); femeile căsătorite nu excelează în carieră în aceeași măsură ca femeile singure; femeile căsătorite sunt cu mult mai puțin sănătoase decât femeile singure; femeile căsătorite sunt mai predispuse să sufere de depresie decât femeile singure; și femeile căsătorite au șanse mult mai mari să sufere o moarte violentă decât femeile singure – de obicei, de mâna soțului, ceea ce ne amintește de sumbra realitate după care, statistic vorbind, cea mai periculoasă persoană din viața femeii căsătorite medii este propriul bărbat.

Toate acestea alcătuiesc ceea ce, nedumeriți, sociologii numesc „Dezechilibrul Beneficiilor Maritale" – numele curățel al unei concluzii de o tristețe aproape incredibilă: în general, femeile au de pierdut în urma schimbului de jurăminte maritale, în timp ce bărbații au de câștigat foarte mult.

Acum, înainte să ne băgăm cu toții capul sub plapumă și să plângem – lucru la care pe mine mă îndeamnă această concluzie –, trebuie să asigur pe toată lumea că situația este pe cale de a se îmbunătăți. Pe măsură ce anii trec și din ce în ce mai multe femei devin independente, Dezechilibrul Beneficiilor Maritale se atenuează și apar factori care pot micșora considerabil această inechitate. Cu cât o femeie are mai multă educație, cu cât câștigă mai mulți bani, cu cât se căsătorește mai târziu în viață, cu cât naște mai puțini copii și cu cât primește mai mult ajutor de la soțul ei la treburile casnice, cu atât va crește și calitatea vieții ei maritale. Dacă există în istoria occidentală vreun moment propice în care o femeie să devină soție, probabil că acesta e. Dacă îi dai fiicei tale sfaturi în legătură cu viitorul ei și dorești ca într-o bună zi să ajungă un adult fericit, probabil că ar fi bine s-o încurajezi să-și termine studiile, să amâne cât mai mult posibil căsătoria, să-și câștige singură traiul, să limiteze numărul de copii pe care-i va naște și să găsească un bărbat care n-are nimic împotrivă să curețe cada. În felul acesta, fiica ta poate avea șansa să ducă o viață aproape la fel de sănătoasă și de îndestulată și de fericită ca viața viitorului ei soț.

Aproape.

Pentru că, deși diferențele s-au mai atenuat, Dezechilibrul Beneficiilor Maritale persistă. Asta fiind situația, trebuie să ne oprim un moment ca să ne gândim la o întrebare înșelătoare: de ce – din moment ce căsătoria s-a dovedit de nenumărate ori a le fi dezavantajoasă într-o măsură disproporționată –, de ce atâtea femei continuă să și-o dorească atâta? Un posibil argument e faptul că femeile pur și simplu n-au citit statisticile, dar nu cred că lucrurile sunt chiar atât de simple. Aici se mai întâmplă ceva legat de femei și de căsătorie – ceva mai profund, ceva mai emoțional, ceva cu puține șanse de a fi schimbat sau modelat printr-o simplă campanie publică (NU VĂ CĂSĂTORIȚI PÂNĂ CÂND N-AȚI ÎMPLINIT MĂCAR TREIZECI DE ANI ȘI NU AȚI DEVENIT INDEPENDENTE ECONOMIC!!!).

Nedumerită de acest paradox, am adus în discuție chestiunea într-un e-mail către unele dintre prietenele mele din Statele Unite – prietene despre care știam că-și doreau din tot sufletul să-și găsească soți. Dorința lor adâncă de a se căsători era ceva ce eu nu simțisem personal niciodată, și deci nu puteam înțelege niciodată cu adevărat, dar acum voiam să văd lucrurile prin ochii lor.

„Despre ce e vorba de fapt?“ le-am întrebat.

Am primit câteva răspunsuri profunde și alte câteva amuzante. Una dintre prietenele mele a compus o lungă cugetare despre dorința ei de a găsi un bărbat care ar putea deveni, cum s-a exprimat ea deosebit de elegant, „comartorul pe care mi l-am dorit dintotdeauna în viață". Altă prietenă a spus că dorește să-și întemeieze o familie cu cineva „măcar ca să fac copii. Vreau să-mi folosesc, în sfârșit, sânii ăștia uriași în scopul pentru care au fost creați". Dar în ziua de azi femeile pot avea și parteneri, și copii în afara căsniciei; atunci de unde acest dor arzător după căsătoria legală?

Când am pus din nou întrebarea, o altă prietenă celibatară mi-a răspuns: „Pentru mine, să vrei să te căsătorești ține în întregime de o anume dorință de a te simți *aleasă.*" A continuat spunând că, în timp ce ideea de a-ți clădi o viață alături de un alt adult este ceva atrăgător, ceea ce îi atinge cu adevărat inima este dorința de a avea o nuntă, un eveniment public „care va dovedi fără echivoc tuturor, și mai ales mie, că sunt destul de valoroasă încât să mă aleagă cineva pentru totdeauna".

Ați putea spune acum că prietena mea a fost spălată pe creier de mass-media din SUA, care i-au vândut neîncetat fantezia aceasta a perfecțiunii feminine perpetue (frumoasa mireasă în rochie albă, purtând un halou de flori și dantelă, înconjurată de domnișoare de onoare nerăbdătoare), dar nu pot să cred cu totul în explicația asta. Prietena mea este o adultă inteligentă, citită, înțeleaptă și întreagă la minte; din întâmplare, nu cred că filmele animate ale casei Disney sau telenovelele de după-amiază au făcut-o să-și dorească ce-și dorește. Cred că a ajuns la aceste dorințe absolut de una singură.

Mai cred că femeia aceasta n-ar trebui condamnată sau judecată pentru că vrea ceea ce vrea. Prietena mea este o persoană cu inimă mare. Lumea aceasta a lăsat de prea multe ori fără răspuns și fără răsplată enorma ei capacitate de a iubi. Astfel că acum se luptă cu niște întrebări și cu niște foarte serioase dorințe emoționale neîmplinite privind propria-i valoare. Așa stând lucrurile, ce altă confirmare mai potrivită a faptului că este o persoană de preț ar putea să-și închipuie, dacă nu o ceremonie într-o biserică frumoasă, în care toți cei de față ar percepe-o ca pe o prințesă, ca pe o virgină, ca pe un înger, ca pe o comoară mai scumpă decât rubinele? Cine ar putea-o învinui că își dorește să știe – *măcar o dată* – cum este să te simți astfel?

Sper că va ajunge să trăiască toate aceste lucruri – bineînțeles, alături de persoana cea mai potrivită. Din fericire, prietena mea este îndeajuns de stabilă mintal încât să nu fi dat fuga să se căsătorească la repezeală cu vreun bărbat extrem de nepotrivit, doar pentru a da viață fanteziilor ei de nuntă. Dar pe lume există cu siguranță și femei care au făcut târgul acesta – dându-și bunăstarea viitoare (și șapte la sută din venituri, și, să nu uităm, câțiva ani din speranța medie de viață) în schimbul dovezii publice și irefutabile a propriei valori, făcută în decursul unei după-amiezi. Și trebuie s-o spun din nou: nu voi ridiculiza o astfel de dorință. Fiind chiar eu o persoană care a tânjit dintotdeauna să fie percepută drept valoroasă și care a făcut adesea o mulțime de lucruri prostești pentru a testa respectiva percepție, *înțeleg*. Dar mai înțeleg și că noi, femeile, mai ales, trebuie să muncim din greu pentru a ne delimita cât mai clar și mai curat cu putință fanteziile de realități și că, uneori, ca să ajungem în acest moment de discernământ sobru, avem nevoie de ani întregi de eforturi.

Mă gândesc la prietena mea Christine, care a realizat – în ajunul celei de-a patruzecea aniversări – că își amânase în permanență adevărata viață, așteptând validarea zilei de nuntă pentru a se putea privi pe sine ca pe un adult. Pentru că nu pășise niciodată îmbrăcată în alb și purtând voal în vreo biserică, nici ea nu se simțise niciodată *aleasă*. Așa că, timp de vreo două decenii, n-a făcut decât să parcurgă toate activitățile obișnuite – muncă, exercițiu fizic, mâncat, dormit –, dar de fapt, în secret, a așteptat. Însă pe măsură ce i se apropia cea de-a patruzecea aniversare și nici un bărbat nu ieșea din rând ca s-o încoroneze prințesa lui, a ajuns să realizeze că toată așteptarea aceea era ridicolă. De fapt, trecuse de orice limită a ridicolului: era un prizonierat. O ținea ostatică o idee pe care ajunsese s-o numească „Tirania Miresei", așa că s-a hotărât să rupă blestemul acela.

Și iată ce a făcut: în dimineața celei de-a patruzecea aniversări, prietena mea Christine s-a dus, în zori, pe malul Oceanului Pacific, în nordul Statelor Unite. Era o zi rece și noroasă, lipsită de orice romantism. A luat cu ea o bărcuță de lemn pe care o făcuse cu mâna ei. A umplut bărcuța cu petale de trandafiri și cu orez – recuzita unei nunți simbolice. A intrat până la piept în apa rece, apoi a dat foc bărcuței. După care i-a dat drumul – odată cu ea eliberându-se de cele mai perseverente fantezii despre căsătorie ca act de mântuire personală. Mai târziu, Christine mi-a spus că, în timp ce marea îi lua pentru totdeauna Tirania Miresei (încă arzând), ea s-a simțit transcendentă și puternică, de parcă s-ar fi purtat fizic pe ea însăși peste un prag decisiv. Se căsătorise, în sfârșit, cu propria-i viață, și o făcuse la timp.

Deci asta ar fi o variantă de acțiune.

Ca să fiu sinceră până la capăt, genul ăsta de acțiune curajoasă și plină de hotărâre prin care să te autoalegi nu mi-a fost niciodată ilustrat de istoria familiei mele. În copilărie n-am văzut niciodată nimic asemănător cu bărcuța Christinei. N-am văzut nici o femeie care să se căsătorească efectiv cu propria-i viață. Femeile care m-au influențat cel mai mult (mama, bunicile, mătușile) au fost toate femei căsătorite în cel mai tradițional mod cu putință și, trebuie să recunosc: în acel schimb, au renunțat toate la mari părți din ele însele. Nu am nevoie să-mi spună nici un sociolog că există ceva numit Dezechilibrul Beneficiilor Maritale; am asistat nemijlocit la el încă din copilărie.

În plus, nu trebuie să mă uit prea departe pentru a descoperi motivul pentru care există acest dezechilibru. Cel puțin în familia mea, marea disparitate între soți și soții a fost generată mereu de gradul disproporționat al sacrificiului de sine pe care sunt dispuse să-l facă femeile pentru cei pe care-i iubesc. După cum scria psiholoaga Carol Gillian, „la femei, simțul integrității pare să se îngemăneze cu o etică a grijii, astfel că faptul de a se percepe pe sine ca femei echivalează cu a se vedea pe sine în interiorul unor relații de interconectare". Acest instinct feroce al interconectării a făcut adesea ca femeile din familia mea să facă alegeri proaste pentru ele – să renunțe în mod repetat la propria sănătate sau la propriul timp sau la propriile interese în schimbul a ceea ce ele considerau a fi un bine superior –, probabil pentru a-și întări sentimentul lăuntric imperativ că sunt speciale, alese, conectate.

Bănuiesc că la fel se întâmplă în multe alte familii. Fiți liniștiți, știu că există și excepții sau anomalii. Am văzut chiar eu căsnicii în care soții renunță la mai multe lucruri decât soțiile sau participă în mai mare măsură la creșterea copiilor și la treburile casei decât soțiile, sau își asumă mai multe dintre rolurile educative în mod tradițional feminine decât soțiile – dar pot număra aceste căsnicii pe degetele de la o mână. (Mână pe care, apropo, o ridic acum pentru a-i saluta pe acei bărbați cu enormă admirație și respect.) Dar statisticile ultimului recensământ din Statele Unite spun adevărata poveste: în 2000, în America existau aproximativ 5,3 milioane de mame casnice și doar aproximativ 140 000 de tați care stăteau acasă pentru a-și crește copiii. Ceea ce se traduce printr-un procent de doar 2,6 dintre părinții care stau acasă pentru a-și crește copiii. În momentul scrierii acestor rânduri, statisticile în cauză au deja o vechime de un deceniu, deci haideți să sperăm că procentele s-au mai schimbat. Însă nu se pot schimba îndeajuns de repede pentru gusturile mele. Și o astfel de creatură rară – tatăl care face pe mama – n-a existat ca personaj nicăieri în istoria familiei mele.

Nu înțeleg pe deplin de ce femeile din familia mea dau atât de mult din ele pentru a avea grijă de ceilalți; sau de ce am moștenit eu însămi o doză atât de mare din acest impuls – impulsul de a vindeca și de a îngriji, de a țese plase elaborate cu care să am grijă de ceilalți, uneori chiar în detrimentul meu. Un astfel de comportament se învață? Se moștenește? Se așteaptă de la tine? Este prestabilit genetic? Înțelepciunea convențională ne oferă doar două explicații pentru tendința feminină de autosacrificiu și nici una nu mă mulțumește. Ni se spune fie că femeile sunt programate genetic să aibă grijă de ceilalți, fie că femeile au fost amăgite de nedreapta lume patriarhală să creadă că sunt programate genetic să aibă grijă de ceilalți. Aceste două viziuni antagoniste înseamnă că fie glorificăm, fie considerăm patologic altruismul feminin. Femeile care renunță la tot pentru alții sunt privite sau ca niște modele de perfecțiune, sau ca niște fraiere, sau ca niște sfinte, sau ca niște nebune. Nu mă înnebunesc după nici una dintre cele două explicații, pentru că nu recunosc chipurile rudelor mele în nici una. Refuz să accept că povestea femeilor nu este mai nuanțată de-atât.

Să ne gândim la mama, de exemplu. Și, credeți-mă – m-am tot *gândit* la mama, în fiecare zi de când am aflat că urmează să mă căsătoresc din nou, deoarece cred cu tărie că ar trebui ca toată lumea să încerce măcar să înțeleagă căsnicia propriei mame înainte de a-și începe căsnicia personală. Psihologii dau de înțeles că, de fiecare dată când începem să descâlcim moștenirea emoțională din istoria unei familii, trebuie să ne întoarcem cu cel puțin trei generații în urmă pentru a descoperi indicii. E aproape ca și când ar trebui să privim întreaga poveste în 3D, fiecare dimensiune reprezentând o generație.

În timp ce bunica a fost o soție de fermier tipică pentru perioada Marii Depresiuni, mama a aparținut acelei generații de femei pe care eu le numesc „feministe vârf de lance". Mama era o idee prea în vârstă ca să fi făcut parte din mișcarea de eliberare a femeilor din anii 1970. Fusese crescută să creadă că o doamnă trebuie să se căsătorească și să aibă copii din exact același motiv pentru care poșeta și pantofii ei trebuie să fie mereu asortate: fiindcă așa se face. La urma urmei, mama a ajuns la maturitate în anii 1950, într-o perioadă în care unul dintre cei mai de succes consilieri maritali ai vremii, pe nume Paul Landes, susținea că absolut toți adulții din America ar trebui să se căsătorească, „exceptându-i pe cei bolnavi, cei cu infirmități grave, cei diformi, cei devianți emoțional și cei cu deficiențe mintale".

Încercând să mă închipui pe mine în contextul acelei perioade, încercând să înțeleg mai clar lucrurile pe care mama fusese educată să le aștepte de la căsnicie, mi-am comandat on-line un vechi film de propagandă matrimonială din 1950, numit *Căsătoria pentru oamenii moderni*. Filmul era produs de McGraw-Hill și se baza pe cercetarea unui anume profesor doctor Henry A. Bowman, președinte al Diviziei pentru Casă și Familie din Departamentul de Educație Maritală, Colegiul Stephens, statul Missouri. Când am dat peste această relicvă, m-am gândit: „Doamne, stai să vezi acuma", și m-am așteptat să mă distrez copios pe seama unor aiureli postbelice leșioase și kitschoase despre sanctitatea casei și a vetrei – în care să joace actrițe cu perle și actori cu cravată, încântați de lumina iradiată în jur de copiii lor model, absolut perfecți.

Însă filmul m-a surprins. Povestea începea cu un tânăr cuplu arătând cât se poate de obișnuit, un el și o ea modest îmbrăcați, așezați pe o bancă într-un parc, discutând cu seriozitate și calm. Peste imagine, vocea autoritară a naratorului spunea cât de dificil și de înfricoșător poate fi pentru un cuplu tânăr „din America de astăzi" să ia măcar în calcul căsătoria, având în vedere cât de dură a devenit viața. Orașele noastre sunt bântuite de „o calamitate socială denumită ghetou", explica naratorul, și trăim cu toții într-o „epocă a instabilității, o epocă a neliniștii și a confuziei, sub constanta amenințare a războiului". Economia este tulbure, iar „costurile crescânde ale vieții contrastează cu veniturile din ce în ce mai mici". (Aici vedem un tânăr care trece dezamăgit pe lângă afișul de pe o clădire de birouri, pe care scrie NU AVEM SLUJBE VACANTE, NU DEPUNEȚI CERERI.) Între timp, „la fiecare patru căsătorii, una se sfârșește în divorț". Atunci nici nu-i de mirare că tinerelor cupluri le este atât de greu să se angajeze într-o căsătorie. „Nu lașitatea este cea care-i oprește pe oameni, explică naratorul, ci realitatea crudă."

Aproape că nu-mi venea să cred ce auzeam. Nu „realitate crudă" era ceea ce mă așteptasem să găsesc acolo. Nu fusese deceniul acela epoca noastră de aur – dulcele nostru Eden matrimonial național, vremurile în care familia, slujba și căsnicia erau toate idealuri sanctificate și lipsite de complicații? Dar, după cum sugera acest film, cel puțin pentru unele cupluri, problemele căsătoriei nu erau nici în 1950 mai simple decât au fost întotdeauna.

Filmul se concentrează în mod deosebit asupra poveștii lui Phyllis și Chad, un tânăr cuplu de curând căsătorit, care încearcă să se descurce cu banii. Când facem cunoștință cu ea, Phyllis se află în bucătărie, unde spală vase. Dar vocea din *off* ne spune că, doar cu doi ani în urmă, aceeași tânără „prepara lame de microscop în laboratorul de patologie al universității, câștigându-și singură pâinea, trăindu-și viața". Phyllis fusese o fată de carieră, ni se spune, cu o diplomă superioară, care își iubea munca. („Faptul că era celibatară nu mai reprezenta o rușine socială, ca în vremurile când părinții noștri ar fi numit-o fată bătrână.“) În timp ce camera o urmărește pe Phyllis la cumpărături, naratorul explică: „Phillys nu s-a căsătorit pentru că *a fost nevoită* s-o facă. Ar fi putut să accepte sau să refuze. Oamenii moderni ca Phyllis se gândesc la căsătorie ca la o situație voluntară. Libertatea alegerii este un privilegiu modern și o responsabilitate modernă.“ Phyllis, ni se spune, s-a căsătorit din proprie voință, doar pentru că hotărâse că-și dorea o familie și copii mai mult decât o carieră. A fost decizia ei, și continuă să creadă în ea chiar dacă sacrificiul făcut a fost important.

Doar că, nu după multă vreme, observăm semne de stres.

Se pare că Phyllis și Chad s-au cunoscut la cursul de matematică de la universitate, la care „ea avea note mai mari. Dar acum, *el* este inginer, iar *ea* este casnică“. Phyllis e arătată într-o după-amiază, la ea acasă, în timp ce calcă plină de hărnicie cămășile soțului. Dar iată că atenția eroinei noastre este distrasă când dă peste planurile desenate de soțul ei pentru un mare concurs de construcții. Își scoate rigla și începe să-i verifice calculele, așa cum i-ar plăcea lui s-o știe făcând. („Amândoi știu că ea este mai bună la matematică decât el.“) Fiind atât de prinsă în calcule, nu-și mai dă seama de trecerea timpului și lasă călcatul neterminat; apoi își aduce aminte deodată că a întârziat la programarea de la clinica medicală, unde urmează să discute despre (prima) sarcină. A uitat cu desăvârșire de copilul din pântecele ei, dat fiind că fusese atât de captivată de calcule.

Doamne, Dumnezeule, m-am gândit, *ce casnică din anii cincizeci mai e și asta?*

„Una tipică“, îmi spune naratorul, de parcă mi-ar fi auzit întrebarea. „Una modernă.“

Povestea noastră continuă. Ceva mai târziu, în aceeași seară, Phyllis cea însărcinată și genială la matematică și Chad, soțul ei cel drăguț, se află în apartamentul lor, fumând împreună. (Ah, gustul proaspăt de nicotină din sarcinile anilor 1950!) Lucrează amândoi la planurile inginerești ale lui Chad pentru clădirea cea nouă. Sună telefonul. E un prieten de-al lui Chad; vrea să meargă la film. Chad o privește pe Phyllis pentru a primi încuviințarea. Dar Phyllis se opune. Data limită a concursului este săptămâna viitoare, iar planurile trebuie încheiate. Ei doi au muncit atâta ca să iasă bine! Numai că Chad *chiar* vrea să vadă filmul. Phyllis rămâne pe poziție: întregul lor viitor depinde de lucrarea aceea! Chad pare dezamăgit într-un fel aproape copilăresc. Dar în final cedează, posomorându-se un pic, și-i dă voie lui Phyllis să-l împingă – la propriu – înapoi la masa de desen.

Analizând scena, naratorul nostru omniscient o aprobă. Phyllis nu e cicălitoare, explică el. Are tot dreptul să-i ceară lui Chad să rămână acasă și să încheie un proiect de afaceri care i-ar putea face pe amândoi să progreseze foarte mult în societate.

„Ea a renunțat la propria-i carieră pentru el, spune vocea masculină sonoră a naratorului nostru, și dorește să vadă că din asta iese ceva."

În timp ce priveam filmul, am simțit o combinație stranie de rușine și emoție. Mi-era rușine că nu-mi imaginasem niciodată până atunci cupluri din America anilor 1950 care să poarte astfel de conversații. De ce înghițisem fără discernământ nostalgia culturală convențională cum că perioada aceea fusese „mai simplă"? Oare ce perioadă fusese vreodată mai simplă pentru cei care au trăit-o? În plus, am fost mișcată de faptul că realizatorii filmului îi luau apărarea lui Phyllis în felul lor modest, încercând să transmită tinerilor soți din America următorul mesaj: „Frumoasa și inteligenta ta soție tocmai a renunțat la tot pentru tine, prietene – așa că, fir-ai tu să fii, onorează-i sacrificiul muncind serios și oferindu-i o viață prosperă și sigură."

În plus, m-am simțit mișcată din pricină că această neașteptată reacție de simpatie față de sacrificiul unei femei venea din partea cuiva atât de evident masculin și autoritar precum dr. Henry A. Bowman, președintele Diviziei pentru Casă și Familie, Departamentul de Educație Maritală, Colegiul Stephens, Missouri.

Acestea fiind spuse, nu m-am putut abține să nu mă întreb ce urma să se întâmple cu Phyllis și Chad peste douăzeci de ani – când copiii vor fi mai mari, iar ei vor fi devenit prosperi, când Phyllis nu va mai avea nici un fel de viață în afara casei, iar Chad va începe să se întrebe de ce a renunțat de-a lungul anilor la atâtea plăceri personale ca să fie un cap de familie bun și credincios – doar pentru a fi acum răsplătit cu o soție frustrată, niște copii adolescenți rebeli, un corp lăsat și o carieră plictisitoare. Nu acestea erau întrebările care aveau să explodeze în rândul americanilor în ultima parte a anilor 1970, aruncând de pe șine un număr foarte mare de familii? Ar fi putut doctorul Bowman – sau, la urma urmelor, oricine din 1950 – să anticipeze furtuna culturală care avea să vină?

Of, mult noroc, Chad și Phyllis!

Mult noroc tuturor!

Mult noroc, mami și tati!

Pentru că, în timp ce mama se autodefinea ca o mireasă a anilor 1950 (în ciuda faptului că se căsătorise în 1966, ideile ei despre căsnicie erau în ton cu cele din vremea lui Mamie Eisenhower), istoria i-a dictat să se transforme într-o soție a anilor 1970. Era căsătorită doar de cinci ani și fiicele ei abia ieșiseră din scutece când uriașul val de turbulențe feministe a lovit cu adevărat America și i-a zguduit toate ideile despre căsnicie și sacrificiu pe care le învățase vreodată.

Țineți cont de faptul că feminismul n-a apărut peste noapte, așa cum pare uneori. Nu s-a întâmplat ca femeile din lumea occidentală să se trezească într-o dimineață în timpul administrației Nixon și să decidă că le-a ajuns și să iasă în stradă. Ideile feministe circulaseră prin Europa și America de Nord cu decenii întregi înainte ca mama mea să se fi născut, dar a fost nevoie – în mod ironic – de prosperitatea economică fără precedent din perioada anilor 1950 pentru a se dezlănțui revoltele din anii 1970. Odată asigurate la scară mare nevoile de bază pentru supraviețuirea familiilor lor, femeile și-au putut concentra în sfârșit atenția asupra unor subiecte de mult mai mare finețe, precum inegalitatea socială și chiar propriile nevoi emoționale. În plus, în America a început să existe dintr-odată o clasă de mijloc foarte numeroasă (mama era una dintre cele mai noi membre ale ei, fiind crescută în sărăcie, dar având pregătire de infirmieră și un soț inginer chimist); în cadrul acelei clase de mijloc, inovațiile care ușurau munca, de pildă mașinile de spălat vase, frigiderele, hrana procesată, hainele fabricate în serie și apa caldă curentă (utilități la care bunica Maude n-ar fi putut decât să viseze în anii 1930) au oferit mai mult timp liber femeilor, pentru prima dată în istorie – sau cel puțin au oferit femeilor *ceva* mai mult timp liber.

În plus, datorită mijloacelor de comunicare moderne, femeia nu mai trebuia să locuiască într-un oraș mare pentru a auzi idei noi și revoluționare; ziarele, televiziunea și radioul puteau aduce în mijlocul unei bucătării din Iowa cele mai recente concepte sociale. Astfel că un număr semnificativ de femei obișnuite aveau acum timpul necesar (dar și sănătatea, rețeaua de legături și educația) pentru a începe să pună întrebări de genul: „Ia stai puțin – eu ce vreau de fapt de la viața mea? Ce le doresc fiicelor mele? De ce continui să-i pun seară de seară cina pe masă bărbatului ăstuia? Și ce-ar fi dacă aș vrea să lucrez și eu în afara casei? Oare mi s-ar permite să-mi continui studiile chiar dacă soțul meu nu are studii? Și, apropo, eu de ce nu-mi pot deschide un cont bancar al meu? Și chiar trebuie să continui să fac atâția copii?"

Ultima întrebare era cea mai importantă dintre toate și cu bătaie lungă. Chiar dacă în America au existat încă din anii 1920 unele metode limitate de contracepție (măcar pentru femeile cu bani, căsătorite și necatolice), abia în cea de-a doua jumătate a secolului XX – odată cu inventarea pastilei anticoncepționale puse la dispoziția tuturor – s-a putut modifica, în sfârșit, și întreaga discuție socială cu privire la creșterea copiilor și căsătorie. Așa cum scria Stephanie Coontz: „Înainte ca femeile să aibă acces la metode contraceptive sigure și eficiente, doar până în acest punct își puteau organiza viețile și căsniciile."

În vreme ce bunica a născut șapte copii, mama a născut doar doi. O diferență enormă în decursul unei singure generații. Mama avea și aspirator și apă curentă, astfel că pentru ea lucrurile erau mai ușoare în toate privințele. Asta a creat în viața ei o breșă de timp în care putea începe să se gândească la alte lucruri și, până la sfârșitul anilor 1970, apăruseră o mulțime de lucruri la care să se gândească. Mama nu s-a considerat niciodată feministă – vreau ca asta să fie clar. Și totuși nu era surdă la vocile acelei noi revoluții feministe. Fiind un copil mijlociu într-o familie numeroasă și având un bun simț de observație, mama a fost dintotdeauna o excelentă ascultătoare – și, credeți-mă, asculta cu mare atenție tot ce se spunea despre drepturile femeilor, iar mare parte dintre acele lucruri i se păreau îndreptățite. Pentru prima dată, chestiuni la care se gândise timp îndelungat în tăcere se discutau acum în public.

Printre cele mai importante erau subiectele despre corpul feminin și sănătatea sexuală a femeilor, dar și despre ipocrizia cu care fuseseră asociate cele două. În mica ei comunitate rurală din Minnesota, mama crescuse asistând la drama extrem de neplăcută care se desfășura an după an într-o mulțime de familii, atunci când câte o fată rămânea însărcinată și, inevitabil, „trebuia să se căsătorească". De fapt, în felul acesta se realizau cele mai multe căsătorii. Dar de fiecare dată – *absolut de fiecare dată* – totul era perceput ca un scandal în toată regula pentru familia fetei și ca o criză de umilire publică pentru fata însăși. Absolut de fiecare dată, comunitatea se comporta de parcă un astfel de eveniment șocant nu se mai petrecuse niciodată până atunci, cu atât mai puțin de cinci ori pe an, în familii din toate păturile sociale posibile.

Și totuși, tânărul în chestiune – fertilizatorul – era scutit de dizgrație. În general, era considerat nevinovat, ba uneori chiar victimă a seducției și a amăgirii. Dacă respectivul se căsătorea cu ea, fata era considerată norocoasă. Aproape că era un act de caritate. Dacă nu se căsătorea cu ea, fata era trimisă în altă parte pe durata sarcinii, în timp ce băiatul își continua școala sau munca la fermă, ducându-și viața de parcă nimic nu s-ar fi întâmplat. În percepția comunității, băiatul parcă nici nu s-ar fi aflat în încăpere în momentul în care avusese loc actul sexual în cauză. Rolul lui în concepție era, în mod straniu, unul aproape biblic imaculat.

Mama observase această dramă de-a lungul anilor ei de formare și ajunsese încă de la o vârstă fragedă la o concluzie destul de sofisticată: dacă ai o societate în care moralitatea sexuală feminină înseamnă *totul*, iar moralitatea sexuală masculină nu înseamnă *nimic*, atunci ai o societate extrem de deformată și de lipsită de etică. Pe vremuri n-ar fi atașat niciodată propriilor sentimente niște cuvinte atât de exacte, dar în prima parte a anilor 1970, când femeile începuseră să se exprime public, a auzit aceste idei rostite, în sfârșit, cu voce tare. Printre toate celelalte subiecte de pe agenda feministă – oportunități egale de angajare, acces egal la educație, drepturi legale egale, egalitate între soți și soții – ceea ce a atins cel mai mult sufletul mamei a fost chestiunea aceasta a justeții sexuale în societate.

Animată de propriile ei convingeri, a obținut o slujbă la Planned Parenthood[1] din Torrington, statul Connecticut. A început să lucreze acolo încă de pe când eu și sora mea eram foarte mici. Priceperea ei de infirmieră o făcuse să primească slujba, dar ceea ce a făcut-o să fie un membru atât de important al echipei au fost capacitățile ei manageriale înnăscute. Nu după multă vreme, mama coordona întregul birou Planned Parenthood, care își începuse activitatea într-o sufragerie, dar care se transformase rapid într-o clinică medicală în toată regula. Erau zile pline de avânt. Asta se petrecea pe vremea în care discuțiile deschise despre contracepție – sau, Doamne ferește, despre avorturi – mai erau considerate tabu. În perioada în care am fost concepută eu, prezervativele erau încă ilegale în Connecticut și un episcop local declarase în fața legislativului statal că, dacă restricțiile în privința prezervativelor aveau să fie ridicate, statul avea să „devină o masă de ruine fumegânde" în mai puțin de douăzeci și cinci de ani.

Mama își iubea slujba. Se afla în prima linie a unei reale revoluții în domeniul asistenței medicale și încălca toate regulile discutând deschis despre sexualitatea umană, încercând să înființeze câte o clinică Planned Parenthood în fiecare zonă administrativă a statului, dându-le tinerelor posibilitatea de a alege singure ce vor să facă cu propriul corp, desființând miturile și zvonurile despre sarcină și bolile venerice, luptând împotriva legilor pudice și – mai ales – oferind mamelor extenuate (și, până la urmă, și taților extenuați) opțiuni care până atunci nu mai existaseră. Prin munca ei, parcă descoperise o cale de a le răsplăti pe toate verișoarele și mătușile și prietenele

1. Planned Parenthood Federation of America (PPFA, Federația de Planificare Familială din America), organizație fondată în 1916, ale cărei clinici oferă asistență în domeniul contracepției, inclusiv în privința avortului. (*N.t.*)

și vecinele acelea care suferiseră în trecut din cauza lipsei de opțiuni. Mama muncise din greu toată viața, dar slujba aceea – *cariera* aceea – a devenit o adevărată expresie a ființei ei și marea iubire a existenței ei.

Iar apoi, în 1976, a renunțat.

A luat decizia în săptămâna în care trebuia să ia parte la o conferință importantă în Hartford, iar eu și sora mea eram amândouă bolnave de vărsat de vânt. La vremea aceea aveam una zece, iar cealaltă șapte ani și, evident, a trebuit să rămânem acasă și să nu ne ducem la școală. Mama l-a întrebat pe tata dacă n-ar vrea să-și ia două zile libere de la muncă și să stea cu noi acasă, pentru ca ea să poată participa la conferință. Nu a vrut.

Uitați ce e, nu vreau să-l blamez aici pe tata. Îl iubesc pe omul acela din toată inima și, în apărarea lui, trebuie să spun: *s-au exprimat de atunci încoace nenumărate regrete*. Dar, la fel cum mama fusese o mireasă a anilor 1950, tata fusese un mire al anilor 1950. Nu ceruse niciodată și nici nu se așteptase vreodată să aibă o soție care să lucreze în afara casei. Nu ceruse ca mișcarea feministă să apară în timpul cartului său și nici nu era prea pasionat de subiectele legate de sănătatea sexuală feminină. La urma urmelor, nu era deloc încântat de slujba mamei. Ceea ce pentru ea era o carieră, pentru el era un hobby. Nu se opusese ideii ca ea să aibă un hobby – atâta timp cât asta nu interfera în vreun fel cu viața lui. Așa că putea să aibă slujba aia atâta timp cât continua să se ocupe de toate treburile casnice. Iar acasă la noi existau o mulțime de treburi, pentru că părinții mei nu aveau doar o familie de îngrijit, ci și o mică fermă de condus. Însă, într-un fel sau altul, până la incidentul cu vărsatul de vânt, mama reușise să le facă pe toate. Lucrase cu normă întreagă, întreținuse grădina, îngrijise de casă, făcuse de mâncare, crescuse copiii, mulsese vacile și cu toate astea reușise să fie complet la dispoziția lui tata, care se întorcea acasă în fiecare seară la cinci și jumătate. Dar când a apărut vărsatul de vânt și tata nu a vrut să-și sacrifice două zile ca s-o ajute cu copiii, totul a devenit deodată prea mult.

În săptămâna aceea, mama a luat o decizie. A renunțat la slujbă și s-a hotărât să rămână acasă cu mine și cu sora mea. Nu a fost vorba să nu mai lucreze niciodată în afara casei (în perioada în care am crescut noi, a avut tot timpul câte o slujbă cu jumătate de normă), dar ce se alegea de *cariera* ei? Se terminase. După cum mi-a explicat mult după aceea, ajunsese să simtă că avea de ales: fie avea o familie, fie avea o chemare, dar nu își putea închipui cum le-ar fi putut avea pe amândouă fără susținerea și încurajările soțului ei. Așa că renunțase.

Inutil să mai spun că a fost o perioadă critică a căsniciei ei. În cazul unei alte femei, incidentul acela ar fi însemnat pur și simplu sfârșitul căsniciei. Sigur este că o mulțime de femei din anturajul mamei au divorțat în jurul anului 1976, și asta din tot felul de motive similare. Dar mama nu e genul care să ia decizii pripite. A studiat în liniște și cu atenție mamele care aveau serviciu și care divorțau și a încercat să aprecieze dacă viețile lor erau cu ceva mai bune. Adevărul era că n-a văzut de fiecare dată vreo îmbunătățire extraordinară. Femeile acelea fuseseră obosite și derutate în perioada căsniciei, iar acum, după ce divorțaseră, păreau în continuare obosite și derutate. Mamei i se părea că doar își înlocuiseră vechile probleme cu un întreg cortegiu de probleme noi – inclusiv iubiți noi și soți noi, care probabil că oricum nu erau înlocuitori mai buni. Dar, pe lângă toate astea, mama era (și este) în sufletul ei o persoană conservatoare. Credea în sanctitatea căsniciei. Mai mult de-atât, întâmplarea făcea să-l iubească în continuare pe tata, chiar dacă era supărată pe el și chiar dacă o dezamăgise atât de profund.

Așa că a luat o hotărâre, a rămas credincioasă jurământului făcut și a caracterizat totul astfel: „Am ales familia."

Oare dacă spun că multe, foarte multe femei s-au confruntat cu același tip de alegere fac o remarcă prea evidentă? Nu știu de ce, dar îmi vine în minte soția lui Johnny Cash: „Aș fi putut să scot mai multe discuri, avea să spună June, dar am vrut să am o căsnicie." Există nenumărate asemenea povești. Eu numesc chestia asta „Sindromul Cimitirului din New England". Vizitați orice cimitir din New England în care s-au acumulat două sau trei secole de istorie și veți descoperi grupuri de pietre funerare de familie – adesea înșirate ordonat – aparținând bebelușilor care se nășteau unul după celălalt, iarnă după iarnă, uneori și câte patru ani la rând. Bebelușii mureau. Mureau pe capete. Iar mamele făceau ceea ce trebuiau să facă: îngropau ceea ce pierduseră, sufereau, apoi reușeau cumva să treacă mai departe și să supraviețuiască unei alte ierni.

Bineînțeles că femeile moderne nu sunt nevoite să îndure pierderi așa de amare – cel puțin nu în mod obișnuit, cel puțin nu la modul literal sau cel puțin nu *anual* – ca atâtea dintre predecesoarele noastre. E o binecuvântare. Dar nu vă lăsați neapărat înșelați de ideea că traiul modern este, prin urmare, ușor, sau că traiul modern nu mai implică suferință și pierderi pentru femei. Cred că multe femei moderne, printre care și mama, poartă în interior un întreg cimitir secret din New England, în care și-au îngropat pe tăcute – în mici șiruri ordonate – visurile personale la care au renunțat pentru familiile lor. De exemplu, cântecele pe care June Carter Cash nu le-a înregistrat niciodată se odihnesc în cimitirul acela tăcut alături de cariera modestă, dar extrem de prețioasă, a mamei mele.

Și astfel, femeile acestea se adaptează la noua lor realitate. Suferă așa cum știu ele – adesea pe nevăzute –, apoi trec mai departe. În orice caz, femeile din familia mea sunt foarte pricepute să-și înghită dezamăgirile și să treacă mai departe. Mi s-a părut mereu că au un soi de talent de a-și schimba forma, care le face să se poată dizolva și apoi să curgă în jurul nevoilor partenerilor sau în jurul nevoilor copiilor, sau al nevoilor prozaicei realități zilnice. Se ajustează, se adaptează, alunecă, acceptă. Sunt atotputernice în maleabilitatea lor, aproape până în punctul de a avea o putere supraomenească. Am crescut văzând o mamă care, cu fiecare nouă zi, devenea orice ar fi cerut de la ea acea zi nouă. Îi creșteau branhii când avea nevoie de branhii, îi creșteau aripi când branhiile deveneau inutile, era în stare să atingă viteze de temut când era nevoie de viteză și dovedea o răbdare eroică în alte circumstanțe, mai subtile.

Tata nu avea nimic din elasticitatea aceasta. Era bărbat, era inginer, era neclintit și stabil. Era mereu același. Era *tata*. Era stânca din torent. Ne mișcam cu toții în jurul lui, dar mama mai mult decât oricine. Ea era argintul viu, era mareea. Datorită acestei adaptabilități extreme, a creat pentru noi, în casa ei, cea mai bună lume posibilă. A luat decizia de a renunța la slujbă și de a rămâne cu noi acasă deoarece credea că alegerea aceasta avea să fie cea mai bună pentru familia ei și, trebuie să recunosc, a fost cu adevărat bună pentru noi. Când mama a renunțat la slujbă, viețile noastre, ale tuturor (cu excepția vieții ei, adică), au devenit mult mai frumoase. Tata avea din nou o soție cu normă întreagă, iar eu și Catherine aveam o mamă cu normă întreagă. Sinceră să fiu, mie și surorii mele nu ne plăcuseră prea mult zilele în care mama lucrase la Planned Parenthood. Pe atunci, în orașul nostru nu existau posibilități prea grozave de supraveghere a copiilor, așa că adesea eram nevoite să mergem, după școală, acasă la unii dintre vecini. În afară de bucuria accesului la televizoarele din cartier (noi nu ne permiteam luxul incredibil de a avea un televizor în casă), Catherine și cu mine am urât întotdeauna momentele acelea de supraveghere încropită. Sinceră să fiu, am fost încântate când mama a renunțat la visurile ei și a revenit acasă să aibă grijă de noi.

Dar cred că, mai presus de orice, sora mea și cu mine am beneficiat într-un mod incalculabil de pe urma deciziei mamei de a rămâne căsătorită cu tatăl nostru. Divorțul e nașpa pentru copii, poate lăsa răni psihologice persistente. Noi am fost scutite de toate astea. Aveam acasă o mamă grijulie care ne întâmpina în fiecare zi la ușă când veneam de la școală, care ne supraveghea viața de zi cu zi și care punea cina pe masă când se întorcea tata de la serviciu. Spre deosebire de atâția prieteni ai mei proveniți din familii destrămate, n-a trebuit să fac niciodată cunoștință cu noua și dizgrațioasa prietenă a lui tata; Crăciunurile s-au ținut mereu în același loc; un anume sentiment de constanță existent în casă mi-a permis să mă concentrez mai degrabă asupra temelor decât asupra durerilor afective ale familiei mele... așa că mi-a priit.

Dar vreau să mai spun aici – să fixez pentru totdeauna pe hârtia unei cărți, măcar spre a-mi onora mama – că teribil de multe din avantajele mele din copilărie au fost clădite pe cenușa sacrificiului ei personal. În timp ce familia noastră ca întreg a profitat enorm de pe urma faptului că mama a renunțat la carieră, realitatea este că viața ei, ca individ, n-a beneficiat neapărat la fel de mult. Până la urmă, mama a făcut exact ceea ce au făcut dintotdeauna femeile care au precedat-o:

a cusut haine de iarnă pentru copiii săi din resturile de material rămase de la dorințele mai discrete ale sufletului ei.

Și, apropo, asta-i gâlceava mea cu conservatorii sociali care se tânguiesc mereu că cea mai bună familie pentru un copil este o casă cu doi părinți și cu mama în bucătărie. Dacă eu – ca beneficiară directă a acestei formule – voi admite că propria mea viață a fost cu adevărat îmbogățită de chiar sus-numita structură familială, vor binevoi oare conservatorii sociali (vă rog, măcar o dată!) să admită că acea situație a pus dintotdeauna o greutate disproporționat de împovărătoare pe umerii femeilor? Un astfel de sistem cere ca mamele să fie atât de altruiste, încât, ca să poată crea pentru familiile lor un asemenea mediu exemplar, ele să devină aproape invizibile. Ce-ar fi dacă aceiași conservatori sociali – în loc să se rezume la a preamări mamele denumindu-le „sacre" și „nobile" – ar binevoi într-o bună zi să ia parte la o discuție mai amplă în legătură cu felul în care noi, ca societate, am putea munci în comun pentru realizarea unei lumi în care se pot crește copii sănătoși și în care se pot construi familii sănătoase fără ca femeile să fie nevoite să jupoaie până la cărămidă pereții sufletelor lor?

Scuzați-mi divagația.

Acesta e un subiect foarte, foarte important pentru mine.

Poate că tocmai pentru că am văzut prețul maternității în viața femeilor pe care le iubesc și le admir mă aflu aici, la aproape patruzeci de ani, fără să simt nici un pic de dorință de a avea eu însămi un copil.

Sigur că asta e o chestiune foarte importantă, și trebuie luată în discuție în ajunul căsătoriei, așa că o s-o abordez aici – chiar și numai pentru că, în cultura noastră și în mintea noastră, creșterea copiilor și căsătoria sunt atât de natural legate între ele. Știm cu toții refrenul, nu-i așa? Mai întâi apare dragostea, apoi căsnicia, apoi copilul și căruciorul, nu? Până și cuvântul „matrimonial" derivă din cuvântul latin care înseamnă mamă. Nu denumim căsnicia „patrimonială". „Matrimonial" conține ideea intrinsecă a maternității, ca și când copiii înșiși sunt cei care fac căsătoria. De fapt, copiii adesea chiar *sunt* cei care fac căsătoria; de-a lungul istoriei o mulțime de cupluri au fost obligate să se căsătorească din cauza unei sarcini accidentale, ba chiar mai mult de atât: uneori, cuplurile au așteptat până în momentul apariției unei sarcini viabile înainte de a pecetlui lucrurile prin căsătorie, asigurându-se astfel că fertilitatea nu va fi o problemă în viitor. Cum să afli dacă potențiala ta mireasă sau potențialul tău mire este o persoană fertilă, dacă nu printr-un test de control? Acest lucru era adesea practicat în societatea colonială americană timpurie, în care, după cum a descoperit istoricul Nancy Cott, numeroase comunități considerau sarcina un semnal – lipsit de stigmat și acceptabil din punct de vedere social – al faptului că era vremea ca tânărul cuplu să-și pună pirostriile.

Dar odată cu modernitatea și cu accesul larg la metodele de contracepție, întreaga chestiune a procreării a devenit mai nuanțată și mai complicată. Acum, ecuația nu mai este „copiii duc la căsătorie“ și nici măcar „căsătoria duce la copii“; în zilele noastre totul se rezumă la trei întrebări extrem de importante: când, cum și dacă. Dacă se întâmplă ca tu și perechea ta să nu fiți de acord în privința vreuneia dintre aceste întrebări, căsnicia poate deveni extrem de complicată, pentru că, cel mai adesea, sentimentele noastre în legătură cu aceste întrebări nu sunt negociabile.

Știu asta din propria-mi experiență dureroasă, fiindcă prima mea căsnicie s-a destrămat – în mare măsură – din cauza chestiunii copiilor. Soțul meu presupusese dintotdeauna că, într-o bună zi, o să avem copii. Avea tot dreptul să facă o astfel de presupunere, căci crezusem și eu tot timpul același lucru, deși nu știusem prea bine *când* aveam să-mi doresc copii. Perspectiva unei eventuale sarcini și a rolului de părinte mi s-a părut în ziua nunții mele ceva liniștitor de îndepărtat; era un eveniment care urma să aibă loc cândva, „în viitor“, „la momentul potrivit“ și „când vom fi amândoi pregătiți“. Dar uneori viitorul se apropie de noi mai repede decât ne așteptăm, iar momentul potrivit nu se anunță prea clar. Problemele care existau în căsnicia mea m-au făcut să mă îndoiesc destul de repede că eu și bărbatul acela aveam să fim vreodată cu adevărat pregătiți să facem față unei provocări atât de importante ca aceea de a crește un copil.

În plus, în timp ce maternitatea ca idee vagă mi se păruse dintotdeauna ceva natural, realitatea – pe măsură ce se apropia – mă umplea de groază și de tristețe. Pe măsură ce înaintam în vârstă, descopeream că nimic din mine nu strigă după un copil. Pântecul meu părea să nu fi fost echipat cu celebrul ceas care ticăie. Spre deosebire de foarte multe dintre prietenele mele, eu nu simțeam un dor mistuitor când vedeam vreun bebeluș. (Deși, e adevărat, simțeam un dor mistuitor când vedeam un anticariat bun.) În fiecare dimineață îmi făceam singură un soi de tomografie, căutând dorința de a rămâne însărcinată, însă n-o găseam defel. Nu exista nici un imperativ acolo, iar eu cred că să ai copii e o întreprindere ce trebuie însoțită de un imperativ, trebuie animată de un sentiment de dor și chiar de un sentiment de predestinare, fiind ceva atât de covârșitor de important. Am văzut dorul acesta la alte persoane, știu cum arată. Dar nu l-am simțit niciodată în mine însămi.

Mai mult, pe măsură ce înaintam în vârstă, descopeream că îmi iubesc tot mai tare munca de scriitoare și că nu vreau să renunț nici măcar la un ceas de comuniune cu ea. Ca Jinny din *Valurile* Virginiei Woolf, simțeam uneori „o mie de aptitudini" izbucnind în mine și voiam să le urmez pe toate, să le fac să se manifeste până la ultima. Cu decenii în urmă, Katherine Mansfield scria într-unul din jurnalele ei de tinerețe: „Vreau să <u>lucrez</u>!" – iar pasiunea subliniată îngroșat a acelei dorințe profunde ajunge la mine și azi, după zeci de ani, și-mi face inima să se strângă.

Și eu voiam să <u>lucrez</u>. Neîntrerupt. Cu bucurie.

Dar cum să reușesc asta având un copil? Din ce în ce mai panicată de această întrebare și foarte conștientă de nerăbdarea crescândă a fostului meu soț, am petrecut doi ani frenetici intervievând toate femeile care-mi ieșeau în cale – căsătorite, celibatare, fără copii, artiste, mame arhetipale; le întrebam despre alegerile lor și consecințele acestor alegeri. Speram că răspunsurile lor ar putea să-mi rezolve toate întrebările proprii, dar răspunsurile acopereau o sferă atât de largă de experiențe, încât în final m-am pomenit și mai derutată.

De exemplu, am cunoscut o femeie (o artistă cu atelierul acasă) care mi-a spus: „Și eu am avut dubii, dar din momentul în care mi s-a născut copilul toate celelalte lucruri din viața mea au devenit neimportante. Acum nimic nu mai este la fel de important ca fiul meu."

O altă femeie (pe care aș defini-o drept una dintre cele mai bune mame pe care le-am cunoscut vreodată, ai cărei copii mari sunt minunați și realizați) a recunoscut în mod confidențial, chiar șocant, că „acum, privind înapoi, nu sunt deloc convinsă că viața mea s-a îmbunătățit în vreun fel după ce am decis să am copii. Până la urmă, am renunțat la prea multe, și o regret. Nu înseamnă că nu-mi ador copiii, dar, sinceră să fiu, uneori îmi doresc să primesc înapoi toți anii pe care i-am pierdut".

Pe de altă parte, o femeie de afaceri carismatică și la modă, de pe Coasta de Vest, mi-a spus: „Singurul lucru pe care nu mi l-a spus nimeni, niciodată, când am început să fac copii a fost următorul: pregătește-te pentru cei mai fericiți ani din viața ta. La asta nu mă așteptasem. Bucuria pe care mi-au dăruit-o a fost ca o avalanșă."

Dar am vorbit și cu o mamă singură și extenuată (o romancieră cu mult talent), care mi-a spus: „Să crești un copil este însăși definiția ambivalenței. Sunt uneori copleșită de asta, de cum poate fi simultan un lucru atât de groaznic și atât de plin de satisfacții."

O altă prietenă de-a mea, foarte creativă, mi-a spus: „Da, îți pierzi multe libertăți. Dar, ca mamă, câștigi un nou fel de libertate – libertatea de a iubi necondiționat o altă ființă omenească, din toată inima. Și asta e o libertate pe care merită s-o trăiești."

Iar altă prietenă, care și-a părăsit cariera de editor ca să stea acasă cu cei trei copii ai ei, m-a avertizat: „Liz, gândește-te foarte bine înainte să te decizi. E destul de dificil să fii mamă și când îți dorești asta. Nici măcar nu te gândi la copii înainte să fii absolut sigură."

În schimb, cineva care a izbutit să-și mențină o carieră înfloritoare deși are trei copii, și care uneori își ia copiii cu ea în călătoriile de afaceri în străinătate, mi-a spus: „Fă-o, pur și simplu! Nu-i așa de greu. Trebuie doar să dai la o parte toate forțele care îți spun câte lucruri nu mai poți face acum, pentru că ești mamă."

Am fost adânc mișcată când am cunoscut o fotografă celebră, acum în vârstă de peste șaizeci de ani, care a făcut un comentariu simplu în legătură cu copiii: „Nu i-am avut niciodată, iubito. Și nici nu le-am dus vreodată dorul."

Vedeți vreun tipar în toate astea?

Eu n-am văzut.

Pentru că nu există nici un tipar. Există doar o mulțime de femei inteligente care încearcă să rezolve lucrurile în termenii lor, care încearcă să navigheze cumva, conduse de propriile instincte. Dacă aveam să fiu vreodată eu însămi mamă nu era, evident, o chestiune la care să poată răspunde în locul meu vreuna din acele femei. Trebuia să fac singură alegerea cu pricina. Iar miza acelei alegeri era una titanică pentru mine personal. Să declar că nu vreau de fapt să fac copii însemna sfârșitul căsniciei mele. Au existat și alte motive din cauza cărora am părăsit căsnicia (relația noastră avea unele aspecte care, sinceră să fiu, erau de-a dreptul absurde), dar chestiunea copiilor a fost lovitura finală. Până la urmă, în privința asta nu există poziție de compromis.

Așa că el a explodat. Eu am plâns. Am divorțat.

Dar asta-i altă carte.

Dat fiind tot acest trecut, n-ar trebui să surprindă pe nimeni faptul că, după câtiva ani în care am rămas singură, l-am întâlnit pe Felipe – un bărbat mai în vârstă, cu doi copii frumoși, adulți, absolut deloc interesat să repete experiența paternității – de care m-am îndrăgostit. Nu e întâmplător nici faptul că Felipe s-a îndrăgostit de mine – o femeie fără copii, aflată în perioada de declin a fertilității, care îi adora copiii, dar nu era absolut deloc interesată să devină ea însăși mamă.

Ușurarea aceea – enorma, victorioasa ușurare pe care am simțit-o amândoi când am descoperit că nici unul nu avea de gând să-l forțeze pe celălalt să devină părinte – continuă să transmită o vibrație plăcută prin întreaga noastră viață împreună. Încă nu-mi pot reveni cu totul. Dintr-un motiv sau altul, nu luasem niciodată în calcul până atunci posibilitatea de a avea un partener pentru toată viața care să nu aștepte de la mine să fac copii. Iată cât de adânc pătrunsese în conștiința mea incantația „mai-întâi-vine-dragostea-apoi-vine-căsătoria-apoi-vine-copilul-în-cărucior"; cu toată sinceritatea, uitasem că puteai alege să sari complet peste treaba aia cu căruciorul și copilul, și uitasem că nimeni – cel puțin în țara noastră – nu te arestează pentru asta. Iar faptul că, prin Felipe, primisem pe deasupra și doi copii vitregi adulți absolut minunați era un cadou neașteptat. Copiii lui Felipe au nevoie de dragostea mea și au nevoie de susținerea mea, dar nu au nevoie de mine ca mamă; au fost deja excelent crescuți, cu mult înainte de apariția mea în scenă. Dar încă și mai grozav este că, aducându-i pe copiii lui Felipe în propria mea familie extinsă, am reușit să fac cel mai tare truc magic: le-am oferit părinților mei încă doi nepoți, fără să fi trebuit să-i cresc eu însămi. Până în ziua de azi, libertatea și bogăția acestei situații mi se par aproape miraculoase.

Faptul că am fost ocolită de experiența maternității mi-a permis totodată să devin exact persoana care credeam că trebuie să fiu: nu o simplă scriitoare, nu o simplă călătoare, ci și – în mod cu totul miraculos – o mătușă. O mătușă fără copii, ca să fiu mai exactă – ceea ce mă plasează într-o companie extrem de bună, pentru că iată ce lucru uimitor am descoperit la granițele cercetării mele despre căsnicie: dacă privești la populațiile omenești de toate tipurile, din toate culturile și de pe toate continentele (chiar și la cei mai entuziaști crescători de copii din istorie, ca irlandezii din secolul al XIX-lea sau cei din cultura americană amish contemporană), vei descoperi că există un procent constant de femei, de zece la sută, care nu au copii deloc. Procentul nu scade niciodată sub zece la sută, indiferent de populația studiată. De fapt, în cele mai multe societăți, procentul femeilor care nu se reproduc este de obicei mult *mai mare* de zece la sută – și asta nu doar în prezent, în lumea occidentală dezvoltată, unde rata femeilor fără copii tinde să se mențină în jurul valorii de cincizeci la sută. În America anilor 1920, de exemplu, exista un uimitor procent de femei adulte – 23 la sută - care nu aveau nici un copil. (Nu vi se pare un procent șocant de mare pentru o perioadă atât de conservatoare, dinainte de apariția metodelor contraceptive legale? Ei bine, așa era.) Prin urmare, numărul acestor femei poate fi destul de mare. Dar nu scade niciodată sub zece la sută.

Mult prea adesea, cele dintre noi care aleg să nu aibă copii sunt acuzate că sunt întru câtva mai puțin feminine, sau nenaturale, sau egoiste, dar istoria ne învață că au existat dintotdeauna femei care au trecut prin viață fără să facă copii. Multe au ales *în mod deliberat* să sară peste experiența maternității, fie evitând cu totul să facă sex cu bărbați, fie aplicând cu mare grijă ceea ce doamnele victoriene numeau cândva „artele precauției". (Tagma femeiască a avut mereu secretele și talentele sale.) Bineînțeles, au existat și femei lipsite de copii fără să-și dorească acest lucru – din cauza infertilității, a bolii, a celibatului sau a vreunei penurii generale de masculi eligibili, cauzată de pierderile din război. Însă, oricare ar fi fost motivul, lipsa de copii la scară mare nu este o situație atât de modernă pe cât avem tendința să credem.

În orice caz, numărul femeilor din istorie care n-au devenit niciodată mame este atât de mare (atât de *constant* de mare), încât am ajuns să bănuiesc că un anumit procent de femei fără copii reprezintă o adaptare evoluționistă a rasei umane. Poate că pentru unele femei nu este doar perfect legitim să nu se reproducă niciodată, este chiar necesar. Ca și când noi, ca specie, *avem nevoie* să dispunem de un număr mare de femei responsabile, empatice și lipsite de copii care să susțină în tot felul de moduri comunitatea extinsă. Nașterea și creșterea copiilor consumă atâta energie, încât femeile care devin mame se pot pomeni înghițite rapid de acestă sarcină descurajantă – dacă nu cumva de-a dreptul ucise. Așa că poate avem pur și simplu nevoie de niște femei în plus, femei de pe tușă, cu energia nesecătuită, gata să sară în mijlocul acțiunii și să susțină tribul mai departe. Femeile lipsite de copii au fost dintotdeauna deosebit de importante în societatea omenească, deoarece preluau adesea asupra lor sarcina de a-i îngriji pe cei care nu constituiau responsabilitatea lor biologică – și nici un alt grup nu face lucrul acesta într-o măsură atât de mare. Femeile fără copii au condus dintotdeauna orfelinate și școli și spitale. Ele sunt moașe și călugărițe și dăruiesc oamenilor caritate. Vindecă bolnavi, predau diferite arte, devin adesea indispensabile pe câmpul de luptă al vieții. În unele cazuri, la modul literal (îmi vine în minte Florence Nightingale.)

Mă tem că aceste femei lipsite de copii – haideți să le numim „Brigada Mătușilor" – nu au fost niciodată onorate cu adevărat de istorie. Sunt numite egoiste, frigide, jalnice. Iată un fragment deosebit de neplăcut de înțelepciune convențională despre femeile fără copii, care circulă peste tot și pe care trebuie să-l exorcizez aici: femeile fără copii poate că au parte de vieți libere și fericite și îndestulate când sunt tinere, dar până la urmă vor regreta când vor ajunge la bătrânețe, pentru că vor muri singure și deprimate și pline de amărăciune. Ați auzit și voi gluma asta răsuflată? Să clarificăm lucrurile: nu există *nici un fel* de dovezi sociologice care să susțină aceste afirmații. De fapt, unele studii recente din casele pentru bătrâni din America, studii în care erau comparate nivelurile de fericire ale femeilor bătrâne care nu aveau copii cu ale femeilor care aveau copii, nu indică nici un tipar special al nefericirii sau al bucuriei la nici unul dintre cele două grupuri. Dar iată ce au reușit să descopere cercetătorii că reprezintă un motiv de nefericire, indiferent de grup: sărăcia și sănătatea șubredă. În cazul acesta, indiferent dacă ai sau nu copii, rețeta pare clară: economisește-ți banii, folosește ață dentară, poartă centura de siguranță în mașină și păstrează-te în formă – și îți garantez că într-o bună zi vei fi o vrăbiuță bătrână cum nu se poate mai fericită.

A fost un mic sfat gratuit de la tușa Liz.

Totuși, nelăsând în urmă nici un descendent, mătușile fără copii au tendința să dispară din memorie după o singură generație, să fie uitate repede, având vieți la fel de trecătoare ca fluturii. În timpul vieții însă, ele sunt vitale și pot fi chiar eroice. Până și în istoria recentă a familiei mele există povești despre mătuși cu adevărat extraordinare care au intervenit și au rezolvat situația în momente de criză. Capabile adesea să sporească educația și resursele tocmai pentru că nu au copii, aceste femei dispuneau de suficiente venituri și destulă compasiune pentru a plăti operații care au salvat vieți sau pentru a salva ferma familiei, sau pentru a îngriji un copil a cărui mamă se îmbolnăvise grav. Am o prietenă care le numește pe mătușile salvatoare de copii „spărinți" – „părinți de schimb" – și să știți că lumea e plină de ele.

Chiar și în comunitatea mea, îmi pot da seama unde anume am fost uneori importantă ca membră a Brigăzii Mătușilor. Treaba mea nu este doar să-mi alint și să-mi răsfăț nepoata și nepotul (deși îndeplinesc această îndatorire cu multă dăruire), ci și să fiu o mătușă rătăcitoare prin lume – o mătușă-ambasador – pe care o ai la îndemână oricând e nevoie de ajutor, indiferent în a cui familie. Există oameni pe care i-am putut ajuta, uneori susținându-i total ani întregi, deoarece nu sunt obligată, așa cum ar fi obligată o mamă, să-mi canalizez toată energia și toate resursele în creșterea cu normă întreagă a unui copil. Există o mulțime de uniforme de baseball, de consultații la ortodonție și de taxe de facultate pe care nu va trebui niciodată să le plătesc, ceea ce îmi pune la dispoziție niște resurse pe care le pot distribui în mai multe direcții în comunitate. În felul acesta, ocrotesc și eu viața. Există multe, foarte multe feluri de a ocroti viața. Și, credeți-mă, absolut fiecare dintre ele este esențial.

Jane Austen îi scria cândva unei rude căreia tocmai i se născuse primul nepot: „Am susținut întotdeauna, cât de mult a fost posibil, importanța mătușilor. Acum, că ai devenit mătușă, ești o persoană de mare însemnătate." Jane știa ce spune. Era ea însăși o mătușă fără copii, îndrăgită de nepoatele și nepoții ei, pentru care era o minunată confidentă, păstrată veșnic în memorie pentru „hohotele ei de râs".

Și dacă vorbim de scriitori: dintr-o perspectivă asumat părtinitoare, simt nevoia să amintesc aici că Lev Tolstoi și Truman Capote și surorile Brontë au fost cu toții crescuți de mătușile lor fără copii, după ce mamele naturale fie au murit, fie i-au abandonat. Tolstoi susținea că mătușa Toinette a exercitat asupra lui cea mai mare influență în viață, învățându-l „bucuria morală a iubirii". Istoricul Edward Gibbon, rămas orfan de mic, a fost crescut de iubita lui mătușă Kitty, care nu avea copii. John Lennon a fost crescut de mătușa Mimi, care l-a convins pe băiat că avea să devină cândva un artist important. Credincioasa mătușă Annabel a lui F. Scott Fitzgerald s-a oferit să-i plătească acestuia studiile universitare. Prima clădire a lui Frank Lloyd Wright a fost comisionată de mătușile lui, Jane și Nell – două minunate fete bătrâne care conduceau un internat în Spring Green, statul Wisconsin. Coco Chanel, rămasă orfană, a fost crescută de mătușa ei Gabrielle, care a învățat-o să coasă – și cred că putem fi cu toții de acord că a fost o îndeletnicire utilă pentru fata asta. Virginia Woolf a fost profund impresionată de mătușa ei, Caroline, o fată bătrână quaker, care își dedicase viața actelor caritabile, care auzea voci și vorbea cu spiritele și care, după cum își amintea Woolf peste mulți ani, părea „un soi de profetesă modernă“.

Vă amintiți momentul acela de extraordinară importanță pentru istoria literaturii în care Marcel Proust mușcă din celebra lui madlenă, după care este copleșit de nostalgie într-o măsură atât de mare, încât nu poate face altceva decât să înceapă să scrie romanul în nenumărate volume *În căutarea timpului pierdut*? Întregul tsunami de elocventă nostalgie a fost declanșat de o anume amintire a lui Marcel despre iubita lui mătușă Léonie, care în fiecare duminică după slujbă obișnuia să-i ofere băiatului madlene.

V-ați întrebat vreodată cum arăta în realitate Peter Pan? Creatorul lui, J. M. Barrie, ne-a oferit răspunsul la această întrebare în 1911. Pentru Barrie, imaginea și esența și minunatul spirit binecuvântat al lui Peter Pan pot fi găsite peste tot în lume, reflectate ca prin ceață „pe chipurile numeroaselor femei care nu au copii“.

Asta e Brigada Mătușilor.

Dar această hotărâre a mea – hotărârea de a mă înrola în Brigada Mătușilor în loc să mă înscriu în Divizia Mămicilor – mă punea în situația de a mă deosebi destul de mult de propria mea mamă, iar eu simțeam că în interiorul acestei distincții încă mai persista ceva care avea nevoie de reconciliere. Probabil că de aceea, într-o noapte, în toiul călătoriilor mele alături de Felipe, am sunat-o din Laos pe mama, încercând să-mi clarific unele aspecte confuze privind viața și alegerile ei, dar și legătura pe care o aveau acestea cu viața și alegerile mele.

Am vorbit mai mult de o oră. Mama era calmă și profundă, ca de obicei. Nu a părut surprinsă de tirul întrebărilor mele – de fapt, mi-a răspuns de parcă ar fi așteptat s-o întreb. Poate că așteptase asta *ani întregi*.

Mai întâi, s-a grăbit să-mi amintească:

— Nu regret nimic din ce-am făcut pentru voi două.

— Nu regreți că ai renunțat la munca pe care o iubeai? am întrebat.

— Refuz să trăiesc cu regrete, mi-a spus ea (ceea ce nu reprezenta chiar un răspuns la întrebarea aceea, dar părea un început plin de sinceritate). Au fost foarte multe lucruri pe care le-am iubit la anii aceia petrecuți cu voi acasă. Vă cunosc pe amândouă într-un fel în care tata n-are să vă cunoască niciodată. Eu am fost acolo, v-am văzut cum creșteți. A fost un privilegiu să văd cum deveniți adulte. N-aș fi vrut să ratez așa ceva.

În plus, mama mi-a amintit că alesese să rămână căsătorită cu același bărbat de-a lungul anilor pentru că se întâmpla să-l iubească din tot sufletul pe tata – ceea ce era un bun argument, de care trebuia să țin cont. Adevărul este că părinții mei sunt legați nu doar ca prieteni, dar în foarte mare măsură și la nivel corporal. Sunt împreună la nivel fizic în toate felurile – fac drumeții, se plimbă cu bicicleta sau grădinăresc unul lângă celălalt. Îmi aduc aminte că odată, într-o noapte de iarnă din vremea studenției, am sunat acasă târziu și i-am surprins pe amândoi abia trăgându-și sufletul. „Ce faceți pe-acolo?" am întrebat eu, iar mama mi-a răspuns chicotind: „Ne-am dat cu sania!" Luaseră pe furiș sania copilului de zece ani din vecini și se dăduseră în toiul nopții pe dealul înghețat din spatele casei noastre – mama îmbrățișând spatele tatei și chițăind de plăcere, plină de adrenalină, în timp ce el conducea în viteză sania sub lumina lunii. Cine *mai face* așa ceva după ce atinge vârsta mijlocie?

Între părinții mei a existat întotdeauna o anume chimie sexuală, încă din ziua în care s-au cunoscut. „Arăta ca Paul Newman", își aduce aminte mama de prima lor întâlnire, iar când sora mea l-a întrebat mai demult care e amintirea lui preferată cu mama, tata a răspuns fără să ezite: „Mereu mi-a plăcut natura agreabilă a formelor mamei tale." Și încă îi place. Când mama merge prin bucătărie, tata o prinde tot timpul de pe unde apucă, se uită mereu la ea, îi admiră picioarele, poftește la ea. Mama îl dă la o parte, prefăcându-se șocată: „John! Termină!" Dar e clar că-i savurează atenția. Am crescut văzând cum se petrec lucrurile astea, și cred că să știi că părinții tăi se plac din punct de vedere fizic e un cadou rar. Așa că, o bună parte din căsnicia părinților mei, după cum mi-a amintit mama, și-a avut tot timpul sălașul dincolo de raționalitate, s-a ascuns undeva în adâncul corpului sexual. Iar un asemenea grad de intimitate este mai presus de orice explicație, mai presus de orice argument.

Apoi mai este camaraderia. Părinții mei sunt căsătoriți de peste patruzeci de ani. În cele mai multe privințe, au reușit să se înțeleagă cum nu se poate mai bine. Trăiesc într-o rutină destul de lină, cu tabieturi lustruite de curenții timpului. Orbitează zi de zi unul în jurul celuilalt conform aceluiaș tipar de bază: cafea, câine, mic dejun, ziar, grădină, facturi, treburi casnice, radio, prânz, cumpărături, câine, cină, lectură, câine, pat... și de la capăt.

Poetul Jack Gilbert (nici o înrudire, din păcate pentru mine) scria că mariajul este ceea ce se petrece „în afara lucrurilor memorabile". El spunea că ne privim adesea căsniciile peste ani și ani, poate după ce unul din soți a murit, și tot ce ne putem aminti sunt „vacanțele și urgențele" – momentele bune și momentele proaste. Restul se amestecă într-un soi de neclară monotonie zilnică. Dar exact monotonia aceea neclară, susține poetul, constituie căsnicia. Căsnicia înseamnă *de fapt* cele două mii de conversații indistincte, pălăvrăgite de-a lungul a două mii de mic-dejunuri indistincte, în decursul cărora intimitatea se învârtește asemeni unei roți lente. Cum să măsori valoarea faptului de a deveni atât de familiar cuiva – atât de extrem de bine cunoscut și atât de complet atotprezent – încât să ajungi o necesitate aproape invizibilă, la fel ca aerul?

În noaptea aceea când am sunat-o din Laos, mama a avut și eleganța să-mi aducă aminte că e departe de a fi o sfântă și că, la rândul lui, tata a trebuit să renunțe și el la părți din sine pentru a putea rămâne căsătorit cu ea. După cum generos a recunoscut, mama nu este tot timpul persoana cea mai plăcută cu care să fii căsătorit. Tata a trebuit să învețe cum să tolereze și să îndure efectele faptului de a fi condus la fiecare pas de o soție hiper-organizată. În privința asta, ei doi formează un cuplu absolut incompatibil. Tata ia viața așa cum vine; mama face viața să se întâmple. Exemplu: într-o zi, tata era afară, trebăluia prin garaj, și a zburătăcit din greșeală o pasăre micuță, care își avea cuibul printre grinzi. Năucă și speriată, pasărea i s-a așezat pe borul pălăriei. Fiindcă nu voia s-o sperie din nou, tata a stat cam o oră așezat pe podeaua garajului, până când pasărea s-a hotărât să zboare de-acolo. Asta-i o poveste tipică pentru tata. Mamei nu i s-ar putea întâmpla niciodată un astfel de lucru. Ea e mult prea ocupată ca să lase păsărelele năuce să i se odihnească pe cap cât timp încă sunt treburi de făcut. Mama nu stă după nici o pasăre.

În plus, deși adevărul este că mama a renunțat, pentru căsnicie, la mai multe ambiții personale decât a făcut vreodată tata, ea cere de la căsnicie mult mai multe lucruri decât o va face vreodată tata. El este mult mai îngăduitor cu ea decât este ea cu el. („E cea mai bună Carole din câte poate ea să fie", spune el adesea, în timp ce senzația pe care ți-o lasă mama este că soțul ei ar putea fi – poate chiar ar trebui să fie – un băbat mult mai bun.) Îi dă ordine la fiecare pas. E destul de subtilă și are destul tact încât să nu-ți dai seama de fiecare dată, dar credeți-mă: mama e la timonă tot timpul.

Și își asumă cu sinceritate această trăsătură. Toate femeile din familia ei fac asta. Iau în stăpânire absolut toate aspectele din viața soților, apoi, după cum adoră tata să spună, *refuză categoric să mai moară vreodată*. Nici un bărbat nu poate trăi mai mult decât o nevastă din neamul Olson. E un adevăr biologic simplu. Nu s-a întâmplat niciodată, oricum nimeni nu-și amintește să se fi întâmplat. Și nici un bărbat nu scapă fără să ajungă complet controlat de o nevastă din neamul Olson. („Te previn, i-a spus tata lui Felipe la începutul relației noastre, dacă ai de gând să ai vreo viață cu Liz, trebuie să-ți stabilești de pe-acum un spațiu, și după aia să-l aperi la nesfârșit.") Tata glumea – și nu prea – pe vremuri că mama îi controlează cam 95 la sută din viață. Lucrul uimitor, se amuza el, este că ea e mult mai supărată din cauza celor cinci procente de viață pe care el nu vrea să i le cedeze decât e el din cauza celor 95 pe care ea i le domină completamente.

Robert Frost scria că „bărbatul trebuie să renunțe în parte la a mai fi bărbat" pentru a putea intra într-o căsnicie – iar eu nu pot tăgădui sincer acest lucru când vine vorba despre familia mea. Am scris deja o mulțime de pagini în care căsnicia este descrisă drept instrument de represiune a femeilor, dar e important să ne amintim că, adesea, căsnicia este folosită și ca instrument de represiune împotriva bărbaților. Căsnicia este un ham al civilizației, care-l leagă pe bărbat de o serie de obligații, limitându-i astfel energiile nărăvașe. Societățile tradiționale au recunoscut de mult că nimic nu este mai inutil într-o comunitate decât o ditamai mulțimea de bărbații tineri, celibatari și fără copii (în afară de rolul lor, admis ca folositor, de carne de tun, bineînțeles). De cele mai multe ori, bărbații tineri celibatari au la nivel mondial reputația că-și aruncă banii pe târfe și pe băutură și pe jocuri și pe lenevie: nu au nici o contribuție la nimic. Astfel de fiare trebuie stăpânite, priponite de niște responsabilități – sau, cel puțin, ăsta a fost mereu discursul dominant. Pe bărbații tineri trebuie să-i convingi să-și lase deoparte apucăturile copilărești și să se înfășoare în mantia maturității, să ridice case și afaceri și să-și cultive interesul față de lucrurile care-i înconjoară. În nenumărate culturi foarte diferite există un străvechi truism conform căruia nu există unealtă cu care să poți modela mai bine un tânăr iresponsabil ca o soție bună și de nădejde.

E clar că asta s-a întâmplat și în cazul părinților mei. „M-a biciuit până mi-am intrat în formă“, este concluzia lui tata privind povestea lor de dragoste. În general, e mulțumit de asta, deși uneori – în timpul vreunei adunări de familie, de exemplu, împresurat fiind de puternica lui soție și de la fel de puternicele lui fiice – tata seamănă leit cu un urs de circ bătrân și derutat, care nu reușește să-și dea seama cum de-a ajuns să fie domesticit în așa hal sau cum de-a ajuns cocoțat atât de sus pe uniciclul ăla ciudat. În astfel de momente, mă duce cu gândul la Zorba Grecul, care, întrebat dacă a fost vreodată căsătorit, a răspuns: „Păi, nu sunt și eu bărbat? Sigur c-am fost căsătorit. Nevastă, casă, copii, toată catastrofa!“ (Apropo, teama melodramatică a lui Zorba mă duce cu gândul la un lucru ciudat, și anume că, în cadrul Bisericii ortodoxe, căsnicia nu este privită atât ca taină, cât ca *martiriu sfânt* – în sensul că parteneriatele omenești reușite pe termen lung presupun o anume Moarte a Sinelui celor care iau parte la ele.)

Cu siguranță că părinții mei au simțit amândoi această limitare în căsnicia lor, acel mic sentiment al morții sinelui. Știu că acesta-i adevărul. Dar nici nu sunt sigură că i-a deranjat tot timpul faptul că și-au stat în cale. Odată, când l-am întrebat pe tata ce soi de creatură i-ar plăcea să fie în viața viitoare, în caz că există o viață viitoare, mi-a răspuns fără să ezite o clipă:

— Cal.

— Ce fel de cal? am întrebat, închipuindu-mi-l armăsar în galop sălbatic de-a lungul unor câmpii nesfârșite.

— Un cal drăguț, mi-a spus.

Mi-am ajustat în consecință imaginea din minte. Acum îmi imaginam un armăsar *prietenos* în galop sălbatic de-a lungul câmpiilor.

— Ce fel de cal drăguț? am insistat.

— Unul scopit, a spus el.

Un cal *castrat*! La asta chiar nu mă așteptasem. Imaginea din mintea mea se schimbase complet. Acum mi-l închipuiam pe tata ca un cal de povară blând, trăgând cuminte la o căruță mânată de mama.

— De ce unul scopit? l-am întrebat.

— Am descoperit că viața e mai ușoară în felul ăsta, mi-a răspuns. Crede-mă.

Și astfel, viața *a fost* mai ușoară pentru el. În schimbul constrângerilor aproape castratoare pe care le-a înghesuit căsnicia în jurul libertăților lui personale, tata a primit stabilitate, prosperitate, încurajări pentru eforturile lui, cămăși curate și cusute care apar ca prin minune în dulapuri, o masă copioasă la sfârșitul fiecărei zile de muncă zdravănă. În schimb, el a muncit pentru mama, i-a fost credincios și s-a supus vrerii ei într-un covârșitor procent de 95 la sută din timp – împingând-o cu cotul doar atunci când ea se apropia un pic prea mult de obținerea stăpânirii mondiale complete. Termenii acestui contract trebuie să fie acceptabili pentru amândoi, pentru că – după cum mi-a atras mama atenția când am sunat-o din Laos – căsnicia lor rezistă, a intrat în cel de-al cincilea deceniu al ei.

Probabil că termenii căsniciei părinților mei nu sunt valabili și pentru mine. Dacă bunica a fost o soție tipică de fermier și mama a fost o feministă vârf de lance, eu am crescut cu idei complet noi despre instituția familiei și a căsătoriei. Relația pe care o voi construi pesemne cu Felipe este ceva ce eu și sora mea am denumit „căsnicie fără soție" – ceea ce înseamnă că nimeni din casa noastră nu va juca (sau nu va juca *exclusiv*) rolul tradițional al soției. Corvezile cele mai puțin satisfăcătoare, care au căzut dintotdeauna pe umerii femeilor, vor fi distribuite mai echitabil. Și, pentru că nu vor exista copii, bănuiesc că am putea-o numi și „căsnicie fără mamă" – model de căsnicie pe care, evident, bunica și mama nu l-au experimentat niciodată. La fel, responsabilitatea de a câștiga bani nu va cădea în întregime pe umerii lui Felipe, așa cum a căzut pe umerii tatei și ai bunicului; probabil că cea mai mare parte a câștigurilor va fi mereu adusă în casă de mine. Poate că din acest punct de vedere vom avea și un soi de „căsnicie fără soț". Căsnicii fără soție, fără copii, fără soț... în istorie n-au existat prea multe asemenea uniuni, așa că nu prea avem aici un șablon cu care să lucrăm. Felipe și cu mine va trebui să inventăm regulile și granițele poveștii noastre pe măsură ce vom înainta în ea.

Dar, nu știu, poate că toți trebuie să inventeze regulile și granițele poveștii lor pe măsură ce înaintează în ea.

În orice caz, în noaptea aceea când am sunat-o din Laos pe mama și am întrebat-o dacă de-a lungul anilor a fost fericită în căsnicie, ea m-a asigurat că de cele mai multe ori s-a simțit foarte bine alături de tata în căsnicia lor. Când am întrebat-o care a fost cea mai fericită perioadă din viața ei, mi-a răspuns:

— Chiar acum. Să trăiesc cu tatăl tău, sănătoși, stabili financiar, liberi. Eu și cu taică-tău ne petrecem timpul văzându-ne fiecare de treabă ziua, după care ne întâlnim seară de seară la cină. Chiar și după toți anii ăștia, încă stăm ore întregi și râdem și vorbim, e chiar foarte frumos.

— Asta-i minunat... i-am spus.

A urmat o pauză.

— Pot să spun ceva care sper să nu te supere? s-a aventurat ea.

— Spune.

— Sinceră să fiu, cea mai bună perioadă din viața mea a început imediat după ce voi două v-ați făcut mari și ați plecat de-acasă.

Am izbucnit în râs (*Doamne – mulțam', mama!*) dar ea a început să vorbească pe un ton imperios, peste râsetele mele.

— Vorbesc serios, Liz. Trebuie să înțelegi ceva despre mine: eu am crescut copii toată viața. Am crescut într-o familie mare și a trebuit să am mereu grijă de Rod și de Terry și de Luana când erau mici. De câte ori nu m-am trezit în toiul nopții când aveam zece ani, ca să curăț după câte unul care făcuse pipi în pat! Așa a fost toată copilăria mea. N-am avut niciodată timp pentru mine. După aia, când eram adolescentă, am avut grijă de copiii lui frate-meu mai mare, și încercam mereu să mă descurc, să-mi fac și temele în timp ce stăteam cu copiii. După care am avut de îngrijit chiar familia mea, și a trebuit să dau foarte mult din mine pentru asta. Când tu și sora ta ați plecat la facultate, a fost primul moment din viața mea când n-am mai avut responsabilitatea nici unui copil. Și mi-a plăcut la culme. Să-l am pe taică-tău numai pentru mine, să am eu timpul meu numai pentru mine – a fost o revoluție. N-am fost niciodată mai fericită.

Atunci e bine, m-am gândit eu cu un oftat de ușurare. *Deci s-a împăcat cu toate. E bine.*

A urmat încă un moment de liniște.

După care mama a adăugat pe neașteptate, cu un ton pe care nu-l mai auzisem la ea niciodată:

— Dar trebuie să-ți mai spun ceva. Sunt momente în care refuz până și să mă gândesc la primii ani de căsnicie și la toate lucrurile la care a trebuit să renunț. Dacă mă gândesc prea mult la asta, și îți jur că așa e, mă înfurii atât de rău, că mi se pune o ceață pe ochi.

Aha.

Și atunci, concluzia ultimă și bine rânduită este că...???

Încet, încet, îmi devenea tot mai clar că poate n-o să mai existe nici o concluzie ultimă și bine rânduită. Probabil că până și mama renunțase cu mult timp în urmă să mai încerce să tragă ultime concluzii bine rânduite despre propria-i existență și abandonase (așa cum trebuie să facă foarte mulți dintre noi după o anumită vârstă) luxul fanteziei inocente conform căreia avem dreptul să nutrim sentimente neamestecate privind viața noastră. Iar dacă eu aveam nevoie de sentimente neamestecate privind viața mamei, ca să-mi pot calma propriile temeri față de căsnicie, tare mă tem că greșisem adresa. Tot ce-am putut stabili cu certitudine a fost că mama descoperise cumva o cale de a-și construi pe câmpia pietroasă a contradicțiilor intimității un loc de odihnă *îndeajuns* de liniștit. Și sălășluiește acum acolo, într-o pace *îndeajuns* de satisfăcătoare.

Iar pe mine, bineînțeles, pe mine mă lasă să descopăr singură cum mi-aș putea construi și eu într-o bună zi un asemenea habitat migălos.

CAPITOLUL ȘASE
Căsătoria și autonomia

Căsătoria este un lucru frumos.
Dar este și o luptă continuă pentru supremația morală.
Marge Simpson

În octombrie 2006, Felipe și cu mine călătoream deja de șase luni, iar moralul nostru era în scădere. După ce îi devoraserăm toate comorile, cu câteva săptămâni în urmă părăsiserăm orașul laoțian sfânt Luang Prabang și porniserăm din nou la drum, continuându-ne deplasarea la întâmplare, pierzând timpul, așteptând să treacă orele și zilele.

Speraserăm să plecăm acasă, dar cazul nostru de imigrare nu se mai mișcase deloc. Viitorul lui Felipe înțepenise într-un soi de punct mort: ajunseserăm să credem cumva irațional că situația nu se va mai schimba niciodată. Despărțit de stocurile lui de marfă din America, neputând să facă planuri sau să câștige vreun ban, complet dependent de Departamentul de Securitate Internă al Statelor Unite care urma să-i hotărască soarta (și implicit dependent de mine), cu fiecare zi care trecea, Felipe se simțea din ce în ce mai lipsit de putere. Situația nu era deloc ideală. Fiindcă, dacă de-a lungul timpului am învățat vreun lucru despre bărbați, lucrul acela e că sentimentul lipsei de putere nu scoate de obicei la suprafață cele mai bune însușiri ale lor. Felipe nu făcea excepție. Devenea tot mai agitat, mai nervos, mai iritabil, era în permanență încordat.

Chiar și în cele mai bune circumstanțe, Felipe are prostul obicei de a-și pierde răbdarea și uneori de a se răsti la oamenii care, crede el, fie nu se comportă cum ar trebui, fie au cumva o influență negativă asupra calității vieții lui. Asta se întâmplă rar, dar eu mi-aș dori să nu se întâmple niciodată. L-am privit pe omul ăsta lătrându-și dezaprobarea peste tot prin lume și într-o mulțime de limbi către stewardese indolente, taximetriști nelalocul lor, vânzători fără scrupule, chelneri apatici și părinți de copii prostcrescuți. Unele din aceste scene presupun și datul din mâini sau ridicatul vocii.

Urăsc chestia asta.

Fiind crescută de o mamă cu bună stăpânire de sine din Vestul mijlociu și de un tată yankeu taciturn, sunt genetic și cultural incapabilă să mă obișnuiesc cu varianta braziliană ceva mai clasică a lui Felipe de a rezolva conflictele. Cei din familia mea n-ar vorbi așa nici măcar cu un *borfaș*. În plus, de câte ori îl văd pe Felipe pierzându-și firea în public, chestia asta îmi face zob toată povestea aia personală, dragă inimii mele, despre cât de blând și de bun la suflet e tipul pe care am ales să-l iubesc, iar asta, sinceră să fiu, mă enervează mai tare decât orice. Dacă există vreo ofensă pe care n-o voi suporta niciodată cu eleganță e să-i privesc pe oameni cum își bat joc de cele mai dragi povești pe care mi le spun mie însămi despre ei.

Mai rău de-atât: dorința mea arzătoare de a fi cea mai bună prietenă cu toți oamenii din lume, combinată cu empatia mea cvasipatologică pentru cei defavorizați, mă face adesea să le apăr pe victimele lui Felipe, ceea ce nu reușește decât să sporească tensiunea. În timp ce el manifestă toleranță zero pentru idioți și incompetenți, eu cred că în spatele fiecărui idiot incompetent de pe lume se ascunde o persoană foarte drăguță care are o zi proastă. Toate astea pot duce la dispute și, în puținele ocazii în care ne certăm, de obicei acesta e motivul. Nu m-a lăsat niciodată să uit cum l-am obligat la un moment dat să se întoarcă într-un magazin de încălțăminte din Indonezia ca să-i ceară scuze unei tinere vânzătoare cu care, consideram eu, se purtase urât. Și a făcut-o! S-a întors în magazinul ăla de pantofi mic și exagerat de scump și i-a oferit fetei mute de uimire o mostră de regret curtenitor pentru faptul că-și ieșise din fire. Dar a procedat așa doar pentru că i se păruse fermecător felul în care-i luasem apărarea vânzătoarei. Mie însă nu mi s-a părut nimic fermecător în întâmplarea respectivă. Nu mi se pare *nimic* fermecător niciodată în asemenea cazuri.

Din fericire, în viața noastră obișnuită exploziile lui Felipe sunt destul de rare. Dar lucrurile prin care treceam atunci nu erau viața noastră obișnuită. Cele șase luni de călătorie dificilă și de camere mici de hotel și de amânări birocratice frustrante își spuneau cuvântul, afectându-i lui Felipe starea emoțională într-o asemenea măsură, încât simțeam cum nerăbdarea lui atinge niveluri cvasipatologice (deși cititorii ar trebui să nu ia chiar ad litteram cuvântul „patologic", ținând cont că hipersensibilitatea mea la cele mai vagi conflicte interumane mă face un judecător extrem de impresionabil în fața oricăror fricțiuni emoționale). Și totuși, dovezile păreau incontestabile: în perioada aceea nu ridica tonul doar la persoane complet străine, ci se răstea și la mine. Așa ceva era cu adevărat fără precedent, pentru că Felipe păruse în trecut imun la mine – de parcă eu singură, printre toți ceilalți oameni de pe pământ, eram cumva, în mod supranatural, incapabilă să-l enervez. Acum însă, perioada aceea dulce de imunitate părea să se fi sfârșit. Îl enervam fiindcă stăteam prea mult la computerele închiriate, îl enervam fiindcă-l târam să vadă „elefanții naibii" la o costisitoare capcană pentru turiști, îl enervam fiindcă-l forțam să petreacă încă o noapte mizerabilă călătorind cu trenul, îl enervam ori fiindcă risipeam banii, ori fiindcă-i economiseam, îl enervam fiindcă voiam mereu să merg peste tot pe jos, îl enervam fiindcă încercam mereu să găsesc mâncare sănătoasă, chiar și când era, în mod evident, imposibil...

Felipe părea înțepenit tot mai mult în starea aceea de spirit cumplită în care orice disfuncție sau frecuș devine ceva intolerabil din punct de vedere fizic. Era regretabil, deoarece călătoriile – în mod special călătoriile ieftine și murdare pe care le făceam noi – nu sunt altceva decât disfuncții și frecușuri puse cap la cap, întrerupte doar de ocazionalul apus de soare uluitor, dar de acesta, evident, tovarășul meu de drum nu mai știa să se bucure. În timp ce târam un Felipe din ce în ce mai reticent de la o activitate sud-est-asiatică la alta (târguri exotice! temple! cascade!), el devenea din ce în ce *mai puțin* relaxat, *mai puțin* drăguț, *mai puțin* în largul lui. În schimb, eu reacționam la starea lui de spirit mizerabilă așa cum mă învățase mama să reacționez la starea de spirit mizerabilă a oricărui bărbat: devenind tot mai veselă, mai vioaie, mai enervant de vorbăreață. Îmi îngropasem propriile frustrări și dorul de casă sub o mască de neobosit optimism, mergând înainte, fie ce-o fi, cu o atitudine agresiv-însorită, de parcă aș fi putut să-l aduc pe Felipe cu forța într-o stare de fericire lipsită de griji prin simpla putere magnetică a voioșiei mele de neoprit.

În mod surprinzător, treaba asta n-a funcționat.

Cu timpul, a ajuns și el să mă irite – exasperată cum eram de lipsa lui de răbdare, de posomoreala și de letargia lui. În plus, ajunsesem să mă irit *pe mine însămi* cu notele false din voce, pe care le scoteam încercând să-l antrenez pe Felipe în cine știe ce altă ciudățenie (*Vai, dragul meu – uite! Vând șobolani pe post de mâncare! Vai, dragul meu – uite! Mămica elefant își spală puiul! Vai, dragul meu – uite! Camera asta are o priveliște extraordinar de interesantă către abator!*). Între timp, Felipe se ducea direct în baie și revenea tunând și fulgerând din cauza mizeriei și a mirosului îngrozitor de acolo – indiferent de locul în care se întâmpla să ne aflăm –, plângându-se simultan de poluarea din aer care-l înțepa în gât și de traficul care-i dădea dureri de cap.

Tensiunea lui mă tensiona și pe mine, ceea ce mă făcea să devin neatentă la modul fizic, astfel că la Hanoi m-am lovit la un deget de la picior, în Chiang Mai m-am tăiat la deget cu lama lui de ras în timp ce scotoceam după pastă de dinți prin geanta cu obiecte de toaletă, iar într-o noapte absolut îngrozitoare mi-am pus în ochi repelent de țânțari în loc de picături, din cauză că nu mă uitasem cu atenție la flaconul în variantă de călătorie. Ce-mi amintesc cel mai bine din acel ultim incident este cum urlam de durere și mă autoînvinuiam în timp ce Felipe îmi ținea capul deasupra chiuvetei și-mi clătea ochii cu sticle după sticle pline cu apă călduță, dregându-mă cum se pricepea mai bine și ținându-mi simultan o tiradă furioasă, nesfârșită despre stupiditatea faptului că ne aflam în țara aia mizerabilă, unde nu avuseserăm de la bun început ce căuta.

Toată acea tensiune a ajuns la apogeu (sau, mai degrabă, la nadir) în ziua în care l-am târât pe Felipe într-o călătorie de douăsprezece ore cu autobuzul, ca să vizităm ceva ce eu insistam că avea să fie un sit arheologic fascinant din centrul Laosului. Am împărțit autobuzul cu un număr deloc neglijabil de animale domestice, iar scaunele noastre erau mai tari decât băncile de lemn din casele de întâlnire ale quakerilor. Evident, nu exista aer condiționat, iar ferestrele erau blocate și nu se puteau deschide. Nu pot spune cu toată convingerea că dogoarea era de neîndurat, căci, în mod evident, am îndurat-o, dar trebuie să spun că era foarte, foarte cald. Nu i-am putut stârni lui Felipe interesul cu privire la situl arheologic în care urma să ajungem, dar n-am reușit nici să-i stârnesc nervii în legătură cu condițiile călătoriei noastre cu autobuzul – lucru cu adevărat notabil, dat fiind că a fost, pesemne, cea mai periculoasă dintre toate experiențele de transport public pe care le-am îndurat vreodată. Șoferul își conducea vehiculul străvechi cu o agresivitate maniacală, iar de câteva ori aproape că ne-a aruncat în niște prăpăstii deosebit de impresionante. Dar Felipe n-a reacționat la nimic și n-a reacționat nici la vreuna dintre cvasicoliziunile noastre cu ceilalți participanți la trafic. Era pur și simplu inert. De oboseală, închisese ochii și încetase cu desăvârșire să mai vorbească. Părea resemnat cu moartea. Sau poate chiar și-o dorea cu disperare.

După alte câteva asemenea ore de pericole mortale, autobuzul nostru a luat dintr-odată o curbă și a ajuns în fața unui teribil accident de circulație: două autobuze asemănătoare celui în care ne aflam tocmai se ciocniseră frontal. Părea că nu există răniți, însă vehiculele ajunseseră un morman de bucăți de metal, răsucite și fumegânde. În timp ce treceam încet pe lângă ele, l-am apucat de braț pe Felipe și i-am spus:

— Uite, dragul meu! S-au ciocnit două autobuze!

Fără să-și deschidă măcar ochii, mi-a răspuns sarcastic:

— Vai, dar oare *cum* a fost posibil așa ceva?

M-a cuprins dintr-odată furia.

— Tu ce *vrei* de fapt? l-am întrebat.

Nu mi-a răspuns, ceea ce n-a făcut decât să mă înfurie și mai tare, așa că am insistat:

— Încerc să găsesc partea pozitivă din toată situația asta, OK? Dacă ai tu vreo idee mai bună sau vreun plan mai bun – te rog, chiar insist, spune-mi-le și mie. Și sper din tot sufletul că ești în stare să te gândești la ceva care să te facă fericit, fiindcă eu, sinceră să fiu, nu-ți mai suport nefericirea, chiar nu ți-o mai suport.

Brusc, a deschis ochii.

— Nu vreau decât o cafetieră, mi-a spus cu neașteptată însuflețire.

— Ce vrei să spui, ce cafetieră?

— Nu vreau decât să fiu *acasă*, să trăiesc împreună cu tine într-un singur loc sigur. Vreau *rutină*. Vreau o cafetieră a noastră. Vreau să mă pot trezi în fiecare dimineață la aceeași oră și să pregătesc micul dejun pentru amândoi, în casa noastră, cu cafetiera noastră.

Într-un alt decor, poate că o astfel de conversație mi-ar fi stârnit compasiunea și poate că ar fi trebuit să-mi stârnească și atunci compasiunea, dar n-a făcut decât să mă înfurie și mai tare: *de ce se încăpățâna să se gândească la lucruri imposibile*?

— Nu putem avea nimic din toate astea *acum*, i-am spus.

— Dumnezeule, Liz – crezi că nu *știu* asta?

— Tu ce crezi, că nu-mi doresc și eu aceleași lucruri? m-am răstit la el.

Tonul lui a urcat.

— Tu crezi că nu sunt *conștient* că vrei și tu aceleași lucruri? Tu crezi că nu te-am văzut cum citeai anunțuri imobiliare on-line? Tu crezi că nu-mi dau seama că ți-e dor de-acasă? Ai idee cum mă simt că în momentul ăsta nu-ți pot asigura o casă, că din cauza mea ești înțepenită în camerele astea de hotel ca vai de capul lor, de la capătul pământului? Ai idee cât de umilitor e pentru mine că nu-mi permit să-ți ofer în momentul ăsta o viață mai bună? Ai idee cât de *infect de inutil* mă face treaba asta să mă simt? *Ca bărbat*?

Uneori uit.

Trebuie să spun asta, deoarece cred că e un aspect extraordinar de important când vine vorba despre căsnicie: uneori uit cât de mult înseamnă pentru unii bărbați – pentru unii oameni – să fie în stare să le ofere în permanență celor dragi confort material și protecție. Uit cât de periculos de diminuați se pot simți unii bărbați când se pomenesc lipsiți de această capacitate de bază. Uit cât de mult contează asta pentru bărbați și ce reprezintă pentru ei.

Încă îmi aduc aminte de expresia chinuită de pe chipul unui vechi prieten în timp ce-mi povestea, cu câțiva ani în urmă, că îl părăsește soția. Nemulțumirea ei consta, pare-se, în faptul că era copleșitor de singură, că el „nu fusese acolo pentru ea" – dar el nu reușea nici măcar să înceapă să înțeleagă ce însemna asta. Simțea că își rupsese șalele ani întregi ca să aibă grijă de soția lui.

— Da, recunoștea. Poate că n-am fost acolo pentru ea din punct de vedere *emoțional*, dar Dumnezeu știe ce multe i-am asigurat femeii ăsteia! Pentru ea aveam două slujbe! Asta n-arată cât de mult o iubesc? Ar fi trebuit să știe că aș fi făcut *orice*, numai să pot continua să-i ofer tot ce vrea și s-o protejez! Dacă ne-ar fi lovit vreun holocaust nuclear, aș fi luat-o și aș fi pus-o pe umăr și aș fi dus-o printre ruine fumegânde până aș fi știut-o la adăpost – și ea *știa* asta despre mine! Cum a putut să spună că n-am fost acolo pentru ea?

Nu m-am simțit în stare să-i dau prietenului meu distrus vestea cea rea, și anume că, din nefericire, în majoritatea zilelor nu se petrece nici un holocaust nuclear. Din nefericire, în majoritatea zilelor, singurul lucru de care avea cu adevărat nevoie soția lui era ceva mai multă atenție.

În mod similar, singurul lucru de care aveam nevoie din partea lui Felipe în momentul acela era ca el să se calmeze, să fie mai drăguț, să ne ofere mie și tuturor celor din jur ceva mai multă răbdare, ceva mai multă generozitate emoțională. N-aveam nevoie din partea lui de siguranță materială sau de protecție. N-aveam nevoie de mândria lui masculină; în clipa aia nu servea la nimic. N-aveam nevoie decât ca el să se relaxeze și să ia situația așa cum era. Da, evident, ar fi fost mult mai frumos să fim înapoi acasă, lângă familia mea, locuind într-o casă adevărată – dar lipsa noastră de rădăcini din acele momente nu mă deranja nici pe departe pe cât mă sâcâia proasta lui dispoziție.

Încercând să dezamorsez tensiunea, l-am atins pe picior și i-am spus:

— Îmi dau seama că situația asta e chiar frustrantă pentru tine.

Învățasem trucul ăsta dintr-o carte intitulată *Zece lecții care îți vor transforma căsnicia: Experții americani din laboratorul dragostei își împărtășesc strategiile care îți vor întări relația*, de John M. Gottman și Julie Schwartz-Gottman – doi cercetători (cu o căsnicie fericită) de la Institutul pentru Studiul Relațiilor din Seattle, care în ultima veme se bucuraseră de multă atenție în urma afirmației lor cum că puteau prezice cu precizie de 90 la sută dacă un cuplu avea să mai fie căsătorit și peste cinci ani, și asta doar studiind transcrierea unei conversații obișnuite, de cincisprezece minute, dintre soț și soție. (Din acest motiv, îmi imaginam că John M. Gottman și Julie Schwartz-Gottman trebuiau să fie absolut terifianți în chip de oaspeți la cină.) Indiferent cât de întinse le erau puterile, cei doi Gottmani într-adevăr oferă câteva strategii practice pentru rezolvarea disputelor maritale, încercând astfel să salveze cuplurile de la ceea ce ei numesc Cei patru călăreți ai Apocalipsei: Lipsa de dialog, Atitudinea defensivă, Critica și Disprețul. Trucul pe care tocmai îl folosisem – faptul că i-am repetat lui Felipe propria lui frustrare ca să-i arăt că îl ascultasem și că nu eram indiferentă – este ceva ce familia Gottman denumește „întoarcerea către partener". Se presupune că dezamorsează certurile.

Nu merge de fiecare dată.

— Habar n-ai cum mă simt, Liz! a izbucnit Felipe. M-au *arestat*! Mi-au pus cătușe și m-au plimbat prin tot aeroportul ăla în timp ce toată lumea se holba – știai asta? Mi-au luat amprentele. Mi-au luat portofelul, mi-au luat până și inelul de la tine. Mi-au luat tot. M-au băgat la pușcărie și m-au aruncat afară din țara ta. Treizeci de ani de călătorii, și până atunci n-am găsit niciodată vreo graniță care să-mi fie închisă, iar acum nu mă mai pot întoarce în Statele Unite ale Americii – din toate afurisitele de locuri de pe lumea asta de unde poți fi dat afară! Altădată n-aș fi spus decât „Să-i ia naiba" și aș fi trecut mai departe, dar acum *nu pot* – fiindcă America e locul în care vrei tu să locuiești, și eu vreau să fiu cu tine. Așa că n-am de ales. Trebuie să-ndur tot rahatu' ăsta și trebuie să le servesc pe tavă birocraților și polițiștilor ălora toată viața mea privată, și e *umilitor*. Și nici măcar nu putem afla când o să se termine cu chestiile astea, fiindcă nici măcar *nu contăm*. Nu suntem decât niște cifre pe biroul vreunui funcționar de stat. Între timp, afacerea îmi moare și eu ajung lefter. Așa că *evident* că mă simt mizerabil. Și acum mă mai târăști și tu prin toată afurisita asta de Asie, prin afurisitele astea de autobuze...

— Nu încerc decât să te fac fericit, m-am răstit înapoi la el, retrăgându-mi mâna, înțepată și rănită. Dacă în autobuzul ăla ar fi existat vreun semnal de alarmă de care aș fi putut trage pentru a-i da de înțeles șoferului că există un pasager care vrea să coboare, jur în fața lui Dumnezeu că l-aș fi tras. Aș fi sărit jos chiar acolo, l-aș fi lăsat pe Felipe în autobuz și mi-aș fi încercat norocul prin junglă, de una singură.

El a inspirat adânc, de parcă voia să spună ceva dur, dar s-a controlat. Aproape că simțeam cum i se întind tendoanele gâtului, iar frustrarea mea a crescut și ea. Apropo, cadrul în care ne găseam n-avea nici el darul să ajute. Autobuzul se clătina mai departe, zgomotos și cald și nesigur, lovind ramurile joase, zburătăcind porcii și găinile și copiii de pe drumul dinaintea noastră, aruncând în urmă un nor puturos de gaze negre de eșapament, izbindu-mi la fiecare zgâlțâială vertebrele cefei. Și mai aveam încă șapte ore de mers.

Mult timp nici unul n-a mai spus nimic. Voiam să plâng, dar mă abțineam, recunoscând că era posibil ca plânsul să nu fie de ajutor. Și totuși eram furioasă pe el. Îmi părea rău pentru el, da, sigur că da – dar eram mai ales furioasă. Și pentru ce? Poate pentru că nu juca mai elegant? Pentru că era slab? Pentru că cedase înaintea mea? Da, situația noastră era mizerabilă, dar ar fi putut să fie infinit mai mizerabilă. Cel puțin eram *împreună*. Cel puțin îmi permiteam să stau lângă el în perioada aia de exil. În exact aceeași situație ca noi erau alte mii de cupluri, care ar fi făcut moarte de om doar pentru dreptul de a petrece o seară împreună în cursul unei astfel de perioade prelungite de separare forțată. Cel puțin, noi aveam consolarea *asta*. Și cel puțin aveam educația necesară ca să citim actele de imigrare monstruos de aiuritoare, și cel puțin aveam destui bani ca să ne angajăm un avocat bun care să ne ajute să parcurgem și restul. În orice caz, chiar dacă s-ar fi întâmplat ce era mai rău, și Statele Unite nu l-ar mai fi primit niciodată pe Felipe pe teritoriul lor, măcar noi aveam și alte opțiuni. Doamne, Dumnezeule, ne-am fi putut muta oricând în Australia. Australia! O țară minunată! O națiune cu nivelul de normalitate și de prosperitate al Canadei! Doar nu eram trimiși cu forța în exil în nordul Afganistanului! Cine altcineva, în situația noastră, avea atâtea avantaje?

Și de ce tot timpul *eu* trebuia să gândesc în termeni, până la urmă, atât de optimiști, în timp ce Felipe, sinceri să fim, nu făcuse mare lucru în ultimele săptămâni, se mărginise doar să fie nemulțumit din cauza unor circumstanțe pe care nu le puteam controla noi? De ce nu putea niciodată să se plece și el înaintea adversităților cu ceva mai multă grație? Și, apropo, murea dacă arăta *un pic* de entuziasm pentru situl ăla arheologic?

Am fost gata-gata să-i spun toate astea – fiecare cuvânt, toată tirada asta de rahat –, dar m-am abținut. O asemenea revărsare de sentimente reprezintă ceea ce John M. Gottman și Julie Schwartz-Gottman numesc „inundație“ – punctul în care ești atât de obosit sau atât de frustrat, încât mintea ți se inundă de furie. Un indiciu infailibil al inundației iminente e faptul că începi să folosești în timpul disputei cuvintele „mereu“ sau „niciodată“. Gottmanii numesc asta „Intrarea în Universalitate“ (de pildă: „Mă lași *mereu* baltă în felul ăsta!“ sau „Nu pot să contez *niciodată* pe tine!“). Un astfel de limbaj ucide orice șansă de a duce o discuție cinstită sau inteligentă. Odată ce te-ai *inundat*, odată ce ai *intrat în universalitate* pe spinarea celuilalt, se dezlănțuie iadul. Cel mai bine este să nu ajungi până aici. Cum spunea o veche prietenă de-a mea, poți măsura fericirea unei căsnicii după numărul cicatricilor pe care le poartă pe limbă fiecare partener, câștigate de-a lungul anilor în care și-a mușcat limba, reprimându-și cuvintele furioase.

Așa că n-am spus nimic și nici Felipe n-a mai spus nimic, și tăcerea aceea fierbinte a durat foarte mult, până când, într-un final, el a întins mâna după a mea și mi-a spus cu voce extenuată:

— Hai să fim atenți acum, OK?

M-am relaxat, înțelegând perfect ce voia să spună. Era un vechi cod de-al nostru. Îl folosiserăm prima oară în timpul unei excursii din Tennessee în Arizona, pe la începutul relației noastre. Eu predam tehnici literare la Universitatea Tennessee, locuiam împreună în acea stranie cameră de hotel din Knoxville, iar Felipe aflase despre o expoziție de pietre prețioase organizată în Tucson, la care voia să meargă. Așa că am plecat într-acolo cu mașina fără nici un plan, încercând să străbatem tot drumul dintr-o singură suflare, chiar dacă era lung. În cea mai mare parte, a fost o călătorie plăcută. Am cântat și am vorbit și am râs. Dar nu poți să cânți și să vorbești și să râzi la nesfârșit, și la un moment dat – după vreo treizeci de ore de condus – am ajuns amândoi într-o stare de epuizare totală. Benzina era pe sfârșite și la propriu, și la figurat. Nu era nici un hotel în jur, iar noi eram flămânzi și la capătul puterilor. Îmi amintesc vag de o divergență clară de opinie între noi în legătură cu unde și când ar trebui să facem următoarea oprire. Încă ne vorbeam pe un ton extrem de civilizat, dar tensiunea începuse să împresoare mașina ca o ceață ușoară.

— Hai să fim atenți, a spus atunci Felipe, ca din senin.

— La ce? am întrebat eu.

— Hai doar să fim atenți la ce ne spunem unul altuia în următoarele ore, a continuat el. Astea sunt momentele alea când oamenii obosesc și apar certurile. Hai să ne alegem cu *foarte mare grijă* cuvintele până când găsim un loc unde să ne odihnim.

Încă nu se întâmplase nimic, dar Felipe avansase ideea că există, poate, momente în care un cuplu trebuie să practice soluționarea anticipată a conflictelor, oprind o ceartă înainte chiar de a izbucni. Așa că *hai să fim atenți* devenise o propoziție de cod pentru noi, un semn care ne avertiza să avem grijă la treaptă și să ne păzim de pietrele care se prăvălesc de pe versant. Era o unealtă pe care o scoteam din când în când la lumină, în momente deosebit de tensionate. Funcționase întotdeauna bine până atunci. Însă, ce-i drept, nu mai trecuserăm niciodată până atunci printr-o perioadă atât de tensionată ca exilul acela nedefinit în sud-estul Asiei. Pe de altă parte, poate că tensiunea călătoriei însemna doar că aveam nevoie de steagul galben mai mult ca niciodată.

Îmi aduc mereu aminte ce mi-au povestit prietenii mei Julie și Dennis – despre o ceartă cumplită pe care au avut-o în timpul unei călătorii făcute în Africa, la începutul căsniciei lor. Nici până azi nu-și amintesc din ce motiv a început cearta, dar iată cum s-a sfârșit: într-o după-amiază, în Nairobi, erau atât de furioși unul pe celălalt, încât au ajuns să meargă fiecare pe alt trotuar către destinația lor comună, căci nu-și mai puteau tolera fizic apropierea. După ce au tot mers în paralel în felul acela ridicol, despărțiți de patru benzi defensive de trafic rutier, într-un final Dennis s-a oprit. Și-a deschis brațele și i-a făcut semn lui Julie să traverseze și să vină la el. Părea un gest de împăcare, așa că ea a cedat. A traversat, calmându-se din mers, convinsă fiind că va avea parte de ceva care să semene a scuză. În loc de asta, odată ajunsă la o distanță de la care se puteau auzi, Dennis s-a aplecat către ea și i-a spus cu tandrețe:

— Auzi, Jules? Pupa-m-ai în cur!

Răspunsul ei a fost să dea fuga pe loc la aeroport, unde a încercat să vândă unui necunoscut biletul de avion către casă al soțului ei.

Până la urmă au rezolvat lucrurile în mod fericit. Decenii mai târziu, povestea lor poate fi o amuzantă anecdotă de istorisit prietenilor la cină, însă e și ceva care te pune pe gânduri: n-ai prea vrea să lași lucrurile să ajungă într-un astfel de punct. Așa că am strâns ușor mâna lui Felipe și i-am spus: *Quando casar, passa*, o expresie braziliană teribil de drăguță care înseamnă „Până te însori, trece". Așa-i spunea maică-sa lui Felipe în copilărie când cădea și își julea genunchii. E o mică și nevinovată șoaptă de alinare maternă. În ultima vreme, Felipe și cu mine ne-am tot spus-o unul altuia. În cazul nostru, este în foarte mare măsură adevărată: când aveam să ne căsătorim, foarte multe din problemele astea *vor fi* trecut.

Și-a pus brațul pe umerii mei și m-a tras mai aproape. M-am relaxat la pieptul lui. Pe cât era posibil m-am relaxat, vreau să zic, date fiind hurducăielile autobuzului.

Până la urmă, era un om bun.

În esență, era oricum un om bun.

Nu, era chiar bun. E bun.

— Ce-o să facem între timp? a întrebat el.

Înainte de conversația aceea, instinctul îmi spusese să ne mișcăm rapid încontinuu, să trecem mereu dintr-un loc în altul, în speranța că priveliștile noi o să ne distragă de la problemele noastre legale. În orice caz, pentru mine strategia asta funcționase de fiecare dată până atunci. Ca pe un copil agitat care nu poate să adoarmă decât în mașina aflată în mișcare, tempoul călătoriilor mă liniștise mereu. Dat fiind că este cea mai călătorită persoană pe care o cunoscusem vreodată, am presupus că și Felipe funcționa după același principiu. Dar el nu părea să aprecieze defel călătoria noastră în derivă.

În primul rând – deși uit asta foarte des – tipul *este* cu șaptesprezece ani mai bătrân decât mine. Așa că trebuie să-l scuzăm dacă e mai puțin încântat decât mine de perspectiva traiului cu rucsacul în spate pe o durată de timp necunoscută, având asupra lui doar un rând de haine și dormind în camere de hotel de optsprezece dolari pe noapte. Era clar că toate astea își puneau amprenta asupra lui. În plus, el văzuse deja lumea. Văzuse deja ditamai bucățile din afurisita asta de lume și călătorise prin Asia cu trenuri de clasa a treia pe vremea când eu eram în clasa a doua. De ce-l puneam s-o facă din nou?

Pe lângă asta, ultimele câteva luni mă făcuseră să observ o incompatibilitate importantă între noi – una pe care n-o mai văzusem până atunci. Adevărul este că Felipe și cu mine călătorim în moduri foarte diferite. Realitatea – pe care eu abia treptat începeam s-o observ – este că Felipe e în același timp cel mai bun, dar și (de departe) cel mai rău călător pe care l-am cunoscut vreodată. Urăște toaletele dubioase și restaurantele murdare și trenurile incomode și paturile străine – chestii care definesc în mare parte însăși acțiunea de a călători. Dacă ar avea de ales, ar alege întotdeauna un stil de viață caracterizat prin rutină, familiaritate și activități zilnice liniștitor de plicticoase. Lucruri care v-ar putea face să presupuneți că tipul ăsta nu se potrivește deloc cu ideea de călător. Dar ați greși, căci aici apare talentul de călător al lui Felipe, superputerea lui, arma lui secretă care-l face inegalabil: își poate crea *oriunde* un mediu familiar de activități zilnice liniștitor de plicticoase, cu condiția să-i dai voie să stea într-un singur loc. Se poate integra în absolut orice loc de pe planetă în decurs de aproximativ trei zile, după care e capabil să rămână acolo, fără să se plângă, și un deceniu întreg.

Iată de ce a putut Felipe să locuiască prin toată lumea. Nu doar să călătorească, ci să *locuiască*. S-a pliat de-a lungul anilor după societăți înșirate din America de Sud până în Europa, din Orientul Mijlociu până în sudul Pacificului. Ajunge în câte un loc complet nou, hotărăște că-i place acolo, se instalează imediat, învață limba și devine de-al locului instantaneu. De exemplu, lui Felipe i-a luat mai puțin de o săptămână de locuit împreună cu mine în Knoxville ca să-și găsească o cafenea preferată pentru micul dejun, un barman preferat și un local preferat pentru prânz. („Draga mea!“ mi-a spus el într-o zi, teribil de încântat după o plimbare solitară prin centrul orașului Knoxville. „Știai că ăștia au un restaurant pescăresc extrem de drăguț și de ieftin, care se numește John Long Silvers?“) Dacă aș fi vrut și eu, ar fi rămas bucuros în Knoxville oricât de mult. Nu-l tulbura ideea de a locui cine știe câți ani în camera aia de hotel – cu condiția să rămână într-un singur loc.

Toate astea îmi amintesc de o poveste pe care mi-a spus-o cândva Felipe despre copilăria lui. Pe când era băiețel în Brazilia, în timpul nopții se speria uneori de vreun coșmar sau de un monstru imaginar și de fiecare dată traversa în fugă odaia și se cocoța în patul lui Lily, minunata lui soră, care, fiind cu zece ani mai mare, întruchipa întreaga înțelepciune și siguranță din lume. O bătea pe umăr și-i șoptea: *Me da um cantinho* – „Dă-mi și mie un colțișor“. Somnoroasă, fără să protesteze vreodată, ea îi făcea loc și îi oferea un colțișor cald din patul ei. Nu cerea foarte mult; doar un colțișor cald. În toți anii de când îl cunosc pe omul ăsta, nu l-am auzit niciodată cerând mult mai mult de-atât.

Dar eu nu sunt așa.

Dacă Felipe poate găsi oriunde în lume un colțișor în care să se poată stabili de tot, eu nu pot. Sunt mult mai neliniștită decât el. Neliniștea mă face să fiu o mult mai bună călătoare activă decât ar putea să fie el vreodată. Sunt infinit de curioasă și aproape infinit de răbdătoare în caz de încurcături, situații incomode sau dezastre minore. Așa că eu pot să *mă duc* oriunde pe planetă – asta nu-i o problemă. Problema e că nu pot să *locuiesc* pur și simplu oriunde pe planetă. Realizasem lucrul ăsta cu câteva săptămâni înainte, pe când încă eram în nordul Laosului, când Felipe s-a trezit într-o minunată dimineață din Luang Prabang și a spus:

— Draga mea, hai să rămânem aici.

— Sigur, i-am răspuns. Dacă vrei, mai rămânem câteva zile.

— Nu, hai să ne *mutăm* aici. Hai s-o lăsăm baltă cu imigrarea mea în America. Prea mare bătaie de cap! E un oraș minunat. Îmi place atmosfera de-aici. Îmi aduce aminte de Brazilia de acum treizeci de ani. N-am avea nevoie de prea mulți bani sau de prea mult efort ca să ne deschidem aici un hotel micuț sau vreun magazin, ne închiriem un apartament, ne instalăm...

N-am zis nimic, m-am făcut doar albă ca hârtia.

Vorbea serios. Ar fi *făcut* toate astea, punct. S-ar fi mutat pur și simplu în nordul Laosului pe perioadă nedeterminată și și-ar fi construit aici o viață nouă. Dar eu nu pot. Ceea ce-mi propunea Felipe era să călătoresc la un nivel pe care nu-l puteam atinge – o călătorie care nici măcar nu mai era călătorie, ci mai degrabă o disponibilitate de a te lăsa ingerat de un loc necunoscut pe o perioadă incertă. Nu eram în stare de așa ceva. Călătoriile mele, după cum am înțeles atunci pentru prima dată, aveau un grad mult mai mare de diletantism decât îmi imaginasem. Oricât mi-ar plăcea să mă înfrupt din lume, când vine momentul să mă stabilesc undeva – să mă stabilesc *cu adevărat* undeva – vreau să locuiesc acasă, în țara mea, în limba mea, lângă familia mea și în compania oamenilor care gândesc și cred aceleași lucruri pe care le gândesc și le cred și eu. Practic, lucrul ăsta mă limitează la o foarte mică porțiune din planeta Pământ, alcătuită din sudul statului New York, zonele rurale din centrul statului New Jersey, nord-vestul Connecticutului și câteva bucățele din sudul Pennsylvaniei. Un habitat destul de redus pentru o pasăre care se declară migratoare. Pe de altă parte, Felipe – peștele meu zburător – nu are astfel de limitări domestice. Îi este de ajuns o găletușă cu apă, în orice loc din lume.

Faptul că am realizat toate astea m-a ajutat să pun într-o perspectivă mai corectă irascibilitatea lui Felipe din ultima vreme. El trecea prin tot chinul – prin toată nesiguranța și umilința procesului de imigrare în America – numai și numai pentru mine, îndurând niște proceduri legale absolut abuzive cu toate că ar fi preferat să înceapă o viață nouă și mult mai ușoară într-un apartament nou închiriat din Luang Prabang. În plus, între timp, îndura drumurile alea obositoare dintr-un loc într-altul – o chestie care nu-i place nici măcar pe departe – pentru că simțea că așa voiam eu. De ce îl obligam să treacă prin toate astea? De ce nu-l lăsam pe omul ăsta să se odihnească, *oriunde*?

Așa că mi-am schimbat planul.

— Ce-ar fi să mergem noi undeva câteva luni și să rămânem acolo până când te cheamă înapoi în Australia la interviul de imigrare? i-am propus eu. Hai să mergem la Bangkok.

— Nu, mi-a răspuns. Nu la Bangkok. O să ne pierdem mințile dacă locuim în Bangkok.

— Nu, i-am spus. Nu ne *mutăm* la Bangkok; doar ne îndreptăm în direcția aia, fiindcă e un centru mare. Hai să stăm în Bangkok o săptămână sau două, ne găsim un hotel drăguț, ne odihnim și vedem dacă reușim să găsim niște bilete de avion ieftine spre Bali. Și odată ajunși în Bali, o să vedem dacă putem să închiriem vreo căsuță. După aia rămânem pur și simplu în Bali și așteptăm până când se termină cumva toată chestia asta.

După expresia de pe chipul lui Felipe, mi-am dat seama că ideea i se pare bună.

— Ai face tu asta? m-a întrebat.

Am avut dintr-odată încă un moment de inspirație.

— Ia stai! Hai să vedem dacă nu putem să luăm înapoi fosta ta casă din Bali! Poate că o s-o putem închiria de la noul proprietar. Și pe urmă stăm acolo, în Bali, până când îți primești înapoi viza pentru America. Cum ți se pare?

Felipe a avut nevoie de puțin timp ca să-mi răspundă, dar – jur în fața lui Dumnezeu – când a reușit să-mi răspundă am crezut că bietul om o să plângă de ușurare.

Așa că asta am făcut. Ne-am dus la Bangkok. Am găsit un hotel cu piscină și cu un bar bine aprovizionat. L-am sunat pe noul proprietar al fostei case a lui Felipe, ca să vedem dacă se putea s-o închiriem. Ca prin minune, se putea, la accesibilul preț de patru sute de dolari pe lună – un preț suprarealist, dar perfect pentru o casă care a fost cândva a ta. Ne-am rezervat bilete de avion către Bali, cu plecarea peste o săptămână. Dintr-odată, Felipe era din nou fericit. Fericit și răbdător și cu suflet mare, așa cum îl știam eu dintotdeauna.

Cât despre mine...

Ceva mă râcâia.

Ceva mă deranja. Vedeam cum Felipe se relaxează, cum stă pe marginea piscinei cu un roman polițist într-o mână și o bere în cealaltă, dar acum eu eram cea agitată. Nu voi fi niciodată genul de om care să vrea să stea la piscina hotelului cu o bere rece și un roman polițist. Gândurile mele se tot îndreptau către Cambodgia, *care se găsea fascinant de aproape*, imediat peste granița Thailandei... Îmi dorisem dintotdeauna să văd ruinele templului de la Angkor Wat, dar nu reușisem niciodată să ajung până acolo în călătoriile mele din trecut. Aveam de pierdut o săptămână și ar fi fost momentul perfect să merg acolo. Dar nu-mi închipuiam că aș mai putea să-l târăsc pe Felipe după mine în Cambodgia chiar atunci. De fapt, nu-mi puteam închipui nici un alt lucru pe care Felipe să-l dorească mai puțin decât să se urce într-un avion către Cambodgia doar ca să viziteze ruinele prăbușite ale unui templu, într-o căldură sufocantă.

Însă ce-ar fi dacă aș merge singură în Cambodgia, doar câteva zile? Dacă l-aș lăsa pe Felipe acolo, în Bangkok, să stea fericit la piscină? În ultimele cinci luni ne petrecuserăm aproape fiecare minut din zi unul în compania celuilalt, nu de puține ori în locuri dificil de îndurat. Faptul că recenta noastră ceartă din autobuz fusese singurul conflict serios de până atunci era o minune. Oare n-am fi avut amândoi de câștigat de pe urma unei scurte despărțiri?

Acestea fiind spuse, fragilitatea situației m-a făcut să mă îngrijorez la gândul că l-aș putea lăsa singur chiar și câteva zile. Nu era momentul potrivit să mă fâțâi prin împrejurimi. Dacă mi se întâmpla ceva în timp ce eram în Cambodgia? Dacă i se întâmpla *lui* ceva? Dacă avea loc vreun cutremur, vreun tsunami, vreo revoluție, vreun accident de avion, vreun caz sever de toxiinfecție alimentară, vreo răpire? Dacă, într-o bună zi, în timp ce eu voi fi plecată, Felipe avea să hoinărească prin Bangkok și-l va lovi o mașină, va suferi o gravă contuzie craniană și se va pomeni în vreun spital misterios în care nimeni n-o să știe cine este, și dacă n-aveam să-l mai găsesc niciodată? Existența noastră pe această lume se afla într-un moment critic și totul era atât de fragil! Plutisem pe suprafața planetei timp de cinci luni într-o aceeași barcă de salvare, legănându-ne incert împreună. Deocamdată, singura forță de care dispuneam era uniunea noastră. De ce să riscăm să ne despărțim într-un astfel de moment nesigur?

Pe de altă parte, poate că sosise vremea s-o lăsăm ceva mai moale cu plutitul ăla fanatic. Nu aveam nici un motiv zdravăn să presupunem că până la urmă lucrurile nu aveau să ia o întorsătură bună pentru Felipe și cu mine. Desigur, perioada noastră de exil urma să se încheie la un moment dat; desigur, lui Felipe avea să i se ofere viza americană; desigur, aveam să ne căsătorim; desigur, aveam să găsim o casă stabilă în Statele Unite; desigur, aveam de petrecut împreună mulți ani de-acum înainte. Așa stând lucrurile, probabil că cel mai bine era să fac chiar atunci o scurtă călătorie de una singură, chiar și numai pentru a stabili un precedent solid pentru viitor. Fiindcă știam deja despre mine un lucru: așa cum există unele soții care au nevoie să-și ia câte o pauză de soți ca să meargă la spa în weekend cu prietenele, eu voi fi genul de soție care va avea nevoie din când în când de o pauză de soț pentru a vizita Cambodgia.

Doar câteva zile!

Poate că și lui i-ar prinde bine să facă o pauză de mine. Văzând cum deveniserăm în ultimele săptămâni din ce în ce mai enervați unul de celălalt și dorindu-mi acum atât de tare un spațiu departe de el, am început să mă gândesc la grădina părinților mei – metaforă la fel de aptă ca oricare alta să ilustreze cum trebuie să învețe doi oameni căsătoriți să se adapteze unul la celălalt și uneori, pur și simplu, să se ferească unul din calea celuilalt pentru a evita posibilele conflicte.

Inițial, grădinarul familiei a fost mama; dar, de-a lungul anilor, pe tata a început să-l intereseze din ce în ce mai mult agricultura casnică, reușind să se fofileze din ce în ce mai adânc în interiorul acestui domeniu al ei. Numai că, așa cum Felipe și cu mine călătorim în moduri diferite, mama și tata grădināresc în moduri diferite, iar asta a generat adesea tot felul de conflicte. Astfel că, de-a lungul anilor, ca să păstreze pacea printre zarzavaturi, și-au împărțit grădina. De fapt, și-au împărțit grădina într-un mod atât de complicat, încât, odată ajunși în acest moment al istoriei, ți-ar trebui o forță ONU de menținere a păcii pentru a înțelege sferele de influență horticolă atent împărțite ale mamei și ale tatei. Salata, broccoli, verdețurile, sfecla și zmeura rămân în continuare sub dominația mamei, de pildă, pentru că tata nu a reușit încă să găsească un mod de a-i smulge controlul asupra acelor plante. Dar morcovii, prazul și sparanghelul se află cu totul în subordinea lui. Cât despre afine? Tata o gonește pe mama de pe parcela lui cu afine ca pe o pasăre dăunătoare. Mama nu are voie să ajungă nicăieri în apropiere de afine: nici să le tundă, nici să le culeagă, nici măcar să le ude. Tata și-a revendicat dominația asupra parcelei cu afine și o *apără* cu îndârjire.

Dar grădina devine cu adevărat complicată atunci când vine vorba de roșii și porumb. La fel ca Fâșia Gaza, Taiwanul sau Kashmirul, roșiile și porumbul continuă să fie teritorii disputate. Mama plantează roșiile, dar tata e responsabil cu montarea aracilor, pentru ca, după aceea, roșiile să le culeagă mama. Nu mă-ntrebați de ce! Pur și simplu, astea sunt regulile acordului. (Sau, cel puțin, astea erau regulile acordului de astă-vară. Situația roșiilor e în evoluție continuă.) Pe de altă parte, există și porumbul. Tata plantează porumbul, pe când mama culege porumbul, dar tata insistă să depănușeze personal porumbul recoltat.

Și uite-așa muncesc în continuare împreună, dar separați.

Grădinărit fără de sfârșit, amin.

Straniul armistițiu din grădina părinților mei îmi amintește de o carte pe care a publicat-o cu câțiva ani în urmă o prietenă de-a mea psiholoagă, Deborah Luepnitz, cu titlul *Porcii-spinoși ai lui Schopenhauer*. Metafora centrală din cartea lui Deborah era o povestioară pe care o spunea filozoful antefreudian Arthur Schopenhauer despre dilema esențială a intimității umane moderne. Schopenhauer credea că, în relațiile amoroase, oamenii sunt ca niște porci-spinoși într-o noapte rece de iarnă. Ca să nu înghețe, animalele se strâng unele lângă celelalte. Dar, imediat ce se apropie îndeajuns pentru a-și oferi căldura atât de necesară, sunt străpunse de țepii celor strânși lângă ei. Din reflex, pentru a preveni durerea și iritarea apropierii prea mari, porcii-spinoși se depărtează unii de alții. Dar, odată despărțiți, li se face iar frig. Fiorii îi fac să se apropie din nou, doar pentru a se răni iarăși în țepii vecinilor. Așa că se retrag din nou. Apoi se apropie din nou. La nesfârșit.

„Și ciclul se reia, scria Deborah, iar ei se chinuie să găsească distanța potrivită între încâlcirea țepilor și frig."

Împărțindu-și și subîmpărțindu-și controlul asupra unor chestiuni de importanță atât de mare precum banii și copiii, dar și asupra unor chestiuni aparent minore, ca sfecla și afinele, părinții mei își țes propria lor versiune a dansului porcilor-spinoși, avansând și retrăgându-se fiecare pe teritoriul celuilalt, continuând să negocieze, continuând să recalibreze, continuând să lucreze, după toți anii care au trecut, pentru a putea găsi distanța corectă între autonomie și cooperare – căutând un echilibru subtil și insesizabil, care să facă intriga stranie a intimității să se dezvolte în continuare. În tot acest proces, amândoi fac o mulțime de compromisuri – renunțând uneori la un timp și o energie de preț, cu care, dacă persoana de lângă ei nu le-ar sta în drum, ar fi preferat să facă alte lucruri, fiecare de unul singur. Va trebui ca Felipe și cu mine să facem același lucru în privința domeniilor noastre personale de grădinărit – și cu siguranță vom avea nevoie să învățăm propriii noștri pași din dansul porcilor-spinoși în jurul subiectului călătoriilor.

Și totuși, când a sosit momentul să discut cu Felipe ideea mea de a mă duce un pic în Cambodgia fără el, am abordat subiectul codindu-mă atâta, încât am fost chiar eu surprinsă. Timp de câteva zile, n-am fost în stare să găsesc atitudinea potrivită. Nu voiam să pară că i-aș cere permisiunea să plec, pentru că asta l-ar fi situat într-un rol de stăpân sau de părinte – și n-ar fi fost corect față de mine. Dar nici nu-mi imaginam că aș putea să am o discuție în care să-l informez sec pe bărbatul acesta drăguț și grijuliu că aveam de gând să plec singură, indiferent dacă-i convenea sau nu. Asta m-ar fi situat pe mine într-un rol de tiran îndărătnic, ceea ce evident ar fi fost nedrept față de el.

Adevărul era că nu mai aveam deloc exercițiu pentru astfel de lucruri. Înainte să-l cunosc pe Felipe, stătusem singură o perioadă destul de mare și mă obișnuisem să-mi modelez singură programul, fără să trebuiască să iau în considerare dorințele altcuiva. În plus, până în acel moment al poveștii noastre de dragoste, restricțiile de călătorie ce ne fuseseră impuse din afară (ca și viețile noastre duse pe continente diferite) ne oferiseră mereu o mulțime de timp pe care să-l petrecem separat. Dar, odată cu căsătoria, totul urma să se schimbe. Aveam să fim tot timpul împreună, iar proximitatea aceea avea să aducă noi limitări solicitante, deoarece căsnicia, prin însăși natura ei, este ceva care leagă, care îmblânzește. Căsnicia are o energie de bonsai: e un copac într-un ghiveci, cu rădăcinile tăiate și ramurile scurtate. Nu uitați că bonsaii pot trăi secole întregi și că frumusețea lor nepământeană este rezultatul direct al acestui tip de constrângeri, dar nimeni n-o să confunde vreodată un bonsai cu un arbore liber să crească după plac.

Filozoful și sociologul polonez Zygmunt Bauman a scris minunat pe această temă. El consideră că, atunci când li se spune cuplurilor moderne că pot și trebuie să realizeze ambele lucruri – că în viețile noastre ar trebui să avem intimitate și autonomie în proporții egale – li se vinde un balot de marfă angro. Bauman susține că, în cultura contemporană, am ajuns cumva să credem în mod eronat că e suficient să ne gestionăm corect viața emoțională pentru ca fiecare dintre noi să poată trăi întreaga constanță liniștitoare a căsniciei, fără să se simtă nici o clipă limitat sau îngrădit în vreun fel. Aici, cuvântul magic – cuvântul aproape fetișizat – este „echilibru", și aproape toți cei pe care-i cunosc par să caute în ziua de azi echilibrul ăsta cu o perseverență cvasidisperată. Încercăm cu toții, scrie Bauman, să ne forțăm căsniciile „a conferi putere fără a submina puterea, a da libertate fără a răpi libertatea, a împlini fără a împovăra".

Dar oare nu e o aspirație nerealistă? Fiindcă dragostea *limitează*, aproape prin definiție. Dragostea restrânge. Uriașa expansiune pe care o simțim în suflete atunci când ne îndrăgostim nu este egalată decât de enormele restricții care-i vor urma în mod necesar. Felipe și cu mine avem una dintre cele mai degajate relații pe care vi le puteți imagina, dar vă rog să nu vă lăsați păcăliți: l-am revendicat pe omul ăsta ca aparținându-mi cu totul mie, și astfel l-am separat complet de restul cirezii. Energiile lui (sexuală, emoțională, creativă) îmi aparțin în mare măsură mie, și nimănui altcuiva – nici măcar lui însuși pe deplin. Îmi datorează lucruri, ca de pildă informații, explicații, fidelitate, constanță sau detalii despre cele mai prozaice și insignifiante lucruri din viața lui. Nu e vorba că l-aș forța pe bietul om să poarte o zgardă cu emițător radio, dar nu trebuie să vă înșelați în privința asta: acum, el îmi aparține mie. Iar eu îi aparțin lui în exact aceeași măsură.

Ceea ce nu înseamnă că nu mă pot duce în Cambodgia de una singură. Dar înseamnă totuși că, înainte să plec, trebuie să-mi discut planurile cu Felipe – la fel cum ar face și el cu mine dacă lucrurile ar sta invers. Dacă are obiecții la dorința mea de a călători singură, îmi pot argumenta punctul de vedere în fața lui, dar sunt obligată să-i ascult cel puțin obiecțiile. Dacă se opune cu vehemență, îl pot contrazice cu la fel de multă vehemență, dar trebuie să-mi aleg cu grijă bătăliile – la fel cum trebuie să facă și el. Dacă protestează prea des în fața dorințelor mele, căsnicia noastră în mod sigur se va destrăma. Pe de altă parte, dacă eu pretind încontinuu să-mi trăiesc viața departe de el, căsnicia noastră se va destrăma la fel de sigur. Astfel că operațiunea aceasta de opresiune reciprocă tacită, aproape ca de catifea, este un lucru delicat. Din respect, trebuie să învățăm cum să ne eliberăm și să ne îngrădim reciproc cu cea mai mare grijă, dar nu trebuie să ne prefacem vreodată – nici măcar o clipă – că nu suntem îngrădiți.

După mult timp de gândire, într-o dimineață, în timpul unui mic dejun în Bangkok cu Felipe, am adus în discuție, în sfârșit, subiectul Cambodgia. Mi-am ales cuvintele cu o grijă exagerat de mare, folosind un limbaj atât de abscons, încât o vreme bietul om nici măcar n-a înțeles despre ce vorbesc. Cu o doză sănătoasă de formalism țeapăn și un ditamai preambulul, am încercat să-i explic stângaci că, deși îl iubeam și ezitam să-l las singur chiar atunci, într-un moment atât de încordat al vieții noastre, îmi doream foarte tare să văd templele din Cambodgia... și, poate, pentru că el găsea ruinele atât de plictisitoare, călătoria aceea aș putea s-o fac de una singură, nu-i așa?...

și poate că n-am muri dacă ne-am despărți pentru câteva zile, ținând cont de cât de stresante deveniseră călătoriile noastre, nu?

Lui Felipe i-au trebuit câteva momente ca să priceapă aluzia din cuvintele mele, dar, când în sfârșit i-a căzut fisa, și-a pus jos felia de pâine prăjită și m-a privit cu o expresie de nedumerire sinceră.

— Dumnezeule mare, draga mea! mi-a spus. De ce mă mai întrebi? *Du-te și gata*!

Așa că m-am dus.

Iar călătoria mea în Cambodgia a fost…

Cum să explic?

Cambodgia nu e ca o zi la plajă. Cambodgia nu e ca o zi la plajă nici măcar dacă se întâmplă să petreci o zi mergând cu adevărat la plajă acolo. Cambodgia e dură. Am resimțit duritatea locului peste tot. Peisajul e dur și aplatizat de aproape nu mai există. Istoria e dură, cu genocidul acela care încă persistă în memoria recentă. Fețele copiilor sunt dure. Câinii sunt duri. Sărăcia e mai dură decât orice văzusem până atunci. La fel ca sărăcia Indiei rurale, dar lipsită de verva Indiei. La fel ca sărăcia Braziliei urbane, dar lipsită de strălucirea Braziliei. E doar sărăcie, din aceea prăfuită și obosită.

Dar, mai presus de orice, ghidul meu a fost dur.

După ce m-am cazat la un hotel din Siem Reap, am început să-mi caut un ghid care să-mi arate templele de la Angkor Wat, și m-am pricopsit cu un bărbat pe nume Narith – un domn cu pronunție clară, informat și extrem de sever, de patruzeci și un pic de ani, care mi-a arătat politicos magnificele ruine antice, dar care, ca să mă exprim blând, nu s-a bucurat deloc de compania mea. Narith și cu mine nu ne-am împrietenit, deși aș fi vrut foarte mult asta. Nu-mi place să fac cunoștință cu cineva și să nu-mi fac totodată un nou prieten, dar între mine și Narith prietenia nu avea să înflorească niciodată. O parte a problemei era atitudinea extraordinar de intimidantă a lui Narith. Cu toții avem câte o emoție predominantă; a lui Narith era dezaprobarea tăcută, care iradia din el la fiecare pas. Lucrul ăsta mi-a dat atât de rău peste cap starea de spirit, încât, după două zile, abia dacă mai îndrăzneam să deschid gura. M-a făcut să mă simt ca un copil nătâng, lucru deloc surprinzător, dat fiind că slujba cealaltă a lui Narith – în afara celei de ghid – era de director de școală. Sunt gata să pariez că era și teribil de eficient ca director. Mi-a mărturisit că-i este dor uneori de vremurile bune dinaintea războiului, când familiile cambodgiene erau mai închegate, iar copiii erau disciplinați prin bătăi aplicate regulat.

Dar nu doar austeritatea lui Narith ne-a împiedicat să dezvoltăm o caldă legătură interumană; a fost și vina mea. Sinceră să fiu, n-am reușit să-mi dau seama cum să vorbesc cu omul ăla. Eram dureros de conștientă de faptul că mă aflu în prezența unei persoane care crescuse în timpul unuia dintre cele mai brutale spasme de violență la care asistase vreodată omenirea. Nici o familie cambodgiană nu a rămas neatinsă de genocidul din anii 1970. În Cambodgia, cine n-a fost torturat sau executat în anii conducerii lui Pol Pot a îndurat doar inaniția și a suferit. Adică poți presupune fără teamă să greșești că orice cambodgian care acum are patruzeci de ani a trăit în copilărie un adevărat infern. Știind toate astea, mi-a fost greu să inițiez conversații lejere cu Narith. Nu reușeam să găsesc nici un subiect neîncărcat cu potențiale trimiteri către trecutul nu foarte îndepărtat. Ajunsesem la concluzia următoare: să călătorești prin Cambodgia alături de un cambodgian este ca și cum ai vizita o casă care fusese de curând scena unei sinistre crime în masă asupra familiei, ghidat de singura rudă ce reușise să scape cu viață. Asta te face să încerci cu disperare să nu pui întrebări de genul „Așa, deci – ăsta-i dormitorul în care fratele tău ți-a omorât surorile?“ sau „Ăsta-i garajul unde tatăl tău ți-a torturat verii?“. Așadar, nu poți decât să mergi politicos în urma ghidului tău, și atunci când spune „Acesta e un element vechi deosebit de frumos al casei noastre“, tu doar să dai din cap și să îngaimi: „Da, pergola asta e *chiar* foarte frumoasă...“

Și să cazi pe gânduri.

În timp ce Narith și cu mine făceam turul ruinelor antice și evitam discuțiile despre istoria modernă, întâlneam peste tot grupuri de copii nesupravegheați, adevărate găști în zdrențe, care cerșeau insistent. Unii aveau membre lipsă. Copiii fără membre stăteau pe la colțurile câte unui vechi edificiu abandonat, arătând către picioarele lor amputate și strigând: „Mină! Mină! Mină!" Când treceam pe lângă ei, copiii într-o formă fizică mai bună se luau după noi și încercau să-mi vândă vederi, brățări și tot felul de alte nimicuri. Unii erau agresivi, dar alții încercau o abordare mai subtilă.

— Din ce stat din America ești? m-a întrebat un băiețel. Dacă-ți spun capitala, poți să-mi dai un dolar!

Băiatul în cauză m-a urmărit timp îndelungat, strigând numele unor state americane și ale capitalelor lor de parcă spunea o stranie și stridentă poezie.

— Illinois, doamnă! Springfield! New York, doamnă! Albany!

Pe măsură ce ziua trecea, devenea din ce în ce mai disperat.

— California, doamnă! SACRAMENTO! Texas, doamnă! AUSTIN!

Sugrumată de amărăciune, le-am oferit bani acelor copii, dar Narith nu făcea decât să mă certe pentru pomenile mele. Trebuia să-i ignor, îmi predica el. Dându-le bani nu reușeam decât să înrăutățesc lucrurile, m-a avertizat. Încurajam o cultură a cerșetoriei, ceea ce avea să însemne pentru Cambodgia sfârșitul. Oricum, copiii ăștia necivilizați erau prea mulți ca să fie ajutați, și dărnicia mea nu făcea decât să atragă și mai mulți. Într-adevăr, de câte ori mă vedeau scoțând bancnote și monede, în jur se adunau încă mai mulți copii, și-au continuat să se îngrămădească și după ce mi-am terminat banii cambodgieni. Mă simțeam otrăvită de câte ori spusesem cuvântul NU, care-mi ieșea încontinuu din gură, ca o teribilă incantație. Copiii deveneau tot mai insistenți, până când Narith a hotărât că i-a ajuns și i-a împrăștiat printre ruine cu câteva fraze lătrate.

Într-o după-amiază, pe când ne întorceam la mașină după ce vizitaserăm încă un palat de secol treisprezece, iar eu încercam să eludez subiectul copiilor cerșetori, am pus o întrebare despre pădurea din apropiere, interesându-mă de istoria ei. Aparent ilogic, Narith mi-a răspuns:

— Când tata a fost ucis de Kmerii Roșii, soldații ne-au luat casa drept trofeu.

Nu puteam să încropesc nici o replică la așa ceva, așa că am continuat să mergem în tăcere.

După o vreme, a adăugat:

— Mama fusese trimisă în pădure împreună cu noi, cu toți copiii ei, ca să încercăm să supraviețuim acolo.

Am așteptat restul povestirii, dar n-a mai existat nici un rest – sau, cel puțin, nici unul pe care să vrea să mi-l împărtășească.

— Îmi pare rău, am spus într-un târziu. Trebuie să fi fost cumplit.

Narith mi-a aruncat o privire întunecată plină de... ce? Milă? Dispreț? Apoi a trecut mai departe.

— Haideți să ne continuăm vizita, a spus, arătând către o mlaștină fetidă aflată în stânga noastră. Aceasta a fost cândva un bazin de reflexie, folosit în secolul al XII-lea de regele Jayavarman VII pentru a studia noaptea imaginea stelelor care se oglindeau în el...

A doua zi dimineață, dorind să ofer ceva țării lui atât de încercate, am încercat să donez sânge la un spital local. Văzusem prin tot orașul anunțuri care semnalau lipsa sângelui pentru transfuzii și-i rugau pe turiști să ajute, dar n-am avut noroc nici cu întreprinderea asta. Asistenta elvețiană severă care era de gardă a aruncat o privire la nivelul meu scăzut de fier și a refuzat să-mi accepte sângele. N-a vrut să ia de la mine nici cât să umple un pahar.

— Ești prea slăbită! m-a acuzat. E clar că n-ai avut deloc grijă de dumneata! N-ar trebui să te plimbi așa! Ar trebui să stai acasă, să te odihnești!

În seara aceea – ultima mea seară în Cambodgia – am hoinărit pe străzile din Siem Reap, încercând să mă relaxez un pic. Dar în orașul acela nu te puteai simți deloc în siguranță mergând singur pe stradă. Când mă plimb de una singură printr-un loc nou, de obicei mă cuprinde un sentiment anume, de calm și de armonie (de fapt, senzația asta e chiar lucrul pe care venisem să-l caut în Cambodgia), dar n-am reușit să-l regăsesc în călătoria aceea. Mai degrabă mă simțeam de parcă aș fi stat în calea cuiva, de parcă aș fi fost o ființă enervantă, o idioată sau chiar o țintă. Am simțit că sunt jalnică și lipsită de sânge. După cină, pe când mă întorceam la hotel, în jurul meu s-a strâns din nou o mică ceată de copii cerșetori. Unui băiat îi lipsea un picior și, în timp ce șchiopăta insistent pe lângă mine, și-a întins cârja înaintea mea și mi-a pus piedică intenționat. M-am poticnit, brațele mi-au fâlfâit ridicol, dar n-am căzut.

— Bani, a spus băiatul pe un ton plat. Bani.

Am încercat din nou să-l ocolesc. Și-a întins imediat cârja încă o dată și a trebuit să sar efectiv peste ea ca să mă feresc, ceea ce mi s-a părut cumplit și dement. Copiii au râs, apoi s-au strâns încă mai mulți copii: devenise un adevărat spectacol. Am grăbit pasul și m-am îndreptat cât puteam de repede către hotel. Gloata de copii era în urma mea, în jurul meu, în față. Unii dintre ei râdeau și-mi blocau drumul, iar o fetiță mă trăgea încontinuu de mânecă și striga „Mâncare! Mâncare! Mâncare!“ Când am ajuns la hotel, alergam deja. A fost rușinos.

Mă forțasem cu mândrie și încăpățânare să-mi păstrez cât de cât stăpânirea de sine de-a lungul celor câteva luni haotice din urmă, însă totul s-a prăbușit în Cambodgia, și s-a prăbușit repede. Tot calmul meu de călător experimentat s-a făcut bucățele – odată cu toată răbdarea și, se pare, cu toată compasiunea mea omenească primară – când m-am pomenit cuprinsă de panică și plină de adrenalină și fugind cu viteză maximă de niște copii flămânzi care-mi cerșeau de-a dreptul mâncare. Când am ajuns în hotel, m-am repezit în cameră și am încuiat ușa în urma mea și mi-am îngropat fața într-un prosop și am tremurat ca o lașă idioată tot restul nopții.

Deci asta a fost călătoria mea în Cambodgia.

Bineînțeles, un mod evident în care se poate citi povestea este că n-ar fi trebuit să mă duc acolo de la bun început – sau cel puțin nu în momentul ăla. Poate că excursia mea fusese o mișcare excesiv de voluntară sau chiar una nesăbuită, ținând cont de faptul că eram deja extenuată după câteva luni de călătorie și ținând cont de presiunea situației nesigure în care ne găseam Felipe și cu mine. Poate că nu fusese cel mai bun moment în care să-mi dovedesc independența sau să stabilesc precedente pentru libertăți viitoare, sau să testez granițele intimității. Poate că trebuia să stau pur și simplu tot timpul cu Felipe în Bangkok, la piscină, bând bere, relaxându-mă și așteptând următoarea noastră mișcare.

Numai că eu nu beau bere și nu m-aș fi relaxat. Dacă mi-aș fi învins impulsurile și aș fi rămas la Bangkok în cursul săptămânii ăleia, bând bere și observând cum ajungem să ne călcăm reciproc pe nervi, probabil că aș fi îngropat în mine un lucru important – ceva ce ar fi putut ulterior să devină fetid, ca bazinul regelui Jayavarman, generând în viitor ramificații contaminante. Am mers în Cambodgia pentru că a trebuit s-o fac. Se poate să fi fost o experiență murdară și de mântuială, dar asta nu înseamnă că nu trebuia să mă duc. Uneori viața e murdară și de mântuială. Facem tot ce putem. Nu știm tot timpul care e cea mai bună mișcare.

Ceea ce știu este că în ziua de după întâlnirea mea cu copiii cerșetori am zburat înapoi la Bangkok și m-am reîntâlnit cu Felipe, care era calm și relaxat și care în mod evident se simțise bine în pauza fortifiantă. Ca să aibă o ocupație, își petrecuse bucuros zilele în care lipsisem învățând cum să facă animale din baloane. Astfel că, la întoarcerea mea, mi-a prezentat o girafă, un câine șoricar și un șarpe cu clopoței. Era extraordinar de mândru. Eu, pe de altă parte, mă simțeam de-a dreptul distrusă și nu eram deloc mândră de purtarea mea din Cambodgia. Dar eram extrem de bucuroasă să-l revăd pe omul ăla. Și îi eram extrem de recunoscătoare că mă încuraja să încerc lucruri care nu sunt mereu foarte sigure și nu sunt mereu cu totul explicabile și nu ies mereu pe cât de perfect mi-aș dori eu. Pentru asta sunt mai recunoscătoare decât aș putea spune vreodată – fiindcă, sinceră să fiu, sunt convinsă că am să mai fac genul ăsta de lucruri și pe viitor.

Așa că l-am lăudat pe Felipe pentru minunata lui menajerie de baloane, iar el a ascultat cu atenție povestirile mele triste despre Cambodgia și, când am fost amândoi lați de oboseală, ne-am băgat în pat împreună și ne-am aruncat încă o dată la apă barca de salvare și ne-am continuat povestea noastră.

CAPITOLUL ȘAPTE
Căsătoria și subversiunea

Dintre toate actele din viața unui om, actul căsătoriei îi privește în măsura cea mai mică pe ceilalți; și totuși, dintre toate actele din viața noastră, acesta-i cel în care ceilalți se amestecă în măsura cea mai mare.

John Selden, 1689

Pe la sfârșitul lui octombrie 2006, eram deja înapoi în Bali și instalați din nou în vechea casă a lui Felipe dintre lanurile de orez. Acolo plănuiam să așteptăm în liniște finalul procesului lui de imigrare, cu capetele plecate, fără să mai stârnim conflicte sau stres. Ne simțeam bine în locul acela familiar, era bine că ne opriserăm din călătorit. În casa aceea ne îndrăgostiserăm, cu aproape trei ani înainte. Era casa la care Felipe renunțase, cu doar un an în urmă, pentru a se muta „definitiv" în Philadelphia cu mine. Casa aceea era tot ce puteam găsi pe moment mai aproape de un acasă adevărat și, Dumnezeule, ce fericiți eram s-o revedem!

L-am văzut pe Felipe topindu-se de ușurare în timp ce se plimba prin vechea lui casă, atingând și mirosind fiecare obiect familiar cu o plăcere aproape canină. Toate erau așa cum le lăsase. Terasa descoperită de sus, cu canapeaua de ratan unde Felipe – cum îi place să spună – mă *sedusese*. Patul comod în care am făcut dragoste prima dată. Bucătăria cochetă, plină de farfurii și de vase pe care i le cumpărasem lui Felipe imediat după ce ne-am cunoscut, pentru că vesela lui de burlac mă deprima. Biroul liniștit din colț, unde lucrasem la ultima mea carte. Raja, bătrânul câine portocaliu al vecinilor (Felipe îl striga mereu „Roger"), lipăind vesel prin preajmă și mârâind la propria lui umbră. Rațele din câmpurile de orez, care se plimbau peste tot și bârfeau între ele despre ultimul scandal aviar.

Ba chiar și o cafetieră.

Felipe redevenise dintr-odată cel pe care-l cunoșteam: blând, atent, drăguț. El avea tabieturile și colțișorul lui. Eu aveam cărțile. Împreună aveam de împărțit un pat familiar. În perioada aceea, când așteptam ca Departamentul de Securitate Internă să hotărască soarta lui Felipe, ne-am relaxat cât am putut de mult. În cele două luni care au urmat, ne-am cufundat într-o pauză aproape narcotică – ceva asemănător cu meditația broaștelor amicului nostru Keo. Eu citeam, Felipe gătea, uneori făceam câte o plimbare lentă prin sat și ne vizitam vechii prieteni. Dar, din tot răstimpul petrecut în Bali, nopțile mi le amintesc cel mai bine.

Iată ceva ce nu te-ai aștepta neapărat să se întâmple în Bali: nopțile sunt afurisit de *zgomotoase*. Am locuit cândva într-un apartament din Manhattan care dădea către 14th Street, și locul ăla nu era nici pe departe atât de zgomotos ca satul balinez despre care vorbesc. În Bali am petrecut nopți în care ne trezeam amândoi în același timp din cauza gălăgiei făcute de câinii care se băteau sau de cocoșii care se certau sau de vreo procesiune religioasă entuziastă. Alte dăți ni se întâmpla să ne trezească din somn vremea, care avea un comportament de un dramatism spectaculos. Dormeam mereu cu ferestrele deschise, și în unele nopți vântul sufla atât de puternic, încât ne trezeam amândoi înfășurați în materialul plasei pentru țânțari de deasupra patului, ca algele prinse în plasa unei bărci de pescuit. Apoi ne descurcam unul pe celălalt și începeam să vorbim, tolăniți în întunericul fierbinte.

Unul dintre pasajele mele literare preferate e din *Orașele invizibile* de Italo Calvino. Calvino descrie aici un oraș imaginar numit Eufemia, în care negustorii de toate neamurile se adună la fiecare solstițiu și echinocțiu pentru a face schimb de mărfuri. Dar negustorii aceștia nu se strâng doar ca să facă schimb de mirodenii sau de bijuterii sau de animale sau de stofe, ci se adună mai degrabă ca să facă schimb de *povești* cu ei înșiși – ca să facă, pur și simplu, comerț cu chestiuni personale. Totul funcționează, cum scrie Calvino, astfel: oamenii se strâng noaptea în jurul focurilor și fiecare lansează câte un cuvânt, de pildă „soră“ sau „lup“ sau „comoară îngropată“. Apoi fiecare își spune propria poveste despre surori, lupi sau comori îngropate. Iar în lunile care urmează, la multă vreme după ce negustorii au părăsit Eufemia, în timp ce călăresc în singurătate pe cămile de-a lungul deșertului sau străbat drumul lung pe mare spre China, fiecare își învinge plictiseala răscolind printre vechi amintiri. Și astfel, acei oameni descoperă că au *făcut* cu adevărat comerț de amintiri – că, așa cum scrie Calvino, „sora le-a fost schimbată cu sora altuia, lupul cu lupul altuia".

Cu timpul, intimitatea face cu noi același lucru. O căsnicie lungă, de pildă, ne face să ne preluăm și să ne schimbăm poveștile între noi. În parte, în felul acesta devenim fiecare anexa celuilalt, aracul pe care poate să crească biografia celuilalt. Povestea personală a lui Felipe devine parte din amintirile mele; viața mea se țese în fibra vieții lui. Amintindu-mi de Eufemia, orașul imaginar în care se face schimb de povești, și gândindu-mă la minusculele cusături narative care alcătuiesc intimitatea omenească, îi spuneam uneori lui Felipe – pe la trei dimineața, în câte o noapte fără somn din Bali – un cuvânt anume, doar ca să văd ce amintiri puteam trezi în el. La semnalul meu, la auzul cuvântului pe care i-l ofeream, Felipe, întins lângă mine în întuneric, îmi spunea poveștile lui cu surori, cu comori îngropate, cu lupi și cu multe altele – cu plaje, păsări, picioare, prinți, întreceri...

Îmi amintesc de o noapte fierbinte și umedă: m-am trezit pentru că pe lângă fereastra noastră trecuse huruind o motocicletă fără tobă de eșapament și am simțit că și Felipe era treaz. Am ales din nou un cuvânt la întâmplare.

— Spune-mi, te rog, o poveste despre pești, i-am cerut.

Felipe s-a gândit mult timp.

Apoi, în încăperea luminată de lună, mi-a povestit fără grabă o amintire de pe vremea copilăriei lui în Brazilia, când se ducea noaptea la pescuit cu tatăl lui. Copil și bărbat mergeau împreună către cine știe ce râu sălbatic, apoi își făceau tabără acolo zile întregi – tot timpul desculți și pe jumătate dezbrăcați, trăind din ce prindeau. Felipe nu era la fel de inteligent ca Gildo, fratele lui mai mare (toată lumea era de acord în privința asta), și nu era la fel de fermecător ca Lily, sora lui mai mare (toată lumea era de acord și în privința asta), dar în familie era cunoscut drept cel mai bun ajutor, așa că doar el mergea în excursiile de pescuit ale tatălui lui, deși era foarte mic.

În acele excursii, ocupația de căpătâi a lui Felipe era să-și ajute tatăl să întindă plasele de-a curmezișul râului. Totul depindea de strategie.

Tatăl lui nu vorbea prea mult cu el în timpul zilei (era prea ocupat cu pescuitul), dar, noapte de noapte, lângă foc, își dezvăluia planul – ca de la bărbat la bărbat – privind locul în care aveau să pescuiască a doua zi. Tatăl lui Felipe își întreba fiul în vârstă de șase ani:

— Ai văzut copacul ăla cam la vreo doi kilometri în susul râului, pe jumătate scufundat? Ce zici dacă mergem mâine acolo să vedem ce și cum?

Iar Felipe se chircea lângă foc, serios și atent din cap până-n picioare, ascultând bărbătește, concentrându-se asupra planului, dând aprobator din cap.

Tatăl lui Felipe nu era un tip ambițios, nici vreun mare gânditor, nici vreun campion la hărnicie. Adevărul este că nu era deloc harnic. Dar era un înotător neînfricat. Strângea între dinți cuțitul cel mare de vânătoare și înota de-a curmezișul unor râuri late, verificându-și plasele și capcanele în timp ce băiețelul rămânea singur pe mal. Pentru Felipe era înfricoșător, dar și captivant să-și vadă tatăl cum se dezbracă, rămânând în chiloți, strânge cuțitul între dinți și pornește să înfrunte curentul puternic – știind foarte bine că, dacă tatăl lui ar fi fost luat de ape, ar fi rămas și el acolo, abandonat în pustietate.

Dar tatăl lui nu era luat niciodată de ape. Era prea puternic. În arșița nopților din dormitorul nostru din Bali, sub plasele noastre pentru țânțari umede și unduitoare, Felipe îmi arăta ce înotător puternic fusese tatăl lui. Imita mișcarea frumoasă a tatălui: acolo, întins pe spate în aerul umed al nopții, *înota*. Brațele lui erau fantomatice și nedeslușite. După atâtea decenii, Felipe încă putea imita *sunetul* precis pe care-l făceau brațele tatălui său în timp ce despicau apele repezi și întunecate: *șuș-a, șuș-a, șuș-a*...

Iar acum, amintirea aceea – sunetul acela – înoată și prin mine. Am simțit că pot chiar să-mi aduc aminte de el, în ciuda faptului că nu l-am cunoscut niciodată pe tatăl lui Felipe, care a murit cu ani în urmă. De fapt, în întreaga lume mai există probabil vreo patru oameni care și-l mai amintesc pe tatăl lui Felipe, și doar unul dintre ei – până în momentul în care Felipe mi-a împărtășit și mie povestea aceasta – își amintea cu exactitate cum arăta și zgomotele pe care le făcea când înota peste latele râuri braziliene în anii de mijloc ai secolului trecut. Dar acum simt că, într-un mod straniu și personal, mi-aș putea aminti și eu de toate astea.

Aceasta e intimitatea: comerțul cu povești pe întuneric.

Pentru mine, actul acesta, actul de a vorbi liniștit în noapte, ilustrează mai mult decât orice alchimia ciudată a conviețuirii. Fiindcă, atunci când Felipe mi-a descris mișcarea de înot a tatălui lui, eu am preluat imaginea aceea acvatică și am cusut-o cu grijă în tivul propriei mele vieți, iar acum o voi purta cu mine peste tot și pentru totdeauna. Cât voi trăi, și chiar mult după ce Felipe nu va mai fi, amintirea lui din copilărie, tatăl lui, râul lui, Brazilia lui – toate astea vor fi, cumva, parte din mine.

La câteva săptămâni după ce ajunseserăm în Bali, dosarul nostru de imigrare a luat o nouă întorsătură.

După spusele avocatului nostru din Philadelphia, FBI-ul reușise să-mi verifice cazierul. Trecusem cu brio de verificări. Acum se considera că nu reprezentam nici un risc în caz de căsătorie cu un străin, ceea ce însemna că Departamentul de Securitate Internă putea, în sfârșit, să înceapă procesarea solicitării de imigrare a lui Felipe. Dacă totul avea să meargă bine – dacă aveau să-i acorde viza de logodnă cea atât de greu de obținut – putea obține și permisiunea de a se întoarce în America pe o perioadă de trei luni. Începuse să se întrevadă finalul. Căsătoria noastră devenise iminentă. Actele de imigrare, presupunând că Felipe va face rost de ele, urmau să stipuleze foarte clar că omul ăsta avea din nou voie să intre în America, dar numai pentru maximum treizeci de zile, timp în care trebuia să se însoare cu o cetățeană pe nume Elizabeth Gilbert, și *numai* cu acea cetățeană pe nume Elizabeth Gilbert, în caz contrar fiind susceptibil de expulzarea definitivă. Statul nu avea să emită și o pușcă adevărată alături de toată hârțogăraia aia, dar cam asta era senzația pe care ți-o dădea.

În timp ce vestea ajungea la toate rudele și la toți prietenii noștri răspândiți prin lume, am început să primim întrebări cu privire la tipul de ceremonie pe care-l plănuiam. Când avea să fie nunta? Unde avea să fie? Pe cine voiam să invităm? M-am ferit de întrebările tuturor. Sinceră să fiu, nu plănuisem nimic special în privința ceremoniei de nuntă, pur și simplu pentru că ideea unei nunți cu mulți invitați mi se părea extrem de obositoare.

În cursul cercetărilor mele, dădusem peste o scrisoare a lui A. P. Cehov pentru logodnica sa, Olga Knipper, datată 26 aprilie 1901; scrisoarea asta exprima la perfecție suma temerilor mele. Cehov scria: „Dacă îmi dai cuvântul că nici un suflet din Moscova nu va ști nimic despre căsătoria noastră până după ce va avea loc, sunt gata să mă căsătoresc cu tine chiar în ziua sosirii mele. Din cine știe ce motiv, sunt absolut înfricoșat de ceremonia de nuntă și de felicitări și de șampania pe care trebuie s-o ții în mână, cu un vag zâmbet. Mi-aș dori să putem pleca de la biserică direct la Zvenigorod. Sau poate că ne-am putea căsători la Zvenigorod. Gândește-te, gândește-te, draga mea! Se spune că ești foarte inteligentă."

Da! Gândește-te!

Și eu îmi doream să sar peste toată tevatura și să mă duc direct la Zvenigorod – iar eu nici măcar nu *auzisem* de Zvenigorod. Nu voiam decât să mă căsătoresc cât de pe furiș și de intim posibil, eventual fără să spun nimănui. Nu mai existau nicăieri judecători și primari care să poată îndeplini o astfel de treabă cât mai nedureros cu putință? Când mi-am mărturisit gândurile într-un e-mail trimis lui Catherine, sora mea, ea mi-a răspuns: „Faci din căsătorie un fel de colonoscopie." Dar mărturisesc că, după luni de întrebări indiscrete din partea Departamentului de Securitate Internă, iminenta noastră nuntă începea să semene perfect cu o colonoscopie.

Cu toate astea, s-a dovedit că în viețile noastre existau câțiva oameni care simțeau că acest eveniment ar trebui onorat printr-o ceremonie în toată regula, iar sora mea era printre cei mai vehemenți dintre ei. Mi-a trimis din Philadelphia e-mailuri blânde, dar dese, privind posibilitatea ca, după întoarcerea noastră acasă, să facem o petrecere de nuntă în casa ei. Nimic pretențios, promitea, dar orișicât...

Palmele mi se umezeau doar gândindu-mă la asta. M-am opus, spunând că nu e deloc nevoie, că Felipe și cu mine nu suntem genul să facem așa ceva. În următorul e-mail, Catherine mi-a scris: „Ce-ar fi dacă aș da o ditamai petrecerea de ziua mea, iar tu și Felipe s-ar întâmpla să veniți și voi pe-acolo? Aș avea voie să țin măcar un toast în cinstea căsătoriei voastre?"

N-am acceptat nici asta.

A încercat din nou: „Ce-ar fi dacă aș da o ditamai petrecerea în timp ce ați fi pe la noi pe-acasă, iar tu și Felipe nici măcar n-ați coborî *de la etaj*? Ați putea să vă și încuiați sus, cu luminile stinse. Și, când o să țin toastul de nuntă, am să-mi îndrept ca din întâmplare paharul aproximativ în direcția ușii de la pod... Și chestia *asta* e prea amenințătoare?"

În mod ciudat, imposibil de argumentat, pervers: *da*.

Când am încercat să-mi clarific reticența față de o ceremonie de nuntă cu invitați, a trebuit să recunosc că în mare parte era o problemă de simplă jenă. Cât de ciudat este să stai în fața familiei și a prietenilor tăi (din care mulți au fost prezenți și la prima ta nuntă) și să faci din nou jurăminte solemne pe viață! N-au văzut deja cu toții filmul ăsta? Credibilitatea începe să ți se piardă după prea multe chestii de acest gen. Iar Felipe făcuse și el cândva jurăminte pe viață, după care, șaptesprezece ani mai târziu, părăsise acea căsnicie. Ce mai pereche eram! Ca să-l parafrazez pe Oscar Wilde, un divorț poate fi considerat ghinion, însă două încep să miroasă a indolență.

În plus, nu puteam uita ce spusese Miss Manners[1], cea cu rubrica de etichetă, pe tema asta. Cu toate că și-a exprimat convingerea că oamenii ar trebui lăsați să se căsătorească de câte ori poftesc, ea e de părere că, în cursul vieții, fiecare din noi are dreptul la o singură ceremonie mare de nuntă cu tot tam-tamul. (Asta ar putea să sune cam ultraprotestant și cam opresiv, știu – dar, în mod destul de curios, și etnicii hmong sunt de aceeași părere. Când am întrebat-o pe bunica din Vietnam despre obiceiurile tradiționale hmong de la cea de-a doua

1. Domnișoara Bune Maniere (engl.), Judith Martin (n. 1938), scriitoare americană bine cunoscută pentru longeviva ei rubrică de etichetă, preluată de peste 200 de publicații din întreaga lume. (*N.t.*)

căsătorie, ea mi-a răspuns: „A doua căsătorie e exact ca prima – doar că n-are la fel de mulți porci.“)

Ca să nu mai vorbim de faptul că o a doua sau a treia nuntă de mari dimensiuni îi pune pe membrii familiei și pe prieteni în situația incomodă de a se întreba dacă trebuie s-o copleșească din nou pe mireasa cu repetiție cu o ploaie de cadouri și cu atenția lor maximă. Din câte se pare, răspunsul e nu. Așa cum explica foarte detașat mai demult Miss Manners cititorilor, tehnica cea mai corectă de a felicita o viitoare mireasă în serie este să treci peste toate darurile și petrecerile și pur și simplu să-i scrii doamnei câteva rânduri în care să-ți exprimi bucuria pentru fericirea ei, să-i urezi tot norocul din lume și să ocolești cu grijă cuvintele „de data asta“.

Dumnezeule, cât mă înfricoșează aceste trei cuvințele acuzatoare – *de data asta*. Da, e adevărat. Amintirile *de data trecută* îmi păreau mult prea recente, mult prea dureroase. În plus, nu mi-a plăcut ideea că invitații de la a doua nuntă a miresei se vor gândi atât la primul ei soț, cât și la cel de-al doilea – și că probabil mireasa însăși își va aminti în ziua aceea de primul soț. Am învățat că primii parteneri nu dispar de fapt niciodată – nici măcar când nu mai vorbești deloc cu ei. Sunt fantome care sălășluiesc în cotloanele noilor noastre povești de iubire, care nu pier niciodată cu totul din peisaj, care se materializează în mințile noastre după cum poftesc și ne oferă comentarii nedorite sau frânturi de critici dureros de adevărate. „Vă cunoaștem mai bine decât vă cunoașteți voi înșivă“ este ceea ce adoră să ne reamintească fantomele foștilor noștri parteneri și, din nefericire și cel mai adesea, ce știu ele despre noi nu e deloc frumos.

„În patul unui bărbat divorțat care se căsătorește cu o femeie divorțată există patru minți“, spune un text talmudic din secolul al IV-lea – și, într-adevăr, foștii noștri parteneri ne bântuie adesea paturile. Eu încă îl visez pe fostul meu soț, de pildă, și mult mai des decât mi-aș fi imaginat când l-am părăsit. De obicei, sunt vise agitate și confuze. În rare ocazii, sunt calde și împăciuitoare. Dar asta nu contează deloc în realitate: nu le pot nici controla, nici opri. Fostul apare în subconștientul meu de câte ori are chef, intrând fără să bată.

Are în continuare cheile casei ăsteia. Felipe își visează și el fosta soție. Până și *eu* o visez pe fosta soție a lui Felipe, pentru Dumnezeu! Uneori o visez chiar și pe noua soție a fostului meu soț, pe care n-am întâlnit-o niciodată, a cărei fotografie n-am văzut-o niciodată – și care, totuși, îmi apare uneori în vise și mă conversez acolo cu ea. (De fapt, avem ședințe la nivel înalt.) Și n-aș fi deloc surprinsă dacă, undeva pe lumea asta, a doua soție a fostului meu soț mă visează și ea din când în când – încercând să rezolve în subconștient straniile cute și tighele ale legăturii dintre noi.

Prietena mea Ann – divorțată acum douăzeci de ani și fericită în a doua ei căsnicie cu un minunat tip mai în vârstă – mă asigură că toate astea vor dispărea odată cu trecerea timpului. Îmi jură că fantomele dispar până la urmă, că va veni o vreme când n-o să mă mai gândesc niciodată la fostul meu soț. Dar, sincer, nu știu. Treaba asta mi se pare greu de imaginat. Îmi pot imagina că se va mai *liniști*, dar nu că va dispărea cu desăvârșire. Mai ales fiindcă prima mea căsnicie s-a încheiat atât de dezlânat, cu atât de multe lucruri rămase nerezolvate. Fostul meu soț și cu mine n-am căzut de acord nici măcar o dată în privința lucrurilor care n-au mers bine în relația noastră. Lipsa absolută a acordului dintre noi a fost șocantă. Probabil că niște viziuni despre lume atât de complet diferite trimit totodată la motive pentru care încă de la început n-ar fi trebuit să ne căsătorim; noi am fost singurii doi martori oculari la decesul căsniciei noastre și fiecare din noi a plecat cu o complet altă variantă a celor întâmplate.

De unde, probabil, vagul sentiment de bântuire. Așadar, fostul meu soț și cu mine avem acum vieți separate, și cu toate astea el continuă să-mi viziteze visele în chip de avatar care măsoară și dezbate și regândește un etern registru de treburi nerezolvate, dintr-o mie de unghiuri diferite. E enervant. E straniu. E fantomatic, iar eu nu vreau să provoc fantoma aia cu o ditamai ceremonia de sărbătoare.

Poate că exista și alt motiv pentru care Felipe și cu mine eram atât de reticenți față de schimbul de jurăminte: faptul că făcuserăm deja lucrul ăsta. Noi schimbaserăm deja jurăminte într-o ceremonie complet intimă, născocită chiar de noi. Se întâmplase în aprilie 2005, în Knoxville – când venise Felipe prima dată să locuiască cu mine în hotelul acela ciudat și dărăpănat din piațetă. Am ieșit într-o zi și ne-am cumpărat o pereche de verighete simple de aur. Apoi ne-am scris fiecare promisiunile către celălalt și le-am citit cu voce tare. Ne-am pus unul altuia inelul pe deget, ne-am pecetluit promisiunile cu un sărut și ceva lacrimi, și asta a fost tot. Simțiserăm amândoi că fusese de ajuns. Socoteam la vremea respectivă că, din toate punctele de vedere care contau, eram deja căsătoriți.

Nimeni nu fusese martor la toate acestea, cu excepția noastră (și – nu pot decât să sper – a lui Dumnezeu). Și nu mai e nevoie nici să spun că nimeni nu luase în considerare în vreun fel jurămintele acelea (în afară de noi doi și – nu pot decât să sper din nou – Dumnezeu). Vă invit să vă imaginați cum ar fi reacționat funcționarii Departamentului de Securitate Internă de la aeroportul Dallas/Fort Worth, de exemplu, dacă încercam să-i conving că, în urma unei ceremonii intime petrecute într-o cameră de hotel din Knoxville, Felipe și cu mine eram ca și căsătoriți legal.

Adevărul este că oamenii – chiar și cei care ne iubeau – păreau să considere enervant faptul că noi umblam cu verighetele pe deget fără să fi avut parte de nici o ceremonie de căsătorie oficială și legală. Purtarea noastră, credea lumea, era în cel mai bun caz neclară și, în cel mai rău, patetică. „Nu!“ mi-a declarat vechiul meu amic Brian într-un e-mail trimis din Carolina de Nord, când i-am spus că Felipe și cu mine ne făcuserăm de curând jurăminte în cadru intim. „Nu, *nu poți* s-o faci pur și simplu așa! a insistat el. *Nu*-i de-ajuns! *Trebuie* să aveți, cât de cât, și o nuntă adevărată!“

Brian și cu mine ne-am ciondănit săptămâni la rând pe tema asta, iar eu descopeream cu surprindere cât de neclintit era în convingerea lui. Crezusem că, dintre toți, *el* ar putea înțelege de ce Felipe și cu mine n-avem nevoie să ne căsătorim în mod public sau legal, doar pentru a satisface niște convenții stabilite de alții. Brian e unul dintre bărbații cei mai fericiți în căsnicie pe care-i cunosc (devotamentul lui față de Linda îl preface în definiția vie a minunatului cuvânt latinesc *uxorius*, „subjugat soției“), dar s-ar putea să fie și cel mai natural nonconformist dintre toți prietenii mei. Nu se închină cu plăcere în fața nici unei norme sociale acceptate. Practic, e un păgân cu doctorat, care locuiește într-o cabană din munți cu latrină în curte; ceea ce nu se prea potrivește cu regulile lui Miss Manners. Dar Brian nu se lăsa: insista că jurămintele intime rostite doar în fața lui Dumnezeu nu pot trece drept căsătorie.

CĂSĂTORIA NU E RUGĂCIUNE! s-a încăpățânat el (italicele și majusculele îi aparțin). „De aia *trebuie* s-o faceți în fața altor oameni, chiar și în fața mătușii care miroase ca nisipul pisicii. E un paradox, dar căsătoria reușește de fapt să reconcilieze o grămadă de paradoxuri: libertatea cu angajamentul, puterea cu supunerea, înțelepciunea cu zevzeceala totală etc. Și nu-i înțelegi sensul de bază – care nu e să-i „satisfaci" pe alții. Mai degrabă tu trebuie să-i pui pe invitații la nuntă să-și onoreze partea *lor* din înțelegere. *Ei* trebuie să te *ajute* pe tine cu căsătoria: ei trebuie să vă susțină, pe tine sau pe Felipe, în caz că unul din voi ezită."

Singura persoană care a părut încă mai enervată decât Brian în legătură cu ceremonia noastră intimă a fost nepoata mea Mimi, în vârstă de șapte ani. În primul rând, Mimi s-a simțit enorm de nedreptățită de faptul că n-am organizat o nuntă adevărată, pentru că ea chiar își dorea să fie domnișoara de onoare cu florile miresei măcar o dată în viață, și nu i se oferise niciodată o astfel de ocazie. În acest timp, Moriya, rivala și prietena ei cea mai bună, fusese *de două ori* domnișoara cu florile – și, oameni buni, trebuie să recunoaștem, Mimi n-avea cum să întinerească!

În plus, ce făcuserăm noi în Tennessee îmi ofensase nepoata la nivel aproape semantic. Lui Mimi i se sugerase că acum, după schimbul de jurăminte intime din Knoxville, i-ar putea spune lui Felipe *unchiule* – dar ea n-avea de gând să înghită așa ceva. Nici Nick, fratele ei mai mare, n-avea de gând să înghită așa ceva. Nu era vorba de vreo lipsă de simpatie a celor doi copii ai surorii mele pentru Felipe. Doar că un unchi, după cum m-a instruit Nick (în vârstă de zece ani) cu severitate, este fie fratele tatălui tău, fie bărbatul cu care este căsătorită *legal* mătușa ta. Astfel că Felipe nu era în mod oficial unchiul lui Nick și al lui Mimi, așa cum nu era în mod oficial nici soțul meu, iar eu nu i-aș fi putut convinge de contrariul niciodată. La vârsta asta, copiii sunt absolut habotnici în privința convențiilor. La naiba, parc-ar lucra la Fisc! Ca să mă pedepsească pentru nesupunerea mea civilă, Mimi a început să-i spună lui Felipe „unchiule" făcând de fiecare dată în aer semnul sarcastic al ghilimelelor. Uneori chiar se referea la el ca la „soțul" meu – din nou, cu ghilimele aeriene și cu un aer de dispreț enervat.

Într-o seară, mai demult, în 2005, pe când Felipe și cu mine luam cina acasă la Catherine, am întrebat-o pe Mimi de ce anume ar fi nevoie pentru ca ea să considere angajamentul meu față de Felipe valid. Certitudinea ei a fost inflexibilă.

— Trebuie să faceți o nuntă *adevărată*, mi-a spus.

— Și ce e o nuntă adevărată? am întrebat-o eu.

— Trebuie să aveți acolo o *persoană*. (Era deja exasperată). Nu poți să faci promisiuni și să nu vadă nimeni. Trebuie să fie și o *persoană* care să vă vadă când faceți promisiunile.

În mod destul de ciudat, Mimi dispunea aici de un argument intelectual și istoric extrem de puternic. Filozoful David Hume spunea că martorii sunt necesari în toate societățile în cazul jurămintelor importante. Motivul este acela că nu e posibil să-ți dai seama dacă o persoană spune adevărul sau minte atunci când face o promisiune. Vorbitorul ar putea să aibă, cum a numit-o Hume, „o direcție secretă a gândului", ascunsă în spatele unor cuvinte nobile și solemne. Însă prezența martorului anulează orice intenții ascunse. Acum nu mai contează dacă ai *crezut* ceea ce ai spus; contează doar faptul că ai *spus* ceea ce ai spus și că o a treia parte a fost martoră la spusele tale. Martorul devine astfel legământul viu al promisiunii tale, conferind greutate reală jurământului. Chiar și în Europa Evului Mediu timpuriu, înainte de vremurile căsătoriilor oficiale din biserică sau din fața autorităților, pentru ca un cuplu să fie legat pe veci într-o căsătorie legală nu era nevoie decât de rostirea unui jurământ în fața unui singur martor. Nu puteai face totul de capul tău nici măcar atunci. Trebuia să fie cineva de față.

— Te-ar mulțumi, am întrebat-o pe Mimi, dacă Felipe și cu mine ne-am face jurămintele de nuntă chiar aici, în bucătărie, în fața ta?

— Da, dar atunci cine ar fi *persoana*? m-a întrebat ea.

— Ce-ar fi să fii tu persoana? am sugerat. În felul ăsta te poți asigura că totul e făcut cum trebuie.

Era un plan strălucit. Specialitatea lui Mimi este să se asigure că totul e făcut cum trebuie. Fetița asta s-a născut pentru a fi însăși *persoana*. Și sunt mândră să raportez că s-a ridicat la nivelul ocaziei. Chiar acolo, în bucătărie, în timp ce mama ei pregătea cina, Mimi ne-a rugat pe Felipe și pe mine să ne ridicăm și să ne întoarcem cu fața spre ea. Ne-a rugat frumos să-i dăm „verighetele" noastre de aur (din nou, cu ghilimelele aeriene) pe care le purtam deja de câteva luni. A promis să păstreze inelele în siguranță până la încheierea ceremoniei.

Apoi a improvizat un ritual matrimonial încropit, presupun, din câteva filme pe care le văzuse în cei șapte ani ai lungii ei vieți.

— Promiteți să vă iubiți tot timpul? ne-a întrebat ea.

Am promis.

— Promiteți să vă iubiți la boală și la neboală?

Am promis.

— Promiteți să vă iubiți la supărare și la nesupărare?

Am promis.

— Promiteți să vă iubiți la bogăție și la nu prea bogăție? (Se pare că ideea de pură și simplă sărăcie era ceva ce Mimi nu-și dorea să abată asupra noastră; „nu prea bogăție" era suficient.)

Am promis.

Am păstrat cu toții un moment de tăcere. Era evident că lui Mimi i-ar fi plăcut să mai rămână o vreme în poziția încărcată de autoritate a *persoanei*, dar n-a mai reușit să inventeze nimic ce-ar mai fi trebuit promis. Așa că ne-a dat înapoi inelele și ne-a instruit cum să ni le punem unul altuia pe deget.

— Acum poți săruta mireasa, s-a pronunțat ea.

Felipe m-a sărutat. Catherine a scos o mică exclamație de încurajare și s-a întors să amestece mai departe în sosul de scoici. Astfel s-a încheiat, chiar acolo, în bucătăria surorii mele, cea de-a doua ceremonie de căsătorie lipsită-de-implicații-legale pentru Liz și Felipe. De data asta, în prezența unui martor adevărat.

Am îmbrățișat-o pe Mimi.

— Mulțumită?

A dat din cap că da.

Dar de fapt – și îi puteai citi asta pe toată fața – nu era deloc mulțumită.

Până la urmă, *ce* anume face ca ceremonia de nuntă legală, cu invitați, să însemne atât de mult pentru toată lumea? Și de ce îi rezistam eu cu atâta încăpățânare (o încăpățânare aproape belicoasă)? Se întâmplă să fiu o persoană care adoră ritualurile și ceremoniile într-o măsură imposibil de cuantificat, astfel că aversiunea mea avea și mai puțin sens. Ei bine, iată: l-am studiat pe Joseph Campbell[1], am citit *Creanga de aur*[2] – și înțeleg. Recunosc categoric că ceremoniile sunt esențiale pentru oameni: sunt niște cercuri pe care le desenăm în jurul evenimentelor importante pentru a separa importantul de obișnuit. Iar ritualurile sunt un soi de hamuri de siguranță magice, care ne ghidează dintr-un anumit stadiu al vieții noastre către următorul, astfel încât să nu ne împiedicăm și să nu ne rătăcim de-a lungul drumului. Ceremoniile și ritualurile ne conduc în siguranță exact prin mijlocul celor mai adânci spaime ale noastre legate de schimbare, cam la fel cum un grăjdar duce de căpăstru un cal legat la ochi exact prin mijlocul flăcărilor, șoptindu-i: „Nu te gândi prea mult la treaba asta, băiete, OK? Pune doar o copită în fața celorlalte, și încă una, și o să ieși pe partea cealaltă *în bună regulă*."

Înțeleg până și de ce este atât de important pentru oameni să asiste la ceremoniile rituale ale celorlalți. Tata – un om deloc conformist,

1. Joseph John Campbell (1904–1987), scriitor și profesor american, autor a numeroase lucrări de referință în domeniul mitologiilor și religiilor comparate. (*N.t.*)

2. Lucrare de referință a antropologului scoțian James George Fraser (1854–1941), în care religia e interpretată în cheie culturală, și nu din perspectivă teologică. (*N.t.*)

indiferent cum l-ai privi – era întotdeauna de neclintit când se punea problema să participăm la priveghiurile și înmormântările oricărei persoane decedate din orașul nostru. Ideea, explica el, nu era neapărat de a-l onora pe cel decedat sau de a-i alina pe cei rămași. La astfel de ceremonii trebuia să te duci mai degrabă pentru a fi *văzut* – văzut în mod special, de pildă, de către văduva celui decedat. Trebuia să te asiguri că ți-a catalogat chipul și că a înregistrat faptul că ai participat la înmormântarea soțului ei. Lucrul ăsta nu avea ca scop câștigul de puncte la capitolul social sau vreun credit suplimentar pentru că ești o persoană atentă; scopul era ca apoi, data viitoare când aveai să te întâlnești cu văduva la supermarket, aceasta să nu suporte teribila incertitudine de a nu ști sigur dacă ai aflat sau nu trista veste. Faptul că te văzuse la înmormântarea soțului ei făcea ca ea să știe că *știi* deja. Astfel că ea nu trebuia să-ți spună din nou povestea pierderii suferite, iar tu erai scutit de obligația neplăcută de a-ți exprima condoleanțele tocmai acolo, în mijlocul raionului de fructe și legume, căci ți le exprimaseși deja la biserică, unde astfel de cuvinte sunt mai potrivite. Așadar, întreaga ceremonie mortuară publică făcea cumva ca tu și văduva să fiți chit – și să mai fiți și *scutiți* amândoi de disconfort și incertitudine socială. Astfel, treburile erau rezolvate între voi. Erați la adăpost.

Asta își doreau prietenii și familia mea, înțelesesem eu, când cereau ca Felipe și cu mine să avem o ceremonie de nuntă cu invitați. Nu era vorba de dorința de a se îmbrăca în haine bune, de a dansa cu pantofi incomozi sau de a mânca puiul ori peștele din meniu. Ceea ce își doreau de fapt prietenii și familia mea era să-și vadă de viață știind cu certitudine unde se afla fiecare în raport cu toți ceilalți. Asta își dorea Mimi – să fie clar și să știe cum stă. Voia să se asigure că poate scoate cuvintele „unchi" și „soț" dintre ghilimelele aeriene și că își poate continua viața fără să se întrebe tot timpul dacă de-acum înainte avea sau nu obligația să-l trateze pe Felipe ca pe un membru al familiei. Și era destul de clar că singura cale prin care avea să-și dăruiască întregul devotament acestei uniuni era să asiste ea însăși la schimbul de jurămite legale dintre noi.

Știam și înțelegeam toate astea. Și totuși mă încăpățânam. Principala problemă era – chiar și după câteva luni de citit despre căsnicie și gândit la căsnicie și vorbit de căsnicie – că încă nu eram complet *convinsă* în privința căsniciei. Încă nu eram sigură că voiam să cumpăr pachetul de bunuri pe care mi-l vindea căsnicia. Sinceră să fiu, încă mai eram enervată de faptul că Felipe și cu mine trebuia să ne căsătorim doar pentru că statul ne cerea s-o facem. Și, am realizat eu în final, probabil că toate astea mă deranjau atât de adânc și la un nivel atât de fundamental dat fiind că sunt grecoaică.

Vă rog să înțelegeți, nu vreau să spun că sunt la modul literal *grecoaică*, adică din Grecia, sau membră a vreunei organizații studențești[1], sau inflamată de pasiunea sexuală dintre doi bărbați îndrăgostiți. Sunt grecoaică în felul de a gândi. Pentru că, iată: cu mult timp în urmă, filozofii au înțeles că leagănul culturii occidentale are la bază două concepții antagoniste asupra lumii – cea grecească și cea ebraică –, iar concepția pe care o îmbrățișezi în măsura cea mai mare determină în bună parte felul în care percepi viața.

De la greci – de la cei din zilele de glorie ale Atenei antice, mai cu seamă – am moștenit ideile despre umanismul laic și despre sanctitatea individului. Grecii ne-au dat conceptele noastre de democrație și egalitate și libertăți personale și raționament științific și libertate intelectuală și deschidere mintală, ca și ceea ce astăzi numim „multiculturalism". Astfel că atitudinea grecească asupra vieții este urbană, sofisticată și exploratorie, lăsând mereu loc dubiului și dezbaterii.

De cealaltă parte se află felul ebraic de a vedea lumea. Iar când spun „ebraic" nu mă refer în mod expres la dogmele iudaismului. (De fapt, cei mai mulți evrei americani contemporani pe care-i cunosc sunt extrem de greci în gândire, în timp ce fundamentaliștii creștini americani de astăzi sunt profund ebraici.) În sensul în care e folosit de filozofi, cuvântul „ebraic" înseamnă, pe scurt, o perspectivă antică asupra lumii care implică tribalism, credință, obediență și respect. Crezul ebraic este unul de clan, patriarhal, autoritarist, moralist, ritua-

1. Trimitere la frățiile (*fraternities, sororities*) anglo-saxone, botezate cu câte o literă grecească. (*N.t.*)

lic și în mod instinctiv suspicios în privința străinilor. Gânditorii „ebraici" văd lumea ca pe o luptă străvezie între bine și rău, în care Dumnezeu este întotdeauna de partea „noastră" cu toată convingerea. Acțiunile omenești sunt fie corecte, fie greșite. Nu există nici o zonă gri. Colectivul e mai important decât individul, moralitatea este mai importantă decât fericirea, iar jurămintele sunt inviolabile.

Există însă o problemă: cultura occidentală modernă a moștenit cumva ambele perspective antice asupra lumii – deși n-am reușit niciodată să le reconciliem, căci sunt ireconciliabile. (Ați urmărit în ultima vreme cum se desfășoară o campanie electorală americană?!) Astfel, societatea americană este un ciudat amalgam de gândire grecească și ebraică. Codul nostru de legi este în mare măsură grecesc; codul nostru moral este în mare măsură ebraic. Nu avem nici o modalitate de a ne gândi la independență și intelect și sanctitatea individului care să nu fie grecească. Nu avem nici o modalitate de a ne gândi la virtute și la voința lui Dumnezeu care să nu fie ebraică. Ideea noastră de dreptate este grecească; ideea noastră de justiție este ebraică.

Cât despre ideile noastre privind dragostea – ei bine, aici avem o incredibilă încâlceală între amândouă. Sondaj după sondaj, americanii își exprimă credința în două idei despre căsnicie complet contradictorii. Pe de-o parte (pe partea ebraică), ca națiune, credem în mod covârșitor în ideea după care căsătoria trebuie să fie un angajament pe viață, de neîncălcat vreodată. Pe de altă parte, cea grecească, credem la fel de mult că individul ar trebui să aibă dreptul să divorțeze oricând, din motive de ordin personal (ale soțului sau soției).

Cum ar putea fi aceste două idei adevărate în același timp? Nu-i de mirare că suntem atât de derutați. Nu-i de mirare nici că americanii se căsătoresc mai des și divorțează mai des decât orice altă națiune din orice altă țară din lume. Facem un ping-pong continuu între două perspective contradictorii despre dragoste. Perspectiva noastră ebraică (sau biblică/morală) asupra dragostei se bazează pe iubirea de Dumnezeu – care ține cu totul de supunerea față de un crez sacrosanct –, iubire în care credem la modul absolut. Perspectiva noastră grecească (sau filozofică/etică) asupra dragostei se bazează pe iubirea de natură –

care ține cu totul de explorare, frumusețe și un adânc respect pentru exprimarea sinelui. Și credem și în această iubire tot la modul absolut.

Amantul grec perfect este erotic; amantul ebraic perfect este credincios.

Pasiunea este grecească; fidelitatea este ebraică.

Ideea asta a ajuns să mă bântuie pentru că eu una mă apropii mult mai mult de capătul grecesc al spectrului greco-ebraic. Asta făcea oare din mine o candidată la căsătorie atât de nepotrivită? Mă temeam că așa era. Noi, grecii, nu ne simțim prea bine când trebuie să sacrificăm Sinele pe altarul tradiției; pur și simplu ni se pare un act despotic și înspăimântător. Mi-am făcut și mai multe griji despre toate astea după ce-am dat peste o măruntă, dar extrem de importantă informație din uriașul studiu Rutgers privitor la căsnicie. Cercetătorii descoperiseră, pare-se, dovezi ce susțineau ideea conform căreia căsniciile în care atât soțul, cât și soția cred cu toată convingerea în sanctitatea căsătoriei au șanse mult mai mari să reziste decât cele în care cuplurile sunt un pic mai circumspecte în privința acestei instituții. Așadar, se pare că una dintre premisele unei căsnicii durabile este respectul față de căsătorie.

Presupun că toate astea au sens, nu-i așa? Pentru ca promisiunea ta să aibă valoare trebuie să crezi în ceea ce juri, nu? Căci căsătoria nu este doar un simplu jurământ făcut unui alt individ; asta-i partea ușoară. Căsătoria este și un jurământ făcut unui *jurământ*. Știu sigur că există oameni care rămân căsătoriți toată viața nu pentru că și-ar iubi perechea, ci pentru că-și iubesc principiile. Rămân până la moarte într-o căsnicie legală cu o persoană pe care se prea poate s-o deteste din toată inima, și asta doar pentru că i-au făcut acelei persoane un jurământ în fața lui Dumnezeu și n-ar mai reuși să se recunoască pe sine dacă ar dezonora o asemenea promisiune.

În mod clar, eu nu sunt o astfel de ființă. În trecut mi s-a oferit alegerea tranșantă între a-mi onora jurământul dat și a-mi onora întreaga viață, iar eu m-am ales pe mine în detrimentul jurământului. Refuz să spun că asta m-ar transforma în mod *necesar* într-o persoană lipsită de etică (unii ar putea spune că alegerea libertății în detrimentul nefericirii e o modalitate de a onora miracolul vieții), dar, când s-a pus problema să mă căsătoresc cu Felipe, m-am confruntat din această cauză cu o dilemă. Deși eram destul de ebraică pentru a-mi dori din tot sufletul ca de data asta să rămân căsătorită toată viața (da, haideți să folosim până la urmă cuvintele rușinoase: *de data asta*), încă nu găsisem o modalitate de a respecta din toată inima instituția matrimonială în sine. Încă nu-mi găsisem în istoria căsniciei nici un loc de care să simt că aparțin, în care să simt că mă pot recunoaște pe mine însămi. Această lipsă a respectului și a autorecunoașterii m-a făcut să mă tem că nici măcar eu n-aveam să mai cred jurămintele pe care urma să le rostesc în ziua nunții.

Încercând să rezolv cumva chestiunea, am discutat cu Felipe. Ei bine, ar trebui să menționez că Felipe e cu mult mai relaxat decât mine cu privire la toată tărășenia. Deși nu simțea pentru instituția căsătoriei mai multă afecțiune decât mine, îmi spunea mereu:

— Draga mea, deja totul a ajuns un joc. Statul a stabilit regulile, și acum noi trebuie să-i jucăm jocul ca să obținem ce vrem. Personal, eu sunt dispus să joc orice joc dacă asta înseamnă că până la urmă o să pot să-mi trăiesc viața liniștit lângă tine.

Modul ăsta de gândire funcționa pentru el, dar eu căutam altceva decât jocuri de jucat; eu aveam nevoie de un anumit nivel de sinceritate și de autenticitate. Felipe îmi vedea agitația privind subiectul și – Dumnezeu să-l binecuvânteze pe omul ăsta – era atât de bun, încât îmi asculta răbdător dilemele privind filozofiile antagoniste ale civilizației occidentale și modul în care îmi afectau percepția asupra căsătoriei. Când l-am întrebat însă dacă se simțea mai degrabă grec sau mai degrabă ebraic în gândire, mi-a răspuns:

— Draga mea, la mine nu se aplică nici una din ele.

— De ce nu? l-am întrebat.

— Eu nu sunt *nici* grec, *nici* ebraic.

— Atunci ce ești?

— Sunt brazilian.

— Și, mă rog, ce înseamnă asta?

Felipe a râs.

— Nimeni nu știe sigur! Asta-i chestia mișto când ești brazilian. Nu-nseamnă nimic! Deci îți poți folosi brazilianitatea ca scuză ca să-ți trăiești viața cum vrei. E o strategie strălucită, de fapt. Pe mine m-a dus departe.

— Și pe mine cu ce m-ajută?

— Te-ar putea ajuta să te relaxezi, probabil! Ești pe cale să te măriți cu un brazilian. De ce n-ai începe să gândești ca o braziliancă?

— Cum?

— Alegând ce vrei! Ăsta-i stilul brazilian, nu-i așa? Împrumutăm idei de la toată lumea, le amestecăm și facem din ele ceva nou. Ascultă, ce-ți place ție așa de mult la greci?

— Umanismul lor, am spus.

— Și ce-ți place – dacă ți-o fi plăcând ceva – la ebraici?

— Onoarea lor, am spus.

— OK, atunci uite: le luăm pe amândouă. Umanismul și onoarea. Din combinația asta o să facem o căsnicie. O s-o numim de soi brazilian. O să modelăm treaba asta după un cod al nostru.

— Păi... chiar putem să facem așa ceva?

— Draga mea! a exclamat Felipe, apoi mi-a luat fața în mâini cu o subită exasperare frustrată. Când ai de gând să înțelegi? De cum facem rost de afurisita aia de viză și ne căsătorim cum trebuie în America, *putem să facem, fir-ar să fie, tot ce vrem noi*!

Chiar putem?

Mă rugam ca Felipe să aibă dreptate, dar nu eram sigură. Dacă săpam până jos de tot, până la fund, cea mai adâncă temere a mea privind căsătoria era că, până la urmă, ea ne va modela pe noi mult mai mult decât puteam noi s-o modelăm pe ea. După toate lunile acelea în care studiasem căsătoria mă temeam de o asemenea perspectivă mai mult ca niciodată. Ajunsesem să cred că instituția căsătoriei era impresionant de puternică. Cu siguranță era mult mai vastă și mai veche și mai complicată decât am putea fi vreodată eu sau Felipe. Indiferent cât de moderni și de sofisticați ne-am fi simțit Felipe și cu mine, mă temeam că urma să pășim pe linia de asamblare a căsniciei și că, în scurt timp, aveam să ne pomenim transformați în *soți* – înghesuiți cu forța în vreo formă complet convențională de pe urma căreia să câștige societatea, chiar dacă noi nu câștigam prea mult.

Toate astea erau neliniștitoare din cauză că, indiferent cât de enervant ar suna, îmi place să mă gândesc la mine ca la o persoană vag boemă. Nu sunt vreo anarhistă sau ceva asemănător, dar îmi face plăcere să-mi privesc viața în termenii unei anume rezistențe instinctive față de conformism. Ca să fim cinstiți, și lui Felipe îi place să se privească pe sine cam la fel. OK, haideți să fim cu toții sinceri aici și să recunoaștem că *celor mai mulți* dintre noi le place să se gândească la ei înșiși în astfel de termeni, nu-i așa? Până la urmă e încântător să te imaginezi drept un nonconformist excentric chiar și când ți-ai cumpărat doar o cafetieră, nimic mai mult. Deci poate că toată ideea asta de a mă încovoia sub conformismul căsniciei m-a înțepat un pic – m-a înțepat la nivelul ăla vechi al mândriei grecești anti-autoritate. Cu toată sinceritatea, nu eram sigură că aveam să trec vreodată cu bine peste subiectul ăsta.

Asta până l-am descoperit pe Ferdinand Mount.

Într-o zi, în timp ce scormoneam internetul după noi indicii referitoare la căsnicie, am dat peste o veche lucrare academică cu aspect ciudat, denumită *Familia subversivă*, scrisă de un autor britanic pe nume Ferdinand Mount. Am comandat imediat cartea și am rugat-o pe sora mea să mi-o expedieze în Bali. Îmi plăcuse titlul și eram sigură că textul ăla avea să-mi ofere extraordinare povești despre niște cupluri care reușiseră cumva să învingă sistemul și să submineze autoritatea socială rămânând fidele rădăcinilor lor rebele, toate astea în timp ce se aflau în interiorul instituției căsătoriei. Poate că aveam să-mi găsesc acolo modele!

Într-adevăr, subiectul cărții era subminarea, dar nu de felul celei la care mă gândisem eu. Nu era deloc vorba de un manifest al răzvrătirii, lucru care n-ar fi trebuit să mă surprindă, având în vedere că Ferdinand Mount (iertăciune, *Sir* William Robert Ferdinand Mount, al treilea baronet deținător al titlului) este un cronicar conservator de la *Sunday Times*, Londra. Pot spune cu mâna pe inimă că n-aş fi comandat niciodată cartea dacă aş fi ştiut asta de la început. Dar mă bucur că am descoperit-o, fiindcă, uneori, izbăvirea ajunge la noi în chipurile cele mai neaşteptate, iar Sir Mount (*surmount*[1]?) mi-a întins un soi de colac de salvare, oferindu-mi o perspectivă asupra căsătoriei radical diferită de tot ce dezgropasem până atunci.

Mount – de acum înainte voi sări peste titlul de nobleţe – sugerează că toate căsătoriile sunt automat acte de subversiune la adresa autorităţii. (Adică toate căsătoriile nearanjate. Ceea ce înseamnă toate căsătoriile care nu sunt tribale, de clan sau bazate pe proprietăţi. Ceea ce înseamnă căsătoriile occidentale.) Familiile care apar prin astfel de uniuni consensuale şi personale sunt şi ele unităţi subversive. Cum spune Mount: „Familia *este* o organizaţie subversivă. De fapt, este organizaţia subversivă supremă şi singura subversivă în mod constant. De-a lungul istoriei, numai familia a continuat, şi continuă şi astăzi, să submineze statul. Familia este duşmanul etern şi rezistent al tuturor ierarhiilor, bisericilor şi ideologiilor. Nu doar dictatorii, episcopii şi comisarii, ci şi modeştii preoţi de parohie sau intelectualii de cafenea se pomenesc puşi neîncetat faţă în faţă cu ostilitatea împietrită a familiei şi cu decizia neclintită a acesteia de a rezista până la capăt oricărui amestec din exterior."

Iată nişte cuvinte extrem de dure, dar Mount îşi construieşte o argumentaţie copleşitoare. El susţine că, de vreme ce persoanele din căsniciile nearanjate stau împreună din motive adânc personale şi de vreme ce respectivele cupluri îşi creează vieţi extrem de secrete în interiorul uniunilor proprii, aceste cupluri reprezintă ameninţări intrinseci la adresa oricui ar dori să conducă lumea. Întâiul scop al oricărui organism autoritar este să-şi impună controlul asupra unei populaţii date prin intermediul coerciţiei, îndoctrinării, intimidării sau propagandei. Dar, spre marea lor frustrare, instanţele autorităţii n-au reuşit niciodată să controleze cu desăvârşire, şi nici măcar să monitorizeze, cele mai ascunse intimităţi care se petrec între doi oameni care se culcă împreună în mod regulat.

1. A surmonta, a birui (engl.). (*N.t.*)

Nici măcar STASI-ul din Germania comunistă – cea mai eficientă poliție totalitară pe care a cunoscut-o vreodată omenirea – nu putea asculta absolut toate conversațiile private de la ora trei noaptea din absolut toate casele private. Nimeni n-a fost vreodată în stare să facă așa ceva. Indiferent cât de modeste sau de triviale sau de serioase ar fi discuțiile din pat, astfel de ceasuri discrete aparțin în mod exclusiv celor două persoane în cauză. Ceea ce se petrece într-un cuplu pe întuneric este însăși definiția cuvântului „privat". Și aici nu mă refer doar la sex, ci și la aspectul său cu mult mai subversiv: *intimitatea*. Cu timpul, orice cuplu din lume are potențialul de a deveni o națiune mică și izolată, formată din doar doi oameni – care să-și creeze propria cultură, propriul limbaj și propriul cod moral la care să nu poată lua parte nimeni altcineva.

Emily Dickinson scria: „Din toate Sufletele aflate pe lume / Eu am ales – Unul." Exact ideea asta – că, din motivele noastre personale, mulți ajungem să alegem o singură persoană pe care s-o iubim și s-o apărăm, mai presus decât oricare altele – este o situație care a exasperat dintotdeauna rudele, prietenii, instituțiile religioase, mișcările politice, oficialii de la birourile de imigrare și corpurile de armată. Selecția aceea, strâmtimea intimității, este înnebunitoare pentru oricine își dorește să te controleze. De ce credeți că sclavilor americani le era interzis să se căsătorească legal? Din cauză că, pentru proprietarii de sclavi, posibilitatea de a-i permite unei persoane aflate în captivitate să trăiască larga paletă de libertăți emoționale și de secrete împărtășite pe care le poate cultiva căsnicia era un lucru mult prea periculos. Căsătoria reprezenta un soi de libertate a inimii, și în interiorul unei populații ținute în sclavie nu putea fi tolerat nimic de genul ăsta.

După Mount, de aceea au încercat mereu, de-a lungul secolelor, entitățile puterii să taie legăturile firești dintre oameni: ca să-și sporească propria putere. Ori de câte ori apare undeva o nouă mișcare revoluționară sau sectă, sau religie, jocul reîncepe mereu la fel: printr-un efort de a te separa pe tine – individul – de cei cărora le-ai fost credincios până atunci. Noului tău stăpân, domn, zeu, crez sau popor trebuie să-i faci un jurământ de sânge prin care să-ți declari credința totală. Așa cum scrie Mount: „Trebuie să renunți la toate celelalte bunuri și legături lumești și să urmezi Steagul sau Crucea sau Semiluna sau Secera și Ciocanul." Pe scurt, trebuie să-ți dezmoștenești familia cea adevărată și să juri că *noi suntem familia ta de-acum înainte*. În plus, trebuie să adopți acele forme noi, exterioare, ce copiază familia care îți sunt impuse (mânăstirea, chibuțul, partidul, comuna, plutonul, gașca etc.). Și dacă alegi să-ți așezi soția sau soțul sau amantul mai presus de colectiv, cumva reușești să dezamăgești și să trădezi mișcarea și ești denunțat drept egoist, retrograd sau poate chiar trădător.

Dar oamenii continuă. Continuă să reziste colectivului și să aleagă din mulțime o singură persoană pe care s-o iubească. Am văzut cum s-a întâmplat acest lucru la începuturile creștinismului – mai țineți minte? Părinții Bisericii propovăduiau destul de clar că, pe viitor, oamenii trebuiau să aleagă celibatul în defavoarea căsniciei. Acesta urma să fie noul construct social. Însă, deși unii nou-convertiți au ales celibatul, este evident că cei mai mulți n-au făcut-o. Până la urmă, conducătorii creștini au trebuit să cedeze și să admită că mariajul n-avea să dispară. Marxiștii s-au confruntat cu aceeași problemă când au încercat să creeze o nouă ordine mondială unde copiii să fie crescuți în creșe comune și unde să nu existe nici un fel de legături speciale în interiorul cuplurilor. Dar nici comuniștii n-au avut mai mult noroc decât primii creștini cu impunerea acestei idei. Fasciștii n-au avut nici ei noroc cu ea. Au reușit să *influențeze* forma căsniciei, dar n-au reușit să *elimine* căsnicia.

Nici feministele n-au reușit, și trebuie să fiu corectă și să recunosc asta. La începuturile revoluției feministe, unele dintre activistele cele mai radicale împărtășeau un vis utopic conform căruia, dacă ar fi avut de ales, femeile emancipate ar fi optat de fiecare dată să aibă legături de prietenie și de solidaritate între ele, în detrimentul opresivei instituții a căsătoriei. Asemeni separatistei feministe Barbara Lipschutz, unele dintre acele activiste au mers atât de departe, încât au propus ca femeile să înceteze cu desăvârșire să facă sex – nu doar cu bărbați, ci și cu alte femei – deoarece sexul avea să fie întotdeauna un act înjositor și oprimant. Prin urmare, celibatul și prietenia trebuiau să fie noile modele pentru relațiile femeilor. „Nobody Needs to Get Fucked“ era titlul scandalosului eseu al lui Lipschutz – o formulare pentru care Sfântul Pavel cu siguranță n-ar fi optat, dar care, în esență, trimite la exact aceleași principii: că relațiile carnale pângăresc și că, în cel mai bun caz, partenerii romantici ne abat atenția de la destinele noastre mai elevate și mai onorabile. Dar Lipschutz și adeptele ei n-au avut nici ele mai mult noroc decât primii creștini, comuniștii sau fasciștii în privința eradicării dorinței de a împărtăși intimitatea sexuală. O mulțime de femei – chiar femei foarte inteligente și emancipate – au sfârșit prin a deveni în viața privată partenerele unor bărbați. Și pentru ce anume se luptă astăzi cele mai multe dintre activistele feministe lesbiene? *Pentru dreptul de a se căsători.* Pentru dreptul de a deveni mame, de a-și întemeia familii, de a avea acces la uniuni recunoscute legal. Vor să fie *înăuntrul* căsniciei, să-i modeleze forma din interior, nu să stea în afara ei și să arunce cu pietre către fațada veche și dizgrațioasă a acestei instituții.

Până și Gloria Steinem, emblema mișcării feministe americane, a hotărât în 2000 să se căsătorească pentru prima oară. În ziua nunții avea șaizeci și șase de ani și era la fel de sclipitoare ca întotdeauna; e cazul să presupunem că știa foarte bine ce face. Însă unele dintre adeptele ei au considerat acest lucru o trădare, de parcă o sfântă decăzuse din grația divină. E important de observat că Steinem și-a perceput ea însăși mariajul ca pe o sărbătorire a victoriilor feminismului. După cum a explicat chiar ea, dacă s-ar fi căsătorit în anii 1950, pe vremea când „ar fi trebuit s-o facă“, ar fi devenit sclava soțului ei – sau, în cel mai bun caz, ajutorul lui de nădejde, asemeni lui Phyllis cea talentată la matematică. Însă, în mare parte datorită chiar propriilor ei eforturi neobosite, în anii 2000 căsătoria din America a evoluat până la punctul în care o femeie poate fi atât soție, cât și ființă omenească, păstrându-și intacte toate libertățile civile. Decizia lui Steineim tot a dezamăgit însă o mulțime de feministe pătimașe, care n-au putut trece peste insulta usturătoare adusă lor de lidera neînfricată care a ales un bărbat în locul colectivității de surori. Dintre toate sufletele aflate pe lume, până și Gloria a ales *unul* – iar această decizie a lăsat pe dinafară tot restul lumii.

Dar nu poţi opri oamenii să-şi dorească ce-şi doresc şi, după câte se pare, enorm de mulţi oameni îşi doresc intimitatea cu o persoană specială. Şi, cum nu există intimitate în lipsa unui spaţiu privat, oamenii tind să respingă foarte puternic orice persoană sau lucru care interferează cu dorinţa lor simplă de a fi lăsaţi în pace, alături de persoana iubită. Deşi de-a lungul istoriei figurile autoritare au încercat să limiteze această dorinţă, nu ne-au putut face să ne dezicem de ea. Pur şi simplu insistăm asupra îndreptăţirii noastre de a ne lega de un alt suflet în mod legal, emoţional, fizic, material. Insistăm să încercăm mereu, indiferent cât de neinspirat ar fi acest lucru, să recreăm fiinţa uniunii omeneşti perfecte a lui Aristofan, cea cu două capete şi opt membre.

Văd cum nevoia asta teribilă îşi face de cap peste tot în jurul meu, luând uneori cele mai surprinzătoare forme. Se căsătoresc unii dintre cei mai neconvenţionali, mai acoperiţi cu tatuaje, mai antisistem şi mai rebeli oameni pe care-i cunosc. Se căsătoresc unii dintre oamenii cei mai promiscui din punct de vedere sexual pe care-i cunosc (uneori cu efecte dezastruoase – şi totuşi, măcar încearcă). Se căsătoresc unii dintre cei mai mizantropi oameni pe care-i cunosc, în ciuda a ceea ce pare a fi dezgustul lor generalizat faţă de întreaga omenire. De fapt, cunosc foarte puţini oameni care să nu fi *încercat* măcar o dată în viaţă, într-o formă sau alta, un parteneriat monogam pe termen lung – chiar dacă nu şi-au oficializat sau legalizat niciodată jurămintele într-o biserică sau în faţa unui judecător. De fapt, cei mai mulţi oameni pe care-i cunosc au încercat chiar de mai multe ori parteneriate monogame de lungă durată – deşi inima le fusese în trecut sfâşiată în urma unui asemenea efort.

Chiar Felipe şi cu mine – doi încercaţi supravieţuitori de divorţuri, care ne mândream cu un anume grad de autonomie boemă – începuserăm să ne creăm o mică lume doar pentru noi care semăna suspect de mult cu căsnicia, şi asta cu mult înainte ca autorităţile de la Imigrări să se bage în viaţa noastră. Înainte să fi auzit măcar de funcţionarul Tom, trăiam deja împreună, făceam planuri împreună, dormeam împreună, împărţeam resurse, ne construiam vieţile unul în jurul celuilalt, excludeam din relația noastră alte persoane – și cum ai putea numi toate astea, dacă nu căsnicie? Am avut chiar și o ceremonie în care ne-am jurat fidelitate. (La naiba, avuseserăm *două*!) Ne modelam viețile în acea formă de parteneriat tocmai pentru că tânjeam după ceva. La fel cum fac atâția dintre noi. Tânjim după intimitate chiar dacă este riscantă emoțional. Tânjim după intimitate chiar dacă nu ne pricepem deloc la ea. Tânjim după intimitate chiar dacă este ilegal să iubim persoana pe care o iubim. Tânjim după intimitate chiar dacă ni se spune că ar trebui să tânjim după altceva, ceva mai rafinat, ceva mai nobil. Pur și simplu *continuăm să tânjim după intimitate*, și asta din motivele noastre profund personale. Nimeni n-a fost vreodată în stare să explice complet acest mister și nimeni n-a fost vreodată în stare să ne înăbușe dorința.

Așa cum scrie Ferdinand Mount: „În ciuda tuturor eforturilor oficiale de a retrograda familia, de a-i reduce rolul și chiar de a o elimina, bărbații și femeile continuă cu încăpățânare nu doar să se împerecheze și să producă copii, ci și să insiste să trăiască împreună în perechi." (Apropo, eu aș adăuga ceva la ideea asta: că și bărbații și bărbații insistă să trăiască împreună în perechi; că și femeile și femeile insistă să trăiască împreună în perechi. Ceea ce înnebunește autoritățile și mai mult.)

Puse față în față cu această realitate, autoritățile represive cedează întotdeauna într-un final, înclinându-se în fața inevitabilității parteneriatului omenesc. Dar acei enervanți reprezentanți ai puterii instituționale nu cedează fără luptă. Cedările lor au un anume tipar, un tipar despre care Mount susține că ar fi consecvent de-a lungul istoriei occidentale. Mai întâi, autoritățile realizează încet-încet că sunt incapabile să-i oprească pe oameni să aleagă credința față de un partener în locul loialității față de vreo cauză mai înaltă și că, prin urmare, căsătoria nu dispare. Dar, de îndată ce renunță să mai încerce să elimine căsătoria, autoritățile încearcă în pasul doi s-o controleze, stabilind tot felul de limitări și legi restrictive cu privire la această cutumă. De exemplu: în Evul Mediu, când, în final, Părinții Bisericii au cedat în fața existenței căsătoriei, ei au îngrămădit imediat asupra instituției un uriaș morman de condiții noi și dure. Nu trebuia să existe divorț; căsătoria urma să fie o taină sfântă și inviolabilă; nimeni nu avea dreptul să se căsătorească fără încuviințarea unui preot; femeile urmau să se supună regulii de *coverture* etc. Iar apoi, Biserica a luat-o un pic razna, încercând să impună toate aceste forme de control asupra căsătoriei până la cele mai intime niveluri ale intimității sexuale maritale.

De exemplu, în Florența anilor 1600, unui călugăr (deci unui celibatar) pe nume Fratele Cherubino i-a fost încredințată extraordinara însărcinare de a scrie un manual pentru soții și soțiile creștine, care avea să facă limpezi regulile privitoare la ce era și ce nu era socotit act sexual acceptabil în interiorul unei căsnicii creștine. „Activitatea sexuală, susținea Fratele Cherubino, nu trebuie să implice ochii, nasul, urechile, limba și nici o altă parte a trupului care nu e necesară procreației." Soția putea privi părțile intime ale soțului ei, dar numai dacă acesta era bolnav, și nu pentru că ar fi fost ceva excitant. Și: „...Femeie, nu te lăsa niciodată văzută despuiată de către soțul tău!" Deși creștinii aveau permisiunea de a se îmbăia din când în când, să încerci să miroși bine pentru a-ți atrage perechea din punct de vedere sexual era, evident, un lucru teribil de păcătos. În plus, nu trebuie să-ți săruți niciodată soțul sau soția folosindu-te de limbă. *Nicăieri*! „Diavolul știe cum să facă atât de multe între soț și soție", se lamenta Fratele Cherubino. „El îi face să atingă și să sărute nu doar părțile cinstite, ci și pe cele necinstite. Numai gândindu-mă la acest lucru sunt copleșit de oroare, groază și minunare..."

Bineînțeles, din perspectiva Bisericii, cel mai oribil, îngrozitor și plin de minunare lucru era faptul că patul conjugal se dovedea atât de intim și deci, în ultimă instanță, atât de puțin controlabil. Nici măcar cei mai vigilenți călugări florentini nu puteau opri explorările a două limbi intime dintr-un dormitor intim la miez de noapte. Și nici un călugăr nu putea controla nimic din ce vorbeau cele două limbi, odată încheiat actul iubirii – ceea ce pesemne era cea mai amenințătoare realitate dintre toate. Chiar și în acea epocă restricitvă, odată ce ușile se închideau și oamenii puteau hotărî singuri, fiecare cuplu își definea propriii termeni de exprimare intimă.

Într-un final, cuplurile tind să câștige.

Odată ce autoritățile eșuează în încercarea de a *elimina* căsătoria și odată ce eșuează în încercarea de a *controla* căsnicia, ele renunță și adoptă întreaga tradiție matrimonială. (Lucru amuzant, Ferdinand Mount numește acest lucru semnarea unui „tratat de pace unilateral".) Dar urmează un stadiu și mai curios. Cu exactitate de ceasornic, autoritățile instituționale încearcă de acum înainte să-și însușească noțiunea de căsătorie, mergând atât de departe încât să pretindă că ele au inventat căsnicia de la bun început. Este ceea ce au făcut în Occident liderii creștini conservatori în cursul ultimelor câteva secole, comportându-se de parcă ei ar fi *creat* întreaga tradiție a căsătoriei și a valorilor familiale, când adevărul este că religia lor a început printr-un grav atac la adresa căsătoriei și a valorilor familiale.

Este tiparul sovietic, care s-a repetat în cazul chinezilor secolului XX. Mai întâi, comuniștii au încercat să elimine căsătoria; apoi au încercat să controleze căsătoria; după care au fabricat o mitologie complet nouă, care susținea că „familia" fusese oricum dintotdeauna coloana vertebrală a societății comuniste, în caz că nu știa toată lumea treaba asta.

Între timp, de-a lungul acestei istorii contorsionate, de-a lungul tuturor crizelor și nervilor dictatorilor și despoților și preoților și altor zbiri, oamenii au continuat pur și simplu să se căsătorească – sau oricum am vrea să numim treaba asta. Indiferent cât de disfuncționale sau distrugătoare sau neinspirate le-au fost uniunile – sau chiar secrete, ilegale, fără nume sau redenumite –, oamenii continuă să insiste să se contopească unii cu ceilalți, în termenii lor. Se adaptează la toate legile schimbătoare și reușesc să treacă peste toate restricțiile și limitările prezentului în care trăiesc! Așa cum se plângea în 1750 un pastor anglican din colonia americană Maryland, dacă ar fi fost obligat să recunoască drept „căsătorite" numai cuplurile care își rostiseră jurămintele în mod legal, în biserică, ar fi trebuit să-i „declare bastarzi pe nouă din zece din oamenii acestei parohii".

Oamenii nu așteaptă permisiunea; își văd de treabă și realizează lucrurile de care au nevoie. Chiar și cei dintâi sclavi africani din America inventaseră o formă de ceremonie profund subversivă, numită „căsătoria târnului", în care cuplul sărea peste o mătură de nuiele rezemată pieziș în cadrul unei uși, după care se declara căsătorit. Și nimeni nu-i putea opri pe sclavii aceia să-și facă jurăminte pe ascuns, într-un moment de intimitate furată.

Văzută în această lumină, întreaga noțiune occidentală de căsătorie se schimbă pentru mine – se schimbă într-o asemenea măsură, încât ajunge să pară, în chip tăcut și personal, revoluționară. De parcă întregul tablou istoric se mută cu câțiva centimetri nevăzuți și, deodată, totul se reordonează și capătă o formă nouă. Deodată, căsnicia legală începe să semene mai puțin cu o instituție (un sistem strict, imuabil, anchilozant și dezumanizant, impus de autorități asupra unor indivizi neajutorați) și mai mult cu o *concesie* (încercarea unor autorități neajutorate de a monitoriza comportamentul imposibil de gestionat a doi indivizi cumplit de puternici).

Așa că nu noi, ca indivizi, trebuie să ne mulăm incomod în jurul instituției căsătoriei; mai degrabă instituția căsătoriei trebuie să se muleze incomod în jurul *nostru*. Fiindcă „ele" (autoritățile instituționale) n-au fost niciodată cu adevărat în stare să ne oprească pe „noi" (doi oameni) să ne legăm viețile laolaltă și să ne creăm propria lume intimă. Și astfel, până la urmă, „ele" n-au de ales și trebuie să ne permită „nouă" să ne căsătorim în mod legal în vreo formă sau alta, indiferent cât de restrictive pot să pară condițiile lor. Statul șontâcăie în urma propriilor cetățeni, luptându-se să țină pasul, creând tardiv și disperat (și adesea ineficient și chiar ilar) reguli și moravuri în jurul a ceva ce noi vom continua să facem oricum, fie că le place sau nu.

Deci poate că, în mod delicios, am înțeles eu totul pe dos. Probabil că e absurd să insinuezi cumva că societatea ar fi inventat căsătoria și apoi i-ar fi forțat pe oameni să-și creeze între ei legături. Este ca și când ai sugera că societatea a inventat dentiștii, apoi i-a forțat pe oameni să le crească dinți. *Noi* am inventat căsătoria. Cuplurile au inventat căsătoria. Și nu uitați că tot noi am inventat divorțul. Ba am inventat și infidelitatea, ca și nefericirea în dragoste. De fapt, noi am inventat toată afurisita asta de încurcătură haotică a dragostei și a apropierii și a aversiunii și a euforiei și a eșecului. Dar, mai important decât orice, mai subversiv decât orice, mai încăpățânat decât orice, noi am inventat *intimitatea*.

Înseamnă că Felipe avea dreptate într-o anumită măsură: căsătoria este un joc. Ei (cei fricoși și puternici) hotărăsc regulile. Noi (cei de rând și subversivi) ne plecăm obedienți în fața acelor reguli. *Apoi mergem acasă și putem să facem, fir-ar să fie, tot ce vrem noi!*

Vi se pare că încerc să mă conving singură de ceva?

Oameni buni, păi *chiar încerc* să mă conving singură de ceva.

Toată cartea asta – absolut fiecare pagină a ei – a fost un efort de a scormoni prin istoria complexă a căsătoriei occidentale până când am reușit să-mi găsesc un locșor al meu în care să mă simt confortabil. Un astfel de confort nu e neapărat ușor de găsit. Cu treizeci de ani în urmă, în ziua nunții ei, prietena mea Jean și-a întrebat mama: „Oare toate miresele sunt la fel de îngrozite înainte să se căsătorească?", iar mama ei i-a răspuns în timp ce, calmă, încheia nasturii rochiei albe a fiică-sii: „Nu, draga mea. Doar cele care chiar gândesc."

Ei bine, eu m-am gândit foarte mult la toate astea. Pentru mine n-a fost ușor să fac saltul în căsătorie, dar poate că nici n-ar trebui să fie ușor. Poate că mi-a priit să fiu convinsă să mă căsătoresc – ba chiar să existe o luptă de convingere –, mai ales pentru că sunt femeie și mariajul nu a fost mereu blând cu femeile.

Unele culturi par să înțeleagă mai bine decât altele nevoia persuasiunii maritale în ce privește femeile. În unele culturi, sarcina de a ispiti cu adevărat femeia să accepte propunerea de căsătorie a evoluat până la stadiul de ceremonie și chiar de artă în toată puterea cuvântului. La Roma, în cartierul muncitoresc Trastevere, o puternică tradiție încă dictează ca tânărul care dorește să se însoare cu o anumită fată să-i facă acesteia o serenadă în public, în fața casei. Trebuie s-o implore prin cântec să-i acorde mâna chiar acolo, în stradă, unde-l poate vedea oricine. Bineînțeles că numeroase alte culturi mediteraneene au tradiții asemănătoare, dar în Trastevere lucrul ăsta chiar se practică până la capăt.

Scena începe de fiecare dată la fel. Tânărul vine la casa iubitei lui împreună cu un grup de prieteni și câteva chitare. Se strâng cu toții sub fereastra fetei și încep să cânte cât îi ține gura – în sonorul și asprul dialect local – un cântec cu titlul extrem de neromantic *Roma, nun fa' la stupida stasera!* (*Roma, nu face pe proasta-n seara asta!*). Fiindcă, de fapt, băiatul nu-i cântă direct iubitei; nu îndrăznește s-o facă. Ceea ce vrea el de la ea (mâna, viața, corpul, sufletul, credința ei) este ceva atât de monumental, încât e prea terifiant ca să fie cerut în mod direct. În loc, el își îndreaptă cântecul către întreaga Romă, strigându-i totul cu o disperare emoțională vie, directă, insistentă. Din toată inima, el imploră însăși cetatea să-l ajute în acea seară pentru a-și ademeni iubita către căsătorie.

„Roma, nu face pe proasta-n seara asta!" cântă tânărul sub fereastra fetei. „Ajută-mă! Spulberă norii de pe chipul lunii, doar pentru noi doi! Fă să strălucească cele mai luminoase stele ale tale! Hai, bate, vântule de Apus, bate, afurisitule! Suflă aer înmiresmat de primăvară!"

Când prin cartier încep să adie primele acorduri ale acestei cunoscute melodii, toată lumea iese la ferestre și astfel începe uimitorul fragment al spectacolului de seară la care participă și publicul! Toți bărbații din casele dimprejur se apleacă pe fereastră și își agită pumnii către cer, mustrând cetatea Romei că nu-l ajută mai cu viață pe bietul băiat care face cererea în căsătorie. Toți bărbații strigă într-un singur glas: „Roma, nu face pe proasta-n seara asta! Ajută-l!"

Apoi, fata – obiectul dorinței – iese la fereastră. Are de cântat partea ei din serenadă, dar cu complet alte cuvinte. Când îi vine rândul, și ea imploră Roma să nu fie proastă-n seara asta. Și ea roagă cetatea s-o ajute. Dar lucrul pe care-l cere ea este cu totul diferit. Fata imploră Roma să-i dea puterea de a refuza propunerea de căsătorie.

„Roma, nu face pe proasta-n seara asta!" imploră ea cântând. „Te rog să tragi norii înapoi peste chipul lunii! Ascunde-ți cele mai luminoase stele! Nu mai bate, vântule de Apus, nu mai bate, afurisitule! Nu mai sufla aer înmiresmat de primăvară! Ajută-mă să rezist!"

Toate femeile din cartier se apleacă de la ferestrele *lor* și cântă cu putere alături de fată: „Te rugăm, Roma, ajut-o!"

Totul se transformă într-un duel disperat între vocile bărbaților și vocile femeilor. Scena devine atât de încărcată, încât începe să ți se pară că toate femeile din Trastevere se roagă pentru însăși viața lor.

Însă, în mod straniu, ți se pare că bărbații din Trastevere se roagă și ei, tot pentru însăși viața lor.

În agitația schimbului de replici, e ușor să pierzi din vedere că, la urma urmei, totul nu e decât un joc. Oricum, toată lumea știe încă de la prima notă a serenadei cum se va încheia povestea. Dacă fata a ieșit la fereastră, dacă a privit chiar și în fugă către pretendentul ei aflat jos în stradă înseamnă că i-a acceptat cererea în căsătorie. Prin simpla participare la jumătatea ei de spectacol, fata și-a demonstrat iubirea. Dar, din mândrie (sau poate dintr-un foarte explicabil sentiment de teamă), tânăra trebuie să tragă de timp – chiar și numai pentru a da glas dubiilor și ezitărilor ei. Trebuie să arate extrem de limpede că va fi nevoie de toată enorma putere a dragostei băiatului, combinată cu întreaga frumusețe maiestuoasă a Romei, cu toată strălucirea stelelor și cu toată puterea de seducție a lunii pline și cu tot parfumul afurisitului ăluia de vânt de Apus înainte ca ea să binevoiască să spună *da*.

Având în vedere ce acceptă să facă, putem spune că întregul spectacol și întreaga ei împotrivire sunt absolut necesare.

În orice caz, de asta aveam și eu nevoie – de un cântec gălăgios de autoconvingere, strigat din toate puterile chiar la mine pe stradă, sub fereastra mea, până când aveam să mă relaxez, finalmente, în propria mea acceptare. Asta a fost încă de la început scopul întregului efort. Așa că, să mă iertați dacă la sfârșitul povestirii mele vi se va părea că mă agăț de niște fire de paie ca să ajung la concluzii mângâietoare în privința căsniciei. Am nevoie de firele astea de paie; am nevoie de acele mângâieri. Am avut cu siguranță nevoie de teoria încurajatoare a lui Ferdinand Mount, conform căreia, dacă privești căsătoria dintr-o anumită perspectivă, poți construi o argumentație cu care să susții caracterul intrinsec subversiv al acestei instituții. Am primit teoria asta ca pe un minunat balsam vindecător. Bine, poate că respectiva teorie nu funcționează și pentru voi. Poate că voi n-aveți nevoie de ea în același fel ca mine. Poate că teza lui Mount nici măcar nu este complet corectă din punct de vedere istoric. Oricum ar fi, *eu o accept*. Ca o bună aproape-braziliancă ce sunt, voi accepta acest unic vers al cântecului de convingere și mi-l voi însuși – nu doar pentru că-mi dă curaj, ci și pentru că mă încântă.

Procedând astfel, mi-am găsit, în sfârșit, colțișorul meu înăuntrul lungii și ciudatei istorii a căsătoriei. Așa că am să mă parchez aici – chiar aici, pe locul ăsta de subversiune tăcută, amintindu-mi mereu de toate celelalte cupluri care, de-a lungul timpului, s-au încăpățânat să se iubească și care au îndurat tot felul de rahaturi enervante și agresive pentru a putea obține ceea ce și-au dorit în ultimă instanță: un pic de intimitate în care să practice iubirea.

Singură, în sfârșit, în colțișorul meu și împreună cu iubitul meu, totul va fi bine și totul va fi bine, și totul va fi bine, și toate lucrurile vor fi bine.

CAPITOLUL OPT
Căsătoria și ceremoniile

Nimic nou pe-aici, cu excepția faptului
că m-am căsătorit. Lucru care, pentru mine,
e un motiv de profundă uimire.

Abraham Lincoln, într-o scrisoare din 1842
către Samuel Marshall

Lucrurile s-au mișcat foarte repede după aceea.

În decembrie 2006, Felipe nu reușise încă să obțină actele de imigrare, dar simțeam amândoi că victoria era aproape. De fapt, *am hotărât* că victoria era aproape, așa că am făcut exact lucrul pe care cei de la Departamentul de Securitate Internă îți spun în mod special să nu-l faci atunci când aștepți ca perechea ta să obțină viza de imigrare: planuri.

Prioritatea numărul unu? Odată căsătoriți, urma să avem nevoie de un loc în care să ne stabilim definitiv. Destul cu închiriatul, destul cu hoinăreala. Aveam nevoie de o casă numai a noastră. Așa că, în timp ce eram încă în Bali cu Felipe, am început să caut case pe internet la modul serios și pe față, ceva într-o zonă rurală și liniștită, o casă situată la o distanță ușor de parcurs cu mașina față de casa din Philadelphia a surorii mele. Să cauți case într-un moment în care nu te poți *uita* de fapt la nici una e o chestie nebunească, dar eu aveam o viziune clară a ceea ce ne trebuia – un cămin inspirat de o poezie scrisă cândva de prietena mea Kate Light despre atmosfera casnică perfectă, cel puțin în versiunea ei personală: „O casă la țară ca să afli ce-i bine / Câteva cămăși de in, un pic de artă / Și cu tine.“

Știam că, dacă o găseam, aveam s-o recunosc. Și am găsit-o, ascunsă într-un mic oraș de provincie din New Jersey. La drept vorbind, nu era o casă, ci o biserică – o minusculă capelă presbiteriană construită în 1802, pe care cineva o transformase în mod inteligent în spațiu de locuit. Două dormitoare, o bucătărie compactă și un sanctuar mare și spațios în care se adunau pe vremuri enoriașii. Ferestre de sticlă vălurită, înalte de patru metri și jumătate. Un arțar mare în curtea din față. Asta era. De la celălalt capăt al planetei, am făcut o ofertă de cumpărare fără să fi văzut măcar proprietatea cu ochii mei. Câteva zile mai târziu, în îndepărtatul New Jersey, proprietarii mi-au acceptat oferta.

— Avem casă! l-am anunțat triumfătoare pe Felipe.

— Minunat, draga mea, mi-a spus el. Acum nu mai avem nevoie decât de o țară.

Așa că, fir-ar să fie, m-am pus pe treabă ca să facem rost și de țară. M-am întors singură în Statele Unite chiar înainte de Crăciun și m-am ocupat de toate chestiunile de care trebuia să mă ocup. Am semnat actele de cumpărare pentru noua casă, am scos lucrurile noastre de la păstrare, am închiriat o mașină, am cumpărat o saltea. Am găsit un spațiu de depozitare într-un sat din apropiere, în care puteam să mut lucrurile personale și pietrele prețioase ale lui Felipe. I-am înregistrat afacerea pe o nouă firmă din New Jersey. Toate astea înainte să știu sigur dacă mai avea să fie primit vreodată înapoi în țară. Cu alte cuvinte, am pus la locul lor toate lucrurile noastre înainte de a exista un „noi“ din punct de vedere oficial.

În acest timp, în Bali, Felipe a plonjat în ultimele pregătiri frenetice pentru viitorul lui interviu de la consulatul american din Sydney. Pe măsură ce se apropia data interviului (se presupunea că avea să aibă loc cândva prin ianuarie), conversațiile noastre la distanță deveneau tot mai administrative. Ne-am pierdut orice zvâcnire romantică – nu aveam timp pentru așa ceva –, în timp ce eu studiam de mii de ori listele cu solicitări birocratice, asigurându-mă că adunase până și ultima bucățică de hârtie de care putea avea nevoie ca s-o prezinte ulterior autorităților americane. În loc să-i trimit mesaje de dragoste, acum îi trimiteam e-mailuri în care scriam: „Dragule, avocatul spune că trebuie să merg până în Philly și să iau personal formularele de la el, fiindcă au un cod de bare special și nu poate să mi le trimită prin fax. După ce ți le trimit ție prin poștă, primul lucru pe care trebuie să-l faci e să completezi formularul DS-230 Partea I și să-l trimiți la consulat împreună cu anexa. Când ai să mergi la interviu, o să trebuiască să ai la tine formularul original DS-156 și toate celelalte acte de imigrare – dar nu uita: până nu ajungi în fața funcționarului american de la interviuri, NU SEMNA FORMULARUL DS-156!!!!"

Numai că, în aproape ultimul moment, cu doar câteva zile înainte de interviul programat, am realizat că bâjbâisem degeaba. Ne lipsea o copie după cazierul judiciar brazilian al lui Felipe. Sau, mai bine zis, ne lipsea un act care să dovedească faptul că Felipe *nu avea* cazier judiciar în Brazilia. Acea hârtie extrem de importantă pentru dosar ne scăpase cumva din vedere. Ce a urmat a fost un oribil atac de panică. Oare asta avea să întârzie din nou toată procedura? Era măcar posibil să obținem un certificat de cazier judiciar brazilian fără ca Felipe să fie nevoit să zboare până în Brazilia și să-l obțină personal?

După câteva zile de telefoane transplanetare incredibil de complicate, Felipe a reușit s-o convingă pe Armenia, prietena noastră braziliancă – femeie cu o extraordinară carismă și cu un nesecat izvor de resurse –, să stea o zi întreagă la coadă într-o secție de poliție din Rio de Janeiro și să-l amețească pe unul din funcționarii de-acolo să-i dea *ei* certificatul de cazier curat al lui Felipe. (Faptul că Armenia ne-a salvat în final a fost un soi de simetrie poetică, având în vedere că ea este cea care ne-a făcut cunoștință cu trei ani în urmă în Bali, la o petrecere.) Apoi Armenia a trimis actele prin curier din Brazilia în Bali, la Felipe – exact la timp ca el să zboare la Djakarta în plin muson ca să găsească un traducător autorizat capabil să transcrie toate documentele lui braziliene în engleza necesară, în prezența singurului notar autorizat vorbitor de portugheză recunoscut de statul american din întregul stat indonezian.

— Totul este extrem de clar, m-a asigurat Felipe când m-a sunat în toiul nopții dintr-o ricșă, sub ploaia torențială din Java. O s-o facem noi și pe-asta. O s-o facem noi și pe-asta. O s-o facem noi și pe-asta.

În dimineața zilei de 18 ianuarie 2007, Felipe era prima persoană din coada de la consulatul american din Sydney. Nu dormise de câteva zile, dar era pregătit și avea la el un înfricoșător de complex vraf de acte: dosare oficiale, examene medicale, certificate de naștere și o sumedenie de alte documente de diverse tipuri. Nu se mai tunsese de o grămadă de vreme și încă purta sandalele de călătorie. Dar a fost bine. Nu le-a păsat cum arăta, nu le-a păsat decât că avea la el tot ce trebuia. Și în ciuda câtorva întrebări-capcană ale oficialului de la Imigrări cu privire la ce anume căutase Felipe în Peninsula Sinai în 1975 (răspunsul? se îndrăgostise de o frumoasă israeliancă în vârstă de șaptesprezece ani, evident), interviul a decurs bine. La capătul lui, în sfârșit – cu acel satisfăcător *bum* (ca de bibliotecar) al ștampilei aplicate pe pașaport –, i-au dat viza.

— Mult noroc în căsnicie, i-a spus oficialul american logodnicului meu brazilian, iar Felipe a devenit liber.

A doua zi dimineață a prins un zbor din Sydney al companiei Chinese Airlines, care l-a plimbat prin Taipei, apoi până în Alaska. În Anchorage a trecut cu bine de vamă și de serviciul de imigrare american, apoi s-a urcat într-un avion către JFK[1]. Peste câteva ore, într-o noapte friguroasă de iarnă, mergeam cu mașina să-l iau de la aeroport.

Și deși îmi place să cred că în cele zece luni care trecuseră reușisem să mă controlez cu un minim efort stoic, trebuie să recunosc că, de cum am ajuns la aeroport, m-am dezintegrat. Toate temerile pe care mi le înăbușisem de la arestarea lui Felipe au năvălit la suprafață acum, când eram atât de aproape de întoarcerea lui acasă în siguranță. Amețisem, începusem să tremur și-mi era dintr-odată frică de orice. Îmi era teamă să nu fi ajuns în alt aeroport decât trebuia, la altă oră sau în altă zi. (Cred că mă uitasem la itinerar de vreo șaptezeci și cinci de ori, dar tot îmi făceam griji.) Îmi era teamă că avionul lui Felipe se prăbușise. Îmi era o teamă retrospectivă, nebunească, să nu-și fi ratat interviul pentru viză din Australia – când, de fapt, el tocmai *trecuse* de interviul cu pricina, cu doar o zi în urmă.

Și, chiar dacă panoul cu Sosiri anunța limpede că zborul lui aterizase, eu simțeam o teamă perversă că zborul lui de fapt *nu* aterizase

1. John Fitzgerald Kennedy, principalul aeroport internațional din apropierea orașului New York. (*N.t.*)

și că nu mai avea să aterizeze niciodată. *Dacă n-a coborât din avion? Dacă a coborât și l-au arestat din nou? De ce-i trebuie atâta timp ca să coboare din avion?* Scanam fețele tuturor pasagerilor care ieșeau de pe coridorul de la Sosiri, căutându-l pe Felipe sub cele mai improbabile înfățișări. În mod irațional, trebuia să mă uit de două ori la fiecare bătrânică chinezoaică cu baston și la fiecare copilaș care abia învățase să meargă, doar ca să mă asigur că nu era el. Nu puteam să mai respir. Exact ca un copil rătăcit, aproape că am dărâmat un polițist căruia i-am cerut ajutorul – dar *cum anume* m-ar fi putut ajuta?

Apoi, deodată, l-am văzut.

L-aș recunoaște oriunde. Cea mai familiară față din lume, pentru mine. Alerga prin coridorul de la Sosiri, căutându-mă cu aceeași expresie îngrijorată pe care sunt sigură că o aveam și eu. Era îmbrăcat cu aceleași haine pe care le purtase cu zece luni în urmă, când fusese arestat pe aeroportul din Dallas – aceleași haine pe care le purtase aproape în fiecare zi a întregului an care trecuse, prin toată lumea. Da, era un pic uzat pe ici, pe colo, dar mie îmi părea impunător chiar și-așa, cu ochii arzând de efortul de a mă descoperi în mulțime. Nu era vreo bătrânică chinezoaică, nu era vreun copilaș, nu era nimeni altcineva. Era Felipe – Felipe al meu, omul meu, ghiuleaua mea – și apoi m-a văzut și s-a năpustit asupra mea și aproape că m-a dărâmat cu forța impactului dintre noi.

„Noi doi ne-am rotit și ne-am rotit până ce am ajuns înapoi acasă", scria Walt Whitman. „Ne-am golit de toate în afară de libertate și de toate în afară de fericirea noastră."

Iar acum nu ne mai puteam desprinde unul de celălalt și, din cine știe ce motiv, nu mă mai puteam opri din plâns.

După doar câteva zile, ne-am căsătorit.

Ne-am căsătorit în noua noastră casă – în biserica aceea veche și ciudată – într-o după-amiază rece de duminică din februarie. Din câte se pare, să ai o biserică e un lucru foarte la îndemână în caz că vrei să te căsătorești.

Certificatul de căsătorie ne-a costat douăzeci și opt de dolari și fotocopia unei facturi de utilități. Invitații au fost: părinții mei (căsătoriți de patruzeci de ani); unchiul meu Terry și mătușa mea Deborah (căsătoriți de douăzeci de ani); sora mea și soțul ei (căsătoriți de cincisprezece ani); prietenul meu Jim Smith (divorțat de douăzeci și cinci de ani); și Toby, cățelul familiei (necăsătorit niciodată, având curiozități bisexuale). Ne-am fi dorit cu toții să fi putut veni și copiii lui Felipe (necăsătoriți), dar nunta fusese organizată atât de rapid, încât nu am avut cum să-i aducem din Australia la vreme. A trebuit să ne descurcăm cu câteva apeluri telefonice pline de bucurie, dar nu puteam risca vreo întârziere. Trebuia să facem imediat totul pentru a-i proteja lui Felipe dreptul de ședere pe teritoriul american prin intermediul unei proceduri legale inviolabile.

În final, am hotărât că ne dorim totuși câțiva martori la nunta noastră. Prietenul meu Brian avusese dreptate: căsătoria nu e un act de rugăciune privat. De fapt, este atât o chestiune de interes public, cât și una de interes privat, cu consecințe în lumea reală. În timp ce termenii intimi ai relației noastre aveau să ne aparțină numai mie și lui Felipe, era important să nu uităm nici că o mică parte din căsnicia noastră avea să aparțină pentru totdeauna și familiilor noastre – tuturor acelor oameni care aveau să fie serios marcați de succesul sau de eșecul nostru. Așa că trebuia să fie și ei prezenți în ziua aceea. A mai trebuit să recunosc și că, indiferent dacă-mi plăcea sau nu, o altă mică parte din căsătoria noastră avea să aparțină pentru totdeauna statului. La urma urmei, exact lucrul ăsta ne făcuse să avem o căsătorie legală.

O foarte mică parte, de o formă ciudată, a jurămintelor noastre a aparținut istoriei – la ale cărei picioare impozante trebuie să îngenunchem cu toții finalmente. De locul din istorie în care ai aterizat depinde în mare măsură felul în care vor arăta și se vor auzi jurămintele tale de nuntă. Cum s-a întâmplat ca Felipe și cu mine să aterizăm chiar acolo, în micul oraș de provincie din Garden State, în anul 2007, am hotărât să nu ne scriem noi niște jurăminte din cale-afară de personalizate (oricum, făcusem deja treaba asta în Knoxville), ci să ne recunoaștem locul în istorie repetând jurămintele laice care se folosesc de obicei în statul New Jersey. Pur și simplu am simțit că așa se cuvine, date fiind împrejurările.

Bineînțeles că nepoata mea a participat și ea la nuntă. Nick, un geniu teatral, a fost pe-aproape și ne-a citit o poezie cu aduceri-aminte. Iar Mimi? Mă încolțise cu o săptămână înainte și mă întrebase:

— Asta o să fie o nuntă *adevărată* sau nu?

— Depinde, i-am spus eu. Ce crezi tu că înseamnă nuntă adevărată?

— Nuntă adevărată înseamnă că trebuie să fie și o fetiță care să ducă florile, mi-a răspuns Mimi. Și fetița cu florile trebuie să poarte o rochie roz. Și fetița cu florile trebuie să ducă florile. Dar nu un *buchet* de flori, trebuie un *coș* cu petale de trandafiri. Și să nu fie petale de trandafiri roz, să fie petale de trandafiri *galbeni*. Și fetița cu florile trebuie să meargă în fața miresei și să arunce petalele de trandafiri galbeni pe jos. O să ai așa ceva?

— Nu prea știu, i-am răspuns. Totul depinde de un lucru: dacă găsim pe undeva vreo fetiță care să fie în stare să facă treaba asta. Știi tu pe cineva?

— Bănuiesc că pot s-o fac *eu*, mi-a răspuns ea rar, privind în altă parte cu o teribilă atitudine de falsă indiferență. Adică, dacă nu găsești pe altcineva…

Așa că, după câte se pare, am avut o nuntă adevărată, chiar și după standardele severe ale lui Mimi. Dar, în afară de fetița cu florile, care era elegant îmbrăcată, a fost o ocazie destul de nesimandicoasă. Am purtat puloverul meu roșu preferat. Mirele și-a purtat cămașa albastră (pe cea curată). Jim Smith a cântat la chitară, iar mătușa Deborah – cântăreață profesionistă de operă – a cântat *La vie en rose* doar pentru plăcerea lui Felipe. Nimeni n-a părut deranjat de faptul că lucrurile din casă nu erau încă despachetate, și casa – în mare parte nemobilată. Singura încăpere complet utilizabilă la momentul respectiv era bucătăria, iar asta se întâmpla doar pentru ca Felipe să poată prepara un prânz de nuntă pentru toată lumea. De două zile tot gătea; când a venit momentul să ne căsătorim cu adevărat, a trebuit să-i atragem atenția să-și dea jos șorțul. („Semn tare bun“, a remarcat mama.)

Jurămintele noastre de nuntă au fost consemnate de un domn drăguț pe nume Harry Furstenberger, primarul acelui orășel din New Jersey. Când primarul Harry a intrat pe ușă, tata l-a întrebat direct:

— Sunteți democrat sau republican? (Fiindcă știa că pentru mine contează.)

— Sunt republican, a răspuns primarul Harry.

A urmat un moment de tăcere tensionată. Apoi sora mea a șoptit:

— Liz, de fapt, pentru o treabă ca asta, un republican e chiar ceva de dorit. Doar ca să fii sigură că cei de la Securitate Internă îți acceptă căsătoria, știi?

Așa că am continuat.

Știți cu toții cum decurge o ceremonie clasică de nuntă americană, așa că n-am să repet etapele aici. E suficient să spun că le-am parcurs și noi pe toate. Fără ironie sau ezitări, ne-am spus unul celuilalt jurămintele în prezența familiei mele, în prezența prietenosului nostru primar republican, în prezența unei adevărate domnișoare cu flori și în prezența cățelului Toby. De fapt, Toby – simțind că momentul e important – s-a ghemuit pe podea exact între mine și Felipe tocmai când ne pregăteam să ne rostim jurămintele. A trebuit să ne aplecăm peste cățel ca să ne sărutăm. Treaba asta mi s-a părut ciudată; în portretele medievale de nuntă, între personajele cuplului proaspăt căsătorit se poate observa adesea și imaginea unui câine – simbolul absolut al *fidelității*.

După toate astea – care nici n-au durat prea mult, având în vedere magnitudinea evenimentului – Felipe și cu mine eram, în sfârșit, căsătoriți legal. Ne-am așezat apoi cu toții la o masă de prânz prelungită – primarul și prietenul meu Jim și familia mea și copiii și proaspătul meu soț. În după-amiaza aceea n-aveam cum să știu cu certitudine de câtă liniște și mulțumire urma să am parte în această căsnicie (traducere: *acum știu*), dar, chiar și așa, mă simțeam calmă și recunoscătoare. Era o zi minunată. Am avut mult vin și s-au ținut multe toasturi. Baloanele pe care le aduseseră cu ei Nick și Mimi s-au înălțat încet până în tavanul prăfuit al vechii biserici și unduiau acolo, deasupra tuturor. Oaspeții ar fi rămas chiar mai mult la noi, dar la căderea serii a început să burnițeze, așa că și-au strâns hainele și lucrurile, nerăbdători să pornească la drum înainte ca vremea să se strice de tot.

În scurt timp, plecaseră toți.

Iar Felipe și cu mine am rămas, în sfârșit, singuri, să strângem vasele de pe masă și să începem să ne despachetăm casa.

Mulțumiri

Această carte este o lucrare de nonficțiune. Am recreat pe cât de bine m-am priceput toate conversațiile și întâmplările, dar, uneori – de dragul coerenței narative – am scurtat evenimente și discuții care s-au desfășurat în decursul a câteva zile, restrângându-le într-un singur episod. În plus, am schimbat și câteva – nu toate – dintre numele personajelor din această povestire, pentru a proteja intimitatea unor oameni care, atunci când drumurile li s-au încrucișat accidental cu al meu, se poate să nu fi avut intenția să apară ulterior într-o carte. Îi mulțumesc lui Chris Langford pentru ajutorul dat la găsirea unor pseudonime potrivite pentru toți acești oameni minunați.

Nu sunt cercetătoare de profesie, nici sociolog, nici psiholog, nici vreo expertă în căsătorie. În cartea aceasta m-am străduit să discut istoria căsătoriei într-un mod cât mai obiectiv, dar, ca să reușesc, a trebuit să mă bazez în foarte mare măsură pe lucrările unor cercetători și ale unor scriitori care și-au dedicat întreaga viață profesională acestei teme. Nu voi înșira aici bibliografia completă, dar trebuie să-mi declar enorma gratitudine față de câțiva autori:

În ultimii trei ani de studiu, lucrările istoricului Stephanie Coontz au fost pentru mine un far luminos și n-am destule cuvinte ca să recomand pe cât merită cartea ei *Marriage: A History*, fascinantă și extrem de ușor de citit. Le mai datorez enorm și următorilor: Nancy Cott, Eileen Powers, William Jordan, Erika Uitz, Rudolph M. Bell, Deborah Luepnitz, Zygmunt Bauman, Leonard Shlain, Helen Fisher, John Gottman și Julie Schwartz-Gottman, Evan Wolfson, Shirley

Glass, Andrew J. Cherkin, Ferdinand Mount, Anne Fadiman (pentru extraordinarele ei scrieri despre etnia hmong), Allan Bloom (pentru considerațiile lui privind falia filozofică greco-ebraică), numeroșii autori ai studiului despre căsnicie realizat la Universitatea Rutgers și – cel mai delicios și mai neașteptat dintre toți – Honoré de Balzac.

Pe lângă acești autori, persoana care a avut cea mai mare influență în modelarea acestei cărți a fost prietena mea Anne Connell, care a editat, a verificat și a corectat manuscrisul până la ultima literă, folosindu-se de ochii ei bionici, de fermecatul ei condei de aur și de experiența inegalabilă din domeniul „rețelelor de pe internet". Nimeni – dar absolut nimeni – nu rivalizează în privința minuției editoriale cu Scrutatrix. Trebuie să-i mulțumesc lui Anne pentru faptul că acest volum este împărțit pe capitole, pentru că *actually* („de fapt") nu apare de câte patru ori în fiecare paragraf și pentru că fiecare broască din aceste pagini a fost corect numită amfibian, și nu reptilă.

Îi mulțumesc surorii mele Catherine Gilbert Murdock, care nu este doar o talentată scriitoare de ficțiune pentru tineri (minunata ei carte *Dairy Queen* e o lectură obligatorie pentru orice fată care gândește, cu vârsta cuprinsă între zece și șaisprezece ani), ci și o scumpă prietenă și cel mai important model intelectual al vieții mele. Și ea a citit cu grijă cronofagă această carte, scutindu-mă de numeroase greșeli de gândire și de concordanță. Acestea fiind spuse, ceea ce mă uimește nu este atât extraordinara și completa înțelegere a lui Catherine privind istoria Occidentului, cât misteriosul ei talent de a ști mereu în ce moment este nevoie să-i trimită surorii ei bolnave de dor de acasă o pijama nouă, chiar și atunci când respectiva soră se află tocmai la Bangkok și se simte extrem de izolată. Ca mulțumire pentru toată bunătatea și generozitatea lui Catherine, i-am oferit în această carte o notă de subsol alcătuită cu dragoste.

Pentru ideile și încurajările lor, le mulțumesc tuturor celorlalți care s-au numărat printre primii cititori ai acestei cărți: Darcey, Cat, Ann (cuvântul „pachiderm" este pentru ea), Cree, Brian (între noi doi, cartea aceasta se va numi întotdeauna *Nunți și luări în posesie*), mama, tata, Sheryl, Iva, Bernadette, Terry, Deborah (care mi-a sugerat cu delicatețe că poate doresc să menționez și cuvântul „feminism" într-o carte despre căsătorie), unchiul Nick (cel mai credincios susținător al meu de când mă știu), Susan, Shea (care a ascultat ore și ore și ore nesfârșite primele mele idei pe această temă), Margaret, Sarah, Johnny și John.

Îi mulțumesc lui Michael Knight pentru că în 2005 mi-a oferit o slujbă și o cameră în Knoxville și pentru că mă cunoaște îndeajuns ca să înțeleagă că prefer să locuiesc într-un vechi hotel nebunesc decât în oricare alt loc din oraș.

Le mulțumesc lui Peter și lui Marianne Blythe că i-au oferit lui Felipe canapeaua și încurajările lor când a aterizat în Australia disperat și ieșit nu demult din închisoare. Cu doi copii mici, un câine, o pasăre și cu minunata Tayla sub un singur acoperiș, casa familiei Blythe era deja suprapopulată, dar Peter și Marianne au reușit cumva să-i facă loc încă unui refugiat aflat la ananghie. Le mulțumesc și lui Rick și Clarei Hinton din Canberra pentru că au dirijat capătul australian al procesului de imigrare al lui Felipe și au păzit cu străşnicie poșta. Chiar și la o distanță cât jumătate de lume, ei ne sunt vecini perfecți.

Dacă tot a venit vorba despre australieni extraordinari, le mulțumesc lui Erica, Zo și Tara – minunații mei copii vitregi și nora mea vitregă – pentru că m-au primit cu atâta căldură în viețile lor. Îi sunt în mod special recunoscătoare Ericăi pentru a-mi fi făcut cel mai minunat compliment din viața mea: „Liz, îți mulțumesc că nu ești vreo pițipoancă." (Plăcerea e a mea, iubito. Asemenea.)

Le mulțumesc lui Ernie Sesskin și lui Brian Foster și lui Eileen Marolla pentru că au condus – din pura bunătate a inimilor lor iubitoare de imobiliare – întreaga tranzacție complicată prin intermediul căreia Felipe și cu mine ne-am cumpărat casa din New Jersey în timp ce ne aflam la celălalt capăt al lumii. Nu există nimic care să se compare cu primirea la ora trei noaptea a unui plan al casei desenat de mână, având convingerea că cineva are grijă de tine.

Îi mulțumesc Armeniei de Oliveira că a intrat în acțiune la Rio de Janeiro pentru a salva de acolo procesul de imigrare al lui Felipe. Tot pe frontul brazilian, pe care rezistă ca de obicei, s-au aflat și minunații Claucia și Fernando Chevarria – care au fost la fel de neobosiți în căutările lor de antice livrete militare pe cât au fost în privința dragostei și a încurajărilor pe care ni le-au oferit.

Îi mulțumesc lui Brian Getson, avocatul nostru de imigrări, pentru atenția și răbdarea lui și îi mulțumesc lui Andrew Brenner că ne-a ajutat să-l găsim pe Brian.

Îi mulțumesc Tanyei Hughes (pentru că mi-a oferit o cameră doar a mea la începutul acestui proces) și lui Rayya Elias (pentru că mi-a oferit o cameră doar a mea la sfârșitul lui).

Le mulțumesc lui Roger LaPhoque și doctorului Charles Henn pentru ospitalitatea lor și pentru eleganța din oaza accesibilă a hotelului Atlanta din Bangkok. Atlanta este o minunăție care trebuie văzută pentru a putea fi crezută, și nici măcar așa nu devine mai credibilă.

Îi mulțumesc lui Sarah Chalfan pentru nesfârșita ei încredere în mine și pentru anii în care mi-a oferit protecția ei continuă și învăluitoare. Le mulțumesc lui Kassie Evashevski, Ernie Marshall, Miriam Feuerle și Julie Mancini pentru că încununează acest cerc al protecției.

Le mulțumesc lui Paul Slovak, Clare Ferraro, Kathryn Court și tuturor celor de la Viking Penguin pentru răbdarea lor din perioada în care am scris această carte. În lumea editorială nu mai există mulți oameni care să spună „Ai la dispoziție oricât timp vrei" unui scriitor care tocmai și-a încălcat unul dintre cele mai importante termene de predare. De-a lungul acestui întreg proces, nimeni (cu excepția mea) nu a exercitat asupra mea nici o urmă de presiune, iar acest lucru a fost un dar neprețuit. Grija lor este reflectarea unui mod mai vechi și mai elegant de a face afaceri, iar eu sunt recunoscătoare că am fost destinatara unei astfel de amabilități.

Mulțumesc familiei mele – mai ales părinților și bunicii mele Maude Olson – pentru că nu au ezitat când mi-au permis să explorez pe hârtie sentimentele mele personale în legătură cu unele dintre cele mai complicate decizii din viețile lor.

Îi mulțumesc funcționarului Tom de la Departamentul de Securitate Internă al Statelor Unite pentru că l-a tratat pe Felipe cu atâta neașteptată bunătate în perioada arestului și a detenției lui. Iar aceasta e cea mai ireală frază pe care am scris-o în cursul întregii mele vieți, dar trebuie s-o introduc aici. (Stimate domn, nu suntem foarte siguri că vă numiți cu adevărat „Tom“, dar acesta e numele cu care vă ținem minte amândoi și sper că măcar dumneavoastră știți cine sunteți: un extrem de neobișnuit agent al destinului, care a făcut dintr-o experiență neplăcută una cu mult mai puțin neplăcută decât putea să fie.)

Le mulțumesc celor de la Frenchtown pentru că ne-au adus acasă.

În final, marea mea recunoștință omului care îmi este acum soț. E o persoană prin natura sa discretă, dar, din păcate, intimitatea lui a luat sfârșit în ziua în care m-a cunoscut. (Acum, o mulțime de străini din toată lumea îl cunosc drept „tipul ăla brazilian din *Mănâncă, roagă-te, iubește.*) În apărarea mea, trebuie spus că i-am oferit încă de la început ocazia să scape de toată această expunere. Pe vremea când încă ne curtam, am trăit și momentul incomod în care a trebuit să-i mărturisesc că sunt scriitoare; i-am spus și ce avea să însemne asta pentru el. L-am avertizat că, dacă o să rămână cu mine, până la urmă o să apară în cărțile și în povestirile mele. Nu exista nici o modalitate de a evita acest lucru; pur și simplu așa stăteau lucrurile. Singura lui șansă, i-am explicat, era să mă părăsească chiar atunci, când încă mai avea timp să scape cu demnitatea și cu intimitatea intacte.

Însă, în ciuda tuturor avertismentelor mele, a ales să rămână. Și continuă să-mi fie alături. Cred că acest lucru a reprezentat un extra-rdinar act de iubire și de compasiune din partea lui. Pe undeva, de-a lungul drumului, se pare că acest bărbat minunat și-a dat seama că viața mea n-ar mai avea un fir narativ coerent dacă el nu s-ar mai afla în centrul ei.

Cuprins

La prețul de vânzare se adaugă 2%,
reprezentând valoarea timbrului literar
ce se virează Uniunii Scriitorilor din România,
cont nr. RO44 RNCB 5101 0000 0171 0001,
B.C.R. Unirea, București.